À PROPOS DE L'AUTEUR

Rosemary Rogers est l'une des pionnières du genre et une référence pour les auteurs comme pour les lectrices, ce que le *New York Times* a parfaitement résumé en la qualifiant de « reine du roman d'amour historique ». Sa vie elle-même est très romanesque, puisqu'elle a mené une existence dorée au Sri Lanka, où elle est née, avant de tout quitter pour vivre une véritable saga à travers le monde. Une vie d'aventures dont ses récits portent la marque. De véritables romans d'apprentissage où les personnages connaissent tour à tour la richesse et la pauvreté, le triomphe et la chute. Ses héroïnes rebelles et indépendantes nous transportent littéralement, bien loin de nos mondes, dans des décors exotiques. Et le dépaysement est complet.

La belle du Mississippi

Collection : VICTORIA

Titre original :
AN HONORABLE MAN

Ce roman a déjà été publié en 2015.

HARPERCOLLINS FRANCE
83-85, boulevard Vincent-Auriol, 75646 PARIS CEDEX 13
Service Lectrices — Tél. : 01 45 82 47 47

www.harlequin.fr

ISBN 978-2-2804-2948-1 — ISSN 2493-013X

ROSEMARY ROGERS

La belle du Mississippi

Traduit de l'anglais (États-Unis) par
Marie-José Lamorlette

Victoria

HARLEQUIN

Merci encore et toujours,
mes fidèles lecteurs au fil des années
et mes nouveaux lecteurs,
je vous chéris tous.

Première partie

Chapitre 1

Plantation d'Elmwood, Jackson, Mississippi
Avril 1861

Cameron raccourcit la bride de sa jument et se concentra sur l'intervalle entre ses oreilles grises. C'était ainsi qu'elle se sentait le mieux, un cheval vif et nerveux sous elle, la brise brûlante du Mississippi sur son visage et un obstacle à sauter devant elle.

Calculant le nombre de foulées qui restaient, la jeune femme se dressa au-dessus de la selle d'homme, se pencha sur l'encolure de sa monture et coula les doigts dans sa crinière. Elle pouvait entendre la jupe de son costume d'amazone claquer dans le vent et les sabots ferrés de l'animal marteler le sol.

Elle retint son souffle, lança les bras en avant pour donner assez de mou à Roxy et lui permettre d'effectuer le saut audacieux, puis soudain… elle plana dans les airs. Pendant un long moment délicieux, le temps s'étira. Tandis qu'elle volait par-dessus la barrière, tout Elmwood s'étendit devant elle sous le brûlant ciel d'avril — ses champs de coton, ses rivières boueuses, sa végétation luxuriante, ses deltas poussiéreux. Durant ce moment, unique, elle ne fit plus qu'un avec le magnifique cheval qu'elle montait. Elle sentait les grands poumons de Roxy s'emplir d'air. Elle était libre, affranchie des jupes et des jupons qui entravaient ses jambes à chacun de ses pas, délivrée des frustrations d'être née fille dans un monde d'hommes.

Trop vite à son goût, les sabots de Roxy touchèrent l'herbe moelleuse et toutes deux atterrirent de nouveau sur le sol.

— Sainte Marie, mère de Dieu ! s'écria Taye en tombant à genoux dans l'herbe.

— Tout va bien, Taye ! fit Cameron gaiement, lâchant la bride tandis que la jument revenait au trot vers la barrière, sa crinière ruisselant au soleil. Regarde, je ne me tiens même pas !

Elle laissa tomber la bride en cuir tressé sur ses genoux et leva ses mains gantées de chevreau.

— Je vous en prie, Cameron, reprenez la bride et cessez de me faire des frayeurs pareilles !

Taye couvrit son joli visage de ses mains.

— Vous savez bien que j'ai peur quand vous ne vous tenez pas.

Cameron mit sa monture au pas en riant.

— Et qu'est-ce que tu dis de ça ? la taquina-t-elle en sortant ses bottes boueuses des étriers. Regarde ! Ça te fait peur, aussi ?

Avec l'adresse exercée d'une cavalière qui était tombée maintes fois et en avait tiré les leçons, Cameron leva un pied, puis l'autre, jusqu'à ce qu'elle soit juchée en équilibre sur sa selle — une selle fabriquée en Angleterre et qui valait le prix d'un esclave —, les bras écartés en balancier.

Taye lui jeta un coup d'œil à la fois craintif et agacé,

sa peau couleur de miel rougissant sous son chapeau de paille.

— Arrêtez, Cameron ! Arrêtez tout de suite ! Vous ne faites ça que pour m'effrayer.

— Tu te trompes, Taye. Je ne le fais pas pour t'effrayer.

Cameron oscilla dangereusement quand la jument baissa la tête pour brouter l'herbe fraîche.

— Je le fais parce que ça me plaît.

Elle se laissa alors glisser à terre et s'arrêta devant la jeune fille qui se tenait toujours à genoux dans l'herbe.

Cette dernière — qui avait l'âge tendre de dix-sept ans alors que Cameron en avait vingt-trois — bondit sur ses pieds et jeta ses bras autour d'elle.

— Vous voyez pourquoi ces bêtises sont dangereuses ? Vous auriez pu vous blesser !

— Mais je ne me suis pas fait mal.

Cameron plongea les yeux dans ceux de Taye, d'un étonnant bleu pâle.

— Regarde-moi, espèce de sotte ! Puisque je te dis que je vais très bien…

Elle lui pinça affectueusement la joue.

— Vous regarder, vraiment ! s'exclama Taye sans pouvoir retenir un grand sourire.

Elle vénérait le sol sur lequel Cameron Campbell marchait depuis qu'elle était un bébé.

Elle lui tendit son chapeau de paille.

— Vous feriez mieux de le mettre avant d'avoir des taches de rousseur partout. Le soleil est chaud, aujourd'hui. Ce que j'essayais de vous dire avant que vous vous envoliez par-dessus cette barrière, c'est que le sénateur veut vous voir. Un visiteur est arrivé, et regardez-vous un peu !

Elle fit un geste de sa main gracieuse.

— Vous avez l'air d'un travailleur des champs. Votre tenue d'équitation est couverte de boue et vos cheveux sont tout emmêlés. Il va me falloir une heure au moins pour venir à bout de ces nœuds!

Cameron prit la bride de Roxy et partit le long de l'allée bordée d'ormes qui conduisait à la grande demeure à colonnade blanche, la seule maison qu'elle avait connue. Située au sud de Jackson, Mississippi, elle constituait le cœur d'Elmwood, la plantation de coton et de canne à sucre familiale qui s'étendait le long de la boueuse Pearl River. C'était le seul univers qu'elle avait exploré jusque-là.

— Mon apparence, encore! Taye, tu sais pourtant bien que je me moque de ce que l'on pense de mon aspect extérieur! J'en ai assez d'être toujours une convenable jeune fille du Sud. Assez que l'on attende toujours de moi que je m'habille comme il faut, que je dise et fasse ce qu'il faut, que je sourie même quand je n'en ai pas envie. C'est toi qui aurais dû naître la fille du sénateur David Campbell, pas moi. Tu es une vraie dame dans tous les sens du terme.

— Cameron, ne parlez pas ainsi!

— Et qui est ce visiteur? demanda Cameron en passant les doigts dans ses longs cheveux cuivrés, sans pour autant parvenir à y remettre de l'ordre. Enfin, quel qu'il soit, je suis vraiment heureuse que papa soit de nouveau à la maison!

Le sénateur David Campbell avait souvent été retenu à Washington depuis que le Mississippi s'était séparé de l'Union, quatre mois auparavant, au moins de janvier. Bien qu'il ne puisse plus siéger officiellement au Sénat, il avait désespérément essayé de combler la brèche qui s'élargissait entre les politiciens des Etats du Nord et du Sud. Malgré la sécession de la Caroline du Sud, du Mississippi, de la Floride, de l'Alabama, de la Géorgie, de la Louisiane et du Texas, il gardait encore l'espoir qu'une guerre à cause de la question de l'esclavage puisse être évitée.

Il avait dit à Cameron, la veille, au dîner, que les choses ne se présentaient pas bien. En mars, lors d'une convention à Montgomery, en Alabama, les sept Etats dissidents avaient promulgué une Constitution confédérée. Et avec le refus du président précédent de rendre les forts fédéraux du Sud aux Etats qui avaient fait sécession, des troupes sudistes s'en étaient récemment emparées. Il allait lui expliquer les conséquences de ces prises quand son frère Grant était arrivé. Il avait alors changé de sujet et parlé de la nouvelle récolte de coton. Grant n'approuvait pas que leur père parle de politique avec elle, pour la simple raison qu'elle était une femme et, pour sa première soirée à la maison depuis longtemps, le sénateur avait voulu maintenir la paix entre eux, au moins pour quelques brèves heures.

— Eh bien, reprit Cameron avec impatience... Qui est donc le visiteur de mon père ?

Elle plissa son nez piqué de taches de rousseur.

— Ce n'est sûrement pas notre nouveau président Lincoln qui est venu en visite ! Il n'est Président que depuis un mois. A mon avis, il doit être suffisamment occupé ailleurs.

— Ce n'est pas notre Président, sotte que vous êtes !

Taye détourna nerveusement les yeux et lissa le devant de sa nouvelle robe de bombasin pêche qui semblait, sur elle, impossible à froisser.

— Rappelez-vous qu'on ne tue pas le messager, Cameron…

Cameron lui sourit avec affection. Bien que Taye soit la fille de leur gouvernante, Sukey, une esclave noire affranchie, et qu'elle ait six ans de moins qu'elle, elle l'aimait comme une sœur depuis que la petite fille était entrée dans la nurserie, en sachant à peine marcher. Comme Taye était née d'un homme blanc inconnu, elle avait la peau d'une exquise couleur de miel. Ce teint, ajouté à ses yeux bleu pâle et à ses beaux cheveux bruns, lui donnait l'allure exotique d'une femme qui, comme Hélène de Troie, pouvait mettre en branle un millier de navires.

— Tu sais que je ne pourrais jamais me mettre en colère contre toi, Taye. Alors parle sans crainte…

— Vous devriez peut-être aller dans le cabinet de travail de votre père et voir par vous-même.

— Qui ? demanda Cameron, d'un ton impérieux cette fois, plissant dangereusement ses yeux ambrés.

Taye baissa la tête.

— Le capitaine Logan.

— Logan ! explosa Cameron. Jackson Logan, ce bon à rien, ce fils vérolé de…

— Cameron !

Taye battit des cils, choquée.

— Ce n'est pas une façon de parler pour une dame de votre position. Taisez-vous avant que quelqu'un ne vous entende !

— Ma position ? Si tu savais ce que je m'en moque, de ma position ! cria Cameron en reprenant le chemin de la maison.

Un valet d'écurie arriva en courant pour saisir la bride de Roxy et conduire la jument dans son box.

— Jackson Logan ! fulmina Cameron à haute voix. J'aurais pensé qu'il avait été coulé par des pirates, à cette heure, ou tué dans un duel à cause d'une femme de mauvaise vie !

Elle haïssait ce scélérat arrogant, égoïste, aux paroles de miel. Elle détestait ses manières charmeuses et son sourire aguicheur. Elle le haïssait autant maintenant qu'elle l'avait aimé autrefois.

L'été de ses dix-sept ans, Jackson Logan, de douze ans son aîné, était arrivé à Elmwood dans un nuage de poussière, sur un magnifique pur-sang pommelé. Venant pour le compte de son père, courtier maritime, il avait remonté au galop la longue allée avec sa beauté ténébreuse et sa langue de velours. Cameron lui avait donné son cœur avant même qu'il n'ôte son chapeau à larges bords et ne lui dise bonjour.

Leur romance avait été une affaire secrète de baisers brûlants et de rires complices par de chaudes soirées de juillet. Ils avaient chevauché côte à côte, chassé côte à côte. Avec lui, elle n'avait pas eu à jouer le rôle de la fragile jeune fille. Il n'avait vu aucun inconvénient à ce qu'elle tire aussi bien qu'un homme, monte à califourchon et se tienne en selle aussi bien que lui. Il lui avait même avoué qu'en vérité, il préférait cela.

Il avait dit maintes choses, et elle l'avait cru naïvement. Il avait dit qu'il l'aimait, qu'il l'aimerait toujours. Un soir, elle avait presque livré sa virginité à ses paroles suaves et à ses baisers encore plus doux. Elle ne s'était ressaisie que de justesse. Le lendemain, Jackson avait été rappelé à Baltimore par son père. Elle, les yeux remplis d'étoiles par ce premier amour, avait suggéré qu'ils se marient afin qu'elle puisse l'accompagner.

Mais Jackson avait ri... Elle gardait encore le souvenir cuisant de ce rire et de l'expression ennuyée de son beau visage qui avait suivi.

— Vous épouser ? avait-il répété en retournant avec soin le bord de son chapeau, car il était toujours à la fois méticuleux et décontracté dans sa manière de s'habiller. Non, Cameron, je ne vais pas vous épouser. Que ferais-je avec une fille à papa trop gâtée pour femme ? Que ferais-je d'une femme, pour commencer ?

De nouveau, il avait laissé fuser ce rire nonchalant.

— Non, ma petite délurée, le mieux pour vous est de rester ici, à Elmwood où est votre place, avec votre papa et vos dizaines de serviteurs.

— Mais vous avez dit que vous m'aimez ! avait-elle protesté, en pleurs, tout en le regardant coiffer son chapeau. Vous avez dit que vous m'aimeriez toujours.

Il avait croisé son regard de ses surprenants yeux gris, des yeux qui pouvaient la déshabiller d'une façon éhontée dans une salle de bal pleine de monde.

— J'ai dit beaucoup de choses, ma douce, tout comme vous, mais nous savons que nous ne les pensions pas vraiment, n'est-ce pas ? A présent, un dernier baiser et je partirai vers le Nord.

Elle l'avait injurié, le traitant de noms qu'elle avait entendu prononcer par son frère, et dont elle ne comprenait même pas le sens. Elle avait arraché le filet qui retenait ses cheveux et l'avait jeté sur lui. Elle l'avait maudit, ainsi que les générations de Logan à venir.

Et cependant il était parti.

Se rappeler ce matin sous la véranda lui fit venir les

larmes aux yeux, même après six ans. Elle prit une grande inspiration, refusant de pleurer, car les larmes étaient un apaisement, un soulagement à la tension, et elle ne voulait absolument pas de ce réconfort. Elle voulait rester en colère, la nourrir même de son ressentiment, se remémorer la douleur qu'elle avait éprouvée. C'était sa seule arme contre lui.

— Que vient-il faire ici ? demanda-t-elle en s'essuyant les yeux du revers de la main, espérant que Taye croirait que c'était la poussière de la chevauchée qui les faisait pleurer.

— Je ne sais pas. Le sénateur a juste dit que je devais aller vous chercher. Si vous ne voulez pas le voir, je peux vous excuser. Je peux dire que vous avez la migraine et que vous êtes montée vous allonger.

Taye savait ce qui s'était passé entre eux. Elle le savait des nuits où elles étaient couchées ensemble dans le grand lit de Cameron et où cette dernière rêvait d'un homme qui arriverait un jour dans sa vie, à cheval, et qui la transporterait de bonheur.

— Non, déclara fermement Cameron en pénétrant dans la maison par l'imposante porte d'entrée.

Elle traversa à grands pas le vestibule solennel et s'engagea dans le couloir orné de portraits qui conduisait au cabinet de travail de son père, lançant au passage son chapeau à une soubrette.

— Pour qui se prend-il, de revenir ici après toutes ces années ?

— Je crois que le capitaine Logan et votre père se fréquentent toujours, répondit Taye.

— *Capitaine ?* Et depuis quand est-il capitaine ?

— Depuis que son père est mort et qu'il a hérité de tous

ses bateaux, je suppose, murmura Taye. Apparemment, le sénateur et le capitaine Logan se voient beaucoup quand votre père est à Washington.

Cameron s'arrêta devant la porte en acajou du bureau de son père.

— De quel côté es-tu, à la fin ? demanda-t-elle d'un ton coupant, ses yeux d'ambre étincelant.

— Du vôtre, bien sûr. Je suis toujours de votre côté, Cameron. Vous devriez le savoir…

Repoussant une lourde mèche de ses cheveux emmêlés, Cameron étreignit brièvement la jeune fille.

— Ne pleure pas, dit-elle. Je ne voulais pas être coupante. C'est juste qu'après tout ce temps…

Elle ne finit pas sa phrase, trop incertaine des émotions qui bouillonnaient en elle.

Pendant tant d'années, elle avait rêvé du moment où elle reverrait Jackson. Et voilà que le moment qu'elle avait imaginé tant de fois était là. Elle lui dirait les choses qu'elle avait voulu lui dire toutes ces années. Elle lui dirait combien il avait été cruel avec la jeune fille innocente qu'elle était alors, et à quel point, le sachant, il avait profité d'elle ! Elle avait la bouche sèche et les paumes moites ; une peur toute-puissante s'emparait d'elle, annihilant toute sa superbe.

— Tout va bien, lui murmura Taye pour la rassurer. Vous tiendrez bon. Je vous mettrais n'importe quand face à une armée de capitaines de bateaux.

Elle repoussa les cheveux du visage de Cameron et scruta son regard.

— Mais pourquoi n'allez-vous pas vous laver avant d'entrer ? Avant qu'il ne vous revoie pour la première fois.

— Me laver ? Pourquoi devrais-je me laver pour lui ?

rétorqua Cameron avec fougue. Il n'est pas digne de nettoyer mes bottes!

Taye lui pressa la main avec affection, gardant la voix basse et cette distinction naturelle dont elle ne se départait jamais.

— Vous devez paraître sous votre meilleur jour, au contraire, pour qu'il mesure ce qu'il a abandonné.

Elle hésita à poursuivre, puis voyant que Cameron considérait l'idée, elle eut un sourire malicieux.

— Allons, venez… Juste une rapide toilette de votre visage et de vos mains, et une robe propre. La nouvelle robe que votre père vous a apportée et qui va si bien avec la couleur de vos cheveux et de vos yeux! Et je vous coifferai comme vous aimez.

Cameron jeta un coup d'œil à la porte fermée. Elle pouvait entendre des voix masculines à l'intérieur. Son père était avec son assistant, M. Burl, dont Taye était entichée, et il y avait une autre voix, une voix grave de basse, qu'elle reconnut sans mal et qui la transperça comme une dague.

— Jackson…, dit-elle d'un ton sifflant, tremblant de colère.

— Venez, la supplia Taye en l'entraînant. Cela ne prendra qu'un instant. Quand il vous verra dans cette robe de soie verte, il sera ébloui par votre beauté. Impressionné par votre grâce et vos manières. Il tombera à genoux et demandera votre main à votre père sur-le-champ.

— Demander ma main! Je préférais lui donner ma tête sur un plateau que ma main!

— Je sais, je sais…

Taye lui passa un bras autour de la taille et l'entraîna dans le grand escalier.

Cameron consentit alors à s'adoucir et se laisser réconforter. Elle posa la tête sur l'épaule de son amie, respirant la douce et rassurante odeur de sa peau tandis qu'elles montaient lentement les marches.

Tandis qu'il écoutait son vieil ami Campbell, Jackson Logan gardait les yeux fixés sur la porte qui donnait dans le couloir. Où était-elle ? Le sénateur avait fait appeler sa fille près d'une heure plus tôt. Une part de lui languissait de la voir ; une autre part le redoutait. Si elle avait changé ? Si elle était devenue une de ces belles indolentes du Sud aux manières suaves, battant coquettement des cils… un pâle reflet de la vibrante jeune fille aux cheveux de feu qui hantait ses rêves ?

Cameron. Cameron Campbell…

Il avait failli annuler son détour par Elmwood à cause d'elle. Quand il fermait les yeux, il pouvait encore voir ses yeux de chatte d'un ambre doré, il pouvait encore sentir sa peau douce et pâle au parfum de magnolia. Il pouvait goûter sa bouche sur la sienne, pleine de feu et d'une douceur qu'il n'avait jamais connue avant ni retrouvée depuis. Après toutes ces années, il ne l'avait pas oubliée, bien qu'il s'y soit efforcé, à travers toutes les femmes qu'il avait séduites. Quand il voyait ses yeux dans ses rêves, ils brûlaient de colère et d'accusation.

La délicieuse, l'innocente Cameron Campbell… A dix-sept ans à peine, elle l'égalait à cheval, avec un fusil et même aux cartes. Pendant un chaud et paresseux été du Mississippi, elle avait été constamment avec lui, son égale, son premier véritable amour. Plus tard, quand il avait goûté aux lèvres d'une autre femme, c'était le nom de Cameron qui avait résonné dans sa tête — et il la détestait pour cela ! Il se détestait lui-même. Il avait laissé les choses lui échapper cet été-là, car lui aussi, malgré son âge, était innocent, innocent de l'amour véritable et de ses ravages. Maintenant encore, il restait convaincu d'avoir fait ce qu'il fallait en la quittant quand il le pouvait encore. Lui donner son cœur, tout son cœur, aurait été une terrible erreur. Ce n'était pas qu'il n'aimait pas les femmes. Il les aimait. Il les adorait même, mais les adorait à leur place. A la table du dîner, dans un salon pour recevoir des invités, et surtout dans son lit. C'était la seule erreur qu'il n'avait pas faite avec elle, Dieu merci. Il ne lui avait pas pris sa vertu. Non pas qu'il n'en ait pas eu envie, qu'il n'ait pas essayé, mais la tête froide de la jeune fille avait prévalu sur la sienne, et c'était finalement bien mieux ainsi.

A présent, il allait la revoir. Et si elle n'était pas celle dont il se rappelait ? Et s'il avait tissé des souvenirs erronés avec du sucre de canne et le clair de lune du Mississippi ?

Il dut faire un gros effort pour ramener son attention sur son ami. Le sénateur David Campbell, un homme né dans le Sud et qui sympathisait maintenant avec le Nord, était dans une situation difficile, pris entre la berge boueuse d'une rivière et une roue à aubes. Jackson savait qu'il avait essayé d'aider ses électeurs à trouver leur voie dans cette dissension ; il avait tenté de persuader les nordistes de comprendre le point de vue des sudistes. Il avait passé de nombreuses nuits blanches à discuter avec des collègues politiciens du Nord et du Sud, dans des chambres d'hôtel enfumées, mais en vain. En ce moment même, des frontières étaient tracées dans le sol poussiéreux qui faisait vivre le Sud et des hommes sommés de choisir leur côté, frère contre frère, père contre fils.

Jackson jeta un coup d'œil à son ami qui arpentait la pièce, agitant les mains avec passion comme il le faisait jadis au Sénat.

— L'asservissement d'un être humain par un autre est injuste! déclarait le sénateur avec chaleur. Bon sang, Logan, je suis content d'être rentré à la maison.

Il s'arrêta devant une porte-fenêtre entrouverte et désigna la vue d'un geste ample.

— C'est d'ici que je tire ma force, de ce sol que mon père écossais a défriché. Ce sol que j'ai bêché moi-même quand j'étais un jeune garçon. Et plus tard, quand la terre a commencé à prospérer et que nous avons pu acheter des esclaves, j'ai parcouru ces champs à cheval pour superviser la plantation, la cueillette et la mise en balles du coton. Ce sol d'Elmwood est dans mon sang. Dans mon âme.

Jackson écoutait en approuvant d'un hochement de tête. Par la fenêtre ouverte, il pouvait sentir l'odeur riche de la terre dans les champs de coton. Il pouvait entendre chanter les esclaves qui rentraient du travail. Il percevait même les relents lourds et entêtants de la végétation pourrissante de la Pearl River, à moins d'un demi-mille de là.

Il régnait une chaleur étouffante dans le cabinet de travail. Jackson avait oublié combien le Sud pouvait être torride, et on n'était qu'en avril. Lui était privilégié. Privilégié par le climat plus septentrional du Maryland et par les vents de l'océan Atlantique. Il tira sur son écharpe amidonnée, espérant que le sénateur dénouerait la sienne pour pouvoir l'imiter.

Sapristi, où était Cameron ? Pourquoi ne venait-elle pas ? Il se tourna pour se servir un cognac, luttant pour garder son attention fixée sur ce que disait son interlocuteur.

Chapitre 2

Cameron frappa un léger coup à la porte.

— Papa, c'est moi…

La sueur coulait entre ses seins. La nervosité, sans doute…

Elle avait supplié Taye de l'accompagner dans le cabinet de son père, mais la jeune mulâtresse, consciente de sa place dans la maison malgré la grande affection que Cameron lui portait, avait soutenu qu'il ne serait pas convenable qu'elle entre alors que le sénateur avait un visiteur.

Elle marqua une pause, se faisant plus l'effet d'une chrétienne du Ier siècle jetée aux lions que d'une docile fille du Sud obéissant à son père.

Puis elle se décida. Elle ouvrit la porte et entra.

— Te voilà, ma précieuse! s'exclama le sénateur, se dirigeant vers elle les bras grands ouverts.

Elle se haussa sur la pointe des pieds pour lui donner un gros baiser sur la joue, tandis qu'il l'enlaçait. Elle resta un instant dans ses bras. Comme elle aimait l'odeur de son père — une odeur de tabac, de savon à raser — et sa solide assurance! Elle y puisa la confiance dont elle avait besoin pour tourner légèrement la tête et croiser le pénétrant regard de Jackson Logan.

— Capitaine Logan...

Le sénateur se tourna vers son hôte.

— Vous vous souvenez de ma fille Cameron ?

Pendant un bref instant, le temps s'arrêta. Elle vit dans ses yeux une émotion qu'elle ne put interpréter. Se pouvait-il qu'il ait autant appréhendé de la revoir qu'elle l'avait appréhendé de son côté ? Cette expression disparut cependant aussitôt de son beau visage, remplacée par le sourire impertinent qu'elle lui connaissait bien.

— Voilà de nombreuses années que je n'ai pas eu le plaisir de venir à Elmwood, répondit Jackson d'un ton nonchalant, en s'avançant vers eux sans détourner son regard de celui de Cameron, mais j'aurais reconnu votre charmante fille n'importe où...

Il lui prit la main et elle pria qu'elle ne tremble pas tandis qu'il la baisait, s'attardant juste un instant de trop pour les convenances, ses lèvres chaudes pressées sur sa peau.

Elle la lui retira alors brusquement comme si un serpent l'avait mordue.

— La dernière fois que je l'ai vue, elle n'était qu'une toute jeune fille, continua-t-il tandis que ses yeux la détaillaient hardiment de la tête aux pieds.

« Maudit soit cet impudent personnage ! », fulmina Cameron. Il n'avait pas perdu une once de son arrogance. Comme elle méprisait les hommes qui faisaient montre d'une aussi insupportable outrecuidance !

— Mais je vois qu'elle a grandi pour devenir une *femme* tout à fait ravissante, acheva-t-il, son intonation charmeuse ne semblant s'adresser qu'à elle seule.

— Contente de vous revoir, capitaine Logan, répondit fraîchement Cameron.

Puis elle se détourna, pas assez vite pour se montrer grossière devant son père, mais suffisamment pour que Jackson comprenne son intention.

— Thomas…, continua-t-elle avec chaleur, s'approchant de l'assistant de son père qui contournait le grand bureau sculpté pour venir la saluer, quel plaisir de vous avoir de nouveau avec nous !

— C'est moi qui vous remercie de m'accueillir, miss Campbell.

Il lui fit un petit signe de tête, bougeant avec raideur sur ses longues jambes dégingandées.

— C'est si bon d'être ici. Quand je vois l'allée bordée d'ormes d'Elmwood, je sais que je suis de retour chez moi.

Le jeune homme avait d'épais cheveux blond cendré toujours impeccablement coiffés, un visage ordinaire, avec des yeux aux paupières lourdes et un long nez patricien. Même s'il n'était pas déplaisant, il n'était guère le genre d'homme à attirer l'attention. Mais la chaleur de ses yeux bruns plaisait à Cameron. Il avait un regard franc, honnête, contrairement à celui qui lui transperçait le dos au même instant.

— Puis-je vous offrir un autre cognac, papa ? demanda-t-elle en se dirigeant vers une carafe posée sur une table basse sous la fenêtre.

— Volontiers, ma précieuse, répondit le sénateur avec un petit rire.

— Monsieur Burl ? demanda Cameron en emplissant le verre de son père d'une bonne rasade de l'alcool odorant qu'il prisait tant.

— Pour moi ? Non, non merci, balbutia Thomas.

Cameron se tourna alors à demi vers Jackson, s'efforçant de ne pas le regarder dans les yeux.

— Et vous, capitaine ?

Jackson Logan était un homme grand et svelte, mesurant plus de six pieds. Il avait de larges épaules et une taille mince qui se prêtaient bien à la dernière mode. Sa redingote coupée sur mesure, d'un jaune doux, et ses culottes fauves étaient ajustées comme un gant, accentuant sa virilité. Il ne portait pas ses épais cheveux bruns courts, comme les gens du Sud, mais tirés en arrière en un catogan. Une coiffure qui aurait paru ridicule sur n'importe quel autre homme, mais qui lui allait bien et lui donnait un air mystérieux et séduisant. Cameron jeta un bref coup d'œil sur ses mains qu'elle se rappelait grandes et que le travail sur les bateaux et dans l'entrepôt familial, dans le port de Baltimore, avait rendues rêches. C'étaient alors des mains de marin, pas de gentleman. Elle s'efforça de ne pas repenser à la sensation de ces mains rugueuses sur sa peau. Etaient-elles toujours aussi calleuses maintenant, ou bien son statut de capitaine lui faisait-il ordonner à d'autres les travaux les plus durs ?

— Moi, du cognac ? Avez-vous besoin de le demander ?

Cameron se sentit rougir.

Le diable l'emporte ! Même après tout ce temps, un mot anodin de sa bouche la faisait trembler. Pendant six longues années, elle s'était efforcée de nier la sexualité que cet homme avait éveillée en elle. Elle se rendit compte en un instant qu'elle s'était entourée de tout ce qu'elle aimait — la plantation, la politique, ses chers chevaux arabes — pour échapper à ce besoin brûlant et profond qu'elle avait de lui et qui n'avait pas disparu. Et le revoir soudain, être de nouveau proche de lui, attisait les braises qui couvaient et les faisait flamber.

Ce butor insolent ne bougea pas d'où il était, appuyé contre une bibliothèque en acajou qui contenait des ouvrages de droit. Il l'attendit, l'obligeant à traverser la pièce qui ne devait faire que quinze ou seize pieds, mais qui lui sembla longue d'un mille tandis qu'elle marchait la tête haute, dans un froufrou de jupons amidonnés.

Il caressa délibérément ses doigts lorsqu'elle lui tendit son verre. Elle sursauta à ce contact et le liquide sombre fit des vagues, menaçant de déborder.

— Excusez-moi, balbutia-t-elle. Je suis désolée…

La chaleur envahit de nouveau ses joues.

— Ne le soyez pas, murmura Jackson en portant le verre à sa bouche.

Elle avait l'intention de se détourner, mais avant qu'elle puisse le faire, ses lèvres sensuelles frôlèrent le bord du verre et elle ne put détacher les yeux de la bouche qui avait jadis caressé la sienne. Son souffle se comprima dans sa gorge. Elle pivota, honteuse d'éprouver un tel trouble, furieuse contre son corps, contre la trahison de son âme elle-même. Se rendant compte qu'elle devait absolument faire quelque chose, elle déclara :

— Si vous avez faim, messieurs, je suis sûre que l'on peut commander un repas léger dans la cuisine.

— Cam a raison. Elle a toujours été une meilleure hôtesse que moi. J'ai oublié mes devoirs.

David Campbell lissa ses cheveux grisonnants de sa paume.

— Quelque chose à manger, Jackson ? Je sais que la chevauchée a été longue jusqu'à Elmwood.

— Non, merci, sénateur. Mais j'apprécierais volontiers un autre cognac.

Il leva son verre vers Cameron, avec une politesse aussi feinte que moqueuse. Elle croisa ses yeux gris acier, des yeux qui semblaient rire d'elle.

Son sourire d'hôtesse du Sud bien en place, elle prit son verre pour le remplir, veillant cette fois à ne pas le toucher.

— Et maintenant, monsieur, poursuivit-il en portant son regard languide de Cameron à son père, je souhaiterais que nous parlions. *Seuls*…

La tête de Thomas Burl se releva brusquement, comme s'il était un échassier surpris par un faucon. Il avait repris place derrière le bureau, où il s'occupait sans doute de la correspondance du sénateur. Mais il lui suffit d'un regard à Jackson, qui visiblement l'intimidait encore plus que Cameron, et il se leva de son fauteuil, prêt à battre en retraite.

Le sénateur parut un instant contrarié. Son regard soutint celui de Jackson.

— Je vous en prie, parlez librement… Je me fie entièrement à la discrétion de ma fille et de M. Burl.

— Sénateur Campbell, je comprends votre confiance en votre secrétaire et votre chère fille, mais ce que j'ai à dire doit rester entre nous deux. Pour *leur* sécurité, ajouta-t-il.

Le dos de Cameron se raidit et son sourire factice disparut de ses lèvres quand elle croisa le regard de Jackson. Ne voulant pas partir sans exprimer son opposition, elle fixa son père.

— Vraiment, papa ? dit-elle d'une voix taquine.

Elle lui sourit de la façon qui pouvait quasiment tout lui obtenir.

— Je pense que le capitaine exagère, poursuivit-elle d'une voix qui masquait mal son agacement. Il a passé tant de temps à barouder en mer qu'il imagine des intrigues et des complots là où il n'y en a pas.

Jackson ne releva pas et son silence la mit plus en colère que s'il avait protesté avec vigueur. Elle serra les dents, regardant toujours son père, ignorant délibérément leur visiteur. Comment cet effronté osait-il venir chez elle et demander que son père la fasse sortir comme si elle était encore une enfant ?

Mais le sénateur posa une main sur son épaule.

— Veux-tu bien nous excuser, ma chérie ? Je suis sûr que le capitaine aimerait discuter d'épineuses questions politiques concernant les droits de transport, maintenant que le Mississippi ne se considère plus comme l'un des Etats de l'Union. Tu t'ennuierais à mourir au bout de cinq minutes.

— Mais papa, vous oubliez que j'ai été nourrie de discussions politiques ! J'adore ça !

Son père la regarda dans les yeux et elle sut qu'elle avait perdu. Elle pouvait sans problème lui soutirer un nouveau cheval ou une nouvelle selle avec ce sourire enjôleur, mais quand il s'agissait de son bien-être ou de sa sécurité, aucune cajolerie ne marchait plus. Elle savait quand lutter et quand se retirer gracieusement.

— Monsieur Burl…, dit-elle alors d'une voix caressante, pivotant délibérément sur ses talons. Aimeriez-vous voir la nouvelle jument arabe que papa vient de faire envoyer d'Irlande ? Elle est vraiment stupéfiante.

— Eh bien, certainement, répondit Thomas d'une voix étranglée.

Son visage devint cramoisi et sa pomme d'Adam s'agita au-dessus de son écharpe.

Cameron passa son bras sous le sien et fit hardiment glisser sa main sur sa manche.

— Quelle ravissante redingote, monsieur Burl ! Ne me dites pas que vous l'avez encore achetée en France ?

Elle escorta le secrétaire hors du cabinet de travail de son père, donnant l'impression d'être complètement captivée.

— Je dois dire que vous avez vraiment un goût superbe pour vous habiller !

David Campbell regarda la porte se refermer derrière sa fille et ne put retenir un sourire doux-amer.

— Par Dieu, comme j'aime cette petite ! Je lui donnerais n'importe quoi, je ferais n'importe quoi en mon pouvoir pour la rendre heureuse.

Il se tourna vers son hôte.

— Si seulement je pouvais empêcher cette maudite guerre d'arriver… Mais après ce dernier voyage à Washington, je ne me fais plus d'illusions. C'est juste une question de temps avant que les premiers coups de feu ne soient tirés. Ils signaleront la fin de la vie privilégiée que ma jeune et exubérante fille a menée ici, à Elmwood. La fin de la vie que mènent tous les gens du Sud.

— Elle est très belle, commenta Jackson d'un ton pensif, mais elle est également intelligente. Elle s'adaptera.

Le sénateur hocha la tête.

— Pour cela, je ne puis nier qu'elle est volontaire. Vous ne croiriez pas les choses que cette enfant a faites ou essayé de faire ! Elle est si féminine par certains côtés, et pourtant elle se voit comme l'égale de n'importe quel homme de ce comté.

Il rit doucement.

— S'il faut dire la vérité, elle l'est probablement. Je ne voudrais pas faire la course avec elle sur le dos d'un de ses chevaux arabes pleins de tempérament !

Il s'éclaircit la gorge, se reprenant soudain.

— Mais vous n'avez pas parcouru tout ce chemin pour parler de Cameron, n'est-ce pas ? Qu'avez-vous donc à me dire de si délicat ?

— Je pense qu'il vaudrait mieux que nous allions marcher dehors, monsieur. Je sais que les murs peuvent avoir des oreilles, dans une maison comme celle-ci. C'est le cas de la mienne, or ce que j'ai à dire ne doit pas filtrer au-delà de vous et moi.

Le sénateur finit son cognac d'un trait et reposa le lourd verre en cristal.

— Une promenade ? Bonne idée... Laissez-moi vous montrer le nouveau verger de pêchers que nous avons planté ce printemps.

Grant Campbell était posté à la balustrade cirée du palier du premier étage quand son père et Jackson Logan sortirent du bureau en grande conversation, la tête inclinée l'un vers l'autre.

Il s'adossa au mur tapissé afin que les deux hommes ne l'aperçoivent pas.

— *Capitaine* Jackson Logan..., marmonna-t-il à voix basse. Il n'est rien d'autre qu'un pirate en jolies culottes, oui !

Il attendit que la porte se referme derrière eux pour sortir de sa cachette.

— Je me demande ce qu'il veut.

Un bruit de pas attira son attention ; il leva les yeux juste à temps pour voir une jupe pêche disparaître au fond du couloir.

— Pas si vite, ma petite poulette !

Il s'élança aussi rapidement que sa jambe infirme le lui permettait.

Taye s'arrêta au milieu du couloir, un chapeau de paille à la main, mais elle ne se tourna pas pour lui faire face.

— Et où penses-tu aller comme ça ? lança-t-il du ton traînant du parfait gentleman sudiste.

Taye était timide et modeste. Il prenait un grand plaisir à la pourchasser.

— Donner son chapeau à Cameron, répondit-elle sans se retourner. Elle l'a oublié quand elle est allée aux écuries avec M. Burl et elle m'a demandé de monter le lui chercher.

Grant tendit la main et lui saisit le poignet, le tordant durement, la forçant à lui faire face. Il fixa ses yeux bleu pâle, une couleur très inhabituelle chez une négresse. Il avait toujours détesté sa mère. Et son père ? On supposait qu'il était l'un des invités du sénateur, de passage à Elmwood.

— Elle abuse de ta bonne nature, ma sœur…

Il porta son poignet délicat à sa bouche et pressa un baiser sur la peau douce.

Taye essaya de se dégager.

— S'il vous plaît…

Il la mordit.

— Aïe ! cria-t-elle en sursautant de douleur.

Quand il leva les yeux pour rencontrer son regard, il eut la joie de voir des larmes briller.

— Laissez-moi partir. Cameron m'attend.

— Elle peut attendre, gronda-t-il en appliquant sa bouche sur les marques rouges que ses dents avaient laissées.

Cette fois, il fut très doux. Il pressa ses lèvres sur la peau meurtrie, puis les écarta pour la goûter de sa langue.

— Oh! Taye, succulente Taye…, dit-il dans un souffle, en fermant les yeux. Quelle exquise créature tu es. Si seulement tu me laissais t'emmener dans ma chambre, je pourrais te montrer la lune, les étoiles…

Taye lutta, essayant de se libérer, mais il la tenait fermement. La simple pensée de relever ses jupons et de goûter au miel de son nid de boucles le rendit dur comme la pierre.

Soudain, des pas résonnèrent dans l'escalier derrière lui. Taye en profita pour lui arracher sa main et il la laissa partir. Il ne serait pas bon que l'un des domestiques le voie. Sa sœur ou, pire, son père ne manqueraient pas de désapprouver ses… taquineries à la jeune fille. Or, maintenant que le sénateur était de retour à la maison, Grant savait qu'il devait mettre un frein à ses amusements.

Il en soupira déjà d'ennui, tandis que Taye s'enfuyait vers l'escalier. Il pourrait toujours aller à Baton Rouge, bien sûr. Son père y possédait une maison, et la ville était si agréable. Il y avait de belles prostituées, là-bas, qui avaient toute sorte d'appétits intéressants.

Naomi, l'une des esclaves de la maison, tourna au coin du couloir, une pile de linge propre dans les bras.

Ah, Naomi! Grant la connaissait bien. Il connaissait chaque pouce de sa peau noire et de ses boucles serrées.

Elle lui plaisait. Il aimait son attitude décontractée vis-à-vis du sexe et la façon dont elle était disposée à satisfaire ses fantaisies. Il avait aussi un peu peur d'elle, car on disait qu'elle était une sorte de prêtresse vaudou. Son père interdisait la pratique du culte vaudou à Elmwood, mais il était pratiqué quand même. N'importe quel homme doté de la moitié d'un cerveau et d'un bon œil le savait. Si le sénateur n'était pas aussi occupé à Washington, à parlementer avec ces maudits Yankees, peut-être saurait-il mieux ce qui se passait dans sa propre plantation.

Grant se rembrunit. David Campbell était sénateur du Mississippi. Avant la sécession de l'Etat, il était censé représenter ses électeurs au Sénat à Washington. Mais cela ne lui avait pas suffi. Que faisait-il maintenant ? Il provoquait toute sorte de troubles, s'entretenant avec les sénateurs du Nord, essayant de changer les opinions d'honorables sudistes.

Libérer les nègres ? C'était la chose la plus ridicule que Grant avait jamais entendue ! Que deviendrait le Sud si les grands propriétaires terriens perdaient leur main-d'œuvre ? La canne à sucre pourrirait dans les champs. Le coton monterait en graine. La seule façon dont les plantations pouvaient continuer à fournir des produits qui réclamaient tant de travail, et continuer à prospérer, c'était de garder ces diables noirs attachés à la terre. Que feraient-ils de leur liberté, de toute manière ? Ils couperaient encore plus de têtes à des poulets. Ils piqueraient encore plus d'épingles dans de sales petites poupées. Il frémit à cette pensée.

— J'sais pas pourquoi vous faites cette mine, Maît'Grant. Mais continuez et votre figure restera comme ça ! dit

Naomi du même ton pratique avec lequel elle aurait constaté qu'une nappe n'était pas encore sèche.

Grant tendit brusquement la main et l'attrapa par le bras. Le linge tomba par terre, mais elle se contenta de le fixer de ses yeux noirs. Elle n'avait pas peur de lui, contrairement à Taye.

— Cloue ton sale bec! Tu n'as pas à me parler de cette manière.

— Je le cloue ou vous ferez quoi, Maît'?

Elle se moquait de lui, tout en s'adressant à lui comme il fallait.

— Ou je te punirai, déclara Grant, se léchant déjà les lèvres à cette pensée.

Elle ne se débattit pas et n'essaya pas de se dégager. Elle le fixa juste de ses yeux diaboliques.

— Et on sait tous les deux que vous aimeriez beaucoup ça, pas vrai, Maît'?

Il la lâcha et elle se baissa pour ramasser le linge propre.

— Viens dans ma chambre ce soir, dit-il.

Il s'éloigna en arrangeant son écharpe.

— Nous verrons si tu feras ton insolente, alors, miss aux grands airs.

Chapitre 3

— Que je comprenne bien…, déclara le sénateur tandis que Jackson et lui marchaient en direction de la rivière. Vous me dites que le Président veut que *moi*, un homme né et élevé dans le Mississippi — deuxième Etat à se séparer de l'Union, je vous le rappelle —, je sois l'un de ses conseillers de guerre ?

— Sénateur, tout le monde à Washington aimerait penser qu'il n'y aura pas de guerre, que nous pourrons régler cette question en gens civilisés, mais…

— Mais personne ne croit que nous aurons cette chance ?

Jackson fronça les sourcils.

— Le Président sait qui sont ses amis. Vous allez devoir démissionner officiellement de vos fonctions de sénateur du Mississippi, bien sûr. Vous allez également devoir couper vos liens avec votre Etat natal. Mais à la lumière des derniers événements, beaucoup de personnes, à Washington, pensent que c'est votre intention, de toute façon.

David Campbell s'appuya à une vieille barrière usée, dont les piquets avaient été fendus par son propre père au temps où l'idée de devenir sénateur dépassait l'imagination du garçon qu'il était. Dans la prairie verdoyante qui s'étendait devant eux, il vit sa fille s'avancer pour donner une friandise à sa nouvelle jument, pendant que Thomas Burl attendait à la barrière, à l'autre bout du champ. Les jupes relevées d'une main, montrant ses jupons, Cameron avait plus l'air d'une petite fille sortie avec un camarade de jeu que de la jeune femme capable qu'elle était devenue.

Le sénateur baissa les yeux sur la barrière grossièrement taillée et s'y accrocha pour se soutenir.

— Vous avez raison, Jackson. Les lignes d'action sont définies et je dois enfin prendre ma place dans l'Histoire. Ça me déchire le cœur de trahir mes amis, mes électeurs, mon Mississippi de cette façon, mais je le dois.

Il prit une grande inspiration, se sentant soudain plus âgé que lorsqu'il s'était réveillé ce matin-là. Le fait d'exprimer son objectif à haute voix lui donnait subitement une autre réalité.

— C'est en effet mon intention de couper mes liens avec les Etats confédérés d'Amérique, bien que je ne l'aie encore dit à personne.

Il jeta un coup d'œil à son ami.

— Pas même à mon fils et à ma fille.

Le capitaine Logan hocha la tête, et leva un pied botté pour le poser sur le barreau le plus bas.

— Je comprends, monsieur. Ce que nous nous disons ici restera entre nous. Je vous fais mes excuses de devoir vous obliger ainsi à m'en révéler autant. Mais quand le secrétaire d'Etat M. William Seward et certains gentlemen de Washington ont appris que je me rendais à Baton Rouge pour voir mon nouveau bateau, on m'a demandé de vous porter ce message.

David Campbell soupira, caressant le bois grisâtre et fendillé de la barrière.

— J'ai l'intention d'affranchir mes esclaves et de fermer Elmwood. Cameron ne le sait pas encore, mais elle va aller vivre dans le Nord, chez de vieux amis. A New York… Je ne veux pas qu'elle reste ici quand la guerre éclatera.

— Et elle éclatera, commenta Jackson. Bientôt, j'en ai peur.

— Alors, je serai donc un conseiller de guerre du Président ?

Il était très surpris, mais flatté de la requête.

Comme son père aurait été fier de lui !

— Vous travaillerez directement sous les ordres de M. Seward, pour le président Lincoln. Vous êtes très respecté par tout le monde à Washington, sénateur. Apparemment, le Président s'intéresse à vous depuis quelque temps déjà.

David Campbell eut un petit rire sans joie.

— Tout *nordiste* souhaite s'associer avec moi, vous voulez dire… Je pensais que je prenais garde à mes paroles et à mes actions, mais manifestement je n'ai pas été assez prudent. J'ai vu les changements chez mes amis sudistes. A Washington, même avant la sécession officielle, je n'étais déjà plus invité à autant de soirées qu'auparavant. Oh ! Mes pairs veillent soigneusement à rester des gentlemen. Rien ne m'a été dit directement concernant mes positions, mais je peux les sentir m'observer. Et me détester.

Il serra le poing et l'abattit sur la barrière.

— Mais je ne tolérerai pas que Cameron soit soumise à cette haine sournoise ! Ce que je ferai dans les prochains mois doit retomber sur mes épaules, et les miennes seulement.

Jackson ôta sa redingote, l'accrocha à la barrière et remonta les manches de sa chemise blanche.

— Alors vous acceptez la nomination ?

Un sourire en coin releva la bouche du sénateur.

— Disons que je vais prendre l'offre en considération. D'abord, je dois m'occuper des choses ici, sur le front local. Quand je serai de retour à Washington, je discuterai sérieusement de la question avec M. Seward.

— Vous savez, monsieur, que Robert E. Lee a démissionné de son poste dans l'armée des Etats-Unis ?

— Un homme bien… Oui, je l'ai appris juste avant de quitter Washington.

— On lui a offert le commandement des forces militaires et navales de Virginie. On dit qu'il va accepter. Vous verrez qu'il prendra bientôt le commandement de toute l'armée confédérée.

David Campbell hocha la tête, inspira à fond et jeta de nouveau un coup d'œil à Cameron. Elle avait réussi à attraper la jument et la conduisait à présent à travers la prairie rien qu'avec de douces paroles d'encouragement qu'il ne pouvait saisir dans la brise chaude, et une fine longe jetée négligemment sur son encolure.

— J'ignore où mon fils Grant va trouver sa place dans tout cela, réfléchit David à haute voix. C'est une question que je suis très réticent à aborder.

Jackson porta les yeux vers la prairie.

— Je suppose qu'il n'a pas les mêmes vues que vous sur la question de l'esclavage.

— Je crains que mon fils et moi n'ayons les mêmes vues sur rien, ces temps-ci, et sur cette question encore moins que sur les autres. Il… Bon sang, Logan, je ferais n'importe quoi pour améliorer mes relations avec mon fils, mais Grant semble s'éloigner de plus en plus de moi, d'Elmwood et de tout ce qui a toujours été important pour le nom des Campbell ! Il a fait une mauvaise chute de cheval voilà des années, et dans les mois de récupération qui ont suivi, il a beaucoup changé. Il a été très… démoralisé par l'accident, par sa blessure. Il est devenu si amer, si en colère. Rien ne semble plus lui importer à présent, hormis les plaisirs charnels avec lesquels il se réconforte.

David haussa les épaules avant de poursuivre :

— Pour Grant, comme pour la plupart des gentlemen du Sud, l'esclavage est simplement une question économique. Il a raison quand il dit que, sans nos esclaves, la production de coton et de canne d'Elmwood s'effondrera. Nous pourrions engager des ouvriers agricoles, bien sûr, mais le coût engloutirait une trop grande partie de nos profits. Aussi, même si nous pouvions trouver des hommes libres pour travailler aux champs, nous serions ruinés.

— Grant ne songe qu'à sa bourse.

Jackson n'essaya même pas de cacher son mépris pour le fils du sénateur. Grant et lui s'étaient toujours détestés.

David désirait voir son fils heureux comme Cameron l'était, mais quoi qu'il fasse et quoi qu'il lui donne, Grant ne semblait jamais content.

— Honnêtement, j'ignore s'il consentira à venir dans le Nord avec nous. Je ne peux imaginer qu'il reste ici, cependant. Elmwood ne signifie rien pour lui à part l'argent qu'il en retire. Ce n'est pas comme celle-là…

Il désigna Cameron d'un signe de tête. Elle guidait

la jument à travers un portillon, la conduisant vers les écuries.

— Elle a Elmwood dans le sang. C'est une Campbell jusqu'à la moelle. Elle est née avec la terre du Mississippi sous les ongles. Elle aime cette plantation autant qu'elle aime ses chevaux. Parfois, je pense qu'elle a raison, qu'elle aurait dû naître garçon.

Les deux hommes rirent.

— Pensez-vous que votre fils rejoindra l'armée confédérée ? demanda Jackson.

Le sénateur secoua la tête.

— Non, Grant ne pourra jamais se joindre à l'effort de guerre. Son infirmité est trop sévère. A mon avis, quand la guerre commencera, il essaiera de me faire sentir aussi coupable de mon choix qu'il le pourra. Il prendra l'argent que je lui offrirai et ira s'installer dans notre maison de Baton Rouge. Il passera la guerre là, à boire et à coucher avec des prostituées, se servant de l'excuse de sa jambe pour ne pas se battre.

— Bien, monsieur... Pensez à la proposition du président Lincoln, dit Jackson en frappant la barrière du plat de la main, puis en reprenant sa redingote.

— Voulez-vous rester ici une semaine ou plus, Jackson ?

— Malheureusement, je ne le puis. On rééquipe mon bateau à Baton Rouge en ce moment. Je fais ajouter deux petits canons. Je dois continuer mon chemin pour aller superviser le travail.

— Allons, mon ami... Vous avez dit vous-même qu'il ne sera pas prêt avant un mois au moins, peut-être deux. Restez donc. Je donnerai un bal en l'honneur de votre visite.

Jackson regarda vers la prairie. Il eut envie soudain

de jouer l'hôte sudiste une dernière fois, avant que la civilisation qu'il avait connue ne s'effondre autour de lui. Car il ne doutait pas qu'elle allait bientôt s'effondrer.

— Je vous en prie, insista David. Ce sera probablement la dernière occasion que j'aurai de donner un bal, de boire, de danser et de rire avec mes voisins. Une fois que j'aurai affranchi mes esclaves, je ne serai plus reçu nulle part au sud de la ligne Mason-Dixon, et vous le savez.

— Et vous voulez donc me forcer à rester ? demanda Jackson en haussant un sourcil.

— Absolument !

David lui tendit la main avec le sourire assuré d'un homme qui savait qu'il avait remporté la discussion, et Jackson la serra.

— Merci, dit le sénateur.

— Merci à vous. Et maintenant, si ça ne vous fait rien, je crois que je vais aller jeter un coup d'œil à cette nouvelle jument de votre fille. Elle a l'air d'une belle bête.

— Je vois que Burl rentre à la maison, alors je ferais mieux d'y retourner aussi. Nous avons beaucoup à discuter. Nous vous verrons donc au dîner, dans la salle à manger, n'est-ce pas ? Rejoignez-moi avant pour un cognac dans mon cabinet de travail, si vous voulez.

— J'en serais honoré.

Jackson s'inclina légèrement et regarda le sénateur traverser le champ et gravir la petite butte pour regagner la maison.

Après quoi il se dirigea à grands pas vers les écuries, sachant qu'il jouait avec le feu. Il aurait dû se retirer dans sa chambre, quitter ses bottes et faire une bonne sieste, digne d'un gentleman du Sud.

Mais Jackson n'avait jamais eu peur du feu.

*
* *

— Bonne fille…, dit Cameron d'un ton apaisant, en caressant la longue et gracieuse encolure de sa jument.

Une fois propre et étrillé, l'animal était d'un blanc aussi crémeux que les jupons du dimanche de sa maîtresse.

Elle posa sa joue sur celle de la bête et inspira profondément, laissant ses nerfs encore ébranlés se calmer. Ici, c'était le seul endroit où elle était vraiment à l'aise ; le seul endroit où elle avait l'impression de pouvoir être véritablement elle-même. Avec les grandes portes fermées, il faisait sombre et frais. Peut-être s'y cacherait-elle jusqu'à ce que le capitaine Logan reparte.

Il n'allait sûrement pas rester. Pour quelle raison son père l'en prierait ? L'idée d'avoir Jackson à Elmwood, ne fût-ce que pour une nuit, lui était intolérable. Comment pourrait-elle supporter sa présence ? Ses regards ? Non. Il n'avait pas sa place ici. Elle ignorait combien de temps son père pensait rester à la plantation avant de retourner à Washington, mais elle n'avait certainement pas envie de devoir le partager avec un invité ! Ils avaient tant de choses à se dire. Il était parti si longtemps et elle se sentait toujours si seule, en son absence.

Elle alla dans la pièce du fond pour prendre un grattoir à sabots. Ce n'étaient pas les valets d'écurie qui manquaient pour s'occuper de ses chevaux, mais elle aimait faire une partie du travail elle-même. Elle aimait avoir un autre but dans la vie que de boire de la citronnade sous la véranda et paraître jolie pour son père.

Parlant toujours doucement à la jument, elle tourna le dos à la porte de la stalle pour nettoyer ses sabots.

— C'est bien… Laisse-moi juste enlever cette pierre…, murmura-t-elle en passant une main expérimentée sur le paturon et en pressant doucement, incitant la jument à lever son pied.

Elle nettoya la corne avec soin.

— Superbe cheval !

Surprise, Cameron lâcha le sabot et se tourna brusquement vers la porte.

— Ne prenez pas cet air apeuré, ma chère...

Jackson se tenait à l'entrée de la stalle, sa redingote jetée négligemment sur une épaule, les manches de sa chemise relevées.

— Je ne suis pas « apeurée », répondit-elle aigrement.

— Votre père m'a dit que vous pensiez élever des chevaux arabes et créer votre propre haras.

— Comme si ça vous intéressait !

Elle croisa son regard, ses yeux ambrés étincelant d'une contrariété à peine dissimulée.

— De si mauvaises manières pour une jeune dame aussi charmante.

— Otez-vous de là ! Sortez de mes écuries. Partez de chez moi !

— Partir de *chez vous* ? Impossible, ma chère Cameron, votre père vient de m'inviter à rester à Elmwood. Un mois si je veux, jusqu'à ce que mon bateau soit prêt.

L'estomac de Cameron se noua à cette nouvelle.

— J'espère que vous avez poliment refusé.

— Pourquoi ? demanda Jackson d'un ton traînant, en s'appuyant nonchalamment au cadre de la porte.

— Peut-être parce que je méprise le sol sur lequel vous marchez ? Parce que j'aimerais arracher vos yeux moqueurs de leurs orbites ?

Elle agita le grattoir.

— Ou peut-être parce que j'apprécierais de vous étriper et de…

— Assez ! Assez !

Il leva une main, riant.

— J'ai compris l'idée… Ce que je ne comprends pas, en revanche, c'est pourquoi vous me détestez autant.

Cameron sentit la sueur perler sur sa nuque et sous les lacets de son corset. Sa peau la picotait tandis qu'elle sentait son regard s'attarder sur sa bouche, sa gorge… ses seins.

— Pourquoi je vous déteste ?

Elle se força à rire.

— Ne me dites pas que vous avez complètement oublié l'été que vous avez passé ici ?

Elle fit un pas vers lui et poussa son torse du plat de la main. Elle n'était pas un rat et elle ne se laisserait sûrement pas piéger par un prédateur aussi arrogant !

— Je suis sérieuse. Otez-vous de là !

Jackson s'écarta, la laissant passer dans l'allée, mais elle se sentait toujours piégée. Des ondes de chaleur se répandaient à la surface de sa peau, et elle avait l'impression d'essayer de respirer sous l'eau. Ses doigts tremblaient lorsqu'elle suspendit le grattoir à un crochet, et elle avait soudain du mal à penser. La solution la plus simple aurait été qu'elle s'en aille, bien sûr, mais elle n'en avait pas l'intention. C'étaient ses écuries, ses chevaux ; c'était *lui* qui empiétait sur son territoire.

— Ah, cet été fatidique…, dit Jackson avec un petit rire. Le soleil brûlant, l'herbe verte et vous, si délicieuse… J'ai passé de bons moments. Pas vous, Cameron ?

Il était insupportable ! Quel gentleman oserait rappeler à une dame ses écarts de conduite ? Elle attrapa une fourche et se mit à lancer du foin par-dessus le mur dans la stalle de la jument. Lui dire pourquoi elle était encore si en colère serait admettre combien elle s'était profondément attachée à lui, à l'époque. Elle rôtirait en enfer plutôt que de reconnaître la vérité.

— Non, pas vous apparemment…, reprit Jackson. De toute évidence, nous ne nous sommes pas quittés en termes aussi amicaux que je le pensais.

Elle sentait sur lui son regard aigu, troublant, dont la chaleur intense traversait ses vêtements, lui brûlait la peau, la bombardait de sensations qui lui donnaient le vertige.

— Aussi, je dois m'excuser de ce que j'ai pu faire pour vous offenser…

— Ce que vous avez fait pour m'offenser ? fulmina-t-elle en se retournant brusquement, la fourche à la main.

Jackson laisser tomber sa veste par terre et leva ses bras musclés pour se protéger. Elle pointa la fourche si près de lui que ce fut un miracle si elle n'arracha pas les boutons de son gilet ivoire avec les pointes acérées.

— Doucement !

— Doucement, doucement, répéta-t-elle d'un ton sifflant, en le menaçant de l'outil.

Jackson esquiva par un petit bond de côté, attrapa le manche de la fourche et la lui arracha des mains.

Maintenant, c'était elle qui était sans défense. Elle tenta farouchement de reprendre son arme, le cœur battant, le sang pulsant dans les tempes. Elle ne pouvait supporter d'être si proche de lui, de sentir l'odeur de ses cheveux propres, de son savon à barbe, de son corps viril.

— Rendez-moi ça !

— Quoi, pour que vous m'enfourchiez ?

Il fit passer l'outil derrière lui.

— Calmez-vous donc!

Mais Cameron lutta comme une folle. Elle le frappa de ses poings; la rage contenue de toutes ces années bouillonnait en elle, libérée d'un coup. Elle le toucha au menton d'un direct du droit et il poussa une exclamation de surprise et de douleur.

— Aïe, ça fait mal!

— Tant mieux!

Elle lui donna des coups de pied, tandis qu'il essayait de la maîtriser.

— Rendez-moi cette fourche et je vous montrerai ce qui fait vraiment mal!

Jackson lui saisit brusquement les poignets et la poussa contre le mur de l'écurie. L'arrière de sa tête cogna contre la pierre, l'étourdissant un instant.

— Ça suffit! grogna-t-il. C'est à vous que vous allez faire mal, si ça continue.

Son visage était si proche d'elle, son regard gris si intense, qu'elle dut fermer les yeux pour ne plus le voir. Sa tête la lançait, et soudain la chaleur de l'après-midi fut insupportable.

— Cameron, Cameron, murmura Jackson en penchant la tête vers elle.

Elle se débattit, mais il réussit à presser ses lèvres sur la peau sensible de son cou. Elle suffoqua sous la pression de son corps et de ses propres émotions.

— Non, protesta-t-elle. Non.

Comment son corps pouvait-il la trahir ainsi? Comment pouvait-elle brûler d'envie qu'il l'embrasse alors qu'elle essayait de le repousser?

Se servant de tout son poids pour la clouer contre le

mur, il écrasa sa bouche sur la sienne, la forçant à ouvrir les lèvres.

Ce fut presque plus qu'elle ne pouvait en supporter. Elle bougeait, attirait, exigeait. Tellement irrésistible. Elle était hors d'haleine, avait la tête qui tournait. Elle avait abandonné la lutte un court moment, mais elle se remit bientôt à le repousser pour tenter de se dégager. Si elle ne respirait pas rapidement, s'il n'ôtait pas sa bouche de la sienne, elle allait s'évanouir dans ses bras !

Elle planta ses ongles dans sa chemise, déterminée à lui arracher la chair du torse. Les bruits étouffés de protestation qu'elle émettait, bâillonnée par sa bouche, évoquaient les grondements d'une chatte dévorant sa proie.

Il interrompit enfin leur baiser.

— Cameron…, cessez de me combattre et écoutez-moi…

Elle pouvait s'entendre haleter, sentir son cœur tambouriner dans sa poitrine. De la sueur coulait dans son dos. Elle crispa les paupières, honteuse d'elle-même et de son besoin irraisonné de cet homme. Elle avait envie de crier, d'appeler à l'aide, mais aucun son ne sortit de ses lèvres.

— Ouvrez les yeux, sapristi ! Je suis désolé, murmura-t-il d'une voix rauque, son regard intense rivé sur elle. Vous m'entendez ? Je suis désolé. Désolé pour ce que j'ai dit ce jour-là. Pour la façon dont je vous ai blessée.

Sa lèvre inférieure se mit à trembler, et pendant un moment elle craignit de craquer. La seule chose qu'elle ne voulait pas partager avec cet homme, c'était sa douleur.

« Il est désolé », criait son cœur illogique, comme si c'était une victoire. Mais sa raison ne le croyait pas.

Elle allait lancer une réplique, mais se surprit à se pencher en avant, se tendant vers lui, au lieu de lever le genou pour le frapper au bas-ventre, comme elle aurait dû le faire, elle pressa son corps contre le sien. Elle moula sa chair douce et traîtresse contre la silhouette musclée de cet homme qu'elle détestait tant et s'abandonna à lui.

Il fit alors si chaud dans l'écurie qu'elle eut l'impression de suffoquer. Elle colla à son tour sa bouche contre la sienne et coula les doigts dans ses cheveux épais. Les bruits, les odeurs, les murs même de l'écurie disparurent en un instant de son esprit.

Jackson pencha la tête sur la rondeur de sa poitrine, au-dessus de l'encolure de sa robe. Cameron poussa une exclamation étouffée et arqua le dos, sentant la pointe de ses seins se durcir sous ses vêtements, tandis que des lèvres tièdes caressaient la vallée entre ses seins, que des doigts en parcouraient la chair douce et avide. Il saisit le bord de son corsage pour l'abaisser et elle entendit l'étoffe se déchirer.

Elle aurait dû protester, se soucier qu'il ait déchiré sa robe, être furieuse qu'il la traite si rudement que l'organza n'ait pas résisté. Mais plus rien ne semblait compter tout à coup, rien à part sa bouche qui revenait sur la sienne et le contact brûlant de sa main sur sa poitrine.

Il glissa un genou entre ses cuisses et elle en accueillit la pression avec bonheur.

— Dites-moi que vous me pardonnez, Cameron… Dites-le !

Ses paroles firent soudain mouche. En un instant de lucidité, elle s'avisa de ce qui se passait. Jackson voulait qu'elle oublie tout ce qui s'était passé cet été-là ; il attendait même probablement qu'elle recommence — et ce jusqu'à ce qu'il l'abandonne de nouveau.

Elle le repoussa alors fortement de ses deux mains, le surprenant tellement qu'il chancela en arrière.

— Eloignez-vous de moi ! cria-t-elle, s'essuyant la bouche de sa main comme si ce geste pouvait effacer en même temps cet accès de passion malvenue. Essayez encore de faire ça et je jure que je vous transpercerai de cette fourche !

Des larmes plein les yeux, elle prit ses jupes à poignées et s'enfuit en courant de l'écurie, fuyant Jackson Logan… tout autant qu'elle se fuyait elle-même.

Chapitre 4

— Je ne peux pas descendre dîner ! C'est impossible ! déclara Cameron couchée à plat ventre sur le grand lit en acajou que son père avait fait faire pour elle quand elle avait eu trois ans et qu'elle ne tenait plus dans le berceau de famille des Campbell.

Un entrelacs de feuilles et d'épis de riz mûr sculptés s'enroulait autour de chacun des quatre montants, et une belle moustiquaire blanche enveloppait l'ensemble, vaporeuse.

Cameron avait trop chaud ; elle transpirait ; elle avait le motif de surpiqûre de l'ancienne courtepointe irlandaise imprimé sur sa joue, mais elle s'en moquait. Elle se sentait horriblement mal et voulait se punir. Non pas tant parce qu'elle avait laissé Jackson Logan l'embrasser que parce que cela lui avait plu. Elle sentait encore le goût de sa bouche sur la sienne, la fermeté de son corps pressé contre le sien, et son odeur s'attardait sur sa peau.

— Ne soyez pas ridicule, dit Taye en parcourant la chambre pour ramasser les habits épars que Cameron y avait semé. Votre père vous attend.

Elle cueillit par terre des chaussures et des bas, ainsi qu'un chapeau irrémédiablement taché.

— Vous ne pouvez pas le décevoir.

Cameron roula sur le dos, chassant ses cheveux de ses yeux d'un geste irrité, fixant au-dessus d'elle la moustiquaire transparente qui drapait le lit.

— Tu ne comprends pas, Taye ! s'écria-t-elle avec passion. N'as-tu pas entendu ce que je t'ai dit ? J'ai laissé Jackson m'embrasser !

Elle frémit à y repenser.

— Et je lui ai rendu son baiser !

Elle ferma les yeux et poussa un gémissement catastrophé à ce souvenir.

— Je ne sais pas ce qui m'a pris. Une minute avant, j'étais folle furieuse contre lui, et la suivante…

Des frissons délicieux la transpercèrent jusqu'à la moelle à l'évocation de la minute suivante.

— Une erreur de jugement, voilà tout, commenta calmement Taye en ramassant la robe de soie verte jetée par terre et en la défroissant grossièrement du plat de la main. Vous vous êtes rendu compte de votre bévue et l'avez remis proprement à sa place. Vous n'avez pas à en avoir honte. Aucune raison de vous cacher.

— Je ne me cache de personne.

Cameron s'assit, glissa au bord du lit et tira sur le corselet de sa camisole, essayant de se libérer de la chaleur étouffante qui semblait l'envelopper.

— C'est juste que… Oh ! Taye ! s'écria-t-elle dans un élan de frustration en se laissant retomber en arrière sur le lit. Tu es une telle innocente ! Comment te faire comprendre la gravité de ce que j'ai fait ?

Ça n'avait pas été un timide baiser sur la joue. Il s'était agi d'un *vrai* baiser.

— Tu ne comprends pas…

Cameron posa un bras las sur son front.

— Alors expliquez-moi…

Taye replia la robe avec soin puis la déposa sur une chaise, et s'agenouilla devant la jeune femme, lui prenant les deux mains et l'aidant à se rasseoir.

— Aidez-moi à comprendre.

— Taye, que ferais-je sans toi ?

Cameron caressa la joue satinée de son amie, plongeant son regard dans ses yeux bleu pâle pleins de dévotion.

— Tu es si bonne et si naïve… Tu n'as pas encore été embrassée par un homme, alors je ne sais pas bien comment te l'expliquer. C'est juste que ça peut être une telle…

Elle chercha le mot juste.

— *Violation.*

Taye détourna les yeux.

— Pas si l'homme vous convient, je pense.

Cameron ne put réprimer un sourire.

— Ne me dis pas… Est-ce possible ? M. Burl a-t-il finalement eu le cran de t'embrasser ? Est-ce pour cela que tu fais ta timide ?

De la couleur monta aux joues charmantes de Taye. Elle rit et se leva pour aller chercher la robe de Cameron.

— Vous dites des bêtises ! Je n'embrasserais jamais M. Burl. Il est votre fiancé.

— Il n'est rien de tel !

Cameron bondit du lit.

— Je sais que cela ferait certainement plaisir à papa si nous nous mariions, mais je crois qu'il pense plus à ma sécurité qu'à mon bonheur en envisageant une telle union. Même si Thomas Burl est un homme bien, ce n'est pas un homme pour moi.

Elle passa un bras autour des minces épaules de la jeune fille. Taye était si délicate, si belle…

— Mais vous deux, vous vous entendriez bien, je pense. Vous êtes tous les deux si authentiquement bons. Pas comme moi.

Ni comme Jackson.

— Ne me taquinez pas ainsi !

Les joues de Taye rougirent encore plus tandis qu'elle s'approchait de la méridienne, devant la fenêtre, et feignait de s'intéresser à sa boîte à couture.

— Vous savez très bien que M. Burl et moi, nous ne pourrions jamais…

Ses épais cils sombres voletèrent tandis qu'elle baissait les yeux, et fouillait fébrilement sa boîte à la recherche d'une aiguille.

— Un homme comme M. Burl ne ferait jamais un mari approprié pour une femme comme moi…

— Et pourquoi pas ?

Cameron avait mis les mains sur ses hanches et la fixait avec le plus grand sérieux.

— Tu es bien éduquée, et tu parles quatre langues. Je parie même que tu parles le français mieux que lui. Tu le parles certainement mieux que moi, en tout cas !

— Cameron, s'il vous plaît, parlons d'autre chose.

Taye enfila une aiguillée.

— Non, je ne parlerai pas d'autre chose. Je veux savoir pourquoi tu penses que tu ne pourrais pas épouser Thomas Burl ou n'importe quel homme comme lui.

Taye releva lentement la tête, ses yeux pâles soudain assombris par l'angoisse.

— Parce que ma peau est noire, Cameron ! Parce que

je suis une enfant naturelle, née d'un père inconnu… et la fille d'une esclave.

Elles restèrent silencieuses un moment. Des larmes brillaient dans les yeux de la jeune fille, et Cameron mesura mieux la souffrance que son amie endurait chaque jour. Car même si sa peau était plutôt moka que noire, nul ne pouvait nier que du sang africain coulait dans ses veines. Le souhait de Cameron était qu'elles puissent vivre dans un monde où cela n'aurait plus d'importance. Elle savait que son père combattait pour l'avènement d'un tel monde, et qu'il se battrait jusqu'à la mort.

— Je suis désolée, dit-elle. Vraiment désolée.

Elle passa derrière Taye et posa les mains sur ses fines épaules.

— Je ne voulais pas te bouleverser. Je ne sais que trop bien, malheureusement, ce que tu veux dire. Mais ce n'est pas juste ! Personne ne devrait te juger d'après la couleur de ta peau ou d'après ce que ton père était ou n'était pas. Tu devrais être jugée d'après ce que tu es, et rien d'autre.

— Je vous en prie…, l'implora Taye.

Elle s'essuya les yeux du revers de sa main délicate.

— Nous savons toutes les deux qu'un monde pareil n'existera jamais. Nous l'oublions souvent, ici, à Elmwood, où nous sommes protégées de l'extérieur. Mais il n'existera jamais un monde où M. Burl et moi pourrions être mari et femme. Inutile de se mentir, Cameron, ou d'espérer l'impossible. Les choses sont ce qu'elles sont… Ni vous ni moi ne pouvons les changer.

— Il n'en sera pas toujours ainsi, je te le promets. Dieu ne permettra pas qu'une telle injustice continue. La situation s'arrangera. Je le sais.

Taye se força à sourire.

— Vous êtes indomptable. Dommage que vous n'ayez pas été élue présidente à la place de M. Lincoln !

Elles rirent toutes les deux à l'absurdité de cette idée et Cameron, qui voulait changer de sujet pour ne pas laisser plus longtemps Taye dans l'embarras, demanda :

— Tu penses vraiment que je dois rejoindre papa pour le dîner ? Même avec ce monstre encore ici ?

— Oui. Si vous ne descendez pas ce soir, si vous n'affrontez pas le capitaine tout de suite, ce sera encore plus difficile demain.

Taye s'assit et étala la robe de Cameron sur ses genoux pour raccommoder une petite déchirure.

— Tu as raison…

Cameron alla à la fenêtre et écarta les rideaux de soie afin de contempler la scène rituelle de début de soirée qui se déroulait devant elle. Les esclaves rentraient des champs, au rythme de leurs cantiques. Elle entendait leurs chants réconfortants, qui marquaient le début et la fin de chaque journée à Elmwood.

— Je ne dois pas laisser le capitaine Logan et son horrible conduite m'empêcher de passer du temps avec mon père, dit-elle, essayant de se convaincre elle-même.

Les doigts vifs de Taye s'affairaient sur l'étoffe de la robe neuve.

— Ah, voilà de nouveau ma Cameron ! Voilà la femme élevée dans le Mississippi que je connais !

Cameron prit une brosse à manche en ivoire sur le lit et commença à la passer pensivement dans ses mèches cuivrées.

— Tu crois vraiment que tu peux réparer ma robe ? Papa a raison. Elle est très jolie.

Taye coupa le fil avec ses dents.

— Et voilà ! Elle est comme neuve.

Elle déplia devant elle l'élégante toilette pour que Cameron l'inspecte.

— J'ai recousu la petite déchirure et rajusté la dentelle. Personne ne devinera qu'il y a des points ici…

Elle se leva et secoua la robe vert feuille avec ses trois rangs de fronces.

— Cela dit, vous ne devriez pas porter de si jolies toilettes à l'écurie. Elle aurait pu être complètement abîmée.

Cameron jeta la brosse sur le lit, armée d'une détermination nouvelle. Elle avait bien fait de venir trouver Taye et de lui avoir avoué son erreur. Son amie lui donnait toujours de bons conseils. Elle la comprenait mieux que quiconque.

— Aide-moi à la remettre et fais quelque chose de ces cheveux. Si je descends dîner, je ne veux pas être en retard.

Une demi-heure plus tard, Cameron descendait d'un pas glissant le grand escalier, le menton haut, sa robe réparée et ses pantoufles en chevreau cirées. Ses longs cheveux cuivrés avaient été longuement brossés puis ramenés en arrière sous une coiffe de dentelle blanche ornée de boutons de rose blancs et verts. Taye descendait un pas derrière elle, pour l'escorter.

— Lorsque nous entrerons dans la salle à manger, lui chuchota Cameron sur le ton de la conspiration, accordons toute notre attention à M. Burl et ignorons le capitaine Logan. Il se rendra vite compte de la terrible erreur qu'il a faite en pensant impressionner Cameron Campbell.

Au bas des marches, elles croisèrent Sukey, la mère de Taye. Cette dernière leur sourit, et tout son visage s'éclaira de cette lumière dont Cameron avait toujours pensé qu'elle venait de l'intérieur. Sukey était née et avait été élevée dans le Mississippi. David Campbell l'avait affranchie des années plus tôt en hommage aux bons services que ses parents avant elle et elle-même avaient rendus à la famille.

C'était une très belle femme de quarante ans. Elle semblait même encore plus belle à Cameron que lorsqu'elle était plus jeune. Petite et menue, elle avait un visage ovale, des yeux de jais frangés de cils noirs et sa peau avait la riche couleur du chocolat au lait.

— Vous voilà toutes les deux ! dit-elle avec un grand sourire qui la fit paraître encore plus séduisante. Le sénateur et ses invités sont passés à la salle à manger. Vous devez vous dépêcher, miss Cameron…

Elle lui offrit sa main et Cameron la prit ; ce contact réconfortant renforça sa résolution. Sa mère avait disparu depuis si longtemps qu'elle ne se souvenait pas d'elle, à part quelques réminicences de son visage, peut-être plus imaginées que réelles. Elle était morte lors de ses troisièmes couches, et le bébé était mort avec elle. Une fièvre avait emporté sa nounou quelques années plus tard, et son père n'avait pas engagé une autre nourrice, mais permis à Sukey de s'occuper à la fois de Cameron et de Taye. Sukey était celle qui l'avait élevée. Les trois femmes étaient unies par des liens qui ne pouvaient être tranchés par quelque chose d'aussi anodin que la couleur de la peau.

— Vous êtes si ravissante ce soir, continua Sukey.

Ses compliments étaient toujours sincères.

— Votre père va être fier, mais après tout il est toujours fier de vous.

— Assez ravissante pour rendre le capitaine Jackson follement envieux ? Parce que c'est ce que Taye et moi nous proposons de faire.

Cameron décocha un sourire espiègle à sa complice par-dessus son épaule.

— Il s'est conduit comme une brute avec moi tout à l'heure, mais il ne l'emportera pas au paradis !

Sukey fronça les sourcils, subitement alarmée.

— Y a-t-il quelque chose que votre père devrait savoir, miss Cameron ?

— Non, non. Rassure-toi… C'est seulement qu'il m'a rendue furieuse et que j'aimerais le mettre très mal à l'aise pour me venger, maintenant.

Elle prit la main de Taye.

— Nous avons toutes les deux l'intention de le lui faire payer, n'est-ce pas, Taye ?

Cameron vit alors le regard sombre de Sukey chercher celui de sa fille. Elle se tourna de nouveau vers son amie, subitement alertée.

— Tu dînes avec moi, n'est-ce pas ?

Elle baissa la voix.

— Tu ne vas quand même pas me laisser pas affronter le lion toute seule ?

— Miss Cameron, dit doucement Sukey. Ce ne serait pas convenable.

— Pas convenable ? Mais Taye a dîné avec nous hier soir quand papa est rentré. Tout comme toi, Sukey.

Sukey baissa les yeux. Elle ne s'humiliait jamais, mais elle avait une claire conscience des règles de la société concernant les Noirs et elle les respectait. Ces règles étaient aussi importantes pour elle que pour toute maîtresse blanche de n'importe quelle plantation du Mississippi.

— C'est la prérogative du sénateur de dîner avec qui lui plaît en privé, vous le savez, miss Cameron. Mais il ne serait pas convenable que Taye dîne avec vous quand il a des invités.

Taye passa devant Cameron et vint se placer à côté de sa mère.

— Vous savez toutes les deux ce que papa pense de toutes ces règles ridicules ! Et puis Taye est comme une sœur pour moi…

— C'est bon, Cameron… Je n'ai pas envie d'aller dîner avec vous, de toute façon, dit doucement Taye.

Elle glissa un bras sous celui de sa mère.

— Je veux aller avec maman au quartier des esclaves. Naomi a dit que sa mère était malade. Maman veut lui porter de la soupe et voir si elle peut faire quelque chose pour l'aider.

— Vas-y, alors…

Cameron abandonna, sentant qu'elle ne pourrait livrer qu'une bataille à la fois.

— Mais prenez une lanterne. Il va bientôt faire nuit.

Taye posa un baiser sur la joue de Cameron, puis sa mère et elle s'éloignèrent dans le couloir.

— Bonne chance avec le capitaine !

Lorsqu'elle se retrouva seule dans le vestibule, Cameron prit une grande inspiration, lissa machinalement la soie vert clair de sa robe, puis, rejetant la tête en arrière, elle entra dans la salle à manger, le menton en avant, prête à affronter la soirée.

Les quatre hommes, son père, Grant, Thomas Burl et Jackson Logan, se tenaient à l'autre bout de la pièce, près de la porte-fenêtre. Ils se tournèrent avec un parfait ensemble à son entrée.

— Je suis navrée d'être en retard, messieurs, s'excusa-t-elle avec grandeur. J'avais une petite déchirure à ma robe.

Elle fixa un instant Jackson, puis revint à son père.

— Sotte que je suis… Mais Taye l'a réparée et tout va bien.

— C'est une très belle robe, dit le sénateur en venant poser un baiser sur sa tête. Et une fille encore plus belle.

Cameron lui sourit. Il était grand et très en forme pour son âge. Il avait un visage anguleux, un long nez et un front large. Plus d'une fois, sa ressemblance avec le président Lincoln avait été soulignée. Mais on disait que le Président était un homme ordinaire, et le sénateur Campbell ne l'était absolument pas.

Il se tourna vers les autres convives.

— Allons-nous dîner, messieurs, maintenant que cette exquise dame nous a rejoints ?

A travers la pièce, le regard de Jackson croisa le sien. Elle ne pouvait croire qu'il ait l'audace de la regarder de cette façon, et devant son père, qui plus était !

Thomas Burl tira une chaise pour elle et elle lui fit son plus joli sourire.

— Merci, monsieur Burl. Vous êtes un tel gentleman…

Une fois tout le monde installé, les trois hommes reprirent la conversation qu'elle avait interrompue en entrant.

— Vous ne croyez pas vraiment cette stupidité de pleurnicheurs, n'est-ce pas, monsieur Burl ? demanda Grant qui avait pris place à la droite de son père, juste en face de Cameron.

— Eh bien… si. Je… je le crois vraiment, balbutia Thomas qui se trouvait assis à côté de la jeune femme. Et de tout mon cœur… Je crois que quand nos ancêtres ont rédigé cette constitution et la Déclaration des Droits, les libertés énoncées ont été pensées pour tous les hommes.

— Et qu'en est-il de vous, capitaine Logan ? demanda alors Grant à leur hôte, ricanant presque.

Cameron entendit Thomas pousser un soupir de soulagement tandis que son frère s'en prenait à un autre.

— Grant, vous savez bien que vous ne parviendrez pas à m'enflammer, répondit Jackson d'un ton nonchalant.

Il s'adressait à Grant, mais regardait Cameron.

— Ça n'intéresse certainement personne d'entendre mon opinion sur la question.

Cameron se recula légèrement sur sa chaise Reine Anne, pour permettre à Naomi de poser un bol de potage glacé sur son assiette.

— Ça m'intéresse, moi, dit-elle en soutenant le regard de Jackson. Dites-nous ce que vous en pensez, capitaine Logan. La table de mon père est un lieu de libre expression, et chacun peut y exprimer sa philosophie. N'est-ce pas vrai, mon frère ?

Jackson sourit comme s'il disait « Touché ».

— Comme je l'ai déjà dit à Grant lorsque nous nous sommes vus lors de son dernier séjour à Washington, miss Cameron, je viens du Maryland, un Etat neutre. Nous n'avons choisi aucun camp dans ce conflit.

— Mais si la guerre se déclare, capitaine, vous devrez pourtant bien choisir un côté, insista-t-elle.

Pour elle, refuser de prendre parti dans la question de l'esclavage était pire que de choisir le mauvais côté. Ne prendre aucun parti était lâche et irresponsable.

Il s'adossa à son tour à sa chaise pour laisser Naomi lui servir son potage. Il croisa le regard de la domestique d'un œil espiègle, comme s'ils se connaissaient déjà, avant de ramener son attention sur Cameron. Elle se demanda immédiatement — et avec une pointe de contrariété — comment il la connaissait et à quel point il la connaissait.

Bien que personne n'en parle ouvertement, tout le monde à Elmwood savait que l'un des rôles de Naomi consistait à pourvoir aux « besoins » des invités masculins. Cameron trouvait cet état de fait barbare, mais comme le lui avait fait remarquer Sukey, c'était une coutume du Sud aussi ancienne que de boire de la citronnade sous la véranda par un chaud après-midi. On ne pouvait pas plus changer ces traditions que Cameron ne pouvait déraciner les ormes de la longue allée de la plantation, selon Sukey.

Une pensée désagréable s'insinua alors dans l'esprit de Cameron. Naomi avait-elle « servi » Jackson durant l'après-midi ? Elle avait entendu dire par l'une des autres soubrettes que le capitaine Logan avait fait une sieste dans la chambre d'amis mise à sa disposition. L'avait-il faite seul ? Elle ne se souciait pas de ce que faisait ce malotru, bien sûr, mais pour une raison qu'elle n'identifiait pas, cette éventualité la prenait à rebrousse-poil.

— Comme je l'ai déclaré précédemment, miss Cameron, poursuivit Jackson, je ne suis pas un homme versé dans la politique et ne l'ai jamais été. Je me préoccupe uniquement d'affaires. Principalement des miennes.

Il lui décocha un sourire candide et leva sa cuillère pour goûter son potage.

— Alors si la guerre éclate, vous transporteriez des marchandises dans le Sud sans état d'âme ? Vous briseriez les blocus que le Nord mettra en place afin d'affaiblir l'économie de la Confédération ?

— Si l'on m'engage pour transporter des biens et que

le prix est correct, franchement, j'enverrais des bateaux en enfer.

Cameron pivota vivement sur sa chaise pour faire face à son père, outrée. Les propos du capitaine étaient presque sacrilèges en regard des convictions du sénateur. Elle ignorait comment son père pouvait le laisser tenir de tels discours à sa propre table, et ne pas au moins les discuter. Mais ce dernier paraissait indifférent, goûtant son potage avec un plaisir évident.

— Je ne peux pas croire que vous soyez assis là et disiez des choses pareilles, capitaine ! reprit-elle dardant sur lui des prunelles enflammées. Aucun gentleman honorable ne voudrait qu'on le croie aussi dénué de scrupules.

— Miss Camcron !

Il crispa sa main sur sa poitrine.

— Je ne suis pas sans scrupules. Même nous, les canailles, avons une certaine conscience…

Il prit le temps d'avaler une autre cuillerée de potage, ce qui l'irrita plus encore.

— Nos scrupules sont simplement différents des vôtres, dit-il enfin.

Cameron lui jeta un coup d'œil sous ses paupières plissées. Essayait-il de lui dire quelque chose ? L'avertissait-il ? Elle songea au baiser qu'ils avaient partagé dans l'écurie et aux émotions qu'il avait provoquées en elle, qu'il provoquait encore à cet instant. Elle savait qu'il la désirait, et savait aussi qu'il était conscient qu'elle le désirait toujours. La prévenait-il de garder ses distances ? Lui laissait-il entendre qu'un homme qui s'était conduit en butor une fois se conduirait toujours en butor ? Elle reposa sa cuillère, ayant à peine touché à son potage. Si c'était bien un avertissement, elle espérait être assez forte pour en tenir compte.

Plus tard, son père et elle se retrouvèrent dans le cabinet de travail du sénateur, comme tous les soirs. C'était le moment où elle se sentait le plus proche de lui, et peut-être le plus proche de la plantation et du nom des Campbell. Il y avait quelque chose de rassurant dans ce rituel qui n'appartenait qu'à eux et qui clôturait la journée à Elmwood, dans ce doux bavardage à voix basse. Cameron s'était installée dans un fauteuil en cuir et le sénateur en face d'elle, à son grand bureau. Il fumait un cigare ; la fumée dessinait des volutes autour de sa tête avant de dériver vers la fenêtre ouverte. Au-dehors, elle entendait chanter des criquets ; des branches d'arbres frôlaient doucement le mur de la maison. La plupart des femmes se retiraient quand les hommes fumaient, mais Cameron appréciait le parfum riche et entêtant du tabac et aimait voir son père savourer son cigare.

La seule chose qui gâchait ce moment, ce soir-là, était la présence agitée de Grant. Il arpentait la pièce, allant et venant derrière le fauteuil de Cameron, la botte de sa mauvaise jambe frappant irrégulièrement le parquet ciré.

Elle jeta un coup d'œil à son frère. Son père avait beau trouver des excuses à son fils, Grant n'était pas l'homme qu'il avait espéré qu'il devienne. Il ne le serait jamais. Il était tombé de cheval plusieurs années auparavant et s'était si gravement cassé la jambe qu'un chirurgien avait été appelé de Baton Rouge pour l'opérer. Avec le temps, la blessure avait guéri et Grant avait remarché, mais en boitant, car sa jambe abîmée était devenue plus courte que l'autre. Après cet accident, tous les traits de personnalité que Cameron n'aimait pas chez son frère avaient paru s'accentuer. Ils n'avaient jamais eu les mêmes vues, mais Grant était devenu plus méchant, plus centré sur lui-même, voire même cruel.

Avec l'âge, il était en outre devenu terriblement lascif, et même si le personnel de la maison essayait de la protéger de la sordide vérité, Cameron entendait les ragots qui circulaient sur son compte. Non seulement Grant frayait avec beaucoup des jeunes esclaves, mais, si elles n'étaient pas consentantes, il les prenait de force. Pire encore, Cameron commençait à suspecter que Taye avait piqué son attention. La belle mulâtresse avait été lente à mûrir physiquement, mais lorsqu'elle l'avait fait, elle s'était épanouie comme une fleur de magnolia s'ouvrant au soleil. La pensée que Grant puisse être attiré par son amie et qu'il puisse essayer de parvenir à ses fins par la contrainte la révulsait. Elle avait songé à en parler à son père, mais comme elle n'avait que des soupçons, elle s'était abstenue. Elle s'efforçait simplement de tenir Taye et Grant séparés.

— Je ne peux pas croire que vous ayez invité cet homme à rester ici, fulminait Grant. Vous l'avez entendu ? Il ne se soucie que de lui-même. Il n'est rien d'autre que… qu'un maudit pirate, malgré son vernis d'homme du monde ! Je veux qu'il s'en aille. Qu'il soit parti demain.

— Grant, tu sais très bien que les Logan et les Campbell sont amis depuis de nombreuses années.

— Je sais, je sais… Amis des Highlands, fit Grant comme s'il avait entendu l'histoire cent fois. Les familles sont arrivées ensemble d'Ecosse, ont surmonté des épreuves ensemble, *et cetera*, *et cetera*.

Il s'arrêta derrière le fauteuil de Cameron, parlant à leur père comme si elle n'était pas là.

— Eh bien, Elmwood, ce n'est pas l'Ecosse, et je me moque bien de savoir que son grand-père était respecté. Nous sommes dans le Mississippi et cet homme ne mérite pas d'être reçu chez nous !

Même si Cameron voulait tout autant que son frère se débarrasser de Jackson Logan, il y avait quelque chose dans la façon dont Grant pestait contre lui qui lui donnait envie de prendre le parti du capitaine. Quelque chose dans le ton, dans la haine qui semblait couler de ses lèvres, la mettait en colère. Elle n'en était pas sûre, parce que son frère et elle n'avaient jamais parlé de Jackson Logan, mais elle pensait qu'il ne l'aimait pas à cause de sa belle apparence. De son assurance. De sa façon nonchalante et supérieure de se conduire. De quoi déclencher chez bien des hommes un sérieux complexe d'infériorité.

— J'entends bien ton point de vue, fils, répondit le sénateur, mais j'ai pris ma décision. Le capitaine Logan restera à Elmwood aussi longtemps qu'il le souhaitera, comme mon invité, et samedi prochain nous donnerons un bal en son honneur.

Cameron ne put réprimer un sourire de plaisir à cette annonce. Elle adorait les bals à Elmwood ! Tout le monde disait que le sénateur Campbell donnait les plus beaux bals du comté, et peut-être même de tout le Mississippi. Elle adorait l'excitation des préparatifs que Sukey supervisait avec soin tout autant que la soirée en elle-même. Elle adorait l'animation dans la maison. Elle adorait voir arriver les invités à cheval, en voiture ou même en bateau. Et puis il y avait les beaux costumes des hommes, les ravissantes robes des femmes et la musique exquise qui s'échappait de la salle de bal.

Elle ne put s'empêcher de penser avec nostalgie à tous les bals auxquels elle avait déjà assisté. Son père voyait-il cette réception comme la dernière ? Comme un adieu définitif, non seulement à ses voisins, mais au style de vie qu'ils avaient toujours connu ? Même si elle comprenait pourquoi son père devrait prendre position si la guerre se déclarait, elle ne pouvait s'empêcher d'être triste, pas simplement pour elle-même, mais pour lui aussi. Comme il devait être dur pour lui de prendre parti contre ses voisins et ses amis, les gens qui l'avaient élu à son poste.

— Grant, continua David Campbell, tu n'es pas obligé d'apprécier le capitaine Logan. Je te l'ai déjà dit. Mais j'attends de toi que tu sois poli avec lui, comme j'attendrais que tu le sois avec n'importe quel invité accueilli dans notre maison.

Grant souffla avec dégoût.

— Bien, déclara-t-il en se dirigeant vers la porte. Je ne sais pas pourquoi je me donne la peine d'exprimer mon opinion dans cette pièce…

Il eut un geste de dédain vers Cameron.

— On n'en fait jamais cas. Contrairement à *la sienne*.

Le sénateur se leva brusquement.

— Grant…

Mais Grant sortit, faisant claquer la porte derrière lui.

David Campbell se rassit et croisa le regard de sa fille. Son visage exprimait une émotion qu'elle ne parvint pas à déterminer.

Il écrasa son cigare dans un cendrier posé sur le bureau et lui parut plus âgé tout à coup. Les rides autour de sa bouche étaient plus prononcées, les poches sous ses yeux plus marquées. Cela lui fit mal au cœur de le voir ainsi, et cela la mit en colère que Grant ne se rende pas compte de ce qu'il infligeait à leur père, et ne s'en soucie pas.

— Je ne sais pas ce qu'a ton frère, ce soir, dit David, voulant visiblement atténuer le dernier éclat de son fils.

— Ce qu'il a ?

Cameron se leva et alla à la fenêtre. Elle avait besoin d'air. Il faisait plus frais dehors à cette heure, mais elle sentait encore la chaleur de la journée, ainsi que le parfum du chèvrefeuille et du jasmin de nuit.

— Il n'est pas différent aujourd'hui de ce qu'il est tous les jours, dit-elle d'un ton amer.

— Il a des soucis. Je sais qu'il s'inquiète de la possibilité d'une guerre et des conséquences pour Elmwood.

— Papa !

Cameron se détourna de la fenêtre.

— Il s'inquiète pour la guerre, d'accord. Mais il ne s'inquiète pas pour nous, ou pour Elmwood, et vous le savez. Il s'inquiète juste de savoir si les Yankees vont lui couper ses livraisons de whisky et de redingotes neuves ou non !

— Cameron, c'est injuste… Ton frère a une vie difficile depuis son accident…

— Vous lui cherchez toujours des excuses ! Vous ne vous entendez pas ? Vous êtes toujours en train d'assumer la responsabilité de ses défauts, ou de le laisser nous en blâmer.

Elle agita la main.

— Il est ce qu'il est, papa, et rien de ce que vous direz ou ferez ne le changera.

Le sénateur posa un regard triste sur le bureau en orme. Cameron soupira, regrettant son emportement.

— Je ne voulais pas vous blesser, murmura-t-elle.

Elle passa derrière lui et mit les bras autour de ses larges épaules, l'étreignant tendrement.

— Je n'avais pas le droit de dire ça. Ce n'était pas gentil.

— Non, acquiesça doucement son père.

Il paraissait si vieux, si fatigué…

— Tu as raison. Je suis peut-être trop indulgent avec lui. Mais il est mon fils et je l'aime, comme je t'aime.

Il lui tapota la main et secoua la tête.

— Il n'empêche qu'il est ce qu'il est. Ta mère disait toujours qu'on ne peut faire une bourse de soie avec l'oreille d'une truie.

Il était si rare qu'il mentionne sa mère, Caroline, qu'elle eut un sourire doux-amer.

— En vérité, j'ai beaucoup pensé à ton frère, à Elmwood et à toi, ces derniers temps, ma chérie…

Sans lâcher sa main, elle vint s'agenouiller à ses pieds.

— A ce qu'il adviendra de vous tous si cette guerre ne peut être évitée — et je crains qu'elle ne puisse l'être.

Il prit ses mains entre les siennes. Cameron chercha son regard, du même ambre que le sien.

— Que voulez-vous dire ?

Il se leva et la remit sur ses pieds.

— Assez de discussions sérieuses pour ce soir. Je me suis donné la migraine. Ne tourmente pas ta jolie petite tête, dit-il en se penchant pour l'embrasser sur le front. Va te coucher. Nous aurons beaucoup de choses à faire cette semaine si nous devons donner un bal.

Cameron avait envie de le presser de questions, mais elle décida pour une fois de ne pas insister.

— Très bien, papa. Mais vous devez aller vous coucher, vous aussi. Promettez-le-moi. Vous paraissez si fatigué.

Il baisa ses mains et les lâcha.

— Bonne nuit, Cameron chérie. Fais de beaux rêves.

Elle agita la main et le laissa dans son cabinet de travail.

Mes rêves, pensa-t-elle sombrement, *ils seront beaux si je peux juste éviter de rêver de ce maudit Jackson Logan !*

Chapitre 5

— Oh! Non, Cameron... Non... Je ne peux pas essayer une de vos robes, ça ne se fait pas! s'écria Taye d'une voix altérée, pressant ses mains sur ses joues échauffées. Ce ne serait pas convenable.

Cameron, étroitement lacée dans son corset, les couches de ses jupons amidonnés s'évasant de sa taille, se tenait au milieu de sa chambre, environnée par une mer de dentelles, de soie et de tulle aux couleurs de l'arc-en-ciel — les robes de bal que Taye avait sorties pour qu'elle en choisisse une.

Après un moment d'indécision, elle enjamba le tabouret qu'elles avaient placé au centre de la pièce pour que Taye monte dessus et lui présente chaque toilette, et attrapa une robe de bal saumon, l'une des six qui étaient drapées un peu partout dans la pièce, sur des chaises.

— Pourquoi n'essaies-tu pas celle-ci? Juste pour que je voie ce qu'elle donne sur toi.

Taye pouffa, mais ne se laissa pas tenter.

— Non, Cameron. Maman serait furieuse si elle savait que je mettais vos robes de bal.

— S'il te plaît, juste pour s'amuser...

Cameron s'éventa de la main. Il faisait si chaud à l'étage

que l'idée de descendre en sous-vêtements commençait à lui trotter dans la tête. Elle n'était pas sûre de pouvoir supporter une couche d'étoffe de plus.

— Ose me dire que tu n'aimerais pas l'essayer, insista-t-elle. Cette robe irait vraiment beaucoup mieux avec ton teint qu'avec le mien, tu sais.

Taye sourit timidement, les lèvres pincées par l'indécision, ses beaux yeux brillant d'envie.

Cameron était certaine qu'elle désirait essayer la robe ; simplement, elle ne savait pas comment la convaincre d'être aussi audacieuse. Puis une idée jaillit dans sa tête. Une idée terriblement retorse. Si retorse qu'elle pourrait marcher.

Elle commença par laisser tomber la robe par terre.

— Tu penses vraiment que je devrais porter la robe de taffetas verte et jaune avec la double jupe ?

— Absolument.

Taye commença à ramasser les autres robes pour les suspendre dans la grande armoire.

— Je vous l'ai dit, le vert est parfait avec vos cheveux et vos yeux. Je ne vous ai jamais vue plus séduisante qu'avec cette couleur. Et vous avez tellement l'air d'une dame. Personne ne reconnaîtra la sauvageonne qu'on a vue toute la semaine sauter des barrières bien trop hautes.

Cameron mit une main sur sa hanche mince.

— Je vais te proposer un marché, alors. Je porterai cette robe si tu essaies la saumon.

Les yeux bleus de Taye s'élargirent d'une indignation teintée d'amusement.

— Vous me forcez la main. Vous devriez avoir honte de vous, miss Cameron Campbell !

— Essaie-la, reprit cette dernière d'un ton enjôleur. S'il

te plaît, Taye, pour moi… Pour Cameron, ta meilleure amie dans tout le vaste monde…

Avec un soupir résigné, Taye mit de côté une robe en organza bleu qu'elle s'apprêtait à ranger et commença à défaire les crochets de la simple robe de toile qu'elle portait.

— Je ne sais pas pourquoi je vous permets de me faire faire ces choses-là, dit-elle avec bonne humeur. Je devrais apprendre à mieux vous résister.

Cameron enfila un peignoir en coton sur ses dessous et en noua les rubans.

— Parce que tu m'aimes, dit-elle d'un ton triomphant. C'est pour ça que tu me laisses te convaincre.

Elle agita un doigt impérieux.

— Et parce que tu sais que j'ai raison.

Taye ôta sa robe et laissa Cameron l'aider à enfiler la robe de bal saumon. Il y avait tant de mètres d'étoffe et de dentelle que pendant un instant la jeune fille parut se perdre dans le vêtement, mais enfin sa tête émergea du décolleté et Cameron lissa la jupe sur sa taille fine et ses hanches arrondies.

— Oh ! s'exclama-t-elle dans un souffle, tandis qu'elle faisait pivoter Taye pour fermer les minuscules boutons dans le dos. Elle est magnifique. *Tu* es magnifique !

— Je vous en prie, murmura Taye. Vous m'embarrassez.

Cameron tira sur le corsage en V pour découvrir un peu plus les seins juvéniles de la jeune fille, comme le voulait la mode du soir.

— Elle est parfaite !

Elle claqua des doigts.

— Non, il manque encore un petit quelque chose, il me semble…

Son visage s'éclaira.

— Je sais ! Il y avait des nœuds épinglés sur les manches ballon. Et je sais exactement où ils sont — dans une malle de l'une des chambres réservées aux invités. Ne bouge pas d'ici, je reviens tout de suite. Et ne t'avise pas de quitter cette robe ! Trouve une crinoline qui t'aille en m'attendant…

Les pieds simplement chaussés de ses bas, Cameron se hâta le long du couloir. Elle n'avait pas vraiment le temps de chercher ces nœuds. Les invités allaient bientôt arriver. Sukey avait déjà frappé deux fois à sa porte, l'avertissant qu'elle devait rejoindre son père au plus vite pour recevoir leurs hôtes à ses côtés.

Toute la journée, Cameron avait pensé qu'il était bien dommage que Taye n'assiste pas au bal. Surtout s'il devait être le dernier. On ne pouvait dire ce qu'il adviendrait d'eux si la guerre éclatait. On ne pouvait dire également ce qu'il adviendrait de son Elmwood bien-aimé si des soldats marchaient dessus, à travers les champs et les forêts. Taye ne méritait-elle pas d'assister au moins à un bal dans cette maison qui avait toujours été la sienne ?

Plus elle y pensait, plus elle estimait qu'il n'y avait aucune raison que Taye ne puisse assister au bal. Elle se moquait bien de ce que l'on dirait. C'était *son* bal et elle était l'hôtesse. Taye pouvait y venir comme son invitée et personne ne pourrait rien dire à cela. Le problème, bien sûr, était d'habiller correctement la jeune fille. A partir de là, il serait facile de la convaincre de se joindre aux festivités.

Alors qu'elle arrivait dans l'aile est où se situaient les chambres réservées aux invités, Cameron entendit vaguement des voix étouffées. Lorsqu'elle tourna au coin du couloir, elle s'arrêta net.

Près de la chambre préparée pour lui, Jackson Logan se tenait adossé à une porte fermée, les bras passés autour de la taille de Naomi. Elle se collait à lui d'une façon provocante et lui caressait le bras à travers le linon blanc de sa chemise. Son visage était à quelques pouces du sien ; ses lèvres remuaient tandis qu'elle lui murmurait sans doute des mots de séduction. Sa voix veloutée était trop basse pour que Cameron entende ses paroles, mais ce à quoi ils s'occupaient était évident à la façon dont leurs membres étaient emmêlés. Ils étaient si absorbés par leur tête-à-tête qu'ils ne l'avaient pas entendue approcher.

Naomi fit alors remonter une main noire sur la jambe de pantalon de Jackson vers Dieu sait quel endroit. Cameron savait qu'elle aurait dû faire demi-tour et s'enfuir en courant, mais elle était clouée sur place, choquée au-delà des mots par cette conduite obscène. Pourtant, elle ne pouvait détourner les yeux de la scène. Comment osaient-ils ! Comment osait-il, *lui*, se comporter de la sorte chez elle ? Pourtant, malgré son indignation, elle sentit une étrange chaleur remonter dans ses membres.

Jackson dit quelque chose à Naomi d'un ton sourd et nonchalant, et ses paroles, bien que Cameron ne puisse les distinguer, mirent ses nerfs à vif.

Elle se considérait encore comme relativement innocente sur le sujet de l'intimité entre les hommes et les femmes, mais elle élevait des chevaux. Elle en savait donc assez pour se rendre compte de ce qui se déroulait sous ses yeux. Elle assistait aux prémices de l'acte physique de l'accouplement. Leur conduite éhontée la dégoûtait mais, de façon insensée, elle la trouvait en même temps d'un érotisme fascinant et ne pouvait se résoudre à détourner les yeux. Naomi ne donnait pas l'impression d'être une femme dont on profitait ; elle semblait au contraire apprécier ces jeux amoureux. Etait-elle venue retrouver Jackson parce qu'il le lui avait demandé, ou s'offrait-elle de sa propre volonté ?

Cameron était sidérée, et captivée en même temps.

La belle Noire renversa la tête en arrière et laissa échapper un petit rire de gorge. Jackson se pencha pour lui murmurer quelque chose à l'oreille, ses lèvres frôlant presque sa peau d'ébène. L'endroit où Naomi touchait le capitaine ne faisait aucun doute. Cameron sentit une flamme ardente irradier du fond de son ventre. De la sueur coulait entre ses seins et ses membres lui semblaient lourds et engourdis. Elle savait qu'elle rougissait, car elle sentait ses joues la brûler. Humectant ses lèvres sèches de la pointe de sa langue, elle prit une inspiration étranglée et se força à faire demi-tour.

Alors qu'elle s'empressait de repartir par où elle était venue, sans les rubans, elle écarta avec agacement le sentiment de jalousie qui lui mordillait le cœur. Pouvait-elle être jalouse de Naomi ? Et pourquoi le serait-elle ? Elle détestait Jackson. Il était la dernière personne au monde dont elle se souciait. Cette dévergondée de Naomi pouvait bien l'avoir, elle n'en avait cure !

Tremblante, elle poussa la porte de sa chambre et alla tout droit au lit à baldaquin pour s'allonger. Elle se sentait faible, vaguement écœurée.

— Cameron, allez-vous bien ? demanda Taye en se hâtant de la rejoindre, inquiète. Que se passe-t-il ?

Cameron ferma les yeux un moment, essuyant les gouttes de sueur qui perlaient sur sa lèvre supérieure. Elle était si embarrassée par la réaction de son corps à ce qu'elle avait vu qu'elle ne pouvait se résoudre à le dire à Taye.

— Je… je n'ai pas pu trouver les rubans. Je suis désolée.

— Ce n'est pas grave, murmura Taye en pressant une main sur la joue de Cameron. Oh ! Mon Dieu ! Mais vous êtes tout échauffée ! Laissez-moi mettre un linge humide sur votre front.

Elle se précipita vers la cuvette en porcelaine posée sur la table de toilette.

— Je vous ai dit que vous en faisiez trop et que vous alliez être toute dépenaillée avant même que les invités n'arrivent, la gronda-t-elle comme une mère poule avec un poussin désobéissant.

Cameron se força à respirer régulièrement, s'obligeant à ne pas penser à l'endroit où la main de Naomi s'était posée.

— J'irai mieux dans un instant…

Avant que Taye ne revienne avec le linge humide, Cameron s'assit, se sentant déjà redevenue elle-même.

— Je vais bien, vraiment. Ne te tracasse pas. Il faisait juste très chaud dans la chambre où je pensais trouver les rubans, mentit-elle en se relevant. Maintenant, laisse-moi trouver les pantoufles qui vont avec ta robe.

— Eh bien, Maît'capitaine, murmura Naomi, sa voix aussi moelleuse et veloutée que le meilleur scotch du pays de son grand-père. Je crois que vous êtes content de me voir…

Le timbre chantant de la jeune femme était empreint d'un fort accent des îles qu'il reconnaissait pour avoir souvent voyagé dans les Caraïbes, et elle avait un parfum entêtant d'épices et d'une fleur qui lui rappelait une espèce sauvage qu'il n'avait vue qu'à Haïti.

Jackson rit doucement.

— D'où êtes-vous, ma belle ? Haïti ?

Elle battit des cils, ses yeux noirs s'élargissant de surprise. Quelque chose dit à Jackson qu'il n'était pourtant pas facile de la surprendre. Bien qu'elle soit jeune, pas plus de dix-sept ou dix-huit ans, elle avait le regard d'une femme beaucoup plus âgée, beaucoup plus avisée.

— Comment vous le savez, Maît'capitaine ? demanda-t-elle dans un souffle. Haïti était le pays de ma mère.

Il passa une main sur sa joue. Naomi était un joli morceau, et elle savait y faire avec sa voix, ses mains.

Il sourit en lui-même. Il serait sûrement agréable de la culbuter. Une petite gâterie pour éliminer les tensions de la soirée, avant de rejoindre le sénateur et sa fille trop gâtée pour le bal.

Mais alors qu'il laissait la jeune esclave promener sa main expérimentée sur son pantalon, ses pensées se fixèrent sur Cameron. Il l'avait évitée comme la peste toute la semaine, sans pour autant parvenir à se la sortir de la tête. Même maintenant, avec cette jolie fille toute prête à s'occuper de lui, il ne cessait de penser à ce qui s'était passé dans l'écurie, le jour de son arrivée. Il se rappelait sans arrêt la façon dont ses yeux de chatte avaient lancé des étincelles. Elle avait été furieuse contre lui, et à bon droit. Mais elle avait été en même temps si douce et si pleine de feu qu'il n'avait pu résister à l'envie de la prendre dans ses bras et de l'embrasser comme elle méritait d'être embrassée.

D'ordinaire, il ne se montrait pas aussi… *contraignant* avec les femmes ; il n'en avait pas besoin. Il n'avait d'ailleurs pas eu l'intention de pousser Cameron contre le mur comme il l'avait fait. Et certainement pas de déchirer sa robe ! Il regrettait sincèrement que cela soit arrivé. Mais elle l'avait mis hors de lui, avec sa façon de brandir cette fourche à deux doigts de son nez, et elle l'avait si excité sexuellement en même temps. Il n'avait rien désiré d'autre que le goût de sa bouche sur la sienne, et avait été récompensé par une pureté à laquelle il ne s'attendait pas.

Ses pensées revinrent à la femme docile, aux seins voluptueux, qui était dans ses bras. Il serait si facile de conduire la consentante Naomi dans l'intimité de sa chambre. Un petit intermède qui pouvait être entrepris et terminé avant l'arrivée des premiers invités.

Naomi rit, sa voix riche, altérée et tentatrice, ses yeux avisés promettant les secrets d'une ancienne sagesse féminine.

Et cependant, alors que ses lèvres soyeuses caressaient sa clavicule et que sa langue humide était rêche sur sa peau, il se rendit compte qu'elle avait beau être bien disposée et avenante, elle n'était pas la femme qu'il voulait.

Doucement mais fermement, il posa les mains sur ses hanches et s'extirpa de ses bras.

— Je vous remercie pour l'offre, dit-il avec gentillesse, et le pensant sincèrement. Mais le sénateur m'attend. Même si j'adorerais vous connaître mieux, il serait grossier de ma part d'arriver en retard à une soirée donnée en mon honneur.

Il pressa un baiser sur son front et glissa une pièce en or dans sa main chaude.

— Pour vous, dit-il. Ne la partagez avec personne.

— Merci, Maît'capitaine.

Tandis qu'il rentrait dans sa chambre pour prendre son écharpe et sa jaquette, elle lui lança :

— Peut-être plus tard, Maît'capitaine?

Il lui fit un clin d'œil. Pour lui, toutes les femmes étaient délicieuses — jeunes, âgées, noires ou blanches. Il les adorait toutes.

— Peut-être.

Elle lui décocha un sourire aux dents blanches et régulières et un regard langoureux avant de disparaître dans le couloir.

— Cette jaquette-ci, ou celle-là ? Qu'en penses-tu, ma jolie ? demanda le sénateur en levant une veste d'un beau vert et une autre d'une riche couleur bourgogne.

Sukey se leva du bord du lit qu'elle partageait avec lui. D'ordinaire, elle ne serait pas venue dans sa chambre à ce moment-là et n'aurait pas fermé la porte de cette façon ; ce n'était pas convenable en plein jour. Mais il avait insisté, arguant qu'il avait besoin de son aide et lui assurant que toute la maisonnée était dans un tel état de fièvre et d'agitation, avec les préparatifs de dernière minute pour le bal, que personne ne remarquerait où elle était allée.

Elle lui sourit avec affection.

— J'adore le bourgogne sur vous, mais je pense que miss Cameron va porter la robe vert et jaune que vous aimez tant sur elle.

Elle lui prit des mains la jaquette vert foncé et en lissa la belle étoffe.

— Tous les deux, vous seriez charmants sous le porche, assortis si joliment.

Le sénateur sourit d'un air distrait.

— Sukey… Penses-tu que j'aie fait une erreur en invitant le capitaine Logan à séjourner à Elmwood ?

— Qu'est-ce qui vous faire dire une chose pareille ?

— Je l'apprécie beaucoup. C'est un excellent homme d'affaires, peut-être meilleur que son père ne l'était. Et il est redoutable à une table de poker.

Il rit doucement.

— Mais je connais ses faiblesses, aussi. Il est arrogant, égoïste et coureur de jupons comme le Mississippi n'en voit pas souvent. Celui qui a dit d'un homme qu'il avait une femme dans chaque port parlait probablement du capitaine Logan !

Sukey leva les yeux vers lui, comprenant soudain.

— Oh ! je vois… Vous vous inquiétez pour Cameron ?

— Tu devrais voir la façon dont il la regarde.

Il posa une main sur son épaule.

— Tu sais, j'ai toujours suspecté que ma fille s'était entichée de lui voilà des années, quand elle en était encore à son premier corset, mais je n'ai jamais eu l'impression que ce sentiment ait été mutuel. Elle n'était qu'une enfant, alors, et Jackson avait presque trente ans. Mais à présent…

Il marqua une pause.

— J'ai vu la façon dont il l'observe avec ses yeux de granit — comme un requin qui s'apprête à dévorer sa proie. Malgré toute l'amitié que j'ai pour lui, je ne voudrais pas qu'il essaie de profiter de ma fille.

— J'ai idée, moi, que Cameron est parfaitement capable de prendre soin d'elle-même. Elle remettra le capitaine à sa place s'il essaie de profiter d'elle, comme elle le ferait avec n'importe quel autre homme.

Le sénateur soupira, regardant les yeux noirs de Sukey.

— Tu as raison, bien sûr. Comme toujours.

Il jeta la jaquette bourgogne sur le lit.

— Et tu as raison pour la veste aussi. Maintenant,

tu vois pourquoi j'ai besoin de toi ? Je déteste quand je dois aller à Washington et te laisser ici. Je suis à peine capable de m'habiller ! La semaine dernière, Thomas a dû retourner à mon hôtel pour prendre mon écharpe. Je l'avais complètement oubliée.

Sukey l'aida à enfiler la veste verte.

— Je déteste quand vous allez à Washington, mais pas parce que je ne peux pas vous habiller, le taquina-t-elle.

David se pencha et pressa ses lèvres sur les siennes. Elle ferma les yeux, savourant le contact et le goût familiers de sa bouche. Ils étaient amants depuis tant d'années qu'ils se connaissaient l'un l'autre mieux peut-être qu'ils ne se connaissaient eux-mêmes. Leur relation était une relation durable dont la plupart des femmes ne faisaient que rêver. Sukey savait combien elle avait de la chance d'avoir David et en remerciait le ciel tous les jours.

— Eh bien, peut-être que cet inconvénient d'être séparés, moi à Washington et toi ici, pourra bientôt être réglé.

Sukey recula d'un pas, les sourcils froncés.

— De quoi parlez-vous ?

Elle lui noua son écharpe.

— Je parle de t'emmener à Washington avec moi quand nous serons forcés de quitter Elmwood. Tu pourras aller avec les filles à New York si tu veux — tu seras la bienvenue chez les Stuart, bien sûr — mais j'aimerais t'avoir à mes côtés, ma douce… Etant donné la bourrasque qui va bientôt souffler, je crains d'avoir bien besoin de ta gentillesse et de ton esprit pratique pour garder mon équilibre.

Sukey secoua la tête avec désapprobation.

— Vous ne devez pas parler de ces choses-là. Vous allez nous porter malheur.

Elle fit un signe qui s'était transmis de génération en génération dans le pays d'origine de sa mère, pour chasser les esprits malfaisants.

— Qui se montre peu pratique, maintenant ? La guerre approche, et ni toi ni moi ne pouvons l'arrêter. Je considère sérieusement l'offre de Seward de servir le Président. Et si je retourne à Washington, je t'emmènerai avec moi.

Il haussa un sourcil sombre et dubitatif.

— A moins que tu ne veuilles pas m'accompagner ?

Elle prit sa grande main forte dans les siennes et le regarda dans les yeux, des yeux qui brillaient de son amour pour elle. Même s'il avait moins de dix ans de plus qu'elle, il semblait avoir tellement vieilli durant l'année écoulée. Elle savait que c'était cette terrible discorde à propos de l'esclavage qui lui avait pris ces années de sa vie et elle le regretterait toujours. Mais elle était fière de lui, fière qu'il veuille lutter pour ce qu'il estimait juste dans son cœur.

Elle pressa sa main sur sa joue, fermant les yeux.

— J'irai n'importe où vous me demanderez d'aller. Mon cœur sera votre cœur, comme il l'a toujours été. Vous le savez... Taye est presque une femme, maintenant, et elle partira bientôt vivre sa propre vie. Ma place est avec vous, mon bien-aimé.

Il lui prit le menton entre son pouce et son index et le leva lentement. Elle ouvrit les yeux et le regarda avec adoration.

— Les choses vont être très différentes de ce qu'elles étaient, Sukey. Différentes pour toi, différentes pour

Taye. Une guerre coûtera très cher, mais je livrerais chaque bataille moi-même si cela signifiait la liberté pour Taye et toi.

— Nous avons déjà notre liberté, lui rappela-t-elle en souriant tristement. Vous ne vous souvenez pas ? Vous nous avez affranchies il y a des années.

— Ce n'est pas ce que je veux dire, et tu le sais. Je veux que tu aies le droit d'entrer dans une pièce à mon bras. Dans n'importe quel Etat de l'Union, au Nord ou au Sud. Je veux que Taye ait le droit d'aller dans tous les cercles de la société qui lui plaisent, d'épouser qui elle veut.

— Vous faites paraître cela si simple !

Sukey secoua tristement la tête.

— Vous le faites paraître si simple que je pense parfois que vous êtes aussi naïf que ma Taye.

Elle se haussa sur la pointe des pieds, et même ainsi il dut se pencher pour l'embrasser sur les lèvres.

— Mais c'est une des raisons pour lesquelles je vous aime tant, murmura-t-elle.

— Que ferais-je sans toi ?

Elle recula pour arranger sa jaquette.

— Vous ne seriez pas si beau pour votre bal. Et maintenant, allez-y. Je crois que j'entends des voitures.

Il la prit par la taille et la souleva de terre comme des années plus tôt, quand ils étaient tous les deux plus jeunes. Elle éclata de rire.

— Reposez-moi donc avant de vous rompre le dos !

— J'aimerais ne pas être obligé de te quitter, dit-il d'un ton joueur. Au lieu de parler avec mes voisins et de fumer des cigares, je préférerais me glisser dans ce lit avec toi et…

Il lui chuchota ses projets à l'oreille.

Elle rit encore, les joues brûlantes d'embarras.

— Reposez-moi, tout de suite ! le gronda-t-elle.

A regret, David planta un dernier baiser sur ses lèvres et la remit par terre.

— Allez, partez ! J'ai un million de choses à faire. Je vous attendrai ici ce soir quand vous monterez vous coucher.

Il lui envoya un baiser et sortit de sa chambre.

Sukey dut tirer un mouchoir de sa manche pour essuyer ses stupides larmes de bonheur.

Chapitre 6

— Non, je ne peux pas ! protesta Taye tandis que Cameron tirait avec insistance sur sa main, l'entraînant dans le couloir éclairé par des bougies. Vraiment, Cameron… Ce ne serait pas convenable !

Cameron avait revêtu la ravissante robe en taffetas vert et jaune que Taye avait suggérée, et lorsqu'elle avait été complètement habillée, elle avait dû admettre que son amie avait bien choisi. La toilette avait une taille ajustée qui descendait en V sur le devant, un décolleté bateau à la mode et des manches gonflantes qui lui arrivaient au coude. Ses cheveux roux étaient relevés en une coiffure élaborée, des petits nœuds verts piqués dans ses boucles brillantes.

— S'il te plaît, Taye, s'il te plaît, viens au bal ! Si tu ne viens pas, je ne pourrai pas m'amuser. Comment pourrais-je danser en sachant que tu es assise ici, à raccommoder mes culottes d'équitation déchirées ?

Le visage de Taye était un masque d'émotions conflictuelles. Cameron savait qu'elle rêvait d'assister au bal, de voir les magnifiques robes et les beaux messieurs, d'entendre la musique flotter dans la salle. Quelle jeune fille n'en rêverait pas ? L'élégance et le raffinement des bals donnés à Elmwood faisaient toujours parler pendant des semaines dans le comté. Le sénateur était connu pour sa fastueuse hospitalité, ses musiciens de qualité supérieure et ses buffets exquis.

Mais Cameron n'ignorait pas que Taye était déchirée entre son désir d'assister à la soirée et celui de contenter sa mère, laquelle n'approuverait absolument pas que sa fille paraisse au bal. Même si Sukey considérait que Taye et elle faisaient partie de la famille Campbell, elle avait un point de vue très strict sur ce que cela impliquait, et assister à un bal était hors de question. Toutefois, si Cameron réussissait à faire descendre Taye dans sa robe saumon, Sukey n'oserait pas s'opposer au projet et renvoyer sa fille en haut. Cameron savait que c'était une ruse un peu retorse, et qu'elle en entendrait sûrement parler plus tard, mais pour l'heure elle s'en moquait. Quelque chose lui disait que c'était le dernier bal que son père et elle donneraient jamais à Elmwood, et elle ne pouvait concevoir que Taye n'en profite pas.

La jeune fille relâcha un peu sa main gantée qu'elle serrait jusque-là fortement. Cameron comprit alors que la volonté de son amie fléchissait et qu'elle devait saisir le moment.

— S'il te plaît… Tu n'es pas obligée d'entrer dans la salle de bal si tu ne veux pas. Tu pourras entendre la musique du vestibule ou même de la bibliothèque.

Elle leva le bras de Taye pour mieux la regarder.

— Tu es si belle dans cette robe qu'il serait dommage que personne d'autre que moi ne te voie dedans !

Elle plissa ses yeux de chatte avec malice.

— M. Burl sera là. Je pense qu'il aimerait te voir habillée ainsi.

Taye tordit nerveusement ses doigts délicats et regarda avec envie le grand escalier arrondi qui avait été ciré jusqu'à ce qu'il brille.

— Allez…

Taye inspira vivement, son regard croisant celui de son amie.

— Je ne recevrai absolument pas vos invités avec vous.

— Bien sûr que non, s'empressa d'acquiescer Cameron. Je n'ai jamais attendu cela de toi. Je les accueillerai avec papa et Grant, s'il se donne cette peine. Tu peux aller dans la bibliothèque boire du punch et manger quelque chose, si tu veux. Les tables du buffet y sont dressées.

— Je pourrais m'assurer que tout est comme le sénateur le désire, dit Taye se laissant fléchir.

— Comme une hôtesse attentive le ferait, l'encouragea Cameron. Pas comme une domestique.

Taye fit une grimace, toujours indécise.

— Vous savez très bien que maman n'approuverait jamais.

Elle leva ses yeux bleu pâle et un sourire furtif passa sur ses jolies lèvres, que Cameron avait rougies.

— Ce serait très vilain de ma part d'aller contre ses souhaits.

Cameron reprit sa main et la pressa pour la rassurer.

— Mais elle comprendrait. Et puis, tu pourras rejeter toute la faute sur moi. Elle sait que je t'entraîne toujours.

Elle descendit une marche et fut soulagée de voir que son amie la suivait.

— Tu pourras lui dire que je me suis montrée insupportable et que je t'ai forcée à venir au bal.

— Je ne resterai pas longtemps, continua Taye,

descendant gracieusement une autre marche. Je me tiendrai juste dans l'ombre et je regarderai.

Cameron entendait déjà les musiciens accorder leurs instruments. Une jeune esclave vêtue de blanc se hâtait à travers le vestibule, un plateau de douceurs dans chaque main.

Le sénateur appela sa fille du rez-de-chaussée.

— Cameron ? Cameron, où es-tu, jeune fille ? Nos invités arrivent !

— Je dois y aller, chuchota Cameron. Je t'en prie, dis que tu viendras.

Taye eut un sourire malicieux et leva ses jupons amidonnés pour la suivre.

— Je viendrai. Oui, je vais le faire.

Elle s'arrêta, fronçant soudain les sourcils avec inquiétude.

— Mais vous êtes sûre que je suis convenable ? Je n'ai pas trop de rouge ?

Elle tapota ses joues.

— Maman ne me pardonnerait jamais si j'avais l'air d'une femme peinte.

Cameron gloussa à cette pensée.

— Tu es magnifique.

— Vous aussi.

Taye tendit la main et lissa une boucle derrière l'oreille de Cameron.

— Le capitaine Logan va être impressionné.

— Lui ? Je ne me soucie guère de ce qu'il pense !

Cameron releva sa crinoline et descendit l'escalier en courant presque, lançant par-dessus son épaule :

— Je me moque complètement de cet homme et de son avis !

En bas, elle trouva son père en train de goûter le scotch

que Jackson lui avait apporté, importé d'Ecosse. Après avoir dit et répété à sa fille combien elle était belle, il lui offrit son bras pour l'escorter dans le vestibule et accueillir les invités qui commençaient à arriver. Pendant l'heure qui suivit, Cameron se tint au côté du sénateur et sourit, acceptant avec grâce baisers et compliments de leurs amis et voisins. A plusieurs reprises, elle chercha Grant du regard. Mais Grant restait invisible, ce qui était caractéristique de sa conduite. On n'avait jamais pu compter sur lui et cela n'était apparemment pas près de changer. Parfois, elle avait du mal à croire qu'ils soient nés des mêmes parents. Il aurait été poli pourtant qu'il soit là pour recevoir les invités d'Elmwood. Après tout, c'était lui l'héritier des terres et de la fortune des Campbell.

Le nombre de personnes qui avaient répondu positivement à l'invitation et dans un délai si bref surprit agréablement la jeune femme. Il semblait que son père ait convié à Elmwood toute la bonne société du Mississippi. Elle salua tant de visages familiers et moins connus que les noms commençaient à tournoyer dans sa tête. Enfin, sur l'insistance de son père, elle s'éclipsa pour se rendre dans la bibliothèque et boire un verre de punch glacé. Elle avait tant parlé qu'elle en avait la bouche sèche.

Alors qu'elle passait devant la salle de bal où les musiciens répétaient, elle aperçut Jackson Logan. Il était impeccablement vêtu de culottes blanches si ajustées qu'elles semblaient avoir été moulées sur lui, d'une chemise et d'une écharpe immaculées et de la plus belle jaquette noire qu'elle ait jamais vue. Coupée sur mesure, sans aucun doute. Jackson se tenait dans l'entrée arrondie de la salle, entouré de jeunes femmes qui gazouillaient et roucoulaient comme des oiseaux aux couleurs vives. Il y en avait partout — des blondes, des brunes, des jeunes et d'autres dont la beauté commençait à passer. Elles étaient si nombreuses qu'elles l'encerclaient sur deux rangs, complètement captivées par les sottises mielleuses qu'il leur débitait.

Tandis qu'elle dépassait le groupe, elle entendit que Jackson parlait de la force des vents qu'il avait pu éprouver quand ils doublaient le cap Horn. Le fanfaron ! Il tissait sans doute une histoire dans laquelle il se mettait en scène en héros, en fringant capitaine de bateau qui sauvait la situation. Elle essaya de passer sans qu'il la remarque, mais juste comme elle pensait avoir réussi, il accrocha son regard et haussa un sourcil comme pour l'inviter à se joindre à son cénacle.

En personne bien éduquée, elle lui fit une petite révérence polie, puis raidit le dos, pointa le menton en avant, et se hâta vers la bibliothèque. Tandis qu'elle s'échappait, elle aurait pu jurer qu'elle entendait un rire moqueur. Il riait d'elle ? Le toupet de cet homme !

Elle en était si offusquée qu'elle faillit rentrer dans son frère.

— Oh ! Grant… Pardon.

Elle tendit la main en avant pour éviter de le heurter et recula d'un pas.

Malgré la fortune de leur père, les belles étoffes et les tailleurs à sa disposition, Grant n'avait pas un grand sens de la mode et de l'élégance. Il portait ce soir-là une jaquette argentée très voyante avec des revers beaucoup trop larges. Ses cheveux encore humides étaient coiffés en arrière d'une manière qui lui donnait un air sinistre. Mais ce n'était pas tant sa tenue qui le rendait peu attrayant, constata Cameron en l'examinant. C'était son expression.

Grant semblait toujours plein de rancœur, guettant la moindre offense de la part de ceux qui l'entouraient, réelle ou imaginée.

Il regarda par-dessus son épaule en direction de la salle de bal.

— Je vois que le pirate a été présenté à nos voisins…

— Je doute qu'il soit un pirate, répliqua Cameron d'un ton acerbe. Un vaurien insupportable, peut-être, mais je ne pense pas que jouer les pirates soit aussi rentable aujourd'hui que de profiter du marché actuel et des dollars durement gagnés des bonnes gens.

Elle pouvait sentir le whisky dans son haleine. Leur père avait pris un verre avant le bal, mais elle devinait que son frère avait bu bien davantage.

— Je crois qu'il est temps de lancer la petite soirée du capitaine, tu ne penses pas ? suggéra Grant en s'éloignant déjà. Je vais dire aux musiciens de commencer à jouer tout de suite.

Cameron suivit son frère des yeux un moment puis reprit le chemin de la bibliothèque. Tandis qu'elle étanchait sa soif avec une coupe de punch aux fruits, elle tomba sur une amie d'une plantation voisine, Marie Dubois. Après une conversation polie avec la jeune femme et lui avoir demandé des nouvelles de son bébé, l'héritier de la plantation de Wide Acres, elle s'excusa et partit à la recherche de Taye. Elle espérait que la jeune fille n'était pas déjà remontée au premier, pas alors que la musique commençait juste.

Tandis qu'elle parcourait du regard la grande pièce aux murs garnis de rayonnages qui croulaient sous les livres, son attention se posa sur le portrait commandé l'été de ses treize ans. Grant en avait quatorze. Il était l'œuvre d'un artiste itinérant qui était arrivé par un chaud après-midi à Elmwood et avait imploré la permission de peindre le frère et la sœur, n'acceptant d'être payé que si le tableau terminé convenait à leur père. Le peintre avait beaucoup de talent et avait capturé l'exacte nuance de la robe bleue que Cameron portait alors, ainsi que son sourire espiègle. D'une façon plus étonnante, il avait rendu le caractère aigri de son frère, même en mettant un sourire sur son visage. Et si l'on regardait avec attention le portrait des enfants Campbell, on apercevait une autre petite fille, peinte à l'arrière-plan, dans l'ombre. C'était Taye.

Le jour où le tableau avait été achevé et où le sénateur avait ordonné qu'il soit accroché au-dessus de la cheminée de marbre dans la bibliothèque avait été la seule fois où Cameron avait entendu Sukey et son père se quereller. Elle n'était pas censée écouter, dissimulée derrière l'escalier, bien sûr. Elle se rappelait leur dispute comme si c'était hier. Pour une raison qu'elle n'avait pas saisie, Sukey ne voulait pas que le portrait soit accroché dans un endroit aussi public. Son père s'était montré intraitable. Sukey avait dit que le portrait n'était pas à sa place dans la bibliothèque familiale, que ce n'était pas convenable. Le sénateur avait répliqué que c'était l'endroit le plus convenable où le mettre, au contraire. La discussion s'était terminée quand Sukey avait baissé les yeux, marmonnant qu'Elmwood était la maison du sénateur et qu'il pouvait certainement accrocher un portrait de ses enfants où il voulait.

— Ah! Te voilà, ma chérie..., s'écria David Campbell qui entrait à ce moment-là dans la pièce, tirant Cameron de ses rêveries. La première valse va commencer.

Il s'inclina solennellement et lui offrit son bras.

— Veux-tu me faire l'honneur de me permettre de danser avec la plus belle jeune femme de tout le Mississippi ?

Elle fit une révérence.

— Avec plaisir, papa !

En tant qu'hôte et hôtesse, ils ouvrirent ainsi le bal au son de la divine musique, puis d'autres danseurs se joignirent à eux et, pendant quelques minutes, Cameron se perdit dans les lumières étincelantes et les somptueux accords des violons, qui lui mettaient les larmes aux yeux. Les immenses portes-fenêtres avaient été ouvertes pour laisser entrer la fraîche brise d'avril. Apporté par ce vent doux, elle pouvait sentir le parfum du jasmin.

Quand la valse se termina et que son père s'inclina devant elle, Cameron ferma les yeux, essayant de capturer les odeurs et les sons, voulant graver en elle à jamais ce précieux souvenir.

— Cela ne vous ennuie pas si j'emprunte votre père juste pour une danse, n'est-ce pas, ma chère ?

Mme Fitzhugh, une veuve qui poursuivait David Campbell de ses assiduités depuis des années comme une chatte convoite de la crème, adressa une révérence à Cameron, puis au sénateur.

Ses cheveux blonds étaient arrangés en une énorme coiffure plantée de plumes de paon, et Cameron dut se mordre les lèvres pour ne pas rire.

— Il est tout à vous, madame, dit-elle en faisant un clin d'œil à son père.

Tandis qu'elle quittait la piste de danse, elle aperçut Taye à l'extérieur de la salle de bal, seule, dans l'ombre du couloir. Elle fut soulagée de voir que son amie était toujours là. Maintenant, l'étape suivante était de la faire entrer dans la salle où elle pourrait profiter pleinement de la musique et de la fête.

— Pas si vite !

Cameron sentit une main se refermer sur son bras.

— Je crois que c'est la coutume, ici dans le Mississippi, que l'invité d'honneur danse avec son hôtesse, dit Jackson d'un ton traînant.

— Je ne veux pas danser avec vous.

Les yeux ambrés de Cameron étincelèrent d'agacement.

En entendant sa voix échauffée, quelques personnes qui se tenaient non loin leur jetèrent des coups d'œil intéressés.

— Lâchez mon bras ! ordonna-t-elle en baissant le ton.

Il resserra au contraire les doigts au-dessus de son gant, lui brûlant la peau.

— Voyons, miss Cameron, vous ne pouvez pas vouloir dire que vous négligeriez cette tradition ? On en jaserait pendant des semaines dans le comté. Les gens ne parleraient plus que de cette enfant gâtée de Cameron Campbell qui n'a aucun respect pour sa position dans la haute société du Sud. Tout le monde serait choqué.

— Ils seront bien plus choqués, monsieur, si je vous mets mon poing dans la figure et vous fais saigner le nez !

A sa grande stupéfaction, Jackson renversa la tête en arrière et éclata d'un rire sonore, son timbre riche et grave résonnant contre le haut plafond.

— Juste ciel, on est pleine de fougue et de feu ce soir, n'est-ce pas, miss Cameron ? Exactement comme vous me plaisez.

Elle essaya de libérer son bras de sa poigne d'acier sans attirer plus encore l'attention sur eux. Soudain, lui revint à l'esprit son aventure dans le couloir. La manière dont Jackson tenait Naomi enlacée, l'endroit où la jeune femme avait posé la main et la façon dont cela lui avait embrasé la peau.

— Lâchez-moi !

— Dansez cette danse avec moi et je vous promets de vous libérer.

Son regard d'acier plongea dans le sien et il baissa la tête pour qu'elle soit seule à l'entendre.

— A moins que vous n'ayez peur d'être trop proche de moi. Peur de ne pas pouvoir contrôler votre désir pour moi.

— Une danse, répondit-elle le regard froid. Et ensuite vous me laisserez tranquille.

Il lui fit un beau sourire et lui offrit son bras de la façon qui convenait, le coude plié.

— Y allons-nous, ma chère ? Je crois qu'on joue notre morceau.

Cameron se laissa conduire sur la piste de danse, et malgré sa jupe qui ondulait légèrement à chacun de ses pas, elle avait l'impression que ses pieds étaient collés dans de l'argile du Mississippi. Tout le monde la regardait, *les* regardait. Et chuchotait à leur passage. Elle devinait sans mal ce qu'ils disaient. Ils remarquaient combien le capitaine Logan était bel homme, et comme la fille du sénateur était ravissante à son bras.

Elle souriait en croisant le regard des invités, mais son esprit galopait. Elle savait qu'elle n'aurait pas dû accepter de danser avec lui. Au diable l'étiquette du Sud ! Elle aurait dû lui tourner le dos, tout simplement. Mais cette façon si sûr de lui qu'il avait eue de lui demander si elle redoutait de se trouver près de lui, sous-entendant qu'il était à ce point irrésistible et elle une petite chose tremblante de désir, l'avait rendue si furieuse qu'elle avait eu à cœur de lui prouver le contraire.

Ils atteignirent le milieu de la salle et se tournèrent l'un vers l'autre. Cameron le laissa lui prendre la main, puis elle sentit son autre main glisser de manière possessive sur sa taille. Elle posa à son tour sa main gantée sur son épaule tandis que la musique les enveloppait. Elle dansa le corps raide et droit, prenant soin de ne pas le toucher plus que nécessaire, le regard fixé par-dessus son épaule.

Mais même ainsi, elle sentait l'ourlet de sa jupe en forme de cloche effleurer les souliers cirés de Jackson, inspirait l'odeur de sa peau, de ses cheveux, de ce parfum masculin qui s'accrochait à lui et hantait ses rêves. Lui gardait les yeux fixés sur elle, sa bouche étirée en un demi-sourire. Il la provoquait, le butor ! Grant avait raison. Après tout, il était probablement un pirate.

— Un bal charmant, dit-il en se penchant pour murmurer à son oreille.

La chaleur de son souffle sur sa peau déjà échauffée lui fit tourner la tête.

— Nous dansons, monsieur, répondit-elle avec raideur, évitant toujours de croiser son regard. Nous ne faisons pas la conversation.

Du coin de l'œil, elle vit son visage redevenir sérieux.

— N'avez-vous pas entendu ce que j'ai dit à l'écurie, l'autre jour ? Que dois-je dire, ou faire, pour vous convaincre que je regrette profondément la façon dont je me suis conduit ? Sapristi, Cameron, cela fait six ans !

Cameron s'efforça de se concentrer sur un papillon vert et brillant qui était entré dans la salle, et non sur la voix grave de Jackson. La créature éthérée voleta autour des lampes à huile suspendues au-dessus de la piste de danse, jetant son ombre agrandie sur les danseurs.

— Je n'ai jamais eu l'intention de vous blesser, Cam. Vous devez me croire.

Il se tut un instant, puis reprit :

— Et je n'ai pas pu vous oublier.

Il ne l'avait pas oubliée ? Tiens donc ! Il semblait s'y efforcer, pourtant, si elle devait en croire ce qu'elle avait vu.

— Cameron, je vous en prie, parlez-moi… Dites-moi ce que vous pensez, au moins. Je me targue de bien connaître les femmes, mais je n'ai aucune idée de ce qui se passe dans votre jolie tête obstinée.

Comme elle ne répondait toujours pas, il prit son menton entre son pouce et son index et la força à tourner la tête et à le regarder.

Elle luttait contre les larmes qui lui brûlaient les paupières. Pourquoi faisait-il cela ? Elle avait pris un tel soin à construire un mur autour de son cœur pour le protéger de lui ! Mais les paroles qu'elle venait d'entendre étaient dangereusement proches d'entailler ce mur, de réduire les briques en poussière.

— On va nous voir, murmura-t-elle. S'il vous plaît, ne me touchez pas ainsi.

Elle voulait dire, bien sûr, qu'elle ne voulait pas qu'il touche son visage, mais au fond, elle parlait aussi de son cœur.

« Ne touchez pas mon cœur de cette façon, ne me faites pas penser qu'il pourrait rester quelque chose entre nous. »

Il la surprit en laissant immédiatement retomber sa main et en reprenant la sienne tandis qu'ils tournaient parmi les autres couples, continuant à valser. Elle aurait presque préféré qu'il ne lui ait pas obéi, parce que c'était ce qu'elle avait attendu. Cet homme était une telle énigme. Elle pensait le connaître, mais le connaissait-elle vraiment ?

— Vous savez, je suis venu à Elmwood pour vous faire mes excuses, dit-il. J'en avais l'intention depuis des années.

Là, elle le reconnaissait ! Il ne pensait quand même pas qu'elle allait croire ses mensonges aussi aisément ? Au cours des six dernières années, il avait eu maintes occasions de venir à Elmwood et de s'excuser. Pourquoi ne l'avait-il pas fait ? Plus d'une fois, elle-même était allée à Washington, à un jet de pierre de sa maison de famille près de Baltimore.

— Je vous en prie, Jackson… Vous êtes venu ici parce que vous aviez un message pour mon père. On vous a demandé de venir.

Il hocha légèrement la tête.

— Je suis venu apporter un message à votre père, en effet. Mais j'aurais pu dire que je ne passais pas à proximité d'Elmwood et refuser de me faire messager. Cameron, si la guerre arrive, et votre père pense qu'elle arrivera, je…

Il s'arrêta.

C'était bien de l'émotion qui lui serrait la gorge. Alors, juste un instant, elle s'autorisa à plonger les yeux dans ces yeux gris où elle savait qu'elle pouvait se perdre.

— Je voulais vous faire mes excuses, reprit-il. Je ne voudrais pas prendre le risque de mourir en vous devant ces excuses. J'ai fait maintes choses dans ma vie dont je ne suis pas particulièrement fier, mais ce que je vous ai fait à vous… était impardonnable.

— Nous mettons donc nos affaires en ordre ?

Elle haussa un fin sourcil sévère.

— Vous gaspillez vos paroles pour rien, à mon avis, Jackson. Je doute que vous soyez en danger d'être tué à la bataille, si j'en crois ce que vous avez affirmé certains soirs à mon père et mon frère. A moins que vous ne soyez pris à forcer le blocus et pendu !

La danse se termina heureusement à ce moment-là. Cameron se dégagea de son étreinte, pivota et s'éloigna sans un mot de plus, priant pour qu'il ne la suive pas.

Tout en espérant qu'il le fasse…

Chapitre 7

Du vestibule, Taye observait pensivement ce qui se passait dans la salle de bal. Elle ne se souvenait pas que la musique des bals d'Elmwood était si exquise. Peut-être était-ce la différence entre écouter un orchestre de sa chambre et l'entendre de près, sentir en soi vibrer les instruments. Les valses étaient si magnifiques qu'elle devait lutter pour garder ses pieds immobiles sous les mètres de jupons qu'elle portait. Bien qu'elle n'ait jamais valsé en public, elle avait l'impression de connaître les pas aussi bien que n'importe quelle danseuse flottant dans les bras de son cavalier. Cameron lui avait appris à valser et elles avaient passé des heures enfermées dans sa chambre à s'entraîner. Elle connaissait aussi un bon nombre de danses campagnardes enjouées et elle adorait le quadrille écossais. Cameron avait été un excellent professeur.

Jugeant qu'elle avait joué assez longtemps avec le danger — elle avait goûté le punch et grignoté de délicieux canapés, écouté la musique et regardé des danseurs élégants glisser sur le parquet ciré dans de superbes jaquettes et d'extravagantes robes de bal — elle commença à battre en retraite. Elle garderait un souvenir parfait de ce moment dérobé, mais devait à présent se retirer avant que sa mère, qui était occupée à commander aux domestiques dans la cuisine, ne la surprenne.

— Qu'est-ce que tu fais là, miss-aux-grands-airs ?

Surprise, Taye se retourna et vit Naomi dans l'ombre du vestibule. Elle était vêtue d'une simple robe blanche et d'un turban bleu et blanc autour de la tête, et elle portait des plateaux en argent.

— Tu m'entends, *missy*? lança Naomi d'un ton sifflant. Tu f'rais mieux d'quitter cette belle robe et d'filer aux cuisines avant qu'ta mère t'attrape ! Regardez-moi ça, habillée comme un bel oiseau ! Sauf que tu connais la vérité, en dedans.

Elle frappa son voluptueux sein gauche.

— Là-dedans, tu sais c'que tu es, même si missy Cameron t'habille comme une dame.

Des larmes montèrent aux yeux de Taye et elle les essuya promptement, furieuse contre elle-même de laisser Naomi la bouleverser.

— Laisse-moi tranquille, chuchota-t-elle, le cœur battant. Occupe-toi de tes affaires. Tu sais que tu n'es pas à ta place dans ce vestibule. Utilise le couloir de service comme maman te le dit.

— J'dis pas ça pour être méchante, mais t'as beau te tenir là et prétendre que tu es l'une des leurs, tu l'seras jamais. Tu seras jamais rien que la moitié de ce qu'ils sont. L'autre moitié de toi sera toujours ce qu'on est. Une esclave.

— Tais-toi !

Taye la poussa hardiment.

— File dans la cuisine avant que quelqu'un ne te voie et que tu n'aies des ennuis !

Naomi fit un pas en arrière, surprise par la fougue de Taye. Elle fit claquer sa langue et secoua la tête en détalant.

— Les temps vont être durs pour not'missy. J'ai pas besoin de lancer les os pour le dire!

Taye se détourna, regardant de nouveau la salle de bal avec des yeux pleins de larmes. Soudain, la lumière des bougies et des lampes n'était plus aussi brillante. La musique n'était plus aussi mélodieuse, même si l'orchestre jouait un quadrille de Virginie. Les danseurs riaient et tournoyaient sur la piste, mais même les robes des dames ne semblaient plus aussi colorées contre le papier à fleurs qui couvrait les murs de l'immense pièce.

Taye pivota pour s'en aller.

— Pas si vite, mon petit bouton de rose…

Elle sentit une main d'homme attraper la sienne et se retourna, choquée. Personne ne lui avait parlé de toute la soirée.

— Je me demandais si je pouvais avoir la prochaine danse, dit le capitaine Logan en souriant avec chaleur.

Taye baissa les yeux, ne pouvant s'empêcher de se sentir flattée.

— Je ne peux pas, murmura-t-elle.

Il tenait sa main dans la sienne, chaude et étrangement rassurante.

— Oh! Voyons, miss Taye… Juste une danse, c'est tout ce que je réclame. Je ne vous demande pas en mariage!

Elle ne put retenir un rire timide.

— Capitaine, vous dites les choses les plus ridicules!

— Peut-être, mais ma demande ne l'est pas. Vous êtes absolument superbe ce soir, ma chère. Si vous acceptiez d'être ma partenaire, juste pour cette danse, j'aurais la plus belle femme du bal à mon bras.

Taye osa le regarder à travers ses cils épais.

— Et Cameron, monsieur ? Vous ne diriez pas qu'elle est la plus belle ?

Il renversa la tête en arrière et se mit à rire.

— Comme vous êtes finaude, miss Taye !

— Et vous êtes finaud, monsieur, de ne pas répondre à une question posée par une dame.

— Juste une danse, s'il vous plaît, insista-t-il d'un ton enjôleur. Et ensuite, je le jure, je vous libérerai.

Taye regarda la salle avec envie. Elle désirait tellement danser. Juste une valse ! Une valse dans la salle de bal d'Elmwood lui durerait sûrement toute une vie.

— Vous savez que je ne peux pas.

— Vous pouvez si vous le voulez.

— Je ne devrais pas, capitaine. Ma mère serait atterrée.

Il resserra sa main sur la sienne.

— Je suis l'hôte d'honneur du sénateur. Je pense que votre mère serait surtout atterrée si sa fille refusait la requête aussi simple d'un hôte d'honneur.

Taye lui décocha un sourire timide. Il était si beau, le capitaine Logan de Cameron, qu'il était bien difficile de lui résister ! Il avait un charme qui faisait que chaque femme se sentait spéciale avec lui.

— D'accord, concéda-t-elle. Si vous êtes certain que ce ne serait pas…

Avant qu'elle puisse finir sa phrase, il l'entraîna dans la salle. Elle avait à peine repris son souffle qu'elle se retrouvait dans les bras forts du capitaine Logan, dansant sa toute première valse.

Grant, qui se tenait près d'une porte-fenêtre ouverte et buvait une gorgée de whisky d'une flasque en argent qu'il gardait dans la poche de poitrine de sa jaquette, aperçut du coin de l'œil la jeune fille qui pénétrait sur la piste de danse au bras du capitaine Logan.

— Le salopard !

Il se raidit de colère, mais même ainsi, il ne put s'empêcher de remarquer combien Taye était belle. Belle à couper le souffle. Si suave et si innocente. Elle passa devant lui en dansant, sans le voir, et sa fureur augmenta. Comment osait-elle ? Comment osait-il, *lui* ! Par tous les diables, à quoi pensait ce pirate de danser avec Taye ? *Sa* Taye !

Il avait connu la jeune mulâtresse toute sa vie. L'avait aimée depuis le jour où elle était sortie, marchant à peine, de la nurserie. Elle était si belle, si douce, contrairement à sa sœur qui n'était que bec et griffes.

Il brûlait pour Taye. Il brûlait de la tenir dans ses bras. Il brûlait de la voir nue, de toucher sa peau couleur de miel. Il voulait qu'elle le supplie de la prendre. Il avala une autre rasade d'alcool et la vit rire à quelque chose que disait Logan. Il n'aimait pas la façon dont elle souriait à ce scélérat. Nul ne méritait ses sourires à part lui. Il ne voulait pas seulement posséder Taye sexuellement, il voulait… il voulait qu'elle l'aime, comme elle aimait Cameron.

Cameron, cette peste avide qui prenait tout. L'amour de Taye. L'amour de leur père. Tout le monde l'aimait plus que lui. Même les esclaves. Quand il leur parlait, ils faisaient à peine attention à lui. Ils suivaient ses ordres parce qu'ils le devaient, mais traînaient les pieds pour le faire. Ils exauçaient ses souhaits seulement par crainte de la rossée qu'ils recevraient s'ils ne le faisaient pas. Mais Cameron… Si elle émettait le moindre souhait, ils bondissaient pour la satisfaire ! « Oui, miss Cameron » par-ci, « Oui, miss Cameron » par-là. Ils lui obéissaient au doigt et à l'œil, avec un grand sourire montrant leurs dents blanches, comme les idiots qu'ils étaient. Même Naomi. Elle lui donnait son corps de son plein gré, mais ne le respectait pas. Pas vraiment. Il le voyait dans ses yeux noirs. Il le sentait à la façon dont elle le regardait à travers ses cils sombres.

Et pourquoi ? Pourquoi ? A cause de Cameron et Taye, bien sûr. A cause de ce qu'elles lui avaient fait l'été de ses quatorze ans. Personne ne le respectait plus depuis qu'il avait été traité de lâche par son père devant tout le monde — et c'était leur faute à toutes les deux. Dans le Mississippi, il n'y avait pas pire insulte que de traiter un homme de lâche. Quoi qu'il fasse, il ne pourrait jamais se laver d'une telle accusation. Jamais plus prouver qu'il était un homme.

Il leva la flasque en argent et but la dernière goutte de whisky brûlant. Ce satané Logan n'avait pas le droit de danser avec Taye. C'était une négresse, bon Dieu ! Les invités commençaient d'ailleurs tous à fixer le couple en murmurant. Et si son père n'avait pas assez de bon sens pour arrêter cet absurde étalage de mauvaises manières, lui allait le faire !

Taye était hors d'haleine. Le capitaine était un danseur exceptionnel, léger sur ses pieds malgré sa taille, bougeant aisément au rythme de la musique. Elle avait l'impression de rêver, tournoyant dans une robe magnifique, sur des pantoufles qui touchaient à peine le sol.

Après un autre tour de la salle de bal, elle se rendit compte que les gens les observaient. Regardant par-dessus l'épaule de son cavalier, elle vit la réprobation inscrite sur leur visage. Les femmes ouvraient leur éventail et jasaient derrière.

— Capitaine, murmura Taye, le cœur tambourinant de gêne. Nous devons arrêter. On nous fixe.

— Non, vous vous trompez…

— Je vous avais bien dit que je ne devais pas entrer ici avec vous.

Elle baissa les yeux sur les boutons de son gilet, le menton tremblant.

— Levez le menton, Taye. Ne leur donnez pas ce qu'ils veulent.

— Vous ne comprenez pas, chuchota-t-elle. Je n'aurais jamais dû entrer dans cette salle.

— Vous avez autant le droit de danser dans cette salle que n'importe quelle femme ici ! dit-il farouchement. Plus que certaines, probablement même. Ne laissez personne vous dire le contraire.

Elle leva la tête pour regarder ses yeux gris, qui brillaient d'assurance.

— Vous êtes très aimable, monsieur, dit-elle faiblement.

— Non, je ne suis pas aimable. Je suis un maudit égoïste la plupart du temps.

Il l'étudia de nouveau de son regard intense.

— Mais je crois vraiment ce que je viens de dire. Cameron le croit. Le sénateur le croit, et vous devez le croire aussi.

Tandis qu'elle absorbait ses paroles, le moral de Taye remonta. Elle redressa le dos, releva fièrement la tête. Il avait raison. Elle avait le droit de danser. D'être jolie, de profiter de la musique comme les Blancs…

Du coin de l'œil, elle aperçut Grant qui venait droit vers eux.

— Oh ! Non ! gémit-elle.

Logan aperçut le jeune homme et la tint plus fort, refusant de la laisser s'échapper.

Grant les suivit tandis qu'ils tournaient en rond aux accents de la valse.

— Excusez-moi, capitaine Logan, mais vous rendez-vous compte que vous dansez avec une de mes domestiques ? lâcha-t-il d'un ton revêche.

— Arrière, lui ordonna le capitaine, les dents serrées. Vous n'avez pas intérêt à me marcher sur les pieds… et vous le savez.

— Est-ce une menace, monsieur ?

Grant tentait de se montrer bravache, mais sa voix tremblait.

— Une promesse.

Grant pivota et quitta la piste de danse aussi vite que sa boiterie le lui permettait.

— Capitaine Logan, dit Taye dans un souffle. Vous l'avez mis très en colère.

— Je m'en moque.

Il la fit tourner en la tenant fermement.

— Je me moque de ses foutaises. Pardonnez mon langage, madame. Mais ce n'est qu'un petit dictateur pleurnichard et sans échine, une honte pour le nom des Campbell.

— Vous ne comprenez pas, murmura Taye. Il est incontestablement faible, mais c'est le fils du sénateur et il se sert de son pouvoir de façon horrible.

Elle baissa les yeux, effrayée jusqu'à la moelle, pas seulement pour elle-même mais pour les autres jeunes femmes d'Elmwood.

— Il se venge sur des innocentes de manière terrible, ajouta-t-elle, trop embarrassée pour continuer.

La valse s'acheva et elle essaya de s'écarter du capitaine.

— Attendez, dit-il, refusant de la lâcher. Ecoutez-moi, Taye : si ce scélérat *ose* essayer de vous faire du mal, n'importe quand, faites-le-moi savoir. Peu importe où je serai et ce que je ferai. Prévenez-moi et je m'occuperai de lui. Je parle sérieusement.

Elle se força à sourire.

— Merci, capitaine. Pour tout.

Puis, la tête haute, elle sortit de la salle de bal aussi gracieusement que Cameron Campbell l'aurait fait.

Cameron passa de la véranda dans la maison, se tapotant les joues. Elle avait eu besoin de prendre l'air un moment. Elle se sentait mieux, maintenant, plus forte. Sa danse avec Jackson l'avait plus affectée qu'elle ne voulait l'admettre. Elle longea le couloir largement éclairé par les lampes, suivant la musique.

— Vous voilà ! s'écria soudain Letty Havingston en sortant du salon, les joues roses d'excitation.

Des petites gouttes de sueur perlaient à ses tempes. Sa robe de soie jaune était ornée dc ruchés, de plis, de fronces et de franges. *Un vrai gâteau d'anniversaire au citron, couvert de sucre glace et trop décoré !*, songea Cameron.

Letty marqua une pause, hors d'haleine, pour s'éventer avant de continuer.

— Je savais que vous n'étiez pas là, sinon vous les auriez arrêtés.

Arrêté qui ?

Letty n'était pas l'une de ses relations favorites et ce n'était certainement pas une femme au mieux de sa beauté en jaune. Elle avait grandi dans une plantation au bord de la rivière, à une courte distance d'Elmwood, et avait récemment épousé un voisin. A son mariage, l'automne précédent, elle qui avait trois ans de moins de Cameron avait déclaré qu'il n'était pas encore trop tard pour que Cameron trouve un mari. Cameron n'avait jamais eu beaucoup de choses en commun avec Letty, qui ne se souciait que de ses robes, mais elle l'aimait encore moins depuis qu'on lui avait rapporté ce commentaire.

— De quoi parlez-vous, Letty?

— Vous n'avez pas entendu?

Elle porta une main gantée à sa joue, la mise effarée.

— Entendu quoi? répéta Cameron. Je ne n'ai pas le temps de jouer aux devinettes, Letty!

Les yeux de la jeune femme étaient aussi ronds que les assiettes à dîner en porcelaine irlandaise de Caroline Campbell.

— Eh bien, ce cher capitaine Logan vient de scandaliser votre famille et tous vos invités.

Elle baissa le ton et ajouta :

— C'est un très bel homme, mais il paraît qu'il *n'est pas reçu* dans certaines demeures du Mississippi.

— Letty…

Cameron tendit la main avec impatience et tira sur la dentelle du corselet de son interlocutrice.

— Oh! s'écria Letty.

— Allez au but!

— Eh bien, il a dansé avec votre mulâtresse. La jolie fille… Comment s'appelle-t-elle, déjà? Taye, c'est bien ça?

Ses flancs se soulevaient, tirant sur les coutures de la soie jaune.

Les yeux de Cameron s'élargirent presque autant que les siens.

— Il a dansé avec elle ? Où donc ?

— Mais dans la salle de bal ! Devant tout le monde ! Je l'ai vue dans la bibliothèque, un peu plus tôt. J'ai pensé que vous l'aviez vêtue de cette robe pour qu'elle puisse servir les invités sans choquer les regards. Quant au capitaine Logan, je ne peux imaginer ce qui lui a pris. Votre frère a bien essayé de l'arrêter, mais…

Elle agita frénétiquement son éventail devant son visage.

— Nous étions tous si choqués. Nous ne pouvions faire autrement que de l'être, n'est-ce pas ?

Cameron luttait à présent pour retenir un large sourire. Comme c'était courageux de la part de Jackson Logan. Et comme c'était courageux de la part de Taye !

Elle pivota et s'éloigna sans un mot de plus. Il fallait qu'elle trouve son amie tout de suite et qu'elle entende de sa bouche ce qui s'était passé. Comment Jackson l'avait-il convaincue de pénétrer dans la lumière de la salle de bal et de danser ? Letty avait dit que Grant avait essayé de faire remarquer son faux pas à Jackson. Son frère devait être fou de rage ! Taye acceptait à peine de lui parler, et cependant elle avait dansé avec Jackson ! Oui, elle devait la trouver sur-le-champ et l'entendre.

— Ah, Cameron… Bien, je n'aurai pas à aller te chercher…

Le sénateur sortit de son cabinet de travail dans le couloir, lui barrant le chemin.

— Papa, cela ne peut-il attendre ?

Elle posa une main sur le revers de sa veste. Il paraissait fatigué. Non, plus que fatigué, soucieux. Bouleversé même.

— Papa, est-ce que vous allez bien ?

— Oui. Non…

Il la prit par le poignet et la tira dans la pièce.

— Papa, cela ne peut-il *vraiment* pas attendre ? insista-t-elle. Je dois trouver Taye. Apparemment, elle a dansé avec Jackson et les invités sont dans tous leurs états.

Son père passa derrière son bureau et leva un lourd verre en cristal à moitié rempli de scotch. Seules quelques bougies étaient allumées, laissant la pièce pleine de zones d'ombre.

— Je l'ai vue danser, dit-il doucement. Elle était magnifique. Elle savait que l'on parlait d'elle et elle dansait quand même. Elle a quitté la piste la tête haute.

Il regarda Cameron et ajouta :

— Comme n'importe quelle Campbell l'aurait fait.

— Papa, qu'est-ce qui ne va pas ? Pourquoi parlez-vous comme ça ?

Elle referma la porte derrière elle, ne voulant pas que des invités voient son père ainsi.

— Pourquoi n'y a-t-il pas plus de lumière, ici ? Vous m'effrayez. Dites-moi ce qui ne va pas.

Il lui tourna le dos et regarda par la fenêtre ouverte. Une brise venant de la Pearl River agitait les tentures de soie, apportant la riche odeur de la berge et de la nuit parfumée.

— Papa, murmura Cameron, vraiment inquiète maintenant. Dites-moi…

— Un messager vient d'arriver… porteur de mauvaises nouvelles…

Il se tourna lentement vers elle, lui faisant l'effet d'un spectre dans la semi-obscurité. Sa peau était crayeuse, ses joues creuses. Il paraissait soudain des dizaines d'années plus vieux.

— La guerre a commencé, Cameron. Très tôt ce matin, des confédérés sous le commandement d'un général nommé Pierre Beauregard ont ouvert le feu avec cinquante canons sur le fort Sumter à Charleston, en Caroline du Sud.

Cameron releva ses jupes et contourna vivement le bureau. Puis elle jeta les bras autour de son père.

— Oh ! Papa ! Je suis tellement désolée.

Il ne l'étreignit pas en retour. Il resta juste les bras ballants, comme figé par la tragique nouvelle.

— C'est le moment, ma douce… Le moment de déclarer ouvertement de quel côté je suis.

Elle fit un pas en arrière, se sentant soudain comme engourdie.

Il avait été si facile de discuter de ces questions à la table du dîner ou en jouant aux cartes dans la bibliothèque. Cela avait toujours paru si noble de libérer tous les esclaves, même si cela signifiait la guerre. Mais à présent, au-delà des idéaux, des belles paroles, Cameron prenait conscience avec une clarté abrupte de ce que cela signifiait personnellement pour son père. Il ne pouvait pas se déclarer pour le Nord et représenter le Mississippi en tant que sénateur, c'était impossible.

— Alors nous… nous ne pourrons pas rester à Elmwood ? parvint-elle à demander d'une toute petite voix.

Il secoua lentement la tête, portant le scotch ambré à ses lèvres.

— Non. Une fois que nos voisins et mes électeurs du Mississippi seront au courant, je serai considéré comme un traître. Il ne sera pas sûr alors pour nous de continuer à vivre ici.

Il eut un petit rire sans humour.

— Tu sais quels exaltés nous pouvons être, dans le Sud. Ah, Cameron… Comme j'ai prié que ce jour n'arrive jamais !

Cameron pensa que son cœur allait se briser. Quitter Elmwood ? Comment le pourrait-elle ? Elle releva la tête pour regarder son père, refusant de pleurer. Elle aurait tout le temps de verser des larmes plus tard.

— Que ferons-nous des esclaves, papa ?

— Nous leur donnerons leur liberté à tous, bien sûr. C'est déjà en route. Thomas travaille sur les détails depuis quelques semaines. Il va juste falloir que j'accélère, maintenant.

Il se tourna de nouveau vers la fenêtre, mais il ne semblait pas vraiment regarder quoi que ce soit.

— Je savais que cela allait arriver, Cameron. J'ai prié que cela n'arrive pas, mais maintenant c'est là.

— Vous avez dit qu'il ne sera pas sûr pour nous de rester ici, papa. Où irons-nous ?

— C'est la véritable raison pour laquelle je t'ai appelée, ma chérie. Taye et toi devez emballer vos affaires. On m'a demandé de servir de conseiller au président Lincoln à Washington, alors j'irai là-bas. Vous, vous vous rendrez dans le Nord, à New York, chez les Stuart.

Cameron voulut protester, mais elle était si choquée qu'elle put seulement hocher la tête.

— Je te ferai envoyer tes chevaux dès que je pourrai organiser leur transport. J'imagine que les expéditions vers le Nord vont bientôt être difficiles, alors je le ferai le plus vite possible.

— Et Grant et Sukey ?

Elle arracha ses gants de soie blanche et les jeta sur le bureau. Aucune jeune femme du Sud ne pouvait se montrer dans un bal sans gants, mais ils lui semblaient absurdes maintenant, vu les circonstances.

— J'ignore ce que fera ton frère. Je ne lui ai pas encore parlé. Je voulais que tu le saches la première. Quant à Sukey…

Il inspira, hésitant.

Cameron attendit. Elle savait que Sukey allait dans le lit de son père la nuit. Beaucoup de maîtres couchaient avec des domestiques de couleur. Ce n'était pas une pratique sur laquelle elle aimait s'appesantir ou qu'elle voulait remettre en question. Mais il y avait quelque chose dans les yeux de son père qui lui fit prendre conscience qu'il devait y avoir davantage dans leur relation.

— Je vais retourner à Washington et Sukey a accepté de m'accompagner.

Stupéfaite, elle le dévisagea fixement. La façon dont il soutint son regard la rendit fière. Il ne donna pas d'explications sur sa relation avec la femme qui avait été une esclave jadis, mais qu'un gentleman du Sud ne fasse qu'insinuer une telle relation faisait de son père un homme encore plus remarquable qu'un moment plus tôt.

— Grant va être furieux, dit-elle, retrouvant sa voix et décidant de changer de sujet.

Peut-être que son père et elle pourraient parler de Sukey plus tard, mais elle sentait que ce n'était pas le moment.

Le sénateur contempla son verre, fit tourner le liquide et le regarda éclabousser le cristal taillé.

— J'ai des décisions difficiles à prendre en ce qui vous concerne, ton frère et toi.

Il se tut un instant.

— Mais je ne veux pas que tu t'en inquiètes. Pas maintenant. Je veux que tu retournes profiter de la fin du bal. Ensuite, tu devras faire tes bagages. Taye et toi partirez à l'aube. Thomas vous accompagnera.

— Mais… Et les Stuart?

Même si elle ne les connaissait que peu, elle appréciait Regina et Robert, un couple sans enfant qui avait toujours été aimable avec elle.

— Nous devrions les avertir de notre arrivée.

— Ils t'attendent, Cameron. J'ai correspondu avec eux ces derniers mois et ils savent que dès que la guerre éclatera, tu arriveras.

— Oh! Papa…

De nouveau, il lui donnait l'impression d'être une enfant. Tant de choses s'étaient passées ici, à Elmwood, dont elle n'avait pas eu conscience.

— J'ai besoin que tu sois courageuse, Cameron. Comprends-tu?

Elle hocha la tête, craignant de parler de peur qu'il n'entende son agitation dans sa voix.

— Maintenant, va… Nos invités vont bientôt partir. Je te reverrai plus tard, avant que tu ailles te coucher. Je dois parler à Thomas maintenant, et ensuite à ton frère.

Voulant être la bonne fille, pour une fois, Cameron se dirigea vers la porte du cabinet de travail.

— Vous êtes sûr que vous ne voulez pas que je reste avec vous?

Il lui sourit tristement.

— Oui. Va vite.

— Très bien.

Elle se força à sourire.

— Mais je reviendrai. Je vous aime, papa.

— Je t'aime aussi, ma chère fille.

Cameron sortit et referma la porte derrière elle. Puis elle s'y adossa, essayant de retrouver son souffle.

La guerre ? Ils étaient en guerre ? Elle longea le couloir en vacillant et, quand elle vit le grand escalier, elle en monta les marches. Il fallait qu'elle trouve Taye. Il fallait qu'elle soit sûre que Taye allait bien et qu'elle lui dise ce qui se passait. Taye devait savoir.

Mais son amie n'était pas en haut. Elle n'était pas dans la chambre de Cameron ni dans la pièce plus petite qui était son domaine au bout du couloir. Cameron entendit une porte se fermer dans le couloir des chambres d'hôtes. Cela pouvait-il être Taye ? Que pouvait-elle bien faire là-bas ?

Elle s'engagea alors dans le couloir de l'aile est, sporadiquement éclairé, s'appliquant à mettre un pied devant l'autre pour ne pas tomber. Elle avait l'impression d'être une somnambule. Quitter Elmwood ? Comment pourrait-elle quitter Elmwood ?

En entendant des pas, elle releva la tête. Ce n'était pas Taye, mais Jackson Logan. Elle esquissa un demi-tour pour s'éloigner de lui. Il était bien la dernière personne qu'elle avait envie de voir.

Peine perdue. Il la rejoignit en quelques enjambées, l'attrapant par la taille alors qu'elle chancelait.

— Cameron, qu'est-ce qui ne va pas ? Vous avez l'air bouleversée…

Il paraissait si concerné par son bien-être. Si sincère.

Elle pivota dans ses bras pour le regarder dans les yeux. Elle n'avait pas l'intention de se confier à lui, mais les mots sortirent tout seuls.

— La guerre, murmura-t-elle. Dieu nous aide, Jackson, la guerre est déclarée…

Chapitre 8

— Je sais, lui murmura-t-il à l'oreille, en lui enlaçant la taille.

— Vous le savez ?

Elle percevait la chaleur de son corps si près du sien. Elle sentait ses mains sur elle, la stabilisant pour l'empêcher de tomber. Mais sa propre voix sonnait étrangement à ses oreilles. Elle se sentait détachée de ce qui l'entourait, comme si elle flottait au-dessus de tout. Rien ne lui paraissait plus réel, ni les murs tapissés de papier peint du couloir, ni le parquet en pin sous ses pantoufles de danse. Même Jackson et la force de ses bras autour de sa taille ne lui semblaient pas tout à fait authentiques. C'était comme si tout se déroulait dans un rêve, un mauvais rêve dont elle allait bientôt s'éveiller pour découvrir que tout avait changé.

— J'étais avec votre père quand le messager est arrivé. Honnêtement, Cam, nous nous y attendions. Sumter était une bombe prête à exploser. Et cela depuis janvier, depuis que ce navire marchand a été repoussé par les forces de Caroline du Sud. Quand votre père l'a appris, lui et moi…

Il s'arrêta un instant.

— … avons eu à discuter de certaines questions…

Elle ne comprit pas ce qu'il voulait dire. De quelles questions son père et lui avaient-ils à discuter ? Jackson avait annoncé qu'il ne prendrait pas part à la guerre, qu'il ne choisirait pas de camp. Que pouvait dans ce cas signifier pour lui l'attaque du fort Sumter, à part peut-être une nouvelle opportunité de gagner de l'argent ?

Mais elle était trop bouleversée pour l'interroger. Il lui était trop difficile de trouver un sens à tout cela pour le moment.

— Papa dit que je dois quitter Elmwood, murmura-t-elle, pressant ses paumes sur sa chemise blanche. Qu'il serait dangereux pour nous d'y rester…

Il ne portait plus sa jaquette ; son écharpe en dentelle d'Irlande était dénouée et pendait nonchalamment autour de son cou.

— Taye et moi partons demain matin pour New York, où nous resterons chez des amis, les Stuart.

— Je sais déjà cela, Cam.

Il écarta doucement ses cheveux de son front moite.

Elle avait très chaud, se sentait collante et sa robe lui grattait la peau. La pensée de s'allonger nue entre des draps frais lui traversa l'esprit. Peut-être avait-elle juste besoin de quitter quelques-unes de ces maudites couches de vêtements. Peut-être que si elle pouvait respirer mieux, elle pourrait penser plus clairement.

— Je sais aussi combien vous aimez la plantation, reprit Jackson, mais votre père a raison. Vous ne serez pas en sécurité, ici. Pas quand vos voisins découvriront que votre père va servir dans le conseil de guerre du Président. Ces maudits sudistes peuvent lever une foule de lyncheurs en moins de temps qu'ils n'en mettent pour organiser une course de chevaux!

— Le conseil de guerre du Président? C'est donc ce qu'il va faire à Washington?

Elle lissa machinalement sa chemise, et frissonna en sentant frémir son torse musclé sous le bout de ses doigts.

— Je l'ignorais. Mon père a juste dit qu'il irait là-bas avec Sukey.

Ses jambes flageolèrent et elle vacilla.

— Est-ce que vous avez besoin de vous allonger, Cameron? lui demanda-t-il en la soutenant plus fermement. Je pourrais vous conduire à votre chambre et aller chercher Taye pour vous.

Elle releva brusquement les yeux, dans un soudain accès de panique.

— Non! Non, ne me laissez pas seule, dit-elle en s'accrochant à lui. S'il vous plaît, Jackson.

Elle ne comprenait pas ce qui lui prenait. Elle n'était pas lâche pourtant, n'avait pas peur de défendre ses convictions. Mais tout était si écrasant, d'un coup! La guerre. L'obligation de quitter Elmwood. Le fait d'être séparée de son père pour un temps indéterminé.

Jackson referma ses bras autour d'elle et la tint serrée contre lui comme autrefois, comme lorsqu'elle était encore cette jeune fille amoureuse et innocente.

— Tout ira bien, Cameron, lui dit-il d'une voix apaisante. Vous serez en sécurité à New York. Les Stuart sont des gens bien. Robert vous protégera.

— Non, ce n'est pas ça. Ce n'est pas que j'aie peur pour moi-même.

S'agrippant à ses épaules, elle fixa son regard gris.

— Mais tant de gens vont mourir!

— Ah, Cam, vous êtes trop jeune pour penser à cela!

Il lui caressa doucement la joue.

— Et vous êtes trop belle pour avoir à affronter la laideur qui va suivre.

Cameron n'eut pas conscience qu'il allait l'embrasser jusqu'à ce qu'elle sente son souffle chaud sur son visage, un instant à peine avant que sa bouche ne trouve la sienne. Elle savait qu'elle devait résister ; elle alla même jusqu'à tenter de le repousser, les mains à plat sur ses épaules. Mais ses mains retombèrent, inutiles.

— Jackson…

Elle voulait l'arrêter, lutter. Lui résister était la seule façon pour elle de se protéger de lui. C'était la seule façon de protéger son cœur. Mais il la tenait contre lui si étroitement et elle n'avait pas, au fond, la force de le combattre.

Au début, son baiser fut doux, léger. Il ne fit qu'effleurer ses lèvres des siennes. Puis elle sentit son corps se raidir, comme s'il bataillait contre lui-même. Il sembla essayer de refréner sa propre tentation, mais échoua. Il l'attira alors plus fermement contre lui, écrasant sa bouche sous la sienne. Elle ne pouvait plus respirer. Elle fut prise de vertige et le monde parut tourner autour d'elle. Elle essaya une fois encore de se dégager de son étreinte, mais sa langue envahit sa bouche tremblante et elle rendit les armes.

Elle ne pouvait lutter contre cette chaleur brûlante, ce goût, le contact de sa langue en elle. Au lieu de s'écarter, elle fut mortifiée de se sentir coller son corps au sien, de rechercher la parfaite adéquation. Elle pressa son ventre sur celui de Jackson et perçut la dureté, la chaleur de son désir pour elle.

Quand elle rompit leur baiser, haletante, elle s'entendit marmonner son nom.

— Jackson !

C'était autant un mot doux qu'une damnation.

Son regard gris se fixa sur le sien, intense, et ce qu'il y lut lui apprit ce qu'elle ne pouvait se résoudre à prononcer. Il la souleva dans ses bras et se dirigea vers la chambre qu'il occupait.

Tandis qu'il se rapprochait de la porte, Cameron pensa au million de raisons pour lesquelles elle ne devait pas franchir ce seuil avec lui. Pour commencer, que se passerait-il si elle changeait d'avis et s'il essayait de la prendre de force ? Aussi loin du reste de la maison et des invités, personne ne pourrait l'entendre si elle criait.

Mais elle ne dit rien. Ne protesta pas. Ne l'enjoignit pas à la lâcher et la laisser partir. Elle passa juste les bras autour de son cou, ferma les yeux et pressa sa joue mouillée de larmes sur son épaule. Elle ne pouvait pas rester seule en un pareil moment et il semblait que seul Jackson était capable de le comprendre.

Il démolit presque la porte d'un coup de pied pour entrer plus vite. Il la referma d'un autre coup de pied, sans cependant bousculer Cameron, et poussa le verrou. Ils étaient seuls, à présent, et personne ne pouvait les surprendre. La pièce était plongée dans la pénombre, à part le clair de lune qui entrait par les fenêtres ouvertes. Elle pouvait entendre les battements lents et réguliers des tambours des esclaves dans le lointain.

— Jackson…

Il pressa ses doigts sur ses lèvres tandis qu'il écartait la moustiquaire vaporeuse qui tombait des montants du lit, puis il la déposa sur la courtepointe froissée.

— Chut, murmura-t-il. Ne parlez pas. Pour une fois, Cam, ne dites pas un mot.

Elle ouvrit la bouche pour protester, mais il se laissa choir sur le lit à côté d'elle et l'enveloppa de ses bras, reprenant ses lèvres. Elle était complètement dominée par sa taille, sa puissance, et le désir pour lui qui léchait ses membres comme des flammes.

— Ne parlez pas, répéta-t-il en couvrant sa joue et son cou de petits baisers. Ne pensez pas. Ressentez, simplement. Mettez votre esprit de côté et laissez votre corps prendre le dessus.

Il fit glisser ses lèvres au creux de sa gorge et remonter sa main sous sa poitrine.

Contre sa volonté, elle s'entendit gémir de plaisir.

« Il faut que je l'arrête ! Il faut que je m'arrête, moi. »

Mais lorsqu'il fit glisser lentement le décolleté bateau de sa robe de bal sur son épaule pâle, révélant la rondeur de ses seins, elle n'eut pas la force de s'insurger. Un simple frôlement de ses doigts et elle brûla qu'il la touche tout entière.

— Si belle…, murmura-t-il en pressant doucement son sein.

Son baiser se changea bientôt en un assaut de baisers, tandis qu'il embrassait ses lèvres entrouvertes, ses joues, le lobe de ses oreilles, puis de nouveau sa bouche d'abord légèrement, puis d'une façon si exigeante qu'il la laissa faible et à bout de souffle.

Sans se rendre compte véritablement de ce qu'elle faisait, elle guida sa bouche plus bas, d'abord sur le creux de sa gorge où battait son pouls, puis sur sa poitrine, sur la pointe d'un sein qui se durcissait. Même à travers les couches d'étoffe de son corsage, de sa camisole et de son corset, elle sentait ses lèvres chaudes et humides, son souffle sur sa chair brûlante.

— Plus une toute jeune fille. Une femme…

Il roula sur le lit, l'entraînant avec lui. Il fit glisser plus encore sa robe de taffetas et fit craquer la bride de sa camisole. Elle ne s'en soucia pas. Rien ne comptait à part ses mains, sa bouche et son besoin de les sentir sur elle.

Il tira sur les rubans de son corset et libéra ses seins avides de caresses, puis referma enfin sa bouche sur un mamelon rose. Elle avait oublié combien c'était merveilleux. Elle avait repoussé les souvenirs du soir précédant le départ de Jackson si loin au fond de son esprit qu'ils s'en étaient presque effacés.

Presque.

Il caressa et pressa ses seins, suça ses mamelons jusqu'à ce qu'elle frétille dans ses bras, chaude, moite et aspirant tout entière à… elle ne savait quoi. Toutes ses forces semblaient l'avoir quittée, si bien que lorsqu'il glissa plus bas sur le lit, promenant ses lèvres chaudes sur son ventre nu, toute sa volonté l'avait abandonnée.

Il y avait des mètres de jupons et de taffetas entre eux, mais il ne semblait pas s'en apercevoir. Il s'étendit à côté d'elle et, l'enveloppant d'un bras, posa ses lèvres sur les siennes. En même temps, il glissa sa main libre sous ses jupes, la fit remonter le long de son mollet gainé d'un bas jusqu'à sa cuisse nue. Elle n'avait pas mis de pantalons, à cause de la chaleur.

Elle essaya faiblement de protester, mais la force de son baiser la fit taire. Et puis à quoi bon protester maintenant ? songea-t-elle. Elle l'avait déjà laissé aller trop loin. Elle *s'était* laissée aller trop loin. Et ses caresses étaient si agréables, si justes qu'elle se détendit de nouveau, et laissa flotter son corps dans les sensations délicieuses que lui procuraient ses doigts.

Au premier frôlement de sa main sur la partie la plus intime de sa personne, elle se leva à moitié du lit. Six ans plus tôt, il avait touché ses seins, mais n'était pas allé plus loin. Pas jusque-*là*.

Son souffle se coinça dans sa gorge. Si elle devait l'arrêter, il fallait qu'elle le fasse maintenant, avant qu'il ne soit vraiment trop tard. Elle avait senti son sexe dur à travers ses culottes. Elle connaissait la prochaine étape, si elle ne s'échappait pas.

— Jackson…, dit-elle d'une voix étranglée.

Il continua à la caresser du bout des doigts, légèrement d'abord, puis en appuyant plus fort. Et elle se noyait. Elle se noyait dans les sensations, se noyait dans sa peur, se noyait dans sa colère de ne pas pouvoir — non, de ne pas *vouloir* l'arrêter.

Lorsqu'il écarta les tendres replis de sa féminité, elle sut qu'elle était au-delà de toute réaction possible. Rien n'existait plus hormis sa bouche sur la sienne, son goût et le contact de sa main entre ses cuisses tremblantes. Il continuait à la caresser d'une façon rythmée ; ses jambes étaient brûlantes et moites. Elle n'avait pas prévu cela. Pas du tout. Pire encore, elle n'avait pas imaginé sa propre réaction. Au lieu de crier, de protester, elle écartait les jambes, ne désirant rien tant que le sentir aller plus loin. Il l'embrassa profondément, et sa langue bougeait dans sa bouche au même rythme que ses doigts qui la caressaient.

Taye trébucha sur une marche de l'escalier de service et attrapa la rampe pour s'empêcher de justesse de tomber.

Elle poussa un cri étouffé. Des larmes brouillaient sa vision et elle pouvait à peine voir où elle allait.

Ils l'avaient fait, finalement. Elle venait de l'apprendre d'une esclave de la cuisine, qui avait entendu le sénateur parler au messager. On avait tiré sur un fort. Le Sud avait déclaré la guerre au Nord et plus rien ne serait jamais pareil. Un sanglot lui monta à la gorge. Elmwood, sa maison bien aimée, serait changée à jamais. Et elle ? Qu'adviendrait-il d'elle ? Où irait-elle ? Que ferait-elle ? Elle ne pouvait imaginer la vie sans Cameron et pourtant elles pouvaient fort bien être séparées.

Elle retint un autre sanglot et se remit à monter les marches. Il fallait qu'elle trouve Cameron. Cameron saurait mieux lui expliquer ce qui se passait. Elle saurait lui dire ce qui allait leur arriver.

— Miss Taye, c'est vous ? appela une voix d'homme, du bas de l'escalier plongé dans l'obscurité.

Elle se tourna à moitié, ne sachant, dans sa confusion, qui lui parlait, jusqu'à ce qu'elle s'essuie les yeux et que la silhouette devienne nette. C'était son bien-aimé. Toujours vêtu de sa veste sombre et de son écharpe amidonnée, il ne semblait pourtant pas aussi impeccable que lorsqu'elle l'avait vu de loin, lors du bal.

— Monsieur Burl…, murmura-t-elle.

Elle s'essuya de nouveau les yeux, ne voulant pas qu'il la voie ainsi.

Il monta deux à deux les marches pour la rejoindre, et tandis qu'il approchait, elle se rendit compte que sa jaquette et sa chemise étaient en désordre, comme s'il avait couru.

— Vous avez entendu ? demanda-t-il, la voix rauque d'émotion.

Elle agrippa la rampe à deux mains, de peur de tomber contre lui, et hocha la tête.

— La guerre, fit-il dans un souffle. Le sénateur disait qu'elle viendrait, mais moi, je persistais à croire que nous pourrions tous nous asseoir à une table comme des gens honorables et régler cette affaire en parlementant. Je croyais que nous pourrions libérer les esclaves et préserver malgré tout le Sud.

Il secoua la tête comme s'il avait honte de sa naïveté. Taye avait envie de tendre la main et de le toucher, d'essayer de le réconforter, mais elle n'en fit rien, agrippée sagement à la main-courante.

— Ce n'est pas votre faute, monsieur Burl. Je sais que vous avez fait tout ce que vous pouviez. Je sais combien vous avez travaillé dur pour la cause du sénateur.

— Je suis tellement désolé que ce soit arrivé, miss Taye, dit-il doucement, levant les yeux vers elle dans l'obscurité. Je suis tellement désolé que nous n'ayons pas pu l'empêcher, mais ne vous inquiétez pas pour votre propre sécurité. Pas un instant. Le sénateur dit qu'il va vous envoyer dans le Nord avec miss Cameron, en sûreté.

Un nouveau sanglot serra la gorge de Taye, et avant qu'elle sache ce qui arrivait, Thomas Burl gravit les dernières marches et lui prit le bras pour la soutenir.

— Tout va bien, lui chuchota-t-il à l'oreille. Restez juste ici un moment pour reprendre votre souffle.

Elle tomba à genoux, aussi désorientée à présent par la proximité du jeune homme que par la nouvelle de la guerre. Elle s'assit sur une marche. Il s'assit à côté d'elle ; la marche était si étroite qu'ils se retrouvèrent hanche contre hanche. Elle se détourna, baissant les yeux, embarrassée d'être aussi près de lui.

— Je me sens si sotte ! Je ne sais pas ce qui ne va pas chez moi.

Elle pressa ses paumes sur ses joues.

— C'est un choc pour nous tous… Je vous en prie, ne vous en veuillez pas. Je… je ne pourrais pas supporter cette pensée.

Elle se tourna face à lui, s'avisant seulement qu'il tenait toujours son bras d'une main tremblante.

— Monsieur Burl…

— Miss Taye, s'il vous plaît, je n'ai qu'un moment… Le sénateur a beaucoup de choses à me faire faire. J'ai des montagnes de documents qui doivent…

Il s'arrêta, puis reprit plus vite, la voix altérée, trébuchant sur les mots :

— Pardonnez-moi de parler à tort et à travers. Seulement… je ne pourrais me le pardonner si je ne vous parlais pas avant de partir.

Il baissa la tête et elle le regarda, confuse. Qu'est-ce qu'il essayait de lui dire ?

— Miss Taye…

Il serra fébrilement sa main dans les siennes.

— Je veux que vous sachiez combien je vous respecte et vous apprécie. Combien je souhaite…

Il grogna.

— Juste ciel, j'embrouille tout !

Le cœur de Taye tambourinait dans sa poitrine. Est-ce que vraiment… ? Est-ce que Thomas tentait de lui dire qu'il… qu'il avait des *sentiments* pour elle ? Non. Impossible. C'était trop espérer.

— Thomas…, dit-elle dans un souffle, osant rapprocher son visage du sien.

Même dans l'obscurité de l'escalier, elle pouvait voir son regard sombre fixé sur le sien.

— Je sais que je n'ai aucun droit de vous dire ceci, mais ce que j'essaie d'exprimer, miss Taye, c'est que… c'est que j'aimerais vous courtiser une fois que tout ceci sera passé. Cette guerre ne peut durer bien longtemps. Quand le Sud mesurera sa terrible erreur et se rendra, j'aimerais vous courtiser officiellement, et si vous… si cette idée ne vous rebute pas, j'aimerais demander votre main, acheva-t-il plus timidement encore.

Taye se sentit soudain la tête si légère qu'elle ferma les yeux un instant. Un élan de pur bonheur la souleva. Son cœur bondit dans sa poitrine, puis sombra aussitôt. Que disait-il ? A quoi pensait-il ? La guerre ne prendrait pas fin rapidement. Et même dans ce cas, qu'est-ce qui lui permettait de penser que les choses seraient différentes, alors ? Il serait toujours un gentleman blanc et elle une ancienne esclave à moitié noire.

Elle se raidit, lui retirant sa main.

— Monsieur Burl, s'il vous plaît, écoutez-moi. Je sais que le sénateur souhaite que vous épousiez Cameron et je pense que vous devriez le faire.

— Mais je ne l'aime pas, balbutia-t-il. C'est vous que je…

Taye se leva, rassemblant ses jupes. Elle ne le laisserait pas aller plus loin. Le faire ne conduirait qu'à lui briser plus encore le cœur. Il ne pourrait jamais rien y avoir entre eux. Cela n'avait été qu'un rêve de petite fille de sa part, un conte de fées qu'elle avait laissé Cameron encourager. Les derniers espoirs qu'elle nourrissait pour l'avenir avaient été écrasés ce soir dans la salle de bal, quand elle avait dansé avec le capitaine.

— Vous n'êtes pas amoureux d'elle, monsieur Burl ? demanda-t-elle rudement, en se hâtant de monter l'escalier. Qu'est-ce que cela a à voir avec quoi que ce soit, dans le monde où nous vivons ?

Elle crut entendre Thomas prononcer son nom, mais elle ne se retourna pas. Elle continua à courir jusqu'à la porte de la chambre de Cameron. Elle se rua dans la pièce et se jeta sur le lit, puis se couvrit la tête d'un oreiller afin que personne n'entende le bruit de ses sanglots.

Cameron avait l'impression d'être emportée par la marée. De lourdes et denses vagues de plaisir la submergeaient, dominant tout. Elle n'avait pas le choix, pas le moyen de lutter contre leur force. Tout ce qu'elle pouvait faire était de chevaucher une vague après l'autre tandis que la mer de sensations l'emportait toujours plus haut, toujours plus vite — elle ignorait vers où.

Jackson l'embrassait, lui murmurant des mots doux à l'oreille. Elle ne pouvait que s'accrocher à lui, se laisser embrasser et lui rendre ses baisers. Ses caresses étaient une torture. Ses caresses étaient une extase.

Soudain, elle sentit tous les muscles de son corps se contracter. Elle fut submergée par une vague d'une volupté si intense, si choquante, qu'elle détacha sa bouche de celle de Jackson pour inspirer une grande goulée d'air, tandis que son corps se convulsait en frissons.

— Oh ! oh…, murmura-t-elle, saisie, embarrassée et stupéfaite tout à la fois.

Jackson retira ses doigts de sa féminité et laissa reposer sa main sur les boucles cuivrées entre ses jambes.

Elle poussa un gémissement et roula contre lui pour pouvoir cacher son visage.

— Tout va bien, chuchota-t-il amusé, posant un baiser sur sa tête.

— Non, ça ne va pas!

Elle secoua la tête, son visage toujours enfoui dans les plis de sa chemise humide et froissée.

— Je ne peux pas croire que j'ai…

Elle releva brusquement la tête.

— Mais vous n'avez pas…

Elle ne savait que dire, mais elle pouvait encore sentir la dureté de sa virilité contre sa jambe. L'acte n'était pas complet — ou bien l'était-il?

Elle sentit sourire Jackson. S'il riait, elle le tuerait!

— Tout va bien, Cam, restez juste tranquille un moment. Savourez la chaleur du plaisir.

Elle fit rouler sa tête, enfouissant de nouveau son visage dans sa chemise, toujours aussi mortifiée. Lentement, tandis que sa respiration redevenait normale, elle reprit conscience de la pièce autour d'elle, de la douceur du matelas de plumes et du contact du corps mince et dur encore pressé si intimement contre le sien. Elle entendit la respiration de Jackson et le son des tambours par la fenêtre.

— Cameron, dit-il après quelques minutes d'un silence presque confortable. Le moment est mal venu, je le sais, mais je dois partir. Quelqu'un…

Il s'interrompit comme s'il cherchait les mots justes.

— Quelqu'un attend dehors pour me parler et je ne dois pas repousser cet entretien plus longtemps.

— Quelqu'un? murmura-t-elle, le regardant à travers ses cils. Je ne comprends pas. Qui attend de vous parler? Et pourquoi?

— C'est une affaire qui ne vous concerne pas.

Elle s'assit brusquement, l'écartant d'elle, ulcérée par sa soudaine froideur. Elle tira sur son corset, essayant de le remonter, mais s'avisa qu'elle n'y arriverait jamais assise. Il fallait qu'elle se lève. Elle était en colère contre elle-même pour ce qu'elle avait fait, ou laissé faire, mais il était tellement plus facile d'être furieuse contre lui.

— J'aimerais pouvoir rester allongé ici avec vous, Cam, et…

— S'il vous plaît…

Elle leva une main impérieuse, incapable de croiser son regard.

— Arrêtez avant que je vous haïsse de nouveau.

— Cameron…

— Partez! Allez voir votre messager. Je retournerai toute seule dans ma chambre sans laisser personne me voir ainsi… et deviner ma honte.

Il commença à dire autre chose, puis relâcha son souffle en un soupir impatient et roula loin d'elle. Elle se rallongea et ferma les yeux, attendant qu'il s'en aille. Lorsqu'il eut refermé la porte doucement derrière lui, elle laissa une larme couler sur sa joue, tout en se demandant pourquoi elle pleurait. Elle savait que c'était à cause d'un sentiment de perte, mais de perte de quoi? Pleurait-elle parce que son Mississippi bien-aimé était entré en guerre et qu'elle devait quitter Elmwood? Pleurait-elle pour son père, le fier et ambitieux sénateur qui allait devoir quitter sa maison, sa vie, son monde, pour défendre ce en quoi il croyait? Ou pleurait-elle sur elle-même et son cœur qu'elle craignait de donner de nouveau à un homme qui ne pourrait jamais l'aimer?

Chapitre 9

Cameron ouvrit la porte et regarda prudemment dans le couloir. Personne ne devait la voir quitter la chambre du capitaine Logan. La moindre rumeur pourrait ruiner la carrière politique de son père. A cette pensée, elle se mit à rire, puis s'étrangla sur son rire qui se changea en sanglots. Ruiner la carrière de son père ? Quelle carrière ? David Campbell, sénateur du Mississippi — un Etat qui s'était séparé de l'Union des mois plus tôt pour rejoindre la ligue des confédérés —, allait libérer ses esclaves et se déclarer Yankee.

Il n'empêche… Elle ne voulait pas qu'on la surprenne quittant la chambre de Jackson. A défaut d'autre chose, c'était une question de fierté ; elle ne voulait surtout pas que son nom soit associé au sien.

S'assurant que le couloir était désert et silencieux, elle s'y glissa comme une ombre. Avec son corset délacé, elle ne pouvait remonter correctement le corsage de sa robe, et tenait ses mains sur sa poitrine. Par chance, il n'y avait personne en haut. Elle entendait encore la musique qui montait de la salle de bal, mais il était tard et les derniers invités s'en allaient. Des voix résonnaient dans le vestibule tandis qu'ils sortaient rejoindre leurs élégantes voitures, conduites devant la maison par les esclaves tous habillés de vêtements blancs immaculés.

Cameron supposa que son père ou Grant se tenait à la porte d'entrée pour prendre congé de leurs hôtes, mais à la lumière des derniers événements, le cas contraire lui parut sans importance. Le sénateur avait sans aucun doute beaucoup de choses à accomplir avant l'aube et, avec l'air tourmenté qu'il affichait, il n'était certainement pas bon qu'il se montre en public. Quand leurs voisins découvriraient qu'il avait affranchi tous ses esclaves et se préparait à partir dans le Nord pour servir le président Lincoln, ils auraient toutes les raisons de jaser. S'ils se contentaient de cela encore !

Elle pressa son dos nu contre le mur, jeta un rapide coup d'œil au coin du couloir et vit que l'accès aux chambres familiales était désert. Tout ce qu'elle avait à faire était de courir jusqu'à sa chambre, son refuge. Juste quelques pas et elle serait en sûreté dans la pièce rose où elle avait dormi depuis qu'elle avait quitté la nurserie. Elle ferma les yeux, appuyant la tête sur le papier peint aux magnolias, choisi par sa mère. Elle ne pouvait croire qu'elle avait laissé Jackson l'entraîner dans sa chambre. Elle ne pouvait croire qu'elle l'avait laissé lui faire l'amour.

Car c'était ce qu'ils avaient fait, non ? Même s'il n'y avait pas réellement eu consommation, même si elle était encore vierge *stricto sensu*, elle avait tout de même eu un échange sexuel avec lui. Enfin, cela dépendait peut-être de la définition qu'on en donnait.

Elle inspira à fond et se précipita vers le sanctuaire de sa chambre aussi vite et aussi silencieusement que possible. Une fois à l'intérieur, elle referma précipitamment la porte et s'y adossa, poussant un soupir de soulagement.

Il fallait qu'elle se reprenne. Son père avait besoin d'elle. Elle ne pouvait pas penser à ses propres ennuis maintenant. Elle devait se changer, passer une brosse dans ses cheveux et aller voir le sénateur. Elle n'avait pas le temps de se morfondre sur son sort, pas quand la vie de son père était en train de s'effondrer. Elle aurait tout le temps plus tard d'y repenser. Dans l'immédiat, il fallait qu'elle mette cette histoire de côté. Qu'elle oublie que c'était arrivé. Avec un peu de chance, elle ne reposerait peut-être jamais les yeux sur lui. Avec plus de chance encore, Jackson Logan serait pendu comme pirate au premier blocus instauré dans les eaux américaines.

Elle inspira de nouveau longuement, constatant avec satisfaction que son cœur se remettait à battre normalement. Le fait d'être dans sa propre chambre lui redonnait de la force. Alors qu'elle commençait à redevenir elle-même, sa désorientation se changea en colère. Comment Jackson avait-il pu profiter d'elle de cette façon ? Il savait qu'elle était à vif à cause de l'annonce de la déclaration de guerre. Il savait qu'elle était vulnérable. Maudit soit-il, et maudit soit son cœur de vaurien !

Enfin…, si elle pouvait s'en tenir à sa colère, tout serait plus facile. Si elle pouvait oublier les sensations incroyablement délicieuses et bouleversantes qu'il avait fait naître en elle, et se rappeler seulement combien il la rendait furieuse, elle irait bien. Elle avait besoin de se concentrer à présent sur le fait que son père et elle étaient engagés pour le Nord. Jackson, comme il l'avait dit lui-même, était engagé pour sa propre cause et rien d'autre. Si elle pouvait garder cela à l'esprit, tout en oubliant la réaction traîtresse de son corps à son entreprise de séduction, elle pourrait traverser cette passe difficile.

Un sanglot étouffé provenant du fond de la pièce la fit sursauter. Elle remonta instinctivement le corsage de sa robe pour essayer de se couvrir. Qui pouvait être dans sa chambre ?

— Taye ? chuchota-t-elle.

A travers l'obscurité, elle vit une silhouette qui ne pouvait être que celle de son amie se redresser sur le grand lit à baldaquin.

— Cameron ?

Taye était bouleversée ; Cameron pouvait l'entendre à sa voix. Dans toute cette confusion, elle avait complètement oublié que son amie avait dansé dans la salle de bal, provoquant un scandale. Elle avait sûrement appris pour la guerre, aussi.

— Taye, qu'est-ce qui ne va pas ?

— Vous n'avez pas entendu ?

Oubliant le désordre révélateur de sa tenue, Cameron se laissa choir sur le lit et tendit les bras pour l'enlacer.

— L'attaque du fort Sumter ? Oui, papa m'a dit. Mais s'il te plaît, chaton, ne pleure pas. Ça va aller. On s'y attendait depuis des semaines, au fond…

— Mais cela signifie la guerre, Cam !

Cameron prit une grande inspiration, essayant de tenir ses propres peurs à distance.

— Oui, en théorie. Mais ce sera fini en un rien de temps. Tu verras. Papa dit que le Sud ne peut s'attendre à gagner et qu'il se rendra bientôt. Après tout, nous n'avons pas de manufactures d'armes, pas les moyens d'armer, d'habiller et de nourrir une armée.

Elle prit les mains tremblantes de Taye dans les siennes.

— Papa nous envoie toutes les deux dans le Nord.

Nous resterons quelque temps chez les Stuart. Est-ce que ce ne sera pas amusant ?

Elle lui parlait comme si elles étaient encore des petites filles et que Grant harcelait Taye de ses mauvais tours. Cameron venait toujours à son secours, alors. Elle continuerait à le faire. Leur lien d'amitié était un lien bien plus fort que ce qu'un lien de sang pouvait être.

— Je pensais que nous pourrions emmener quelques-uns de mes chevaux. J'ai promis de t'aider à améliorer ton assiette. A mon avis…

— Cameron, ne me traitez pas comme une enfant ! Nous sommes *en guerre*. Pour moi. Pour maman, Naomi, Oncle Jessie et les autres.

— Nous ne sommes pas en guerre pour ta mère ou toi, Taye. Vous êtes déjà libres. Nous sommes en guerre sur la question de l'esclavage en général. Nous allons nous battre pour libérer tout un peuple et lui donner les droits qu'il mérite.

Taye eut un rire lugubre.

— Vous m'accusez d'être innocente et de ne pas connaître le monde, mais parfois je pense que c'est vous qui êtes l'enfant, Cam. Vous êtes si idéaliste, quelquefois, si irréaliste, même.

Elle secoua tristement la tête.

— Cette guerre ne sera pas une prompte affaire. Vous commettez une grave erreur d'appréciation si vous le pensez. Le Sud ne se rendra pas aisément, car même s'ils n'ont pas d'armes, les sudistes ont leur honneur et leur fierté. Ce conflit sera long et sanglant au-delà de ce que nous pouvons imaginer aujourd'hui, vous et moi. Les hommes comme Grant — elle cracha son prénom comme si elle parlait de la lèpre — ne capituleront pas facilement. Ils mourront dans leurs champs de coton, avec leurs esclaves sous le joug, plutôt que de renoncer à leur mode de vie. Plutôt que d'admettre qu'un homme ou une femme à la peau noire puisse être aussi précieux qu'eux aux yeux de Dieu.

De nouvelles larmes coulèrent sur ses joues, et les yeux de Cameron s'embuèrent. Elle serra les mains de son amie. Taye avait-elle raison ? Elle ne pouvait envisager cette possibilité. Pas maintenant.

— Arrête ! lui dit-elle fermement. Arrête tout de suite ! Je ne veux pas entendre ce genre de discours. Papa ne voudra pas l'entendre non plus. Ce qu'il fait, ce qu'il *fera*, est ce qui est juste.

Taye écarta une mèche de la joue de Cameron. La superbe coiffure de bal ne ressemblait plus à rien, mais la jeune fille ne sembla pas remarquer l'état dans lequel se trouvait son amie. Elle était trop bouleversée.

— Je ne dis pas que ce n'est pas juste *moralement*. Je dis seulement que ce sera coûteux, humainement parlant. Et ce coût m'effraie.

Cameron l'enserra dans ses bras et la tint longtemps contre elle, car elle avait besoin de cette étreinte autant que la jeune mulâtresse en avait besoin.

— Tant que toi et moi nous resterons ensemble, Taye, nous nous en sortirons, d'accord ?

Taye hocha la tête.

— D'accord.

Cameron ressentait le besoin de partager avec quelqu'un ce qui s'était passé entre Jackson et elle, mais elle décida de ne rien dire. Taye était déjà assez bouleversée ; il n'était pas utile de lui mettre un autre fardeau sur les épaules.

— Maintenant, j'ai besoin que tu m'aides à me

changer. Je veux mettre quelque chose de plus pratique pour faire mes bagages et me préparer à partir. Et puis je veux retourner voir papa et lui parler.

Elle se leva, lui tournant le dos.

— J'ai déjà commencé à me déshabiller, mentit-elle, espérant que la jeune fille était allongée sur le ventre à pleurer, quand elle était entrée, et qu'elle ne l'avait pas vue arriver aussi débraillée. Mais il faut que tu m'aides.

Elle abaissa le corsage de sa robe et tripota les rubans de son corset, feignant de dénouer ce que Jackson avait déjà dénoué.

— J'avais si chaud que je ne pouvais plus respirer dans ce carcan, de toute façon. Il me faut quelque chose de moins serré si je veux aider papa. J'imagine qu'il voudra mettre les objets de valeur à la cave et les enfermer à clé jusqu'à ce qu'ils puissent être transportés.

— Laissez-moi aller chercher de la lumière dans le couloir.

Taye prit une tige de genêt dans un vase sur la cheminée.

— Je reviens tout de suite…

Cameron la regarda sortir de la chambre avec un soupir de soulagement. La jeune fille ne se doutait de rien. Elle n'avait aucune idée qu'une demi-heure plus tôt, Cameron était allongée presque nue dans les bras du capitaine Logan.

— Ecoute-moi! lança rudement David Campbell à son fils. Je n'ai pas le temps de faire des tours et des détours à propos de cette question! Rien de ceci ne devrait te surprendre, bon sang! Tu sais depuis un bon moment de quel côté je suis.

David s'était retiré dans sa chambre, et avait fait

appeler son fils. Le capitaine Logan devait les rejoindre sous peu. Il avait promis de venir dès qu'il aurait envoyé un message aux marins de son bateau à Baton Rouge. David espérait qu'il pourrait régler cette vilaine discorde avec son fils et le renvoyer dans sa chambre avant le retour de son hôte.

— Des bavardages stupides autour d'une table en fumant un cigare sont une chose, fulmina Grant en se servant une rasade du scotch que son père avait monté de son cabinet de travail. Mais ça, *ça*, c'est carrément répréhensible ! Les Campbell du Mississippi ne peuvent brusquement se déclarer nordistes ! Nous sommes aussi sudistes que cette rivière qui coule à travers Elmwood.

Le sénateur se massa les tempes, espérant alléger un peu la pression qui lui broyait le crâne autant que trouver la meilleure façon de traiter avec son fils. Il savait que le jeune homme serait en colère, déçu, effrayé même, mais il n'avait plus de temps pour s'y arrêter. Il avait trop à faire avant l'aube. D'abord s'assurer qu'il pourrait faire partir Cameron et Taye en toute sécurité, ensuite s'occuper des documents officiels d'émancipation qui devaient être complétés pour affranchir tous ses esclaves. S'il libérait ses gens sans leur remettre les contrats légaux d'affranchissement, ils seraient pourchassés comme des animaux et revendus comme esclaves.

— Je te l'ai dit, Grant, je dois prendre position. Cet incident au fort Sumter exige d'agir et je ne peux plus continuer à soutenir l'esclavage.

— *Continuer* à soutenir l'esclavage ?

Grant avala une goulée de scotch, la voix lourde de sarcasme.

— Vous sembliez pourtant assez content de le soutenir

quand nous avons planté le coton, ce printemps. Et désireux de continuer à le soutenir quand nous avons défriché ces terres au bord de la rivière et que vous parliez des profits qu'Elmwood allait faire !

Il était si furieux qu'il en postillonnait.

— Je dois te demander de baisser la voix, dit le sénateur, haussant lui-même le ton.

Il se doutait bien que son fils ne comprendrait pas d'emblée le choix difficile qu'il avait fait. Mais il avait espéré pouvoir le convaincre. Il l'aimait tant, malgré ses défauts, qu'il s'était dit que même si Grant n'avait aucune sympathie ni tolérance pour la cause qu'il soutenait, il aurait au moins de la sympathie et de la tolérance pour l'homme qui lui avait donné la vie et tout ce qu'il possédait. Car malgré son diplôme de droit, Grant n'avait pas encore travaillé un seul jour dans sa vie.

Tandis qu'il le fixait, il eut l'impression de le voir tel qu'il était réellement pour la toute première fois. Avait-il excusé Grant toutes ces années, sans jamais voir la réalité en face, comme Cameron avait si souvent essayé de le lui faire remarquer ? Aimait-il tant ce garçon qu'il avait excusé des conduites qui n'auraient jamais dû être excusées ? Avait-il glissé sur des traits de personnalité qui étaient impardonnables ?

— Très bien, reprit Grant, rageur. Admettons un moment que le sénateur Campbell se déclare un sympathisant du Nord. Que se passera-t-il, alors ?

Il continua sans laisser à son père une chance de répondre.

— Vous ne serez plus en sécurité au sud de la ligne Mason-Dixon…

Il boitilla jusqu'à la table basse pour se servir un autre

scotch. Il buvait trop, trop vite, et cela inquiétait David. Son fils n'avait jamais été un buveur compatissant, ni indulgent.

— Vous serez obligé de fuir pour rester en vie. Or j'ai du mal à croire que vous envisagiez d'abandonner purement et simplement votre Elmwood tant aimé pour devenir un Yankee. De laisser vos précieux esclaves derrière vous.

— Je ne laisserai pas mes gens derrière moi, répondit fermement David en ôtant son écharpe et en la jetant sur le lit qu'il partageait avec Sukey.

Comme il aspirait à y monter cette nuit encore et à tenir sa bien-aimée dans ses bras, ne fût-ce qu'un moment! C'était de Sukey dont il avait besoin en cet instant, Sukey et sa force tranquille et douce, sa force d'acier.

Il croisa le regard maussade de son fils et décida qu'il avait passé assez de temps à essayer de le ménager. Grant avait besoin d'entendre la vérité, et ensuite ils continueraient leur route tous les deux, chacun de son côté.

— Je vais libérer nos esclaves. Tous. Puis je fermerai Elmwood pour la durée de la guerre et j'irai dans le Nord où je pourrai être utile au gouvernement de mon pays.

— Les libérer! tonna Grant. Etes-vous devenu fou?

David avait vu son fils en colère maintes fois. Enfant, il piquait des crises, hurlait, donnait des coups de pied, mordait. En grandissant, ces éclats étaient devenus moins fréquents mais non moins déplacés et inconvenants. Il semblait que lorsqu'il était exaspéré, Grant perdait la faculté de penser clairement à propos de tout et de tout le monde sauf lui-même.

— Vous ne pouvez pas libérer ces nègres. Ils appartiennent à Elmwood. Ils m'appartiennent!

Grant attrapa la bouteille de scotch. Elle était presque vide à présent alors qu'elle n'avait été ouverte qu'au coucher du soleil, juste avant le bal.

— Si vous pensez fuir vos responsabilités et me laisser faire le travail, comment suis-je censé exploiter Elmwood sans les esclaves ?

— Elmwood va cesser de produire, répondit froidement David.

Il venait d'annoncer à son fils que les Etats-Unis entraient en guerre, frères contre frères, et la seule chose à laquelle ce dernier pensait était sa propre bourse !

— Les esclaves seront affranchis et je vivrai sur l'argent que j'ai économisé, poursuivit-il. Tu pourras aller vivre dans notre maison de Baton Rouge si tu le veux. Tu auras une allocation, mais il se peut que tu aies à chercher du travail dans un cabinet juridique et à utiliser enfin cette coûteuse éducation que j'ai payée.

Cela dit, il ouvrit la porte-fenêtre qui donnait sous la véranda du premier étage. L'air nocturne, chaud et humide, le frappa au visage et lui éclaircit la tête presque aussitôt. Cela lui semblait bon de parler ainsi à Grant, de lui dire comment les choses allaient être désormais. Il aurait dû le faire depuis des années. Il aurait dû mieux écouter ce que Cameron avait essayé de lui dire. Il était fatigué des jérémiades de son fils, de ses défauts, de ses excuses. Il était plus que temps qu'il se mette au travail. Et plus que temps aussi, décida-t-il résolument, qu'il soit complètement honnête avec lui. Qu'avait-il à perdre ? Aussi furieux que soit Grant, il doutait de pouvoir le rendre encore plus furieux.

— Ne vous défilez pas, papa. Cette conversation n'est pas terminée.

— Tu as raison, elle n'est pas terminée.

David se tourna face à son fils.

— Je dois aussi t'informer que j'ai décidé de léguer Elmwood à Cameron.

Il l'avait ménagé trop longtemps. L'une des conséquences de la guerre était de faire mûrir tout le monde sur son passage, un fait cruel mais nécessaire.

— Tu n'as jamais aimé Elmwood comme nous l'aimons. Et franchement, tu ne le mérites pas. Toutefois, je ne te déshérite pas. Je te donnerai la maison de Baton Rouge et ta part de ma fortune, s'il en reste quelque chose quand je mourrai.

— Léguer Elmwood à Cameron ? répéta Grant, abasourdi par la nouvelle. C'est ridicule. C'est une femme !

— Et une femme de qualité. Elle pourrait diriger cette plantation les yeux fermés. Après la guerre, les choses seront certes bien différentes, mais j'ai foi en elle. Je sais que si je ne suis plus là, elle sera capable de protéger ce que mon père et moi avons bâti. Peut-être même aura-t-elle la clairvoyance de guider le domaine dans une direction encore jamais envisagée.

Il sourit à cette pensée, même s'il sentait intuitivement qu'il ne serait pas là pour le voir.

— Tout ceci est insensé ! C'est de la folie pure !

Grant allait et venait dans la chambre, traînant sa mauvaise jambe derrière lui. Quand il avait trop bu, sa boiterie s'accentuait et il lui était difficile de se déplacer sans se mouvoir d'une façon grotesque.

— Vous ne savez pas ce que vous dites. Vous êtes troublé par la nouvelle du fort Sumter. Vous perdez la tête sous le choc.

— Je suis très certainement troublé par cette nouvelle,

concéda David. Et grandement perturbé à la pensée que des frères vont se battre les uns contre les autres sur ce sol que j'aime tant. J'ai prié pour que nous n'en arrivions pas là. Mais je n'ai absolument pas perdu mes facultés mentales. Je sais exactement ce que je fais. Je vais modifier mon testament. Je me suis montré bien sot par le passé en ce qui te concerne, Grant, mais c'est fini.

Il serra le poing.

— Je laisserai Elmwood à Cameron et je m'assurerai que mon autre fille ne manquera de rien.

David s'interrompit, pétrifié. Il n'avait jamais eu l'intention de faire une telle révélation. La phrase lui avait échappé, comme si son subconscient avait parlé à la place de son esprit raisonnable.

Grant s'arrêta net au milieu de la pièce et releva brusquement la tête.

— *Votre autre fille ?*

Son visage avait subitement pâli, ses lèvres fines s'étaient pincées, presque comme s'il avait peur.

Le sénateur regarda son fils dans les yeux et poursuivit :

— Une autre fille, oui, née hors mariage voilà dix-sept ans.

Grant fronça les sourcils, en proie manifestement à la confusion. Il était évident qu'il ne comprenait pas encore de qui parlait son père.

— Une bâtarde ? Vous, *saint David*, avez eu une bâtarde ?

La remarque était blessante, mais David était au-delà des blessures, à présent.

— Taye, dit-il simplement. Taye est ma fille.

Une expression inattendue passa alors sur le visage de Grant qui déconcerta David au début, puis l'effraya.

C'était de la haine qu'il voyait dans les yeux de son fils. Quelque chose de pire que la haine, même, si une telle émotion était possible. Mais peut-être se trompait-il. Une telle nouvelle était un choc. Ce le serait également pour Cameron quand il le lui avouerait.

Toutefois, il se demandait maintenant s'il n'aurait pas dû attendre pour parler de Taye. Peut-être était-ce trop à la fois pour le faible caractère de Grant, miné par l'alcool.

— Taye est votre fille ? répéta ce dernier avec raideur.

David se tenait près de la porte-fenêtre, le dos tourné à l'orme géant qui poussait sur le côté est de la maison. La chambre était si bien éclairée par des lampes qu'il ne put se méprendre sur ce que ressentait son fils. Le choc. L'horreur. Et une haine insondable.

— Votre fille…, murmura Grant, la voix si basse qu'elle en était plus dérangeante que ses précédents accès de rage.

— Je suis désolé d'avoir gardé le silence toutes ces années. J'aurais dû être un homme plus fort et le confesser il y a longtemps, mais j'étais égoïste, je suppose. Je pensais à ma carrière, à ma position dans l'Etat.

David haussa les épaules, essayant de jouer la complicité d'homme à homme.

— Toi et moi savons que de telles liaisons sont communes dans le Sud. Simplement, nous n'en parlons pas.

Grant porta une main à sa poitrine, certain que son cœur allait en jaillir. Taye, l'enfant de son père ? Taye, sa demi-sœur ? Un sentiment de dégoût l'envahit, teinté d'une touche d'excitation. Sa *sœur* ? La bâtarde nègre de son père ? Un étrange frisson le parcourut.

Lentement, il leva les yeux et regarda l'homme qui

lui faisait face. Il pouvait sentir son cœur se tordre, s'étioler. Tout ce qu'il avait toujours souhaité dans la vie était l'approbation de son père. Il n'était pas un lâche. Tout ce qu'il avait désiré depuis ses quatorze ans était d'entendre le sénateur David Campbell retirer ces paroles prononcées trop vite.

Mais il comprenait à présent qu'il ne l'entendrait jamais ; jamais il n'obtiendrait ce respect, cette approbation tant espérés de son géniteur. Il fit un pas vers lui, avec l'impression de marcher dans un rêve.

Il ne pouvait le laisser faire ce qu'il avait dit qu'il ferait. Libérer les nègres, faire de Cameron l'héritière d'Elmwood. Il ne pouvait pas non plus renoncer à Taye. Taye qu'il aimait. Qu'il haïssait aussi.

Il fit un autre pas en avant.

Son père était plus grand que lui, mais moins trapu. Il avait une taille mince pour un homme de son âge, et une allure majestueuse.

Il allait lui manquer.

— Grant…, dit doucement le sénateur. Je pense que tu devrais te retirer dans ta chambre, maintenant, et dormir un peu. Je te réveillerai dans quelques heures et nous pourrons reparler de tout cela.

— Je ne veux pas parler, répondit Grant, les dents serrées.

La rage bouillonnait en lui.

— On ne parlera plus. Jamais !

Il se jeta en avant, frappant de son épaule l'estomac de son père. Le sénateur grogna et se plia en deux de douleur. L'impact le projeta en arrière.

— Non, non, non, il n'en sera pas ainsi ! grommela Grant.

Il recula d'un pas et frappa de nouveau son père, violemment. Ils basculèrent ensemble, heurtant la balustrade de la véranda avec une telle force que Grant en eut mal aux dents. Il y eut un craquement sonore, puis la balustrade céda et le sénateur tomba à la renverse dans l'obscurité.

Grant ramena instinctivement son poids en arrière pour éviter de tomber et s'affala par terre. Il entendit son père pousser un cri qui était plus une exclamation étouffée qu'un appel à l'aide. Puis il entendit le terrible choc de son corps frappant le sol dur un étage au-dessous.

Haletant, il rampa jusqu'au bord de la véranda et regarda dans le vide. Malgré le noir, il put voir le corps immobile de du sénateur et l'angle bizarre que faisait sa tête avec son cou. De la bile lui monta dans la gorge et il s'assit, se tenant la tête à deux mains. Son esprit tournoyait. Il allait vomir. Il avait bu trop de scotch et entendu trop de confessions. Un spasme lui noua l'estomac et il se pencha par-dessus la balustrade pour rendre ce qu'il avait ingurgité. Quand les spasmes disparurent, Grant se rassit par terre, noua ses bras autour de lui et se balança lentement d'avant en arrière.

— Adieu, papa, murmura-t-il, essuyant la bile aigre de sa bouche d'un revers de main. Adieu et bon débarras.

Chapitre 10

Un coup fort frappé à la porte de la chambre fit se détourner ensemble du miroir Cameron et Taye. Taye venait juste de coiffer les cheveux de son amie en un simple chignon avant qu'elle n'aille rejoindre son père. Cameron avait revêtu un corsage de mousseline blanche et une jupe grise sans froufrous, bien pratiques pour emballer ses affaires, s'occuper de ses chevaux et voyager. Sa robe de bal verte gisait sans soin sur le sol, aussi vite oubliée que les pantoufles de danse.

— Oui ? répondit Cameron. Entrez.

Naomi pénétra dans la pièce, toujours vêtue de ses habits blancs de service, ses cheveux relevés dans un turban. Son visage sans expression alerta aussitôt Cameron ; quelque chose n'allait pas.

— Qu'y a-t-il, Naomi ?

Elle se leva à moitié de la banquette placée devant la coiffeuse de bois de rose qui avait autrefois appartenu à sa mère.

— Maît'Grant dit que vous devez venir. Le sénateur, il est tombé de la véranda.

Sa voix était aussi dénuée d'émotion que ses traits. En apparence du moins.

— Oh ! Mon Dieu ! Papa ?

Elle bondit de la banquette et se précipita vers la porte.

— Est-il blessé ? Où est-il ?

Naomi s'écarta pour la laisser passer tandis qu'elle se ruait dans le couloir.

— Maît'Grant est dans la chambre du sénateur.

Taye voulut suivre Cameron, mais Naomi la retint par le bras.

— Pas toi, dit-elle. Maît'Grant a dit juste sa sœur.

Cameron courut jusqu'au bout du couloir et poussa la porte de la chambre de son père. Grant était assis sur le bord du grand lit, la tête dans les mains.

— Où est-il ? cria-t-elle en regardant frénétiquement autour d'elle. Grant ! Où est papa ?

Sans lui répondre ni lever la tête, il lui indiqua la porte-fenêtre ouverte.

— Pourquoi n'es-tu pas avec lui ? cria-t-elle, affolée. Pourquoi n'y a-t-il pas de lampes, dehors ? Pourquoi n'y a-t-il personne pour l'aider ?

Elle courut au balcon. Enfant, elle y jouait souvent pendant que son père travaillait dans sa chambre par de chauds après-midi d'été. Elle alignait sur la balustrade les chevaux de bois qu'il lui avait rapportés de ses voyages.

— Papa ! appela-t-elle.

Il n'y était pas. Il n'était nulle part ! Un sentiment de terreur irrépressible l'envahit.

— Grant, où…

Elle s'arrêta au milieu de sa phrase, voyant la balustrade brisée.

— Non, murmura-t-elle. Non.

Telle une somnambule, elle s'approcha de la rampe cassée, se forçant à lever un pied, puis l'autre.

— Non, non, ne cessait-elle de répéter à mi-voix.

Mais avant même qu'elle s'oblige à regarder en bas, elle savait ce qu'elle allait voir.

Elle rassembla son courage et se contraignit à avancer. Elle poussa le bout de sa bottine en chevreau jusqu'au bord et se pencha. Au-dessous d'elle, son père gisait dans l'herbe, Sukey assise près de lui, sa tête posée sur ses genoux. Elle se penchait sur lui, se balançait, pleurait.

— Papa… papa…, répéta Cameron.

Si Sukey l'entendit ou sentit sa présence, elle n'en montra rien.

— Je savais qu'il avait trop bu.

Grant apparut derrière Cameron, la faisant sursauter.

Elle tressaillit. Elle ne s'était pas rendu compte que son frère l'avait rejointe sur le balcon, tenant à la main une lampe à huile. Elle s'écarta instinctivement du bord et mit de la distance entre elle et lui.

— Que s'est-il passé ? murmura-t-elle, trop choquée pour se fier à sa voix.

— C'est le scotch que ce maudit capitaine Logan a apporté ! De *chez nous*, des Highlands…, dit-il d'un ton amer.

Les larmes ruisselaient sur les joues de Cameron, mais elle pleurait en silence en essayant de comprendre ce que son frère disait.

— Il était tellement bouleversé à propos du fort Sumter. Je lui ai dit d'y aller doucement avec le whisky, mais il n'a pas voulu m'écouter.

Elle étudia son visage à la lumière jaune de la lampe, essayant de déchiffrer son expression qui semblait pour le moment lisse et dure.

— Tu étais avec lui quand c'est arrivé ?

— Je l'ai fait sortir en pensant que l'air frais lui ferait du bien. Mais il était sens dessus dessous. Il parlait de la guerre et ne faisait que répéter combien elle serait terrible pour Elmwood. Tu sais comment il pouvait être…

Le regard glacé de son frère la transperça.

Elle fit un autre pas en arrière.

— Mais papa ne boit jamais trop, objecta-t-elle. Je ne pense pas l'avoir vu ivre depuis le Noël où j'avais dix-sept ans et où il avait goûté tout les cognacs qu'on lui avait offerts. Même alors…

Elle se détourna. Comment cela avait-il pu arriver? Quand son père lui avait annoncé la nouvelle un peu plus tôt dans la soirée, dans son cabinet de travail, il buvait en effet du scotch, mais il n'était pas du tout éméché.

Elle regarda de nouveau son frère.

— Il… il est juste tombé?

— Il a trébuché et a heurté la balustrade de tout son poids.

Grant haussa les épaules.

— Un accident tragique.

Il secoua la tête en regardant en bas, dans l'obscurité.

— Mais juste un accident.

Quelque chose dans la façon dont Grant prononça ces mots lui donna un frisson glacé. *Juste un accident?* Elle fit un pas vers lui, étudiant son visage jusqu'à ce qu'il détourne les yeux, rendu mal à l'aise par son examen.

— Grant, murmura-t-elle, tu n'as pas versé une larme pour lui?

Il lui jeta un bref coup d'œil, puis retourna dans la chambre, la laissant seule.

— Des larmes? railla-t-il. A quoi nous serviraient des larmes? Il serait toujours mort. Maintenant, viens.

Appelons quelques nègres et faisons-le transporter dans le salon. Nous ne pouvons pas laisser un sénateur du Mississippi allongé mort devant sa maison.

Thomas se tenait dans l'obscurité du couloir devant le cabinet de travail du sénateur. Il entendait Grant Campbell et le capitaine Logan se quereller. Il ne pouvait distinguer ce qu'ils disaient, mais les deux hommes étaient manifestement très en colère. Tandis que Grant déblatérait, si ivre maintenant qu'il en avait un débit ralenti et pâteux, le capitaine parlait calmement, parfaitement maître de lui-même, la voix grave et coupante.

L'aube approchait et il semblait que la maisonnée se soit finalement assoupie pour quelques heures. A moins qu'elle ne se soit effondrée après une pareille tragédie. Il s'adossa au mur. Il était fatigué, épuisé. Et effrayé. Il ne savait que faire maintenant, vers qui se tourner. Cette nuit avait été la pire de sa vie. D'abord, la déclaration de guerre. Le sénateur l'avait appelé dans son cabinet et le lui avait dit, la voix brisée. Puis tout de suite après, Taye qui l'avait repoussé, lui brisant presque le cœur.

Et pour finir, le tragique accident… Une boule se forma dans sa gorge. Il admirait et aimait tant David Campbell ! A présent il était mort. Grant affirmait qu'il était tombé tout seul du balcon, et Thomas voulait le croire. *Devait* le croire. Avec l'arrivée de la guerre, il y avait des choses que la famille devait faire. Des choses que le sénateur aurait voulu voir faites. Seulement, comment allait-il approcher son fils ? Il fallait qu'il lui parle des documents déjà rédigés. Grant devait comprendre qu'il était impératif que les papiers soient signés immédiatement. C'était le seul moyen légal d'affranchir les esclaves d'Elmwood.

Thomas entendit un furieux éclat de voix, puis la porte s'ouvrit brusquement. Il se pressa instinctivement contre le mur espérant se faire invisible. Grant sortit en boitant et claqua la porte derrière lui.

— Thomas ! grogna-t-il. Vous voilà, espèce de petite fouine ! Que faites-vous, à vous tapir dans le couloir ?

— J'attendais pour vous parler... monsieur Campbell.

Grant l'empoigna par la manche de sa veste et l'entraîna vers le sombre escalier de service. Thomas n'aimait pas Grant ; il ne l'avait jamais aimé. Mais le sénateur adorait tellement son fils qu'il avait essayé de le tolérer.

— Qu'y a-t-il ? Je n'ai pas de temps à vous accorder ! Vous savez sûrement maintenant que mon père s'est tué en tombant de la véranda, cette nuit.

Il agita une main impatiente.

— Peu importe. Je voulais vous parler, de toute façon. Mon père mort, la famille n'aura plus besoin de vos services.

— Je comprends, murmura Thomas.

— Aussi, je veux que vous partiez.

— Je... certainement. Après les funérailles...

— Maintenant !

Thomas leva les yeux et rencontra le regard vitreux de celui qui était désormais le maître.

— Monsieur ?

— Quelle partie n'avez-vous pas comprise, crétin que vous êtes ? Vous m'avez parfaitement entendu. Je veux que vous quittiez Elmwood tout de suite.

Thomas dut faire appel à tout son courage pour reprendre la parole après cela.

— J'aimerais rester pour l'enterrement du sénateur, monsieur. Et... et il y a certaines choses dont vous et moi devons discuter. Des affaires que vous ignorez peut-être et dont le sénateur aurait voulu que vous vous occupiez.

— Des affaires dont mon père aurait voulu que je m'occupe ? se moqua Grant. Qui êtes-vous, monsieur Burl, pour me dire ce que *mon* père aurait voulu ?

Il approcha son visage et son haleine aigre frappa Thomas en pleine figure. Il essaya de reculer, mais Grant le retint fermement.

— Je n'ai pas l'intention d'outrepasser mes droits, monsieur.

Thomas s'arrêta, inspira un bon coup et reprit la parole. Il était un homme loyal, et même si Grant l'effrayait, il savait qu'il devait remplir ses devoirs, faire respecter les souhaits du sénateur.

— Mais il y a la question des esclaves, monsieur. Votre père…

— Vous ne m'écoutez pas, petite poche de pus ?

Grant l'attrapa par les revers de sa veste et le repoussa si rudement en arrière que sa tête heurta le mur.

— Monsieur ! Je sais que vous êtes à bout, mais vous n'avez pas le droit de me traiter ainsi !

La tête lui tournait et il sentit la nausée venir.

— Taisez-vous et écoutez-moi, gronda Grant, en le tenant toujours fermement par ses revers. Je vous donne une chance et une seule. Grimpez sur un cheval et partez d'ici au galop, tout de suite, sans un mot de ceci à quiconque, ou vous vous retrouverez avec une balle dans la poitrine ou un couteau dans le ventre. Est-ce clair ?

Thomas tremblait de tous ses membres, mais fit cependant face.

— Je n'irai nulle part avant de discuter de la question

des esclaves avec vous. Et si vous ne voulez pas m'écouter, j'irai voir miss Cameron.

Grant lui décocha un coup de poing dans l'estomac et Thomas se plia en deux avec un grognement de douleur.

— Si vous ne montez pas sur ce cheval dans les minutes qui viennent, fit Grant la bouche collée contre son oreille, vous ne serez pas le seul qui pourrait connaître un mauvais sort. Je vois la façon dont vous regardez Taye. Je le vois si personne d'autre ne le voit, méprisable amoureux des nègres!

Thomas réussit à se redresser suffisamment pour le regarder dans les yeux.

— Vous ne feriez sûrement pas de mal..., commença-t-il dans un souffle.

Le visage de Grant était dur, sans la moindre compassion.

— Je vous aurai averti. A présent, soit vous prenez les pans de votre veste entre vos jambes et filez vers le Nord rejoindre vos chiens de Yankees, soit la petite miss Taye et vous-même ne vivrez pas assez longtemps pour voir la fin de cette ridicule querelle entre les Etats.

La lèvre inférieure de Thomas trembla; il luttait contre les larmes.

— Espèce de scélérat, murmura-t-il.

Grant ôta brusquement ses mains de lui et fit un pas en arrière.

— Adieu, monsieur Burl. Dommage que nos chemins ne doivent plus jamais se croiser...

Thomas resta un moment dans le couloir obscur, examinant les options qui se présentaient à lui. Il n'était pas un homme hâtif ou irréfléchi. Ce n'était pas dans son caractère d'agir avant de jauger une situation ou de se laisser intimider par des menaces. S'il pouvait voir miss

Cameron, ou mieux encore le capitaine Logan, peut-être que l'un d'eux pourrait l'aider. Il le devait au sénateur. Sa vie valait bien d'être sacrifiée à sa loyauté pour cet homme qui avait été comme un père pour lui. Mais alors il pensa à Taye et au terrible pouvoir que Grant avait désormais sur elle. Il mettrait sa menace à exécution. Sans aucun doute. Il ferait du mal à la jeune fille.

Il vit alors clairement la décision la plus rationnelle qu'il avait à prendre, et ce qu'il avait à faire.

Sans bruit, il se glissa dans le couloir. Il allait faire seller son cheval et aurait quitté Elmwood dans les dix minutes qui venaient. Il détestait en arriver là, mais la pensée de risquer la vie de Taye était plus que ce qu'il pouvait supporter. Même après ce qu'elle lui avait dit, la façon dont elle avait repoussé ses attentions, il ne pouvait envisager que du mal lui soit fait.

Il ne le pouvait pas parce qu'il l'aimait.

Jackson se tenait au bord de la route à moins d'un mille d'Elmwood lorsque Thomas passa non loin de lui à cheval, galopant vers Dieu savait où. Il eut envie de se montrer, de lui parler, mais il ne pouvait pas risquer que le jeune homme lui demande pourquoi il était dehors au milieu de la nuit. Il enverrait quelqu'un le lendemain sur les traces du jeune juriste. Il ne le blâmait pas de partir ainsi en toute hâte. Nul doute que Grant en était responsable. Mais Thomas était un homme bien, un homme qui pourrait lui être utile ailleurs et autrement.

Jackson venait de rencontrer un inconnu drapé dans une cape sombre qui devait arranger ses contacts à Baton Rouge. Tout avait été prévu des semaines plus tôt, à

Washington, mais maintenant la partie commençait véritablement.

Il tira sur son fin cigare dont le bout rougeoya dans la nuit. Il ne fumait pas souvent, n'appréciant pas particulièrement le goût du tabac, et aurait nettement préféré une boisson forte, mais il avait besoin de garder les idées claires.

Maudit soit Grant ! Jackson était aussi sûr qu'il connaissait son nom que ce lâche avait quelque chose à voir avec la mort du sénateur. Mais il ne pouvait rien y faire. Il n'avait pas de preuve et Grant n'allait certainement pas avouer. Quant à lui, il ne pouvait rester à Elmwood. Ni pour éclaircir les circonstances de la mort de son vieil ami, ni pour consoler Cameron, au cas où elle voudrait bien accepter l'épaule qu'il était prêt à lui offrir. Il devait continuer ; son pays avait besoin de lui.

Il jeta le cigare sur la route de terre battue et l'écrasa de sa botte. Puis il s'enfonça dans les bois pour reprendre sa monture, cachée derrière un bosquet de pins. « Rien à faire ici, Jackson, entendait-il encore David Campbell lui dire avec son élégant accent du Sud. Mieux vaut que vous alliez là où vous pouvez être utile. Nous avons besoin de vous, Logan. »

Il sauta sur son cheval et prit fermement la bride. Il ferait ce que le sénateur avait ordonné. Dès le lendemain, après les funérailles, il se mettrait en route. Il avait un rendez-vous secret à minuit dans une chambre d'hôtel de la ville, de toute façon. Il suivrait les instructions qu'on lui donnerait, irait où on lui dirait d'aller. Finalement, ce serait mieux ainsi. Plus loin de Cameron Campbell il se trouverait, mieux il se porterait.

Il enfonça ses talons dans les flancs de l'animal qui

s'élança, nerveux. Oui, il remplirait son devoir comme on l'attendait de lui, mais il avait encore une chose à faire avant de quitter la plantation.

Il mit sa monture au trot et reprit la route d'Elmwood.

— Cameron, s'il vous plaît, ouvrez la porte !

Comme elle ne répondait pas, Jackson frappa de nouveau le panneau de son poing, agacé.

— Cameron !

— Allez-vous-en ! cria-t-elle derrière la porte.

Elle était assise au bord de son lit, dans le noir, vêtue de sa chemise de nuit. Une fois le corps de son père porté dans la bibliothèque et laissé aux soins de Sukey, Taye avait insisté pour qu'elle aille dans sa chambre, se déshabille et s'allonge, même si elle ne pouvait pas dormir. Cela faisait plus de deux heures ; l'aube devait approcher, maintenant. Bien que les rideaux soient tirés pour occulter le soleil levant, elle savait qu'il était là, derrière l'horizon.

Jackson frappa de nouveau, à coups de poing.

Taye couvrit la main de son amie de la sienne.

— Que veut-il ? chuchota-t-elle d'un ton inquiet.

Elle fixait la porte dans l'obscurité, les yeux agrandis par la peur.

— Il ne devrait pas être à votre porte à cette heure de la nuit. Ce n'est pas convenable pour un gentleman d'être si près d'une dame en vêtements de nuit. Il doit sûrement savoir que vous ne pouvez pas le recevoir dans cette tenue !

Cameron lui tapota la main pour la rassurer.

— Tout va bien, chaton. N'aie pas peur. Il est inoffensif. C'est juste sa façon de tempêter. Il n'a pas de mauvaises intentions. Il est simplement irrité que je ne veuille pas lui parler, dit-elle, le regard rivé sur la porte.

— Cameron, je vous en prie, répéta Jackson en baissant la voix.

Il mesurait sans doute que s'il continuait ainsi, quelqu'un d'autre l'entendrait. Il tourna la poignée, et elle fut heureuse de l'avoir verrouillée.

— Laissez-moi entrer ou au moins sortez. Il faut que je vous parle en privé.

Elle se leva et alla à la porte dans sa fine chemise de nuit, attirée malgré elle par sa voix insistante. Elle n'avait pas l'intention de le laisser entrer, bien sûr, mais elle ne pouvait pas rester sur le lit, le sentant si près.

— Cameron, non, chuchota Taye.

Cameron s'arrêta devant la porte, mais ne tendit pas la main vers la poignée.

— Allez-vous-en, répéta-t-elle dans un murmure.

Elle était si étourdie de chagrin qu'elle se sentait déconnectée de son corps. Comme si les pieds nus qui la portaient à travers l'épais tapis à fleurs et le parquet ciré n'étaient pas les siens. Même sa voix semblait étrangère à ses oreilles.

— Partez, Jackson.

Elle pressa sa main sur le panneau de bois. Il était frais et lisse sous sa paume.

— Cameron, je suis tellement désolé de ce qui vous arrive…

Elle l'entendait respirer. Elle pouvait presque sentir la chaleur de son corps à travers la porte en chêne.

Il paraissait si sincère.

Mais elle ne pouvait pas lui parler, ne pouvait pas le voir. Elle était trop abattue, trop perdue. Il lui serait trop facile de s'oublier dans cette voix grave, dans ces bras forts, et elle ne le voulait pas.

— Je croyais que vous deviez quitter Elmwood.

Elle garda la main sur la porte.

— Je dois en effet m'en aller. J'ai à faire ailleurs, mais je ne partirai pas avant les funérailles.

Cameron ferma les yeux. La mort de son père était encore une blessure si fraîche… Avec la chaleur du printemps qui pesait déjà sur eux, l'enterrement dans le cimetière familial d'Elmwood devait avoir lieu dans les vingt-quatre heures, pas plus.

— Et ensuite vous irez inspecter les travaux de votre bateau, je suppose ? demanda-t-elle, surprise par l'agitation de sa voix.

Elle pensait qu'elle était trop épuisée, trop vidée pour éprouver la moindre émotion.

— Je présume qu'il y a beaucoup à faire pour un *marchand* comme vous, avec la guerre.

— Cameron, vous ne comprenez pas. Vous pensez comprendre, mais vous vous trompez complètement.

Il secoua de nouveau la poignée.

— Et par pitié ouvrez cette maudite porte !

Une partie d'elle avait envie d'ouvrir, aspirait au réconfort qu'il pouvait offrir. Une autre lui dictait d'être forte, de ne pas se laisser mollir dans ses bras.

— Allez-vous-en, Jackson, reprit-elle fermement. Je ne veux pas vous parler.

— Cameron, je ne veux pas seulement vous parler de votre père. Je veux vous dire…

— Oubliez cela ! Oubliez que c'est arrivé ! A présent partez, ou j'appellerai des esclaves.

Elle perçut un bruit sourd sur la porte, comme s'il

avait tapé du poing une fois encore, mais moins fort. Elle appuya la tête contre le panneau, combattant l'envie d'ouvrir.

Il soupira.

— Très bien. Essayez de dormir un peu. Mais je vous parlerai avant de partir, même si je dois abattre cette maudite porte ! Vous m'avez bien entendu ? Vous ne m'écarterez pas !

Elle crispa les paupières et se mordit la lèvre.

— Cameron !

— D'accord, murmura-t-elle. Mais pas ici. Je vous verrai dans le cabinet de travail de mon père. Après les funérailles…

Il resta un moment devant la porte comme s'il voulait ajouter autre chose. Puis elle l'entendit tourner les talons et s'éloigner, ses bottes frappant durement le parquet tandis qu'il retournait vers sa chambre.

Quand il fut parti, elle resta encore un moment debout, la joue pressée sur le bois frais.

— Il est parti ? demanda Taye, toujours effrayée.

Cameron étouffa un sanglot.

— Il est parti.

— Levez juste le bras… Là, mon amour, murmura tendrement Sukey.

Elle plongea le linge dans la cuvette d'eau chaude et savonneuse et le passa sur l'avant-bras sans vie de David Campbell.

Un si beau bras !

David était déjà propre, elle le savait, puisqu'il avait pris un bain la veille en fin d'après-midi, pour se préparer pour le bal. Il avait toujours été d'une propreté méticuleuse, à la fois pour lui-même et pour ses vêtements. Malgré tout, elle voulait baigner son corps, avait besoin de faire cela pour lui avant de l'habiller pour son dernier repos.

Elle avait déjà sorti des culottes, une chemise amidonnée et une redingote. Elle l'enterrerait dans sa veste préférée, la vert foncé. Une veste vieille et un peu usée, trop élimée pour habiller un sénateur des Etats-Unis, mais il l'aimait beaucoup. C'était une redingote que Cameron lui avait achetée quelques années plus tôt quand ils étaient tous allés à Baton Rouge faire des courses. Elle s'était acheté une robe assortie, mais elle ne lui allait plus maintenant que son corps s'était épanoui en une silhouette de femme.

Oui, la veste verte en bombasin serait parfaite. C'était pour ses chaussures qu'elle ne pouvait se décider. La redingote était coupée pour l'après-midi ou pour le soir, alors elle devait lui mettre une paire de souliers cirés.

Elle plongea de nouveau le linge dans l'eau, le tordit et se mit à lui laver la main, lentement, un doigt après l'autre.

Est-ce qu'elle devait lui mettre les chaussures qui allaient avec la veste, ou ses hautes bottes usées avec lesquelles on le voyait le plus souvent à Elmwood ? Sukey souhaita pouvoir demander son avis à quelqu'un. Elle pourrait consulter Cameron, bien sûr, mais il fallait espérer que la pauvre chérie dormait. Non, elle ne dérangerait pas Cam. Quant à demander à Grant, c'était hors de question ! Après avoir rencontré brièvement le capitaine Logan dans le cabinet de travail, il s'était enfermé dans sa chambre. Il avait demandé Naomi et une bouteille de whisky, et personne n'avait entendu parler de lui depuis. Il ne s'était même pas donné la peine d'être présent quand le corps de son père avait été transporté dans la bibliothèque.

Le maudit petit…

« Non. Non… Pas de mauvaises pensées. Pas maintenant. Ça porte malheur… »

Tandis qu'elle préparait le corps de son bien-aimé pour sa rencontre avec son Créateur, elle devait seulement avoir de bonnes pensées. Elle lava soigneusement chaque doigt, et quand elle arriva à une petite tache d'encre sur son pouce, elle frotta plus fort. Elle devait uniquement penser à la bonté de cet homme. Pas aux défauts des autres. Ni même à sa propre perte, inconcevable.

Quand la main de David fut propre, Sukey la posa doucement le long de son corps et rabattit le drap. Elle sourit à son visage anguleux. Allongé là, sur cette table, ses yeux paisiblement fermés, il avait l'air de dormir. Il ne paraissait pas mort. Pas sorti de sa vie.

La lèvre inférieure de Sukey trembla tandis qu'elle combattait les larmes qui lui piquaient les paupières. Elle n'avait pas le temps de pleurer. Elle aurait tout le loisir de le faire plus tard. Pour l'instant, elle devait garder les idées claires. Il y avait tant à faire, et en tant que gouvernante d'Elmwood, c'était son devoir de veiller à ce que les tâches soient accomplies. Il fallait préparer le corps de David pour l'enterrement. Deux jeunes esclaves fabriquaient un cercueil dans l'appentis, mais d'autres devaient être tirés du lit et envoyés au cimetière pour creuser la tombe. A cause de la chaleur, les funérailles ne pouvaient guère attendre. Des messagers devraient être envoyés dans les plantations voisines pour prévenir les amis du sénateur de sa mort dès que l'heure serait décente. Et, bien qu'ils soient avertis dans un délai très court, il y aurait beaucoup de monde à Elmwood d'ici midi, elle le savait. Même en considérant son opposition à l'esclavage, le sénateur David Campbell était un homme respecté. Il faudrait préparer à manger pour les invités qui assisteraient aux funérailles. Il faudrait aussi ranger et nettoyer après le bal et draper la maison de crêpe noir.

Elle fit claquer sa langue.

— Tant à faire, mon amour…

Elle plongea de nouveau le linge dans la cuvette et baissa le drap pour dénuder son large torse. Pendant combien d'années avait-elle posé la tête sur ce torse ?

Ils étaient tombés amoureux quand David n'avait que dix-sept ans et elle quatorze. Un an plus tard, ils avaient consommé leur amour. Même si, pendant son mariage avec Caroline, ils ne s'étaient pas vus aussi souvent qu'avant, David ne l'avait jamais fait se sentir moins aimée. La nuit où sa femme était morte, elle l'avait tenu dans ses bras et réconforté. Quelques années plus tard, il était resté à son côté pendant qu'elle donnait naissance à leur fille.

Elle passa le bout de ses doigts sur les poils frisés et grisonnants qui couvraient la poitrine de David. Son corps était froid, maintenant, ses membres se raidissaient. Il fallait qu'elle termine. Ce serait bientôt l'aube et Elmwood reprendrait vie. David avait besoin qu'elle assume ses tâches habituelles. Qu'elle soit forte.

Un sanglot monta dans sa gorge et elle le laissa sortir en un gémissement. Elle tomba à genoux, baissant la tête sur le corps sans vie de l'homme qu'elle avait toujours aimé. Le linge glissa de ses mains sur le sol.

— Ne me quittez pas, mon amour… S'il vous plaît, ne me quittez pas. Emmenez-moi avec vous. Je préférerais être morte que sans vous. Je *suis* morte sans vous.

Chapitre 11

Cameron se tenait près de la tombe ouverte de son père, la main délicate de Taye serrée dans la sienne. Un pasteur, hâtivement appelé de l'église épiscopale locale où les Campbell se rendaient régulièrement, parlait d'un ton monotone, pontifiant longuement sur les récompenses infinies du ciel. Cameron ne faisait guère attention au sermon. Elle ne se souciait pas de ce que la Bible disait de la gloire de l'au-delà. Tout ce qui comptait, c'était que son père était mort, et que la vie telle qu'elle la connaissait s'effondrait à ses pieds.

Elles étaient toutes les deux vêtues de robes bleu marine et avaient drapé des voiles en dentelle noire sur leur tête. Elles n'avaient pas de vêtements de deuil, et elles n'avaient pas eu le temps d'acheter des robes noires. Sukey avait finalement cédé et accepté que « ses filles » portent les robes d'hiver bleu marine ressorties du fond d'une penderie.

Serrant toujours la main tremblante de Taye, Cameron glissa son autre main sous son voile et tira sur le col de sa robe qui l'étouffait. Il était 1 heure de l'après-midi et le soleil d'avril du Mississippi leur tapait dans le dos. La robe qu'elle portait la serrait et la grattait. Elle ne pouvait concevoir de continuer à la porter le reste de la journée, tandis qu'elle se déplacerait parmi les voisins et amis réunis à Elmwood pour recevoir leurs condoléances.

Elle promena son regard sur la foule des gens endeuillés tout en essayant de desserrer son col. Malgré la soudaineté de la mort de son père, nombreux étaient ceux rassemblés dans le cimetière familial pour présenter leurs derniers respects au sénateur David Campbell. Elle reconnaissait beaucoup d'invités au bal de la veille. Il était difficile de croire que moins de vingt-quatre heures plus tôt ils étaient tous élégamment vêtus de robes de bal et de jaquettes et dansaient la valse avec insouciance. Maintenant ils étaient habillés de noir et versaient des larmes pour leur ami disparu.

Les joues de Cameron, cependant, restaient sèches. Elle ne parvenait pas à pleurer. Sa douleur était trop grande. Elle craignait de ne plus pouvoir s'arrêter, si elle s'autorisait à verser des larmes.

Thomas Burl manquait au tableau. Dans la confusion de la nuit précédente, personne ne savait ce qu'il était advenu de lui. C'était seulement dans la matinée que Cameron s'était aperçue de son absence. Quand elle avait vérifié à l'écurie, elle avait découvert qu'il s'en était allé à l'aube, ne portant qu'un sac. « Il est parti à fond de train, missy Cameron », avait dit le palefrenier. Elle se demandait pourquoi Thomas était parti si vite et sans même lui dire au revoir. Cela ne lui ressemblait pas.

Renonçant à desserrer son col, elle laissa retomber sa main. Jackson se tenait en face d'elle de l'autre côté de la fosse. Il ne feignait même pas d'écouter le pasteur. Il la fixait, faisant tout ce qu'il pouvait pour se faire remarquer d'elle à part sauter sur place et agiter les bras.

Elle lui rendit son regard derrière la dentelle noire qui, elle l'espérait, dissimulait son visage. Elle ne pouvait penser à lui maintenant, à ces émotions qui continuaient à bouillonner en elle, ces sentiments qu'elle persistait à réprimer. Il avait dit qu'il s'en irait après l'enterrement. Bon débarras, pensa-t-elle. Loin des yeux, loin du cœur. S'il partait, s'il disparaissait de sa vie, elle n'aurait plus à se préoccuper des choses qu'elle éprouvait. S'il s'en allait maintenant, elle pourrait oublier ce qui s'était passé la nuit précédente dans sa chambre. Elle pourrait prétendre que ce n'était jamais arrivé.

Tandis qu'elle ruminait, elle dut presser la main de Taye sans s'en rendre compte, car son amie, son beau visage strié de larmes, se tourna aussitôt vers elle.

— Allez-vous bien ? murmura-t-elle.

Cameron hocha la tête, serrant cette fois affectueusement la main de la jeune fille pour la rassurer.

Dieu merci, le pasteur finissait enfin… Elle fit un effort délibéré pour ne pas croiser de nouveau le regard de Jackson tandis que le cercueil était descendu dans la fosse. Elle s'avança, prit une poignée de la terre d'Elmwood fraîchement retournée et la jeta dans la tombe. Elle résonna sur le bois qui sentait encore le pin coupé de frais et Cameron dut combattre la nausée qui lui montait dans la gorge.

— Adieu, papa, murmura-t-elle. Adieu.

Baissant la tête, ignorant ceux qui essayaient de lui parler, elle se dirigea vers la maison. Taye la retint par le bras.

— Où allez-vous ?

— Voir Grant. Il est inadmissible qu'il ait manqué les funérailles de notre père ! Et maintenant, je parie qu'il va me laisser avec ces gens toute la journée! Consumé de chagrin, mon œil... Il a la gueule de bois. Ou alors il est encore ivre. C'est pour ça qu'il n'a pas pu descendre de sa chambre aujourd'hui.

— Vous ne devez pas vous mettre dans cet état, Cam. Peut-être vaut-il mieux que vous le laissiez tranquille. Nous ne sommes pas tous aussi forts que vous. Nous ne pouvons pas tous faire face à nos peurs et à nos infortunes avec autant de courage et de détermination.

Elle pinça ses lèvres en bouton de rose.

— Il ne nous est pas toujours possible de comprendre le chagrin d'autrui.

Cameron regarda ses yeux bleus et se souvint que Sukey n'avait pas été présente aux obsèques, non plus.

— Je ne pensais pas à ta mère, corrigea-t-elle vivement. Je parlais de mon minable de frère. Pas de cette chère Sukey.

Sukey avait préparé les funérailles, fait nettoyer la maison, et surveillait en ce moment le repas confectionné dans la grande cuisine. Elle n'assisterait pas à l'enterrement parce qu'elle avait trop à faire, avait-elle déclaré. Mais Cameron avait le sentiment que la mort de son père blessait si profondément Sukey qu'elle ne pouvait supporter de le voir inhumer dans la terre qu'il avait tant aimée. Toutefois, ignorant ce que Taye savait exactement de la relation existant entre eux, elle ne dit rien.

— Ta mère fait ce qui est attendu d'elle. Ce que papa aurait attendu d'elle. Maintenant, continua-t-elle, va voir si tu peux l'aider. Ces gens peuvent trouver tout seuls le chemin de la salle de bal, tu ne crois pas?

Taye hocha la tête et lâcha son bras.

Cameron s'éloigna, mais au lieu d'utiliser l'entrée

de devant comme les autres, elle contourna la maison. Elle traversait la véranda du rez-de-chaussée lorsqu'elle entendit une voix derrière elle.

— Où allez-vous donc ?

Jackson l'attrapa par le bras, l'empêchant d'aller plus loin.

Elle tournoya, et se retrouva face à lui, flambante de colère. Cela semblait être l'unique émotion qu'elle était capable d'assumer quand elle avait affaire à lui.

— Voir mon frère.

— Cameron, je vous ai dit que je dois partir...

Il fronça les sourcils en fixant d'un air mauvais le voile qui couvrait son visage.

— Otez cette maudite chose, que je puisse vous voir !

Il tendit sa main libre et repoussa le voile noir en arrière.

— Il faut que je vous parle.

Elle tenta de libérer son bras de sa poigne d'acier, en vain.

— Vous me faites mal, dit-elle, les dents serrées.

— Alors cessez de vous débattre.

Elle donna une dernière secousse, puis détendit les muscles de son bras. Cela ne servait à rien. Il était trop fort pour le combattre.

— Je n'ai pas le temps de vous parler. Grant s'est enfermé dans sa chambre avec Naomi. Vous l'avez vu : il n'est même pas descendu pour l'enterrement.

Le regard d'un gris d'acier de Jackson se fixa sur le sien.

— Et vous pensez qu'il va sortir pour vous ?

— Il est submergé de chagrin.

— Ou de culpabilité.

La gifle partit sans que Cameron ne se rende compte

de ce qu'elle faisait, résonna comme un coup de canon sur la joue de Jackson et lui brûla la main.

Il ne tressaillit même pas.

— Vous n'avez pas intérêt à vous lancer dans un concours de soufflets avec moi, la menaça-t-il d'une voix rauque, parce que je vous garantis que vous ne gagnerez pas.

— Vous frapperiez une dame ?

— Une dame frappe-t-elle un gentleman ?

— Vous êtes insupportable !

— Vous n'assumez aucune responsabilité pour votre propre conduite ?

Elle baissa les yeux, honteuse, mais trop fière pour dire qu'elle regrettait. La question du rôle que son frère avait joué dans la chute de son père s'était posée à elle, dès le premier instant, mais cette pensée était trop difficile à considérer. Maintenant, éprouvant une douleur et un désespoir plus grands que ce qu'elle avait jamais connu, elle ne pouvait affronter en plus la possibilité que Grant ait commis le crime ultime, atroce, le parricide. Et elle ne pouvait pardonner à Jackson de suggérer l'impensable.

— Cinq minutes, dit-elle sèchement.

— Quoi ?

Elle leva la tête pour le regarder dans les yeux, serrant la mâchoire.

— Je vous accorde cinq minutes de mon temps. Dans la bibliothèque.

Elle secoua de nouveau son bras et cette fois il la lâcha.

— Laissez-moi y aller la première, ajouta-t-elle en s'éloignant. Vous y entrerez quelques minutes plus tard. Je ne veux pas que quiconque nous voie ensemble.

Elle partit et il la laissa faire.

Elle n'alla pas à la chambre de Grant, mais se rendit directement à la bibliothèque. Elle avait besoin d'un moment pour rassembler ses pensées avant de se retrouver de nouveau en tête à tête avec Jackson. Elle ne pouvait croire qu'elle l'avait frappé. Après ce qu'elle lui avait permis de faire la nuit précédente... Après la façon intime dont elle avait touché son corps...

Ses joues s'échauffèrent à cette évocation qu'elle s'empressa de repousser de son esprit.

Une fois dans la bibliothèque, elle ferma les deux portes qui donnaient sur le couloir. Elle alla à une table basse et se servit une petite rasade de cognac qu'elle porta à ses lèvres. L'alcool lui brûla la gorge, mais elle en apprécia la brûlure. Elle devrait se rincer la bouche avant le repas, avec tous ces gens, se dit-elle, sans quoi tout le monde dans le comté la comparerait à son frère. Mais il était midi passé, c'était le jour de l'enterrement de son père, et si quelqu'un avait le droit de boire, c'était bien elle.

Elle avait juste marché jusqu'à la fenêtre ouverte avec son verre quand elle entendit la porte s'ouvrir. Quelqu'un se glissa à l'intérieur et referma derrière lui. Elle n'avait pas besoin de regarder pour savoir qui c'était ; elle pouvait sentir la présence de Jackson.

Sa gorge se serra et elle leva de nouveau le verre, prenant une longue gorgée pour se donner du courage.

— Personne ne vous a vu entrer ? demanda-t-elle sans se retourner.

— Je ne pense pas. Je suis passé par un soupirail de la cave, j'ai rampé dans le couloir de service et je me suis aplati pour passer sous la porte sans être remarqué.

Elle pivota pour se retrouver face à lui.

— Ce n'est pas drôle!

Il lui décocha un demi-sourire espiègle.

— Je suis désolé. Vous avez raison, ça ne l'est pas. C'est juste que vous n'étiez pas si terriblement concernée par ce que les autres pourraient penser de vous quand vous m'avez laissé vous porter dans ma chambre la nuit dernière.

Si ses yeux ambrés avaient été des dagues, elle l'aurait transpercé à dix pas.

— Vous n'êtes pas un gentleman de me rappeler *cela*!

— Je n'étais pas un gentleman dès le départ, et vous le saviez.

Il alla à la table basse et se servit à son tour une dose généreuse du cognac du sénateur.

— Un autre verre? proposa-t-il.

Il leva la carafe en cristal.

Cameron baissa les yeux sur son verre vide. L'alcool faisait déjà tressauter son estomac, vide lui aussi, et elle se sentait la tête légère.

— Je n'ai pas bu beaucoup, se défendit-elle.

— Je n'ai rien dit de tel.

Il alla à un fauteuil en cuir et s'assit, étirant ses longues jambes. Il était vêtu de culottes noires d'équitation et d'une chemise et d'une écharpe blanches. Il avait laissé quelque part la veste noire qu'il portait à l'enterrement. En d'autres circonstances, elle aurait pu le trouver très séduisant.

En ces circonstances-ci, elle le regarda froidement.

— Je ne suis pas mon frère pour noyer mon chagrin dans la boisson!

— Je le sais.

Il avait un ton si satisfait de lui… et si diablement arrogant. Il lui donnait envie de le gifler de nouveau.

Elle revint à la table basse et posa rudement le verre sur le bois ciré.

— Très bien, que voulez-vous ? Dites-le-moi et sortez.

— Cameron, Cameron…

Il secoua la tête, restant d'un calme irritant.

— Venez vous asseoir et parlez-moi. Je vous prendrais bien dans mes bras pour essayer de vous réconforter, mais je sais que je n'ai pas intérêt à le faire. Vous êtes susceptible de m'arracher les membres, si je le tente.

— C'est une bonne chose que vous vous en rendiez compte, répondit-elle en prenant place avec réticence sur le canapé, en face de lui.

Elle ne s'asseyait pas parce qu'il le voulait, mais parce qu'elle avait la tête qui tournait du manque de sommeil et de la puissance du cognac de son père sur son estomac vide.

— A présent, fit-elle, dites-moi ce qui est si important que vous deviez me voir en cet instant, alors que cinquante personnes attendent pour présenter leurs condoléances à ma famille.

— Je veux que vous preniez des dispositions pour quitter Elmwood aujourd'hui même.

— *Vous* voulez que je quitte *ma* maison et vous pensez que je vais vous obéir ?

Cet homme était décidément renversant d'arrogance et de confiance en soi !

— Vous n'avez aucune idée de la tourmente qui va suivre l'attaque du fort Sumter, Cameron. Je ne pense d'ailleurs pas que vous compreniez vraiment ce que signifie la guerre. Je sais que votre père avait l'intention de vous envoyer dans le Nord, à New York, chez les Stuart. Il me l'a dit lui-même hier soir.

Elle croisa les bras sur sa poitrine et appuya la tête au dossier du canapé de brocart bleu.

— Je n'irai nulle part. Je suis en deuil, pour le cas où vous l'auriez oublié. Mon père vient de mourir.

— Raison de plus pour que vous partiez aujourd'hui. Si vous partez avec moi, je peux vous escorter avec Taye jusqu'à la station de chemin de fer. On ne peut dire combien de temps les trains continueront à circuler vers le Nord. Après, vous seriez obligée de voyager à cheval.

— Je ne quitte pas Elmwood !

Le voile de dentelle noire la démangeait sur la nuque, et elle se gratta d'un geste irrité.

— Mon frère est maintenant l'héritier des terres de mon père, ainsi que des hommes et des femmes qui travaillent dessus. Avez-vous la moindre idée du chaos qu'il va faire de cette plantation ?

— C'est exactement la raison pour laquelle vous devez partir.

— Mon père avait l'intention d'affranchir ses esclaves, vous savez.

Elle haussa une épaule.

— Non pas que vous puissiez le comprendre.

— Je sais qu'il comptait les libérer.

Il leva la jambe et posa sa botte sur son genou, puis but nonchalamment son cognac.

— Mais à mon avis, votre frère aura d'autres idées.

— Alors je devrai le faire changer d'opinion… Raison de plus pour rester…

Elle finit par empoigner le voile qui la gênait et

l'arracher de sa tête. Elle le jeta et la dentelle noire flotta jusqu'au tapis persan, telle une sombre apparition par une nuit sans lune.

— Cameron, cessez de faire l'enfant et écoutez-moi !

Jackson ôta brusquement sa botte de son genou et reposa son pied sur le parquet avec un bruit sourd.

— Cela pourrait être dangereux pour vous de rester ici. Entendez-vous ce que je vous dis ? Votre *vie* pourrait être en danger.

— Et vous pensez que la vie de ces hommes et de ces femmes n'est pas en danger, peut-être ?

Elle indiqua d'un geste large la direction du quartier des esclaves.

— Je dois convaincre Grant de les affranchir. C'est cela ou… ou je les libérerai moi-même !

— Vous n'avez aucun droit légal de le faire. Vous n'avez aucun droit légal sur cette plantation.

Cameron se pencha en avant et prit son visage dans ses mains.

— C'est tout ce que vous vouliez me dire ? De quitter ma maison ? Parce que, si c'est le cas, je pense que vous feriez mieux de partir.

Il se leva, posant son verre vide sur une petite table de bois de rose à côté du fauteuil.

— Non, ce n'est pas tout ce dont je voulais vous parler, dit-il doucement, d'une voix qui la rendit chaude et tremblante.

Mais elle ne pouvait pas écouter. Pas maintenant. Pas cette voix. Elle avait envie de se couvrir les oreilles de ses mains ; à la place, elle serra la mâchoire et se durcit.

— Je voulais vous parler d'hier soir.

Il s'assit à côté d'elle sur le canapé, sa jambe frôlant la

sienne. Même à travers l'étoffe de leurs vêtements, elle sentait sa chaleur.

Elle secoua la tête.

— C'était une erreur.

— Une erreur ?

Elle s'obligea à le regarder dans les yeux. C'était la seule façon de lui faire croire que ce qu'elle disait était vrai.

— Je... j'étais bouleversée et j'avais besoin de réconfort. Ce n'était rien de plus. Rien de plus que ce que j'aurais cherché auprès de n'importe quel autre homme.

Elle haussa les épaules, pour donner plus de crédibilité à son mensonge.

— Il s'est juste trouvé que vous étiez disponible.

Il plissa les paupières d'un air dangereux.

— Rien de plus ?

Il fit glisser sa main sur le dossier du canapé et elle bondit sur ses pieds avant qu'il ne la touche. Elle ne pouvait supporter l'idée qu'il la touche en ce moment. Si elle s'effondrait ?

— Ecoutez, dit-elle en s'efforçant de réfléchir vite. Nous étions tous bouleversés, la nuit dernière. Vous n'aviez pas l'intention que cela arrive. Je n'en avais pas l'intention non plus. Et rien de véritablement important n'a eu lieu, n'est-ce pas ? C'est oublié, n'en parlons plus.

Il se leva du canapé.

— Je vois, fit-il d'une voix dure.

— Alors vous pouvez partir gaiement, pour jouer les pirates ou quoi que ce soit d'autre.

— Et vous ne voulez pas envisager de quitter Elmwood avec moi maintenant ?

Il jeta un coup d'œil au portrait de Grant et elle,

avec la petite silhouette sombre qui apparaissait à l'arrière-plan.

— Pas même pour le salut de Taye ?

— Laissez-moi m'inquiéter de Taye.

Elle mit ses mains dans son dos.

— Merci d'être resté pour l'enterrement. Mon père vous appréciait. Je suis sûre qu'il aurait été content que vous soyez là.

Jackson se tenait maintenant près de la porte.

— Cameron…

— Je vous en prie, Jackson. Il vaudrait vraiment mieux que vous partiez maintenant. Je dois m'occuper de mon frère, de Taye et de Sukey. Je suis si inquiète pour Sukey. Elle se montre très forte, mais je crains qu'elle ne s'effondre. Et les esclaves…

Elle s'interrompit. S'apitoyer sur elle-même ne ferait de bien à personne.

— J'ai beaucoup de choses à faire, acheva-t-elle.

— J'essaierai de revenir dès que possible pour voir comment vous allez. Je ne suis pas sûr de l'état d'avancement de mon bateau.

— Vous n'avez pas besoin de revenir.

Elle le congédia d'un signe de main.

— Passez une bonne guerre.

Il s'arrêta, la main sur la poignée, comme s'il voulait ajouter quelque chose. Puis il sortit brusquement, en faisant claquer la porte derrière lui.

Elle eut envie de crier :

— Non, arrêtez ! Attendez, ne partez pas ! Ne me quittez pas ainsi !

Mais elle ne se permettrait jamais de le faire. Le supplier ? Ça non ! Elle ne s'autoriserait pas à pleurer, non plus.

*
**

— Vous êtes là ! s'écria Taye en sortant sous la véranda du rez-de-chaussée. Je vous cherchais partout !

Cameron se tenait accoudée à la balustrade, et regardait dans l'obscurité vers les cases des esclaves. Du feu brillait dans le lointain et elle entendait le son de leurs tambours. Elle entendait leurs voix tandis qu'ils chantaient leurs chants de deuil, poignants, rythmés. Le cercueil mis en terre, les amis et relations partis et la nourriture enlevée, il ne restait plus de trace concrète des funérailles de son père, hormis le crêpe noir drapé sur les miroirs. Toutefois, Taye lui avait expliqué que la communauté des esclaves serait en deuil pendant des jours. Ils iraient travailler chaque matin comme attendu, mais rendraient hommage à leur maître disparu le soir.

Leurs pratiques religieuses étaient si étrangères à Cameron qu'elles l'effrayaient souvent. Mais ce soir-là, elle aima l'idée que ces hommes et ces femmes allaient pleurer son père durant les nuits à venir. Alors que tout le monde dans la maison semblait essayer de faire comme si la mort de David Campbell — et par contrecoup sa vie — n'avaient jamais eu lieu, elle leur était reconnaissante pour ces chants tristes qui résonnaient dans l'air nocturne.

Elle s'appuya à la balustrade, si fatiguée qu'elle craignait de s'écrouler.

— Que disent-ils ? demanda-t-elle dans un murmure.

Taye vint se placer sans bruit à côté d'elle.

— Je ne comprends pas très bien la langue natale de ma mère…

Elle resta silencieuse un moment, écoutant.

— Je crois qu'ils parlent à la divinité mère de la Terre et lui demandent de protéger leur frère disparu.

Cameron sourit tristement. Elle aimait l'idée que les esclaves d'Elmwood considèrent son père comme un frère. Cela lui aurait fait plaisir.

— Où est ta mère ? demanda-t-elle en se détournant du son des tambours et des feux qui clignotaient dans le noir.

— Elle dort avec la mère de Naomi cette nuit.

— Pas dans sa chambre, où nous pourrions garder l'œil sur elle ?

— Elle dit qu'elle ne peut supporter la pensée de dormir à la maison sans lui.

Taye semblait en proie à la confusion. Cameron eut alors envie de lui révéler ce qu'elle savait, qu'il y avait eu plus, bien plus, entre Sukey et son père qu'elles ne le croyaient, mais de nouveau, le moment lui parut mal choisi. Taye était fatiguée et bouleversée ; elle ne voulait pas la bouleverser davantage.

Elle glissa son bras sous celui de la jeune fille et la conduisit dans la maison silencieuse.

— Je pense que nous devrions toutes les deux aller nous coucher, maintenant. Peut-être les choses ne paraîtront-elles pas aussi sinistres demain matin, dit-elle avec un optimisme forcé.

Taye hocha la tête, mais ne se dirigea pas vers le grand escalier.

— Je l'ai vu partir à cheval cet après-midi.

Ses yeux bleus scrutèrent ceux de Cameron.

— Je suis désolée.

Cameron savait de qui elle parlait. De M. Burl, bien sûr.

— Ne le sois pas, dit-elle. C'est mieux ainsi.

Taye prit sa main dans la sienne, plus petite.

— Vous le pensez vraiment ?

Cameron n'eut pas le courage de croiser son regard.

— Je ne sais pas ce que je pense. Je suis trop fatiguée pour réfléchir.

Elle regarda Taye.

— Mais ce que je sais, c'est qu'il doit y avoir une raison pour que Thomas soit parti si vite.

Ce fut au tour de Taye de détourner les yeux tandis qu'elle retirait sa main.

— Peut-être que mon père voulait l'envoyer traiter une affaire urgente et qu'il a décidé d'y aller.

— Il vous aurait dit au revoir, murmura Taye, ses yeux s'emplissant de larmes.

— Ce qu'il aurait dû faire, rétorqua Cameron, c'est te dire au revoir à toi ! A la lumière de tout ce qui s'est passé, il aurait dû avoir le courage de te parler.

La lèvre inférieure de Taye se mit à trembler.

— Nous avons parlé, hier soir. Avant que le sénateur…

Elle s'interrompit, inspira et reprit :

— Je pense que nous nous sommes dit au revoir à ce moment-là.

Cameron fronça les sourcils. Elle ne comprenait pas tout à fait ce que Taye entendait par là, mais elle avait le sentiment qu'il y avait eu davantage dans cette entrevue que ce que son amie voulait bien avouer.

— Tu n'as pas besoin de me le répéter maintenant, dit-elle en prenant le bras de Taye et en le passant sous le sien pour monter l'escalier, mais il faudra que tu me le dises plus tard. Chaque mot. A présent, viens…

Elles gravirent les marches cirées.

— Va chercher ta chemise de nuit et rejoins-moi dans ma chambre.

— Vous voulez que je dorme avec vous ? murmura Taye, paraissant tout à coup très jeune et très enfantine.

— Je ne sais qu'une chose, ce soir, répondit Cameron en regardant dans le noir, essayant de ne pas penser à Jackson. Je sais que je ne peux pas dormir seule.

Deuxième partie

Chapitre 12

— Grant ! Grant, tu m'entends ? Tu ne peux pas rester enfermé là-dedans éternellement !

Cameron tambourinait à la porte de la chambre de son frère.

Une semaine entière avait passé depuis la mort de leur père et Grant restait toujours cloîtré dans sa chambre. Il ne laissait entrer personne à part Naomi, et Cameron avait perdu toute patience et toute compassion depuis des jours.

— Laisse-moi au moins entrer. Il faut que je te parle.

Elle était complètement anéantie par tout ce qui arrivait, non seulement à Elmwood, mais dans le Mississippi et le reste des Etats-Unis.

Trois jours après l'attaque du fort Sumter par l'armée confédérée, le président Lincoln, qui n'avait été investi qu'un mois plus tôt, avait appelé soixante-quinze mille miliciens et convoqué une session spéciale du Congrès pour début juillet. Il semblait que sa réponse à l'attaque du Sud serait rapide et puissante. Pour compliquer encore les choses, Robert E. Lee, un Virginien et ancien surintendant de West Point, s'était vu offrir le commandement de l'armée de l'Union et l'avait refusé. On disait qu'il commanderait les Confédérés.

Cameron ne pouvait faire face à tout toute seule. Elle avait besoin de l'aide de son frère. Ou du moins de l'aide de *quelqu'un*.

Elle frappa de nouveau à la porte.

— Grant! Ecoute-moi, bon sang! Il est temps que tu dessoûles et prennes tes responsabilités. J'essaie de faire au mieux, mais il faut que tu m'aides à prendre certaines décisions.

Elle soupira, ferma les yeux un instant et appuya son front contre l'huisserie.

— Grant, dit-elle doucement. Grant, tu n'écoutes pas?

Elle pressa sa paume sur le bois lisse, combattant un sentiment de désespoir.

— Est-ce que personne ne m'écoute?

— Je ne pense pas que vous devriez faire ça, dit Sukey en entrant dans le cabinet de travail du sénateur.

Cameron leva les yeux du bureau massif de son père, la plume à la main. Malgré la fenêtre ouverte et la brise soutenue, elle avait chaud et elle était fatiguée; pourtant ce n'était que le milieu de l'après-midi. Elle travaillait aux comptes de la plantation depuis tôt le matin, essayant de faire un inventaire complet. La Virginie s'était séparée de l'Union, et l'on s'attendait à ce que l'Arkansas, le Tennessee et la Caroline du Nord l'imitent. Alors que les troupes commençaient à se rassembler et que plus de sudistes rejoignaient l'armée chaque jour, Cameron avait commencé à prendre des dispositions pour vendre des charrues, des chariots, une voiture et du bétail, ainsi que quelques objets de la maison. Elle devait se procurer assez d'argent pour garder la plantation en activité et en donner aux esclaves lorsqu'ils seraient affranchis.

Elle s'activait aussi à les libérer. Au cours des deux semaines écoulées depuis la mort de son père, elle était allée deux fois à Jackson pour parler à un avoué, vieil ami du sénateur et son exécuteur testamentaire, Me Joseph. Cependant, ce dernier s'était montré réticent à l'aider. Il connaissait le dégoût de David Campbell pour l'esclavage, mais il devint vite apparent à Cameron qu'il ignorait la profondeur de ses convictions. Il ne savait pas que son père avait l'intention de se rallier au Nord, et elle ne vit pas de raisons de le lui dire maintenant. Malgré les doutes de l'avoué et ses questions sur la légalité du projet, elle lui demanda cette faveur au nom de son père, et il céda. Il promit de se mettre à l'élaboration des documents nécessaires à l'émancipation les esclaves d'Elmwood, mais insista sur le fait que dès que Grant serait de nouveau sur pied, il devrait lui parler personnellement. C'était lui le seul héritier de la plantation. La décision finale lui revenait.

Cameron lança un coup d'œil las à Sukey. Cette dernière n'était plus elle-même depuis la mort du sénateur, et Taye et Cameron étaient inquiètes. Même si Sukey s'efforçait sans entrain de vaquer à ses occupations quotidiennes, elle n'était plus la même personne. Ses cheveux et ses habits n'étaient plus aussi soignés qu'avant et elle se fatiguait facilement. Cameron était allée jusqu'à appeler le médecin pour qu'il l'examine, mais il n'avait rien trouvé qui n'allait pas. Il semblait que Sukey avait simplement perdu la volonté de vivre.

— Sukey, je comprends tes inquiétudes, dit gentiment Cameron, mais…

— Le sénateur n'approuverait pas que vous travailliez si dur.

Tout en parlant, elle traversa le parquet ciré du cabinet de travail, passant le bout des doigts sur les objets qui avaient appartenu à David Campbell. Elle toucha une table à cigares garnie de cuir, une pendule en noyer sur une étagère, la carafe de cognac à moitié vide que Cameron ne pouvait se résigner à enlever.

— En tant que maître de la maison, votre frère devrait être consulté sur ces questions.

La pièce était encore imprégnée de l'odeur du sénateur. C'était peut-être pour cela que Cameron y avait passé autant de temps depuis sa mort. Elle pouvait encore sentir le léger parfum de son cigare favori et l'arôme de son cognac. Si elle se concentrait, elle pouvait presque entendre le bruissement des basques de sa veste tandis qu'il s'asseyait dans son fauteuil pour lire le *Biloxi Times* et lui indiquer les articles intéressants. Quand elle fermait les yeux, elle pouvait encore percevoir sa formidable présence.

— Grant *devrait* être consulté, en effet, répondit-elle, le ton plus coupant qu'elle ne l'aurait voulu.

Elle inspira à fond, se forçant à adoucir sa voix. Il n'était pas utile de passer ses colères et ses frustrations sur Sukey.

— J'adorerais consulter mon cher frère, même…

Elle leva les yeux vers le plafond.

— S'il voulait sortir enfin de sa chambre ! cria-t-elle comme s'il pouvait l'entendre.

— Allons, allons, dit Sukey en regagnant la porte. Une femme de votre position ne doit pas élever la voix ainsi. Ce n'est pas digne d'une dame.

— Une femme de ma position ne devrait pas non

plus avoir à aller trouver ses voisins et offrir de vendre son bétail à la moitié de son prix, mais je ferai ce que je dois pour préserver Elmwood.

— Je pense que je vais faire de la citronnade, déclara soudain Sukey, comme si elle n'avait pas entendu. La citronnade est apaisante par une journée si chaude. Ça vous aidera à vous sentir mieux.

Cameron tamponna son front pâle d'un mouchoir blanc. Depuis qu'elle avait en charge la plantation, elle avait perdu du poids et avait mauvaise mine.

— Aimeriez-vous rejoindre Taye sous la véranda pour boire de la citronnade, miss Cameron ?

Cameron soupira. De la citronnade sous la véranda était la dernière chose qu'elle désirait au moment présent, mais Sukey avait l'air si pleine d'espoir en lui faisant cette proposition.

— Certainement, dit-elle. Une pause pour prendre quelque chose de fr… pour me désaltérer, me fera du bien.

Elle avait failli dire « frais », mais elle s'était rappelé à temps que les derniers morceaux de glace empaquetés dans de la paille dans les profondeurs de la glacière avaient disparu. Il n'y aurait plus de glace avant l'hiver, quand les péniches en rapporteraient de leurs expéditions dans le Nord. Si elles en rapportaient… Elle eut un petit rire amer. Avec la guerre qui menaçait, qui se souciait de glace ? Ce luxe, parmi une centaine d'autres luxes qu'elle considérait comme étant son ordinaire, s'était évaporé en fumée — peut-être pour toujours.

— Je vais prévenir Taye que vous arrivez, dit Sukey en sortant de la pièce. Je demanderai à la cuisinière des biscuits au gingembre pour accompagner la citronnade. Votre père adorait les biscuits au gingembre…

Ses yeux sombres et intelligents se fixèrent sur Cameron, puis s'obscurcirent.

— Et puis quittez donc cette tenue d'équitation et mettez quelque chose de plus convenable. Votre robe jaune serait charmante. C'était l'une des favorites du sénateur.

Cameron jeta un coup d'œil à la tenue écossaise poussiéreuse qu'elle avait portée à l'écurie ce matin-là. Sa robe jaune *serait* charmante, en effet. Mais ce qui serait plus charmant encore, ce serait un appareil pour remonter le temps. Si seulement elle avait pu revenir en arrière d'un mois, elle aurait procédé à tant de changements ! Sauver son père ; arrêter la guerre ; s'assurer que ce vaurien de Jackson Logan ne remette jamais les pieds à Elmwood.

Elle n'avait pas eu de ses nouvelles depuis l'enterrement de son père, la dernière fois qu'il l'avait quittée, une fois de plus… Il se souciait de ce qui pouvait lui arriver, avait-il affirmé, de ce qui pouvait arriver à Elmwood également. Mais si c'était vrai, ne serait-il pas resté à la plantation pour l'aider à traverser cette période difficile ? S'il s'inquiétait autant pour sa sécurité, n'aurait-il pas au moins envoyé une lettre pour prendre de ses nouvelles ?

Elle posa sa plume, se leva du bureau et se dirigea vers la fenêtre, pressant une main dans son dos douloureux. Elle était restée assise trop longtemps.

— Maudit soyez-vous, Jackson Logan, murmura-t-elle. Comment ai-je pu tomber deux fois dans le même piège ?

Elle regarda le champ qui s'étendait au-delà de la maison. Le coton avait été planté avant le début de la guerre, mais elle ignorait comment elle le récolterait. Si elle pouvait en faire à sa tête, tous les esclaves seraient partis dans quinze jours, et iraient dans le Nord avec dans la poche l'argent qu'elle rassemblait en vendant les biens d'Elmwood. Le problème, maintenant, était d'amener Grant à respecter les volontés de leur père. Au fond, cette émancipation était inévitable. Mais sans la signature de son frère, les gens d'Elmwood ne pourraient pas être affranchis légalement. Elle voulait garder foi en Grant, mais elle savait que la discussion ne serait pas facile avec lui et qu'elle devrait trouver le bon moment pour discuter de la question.

Pourtant, plus les jours passaient, Grant enfermé dans sa chambre, plus Cameron doutait qu'il les laisserait partir. Taye la traitait de sotte de croire qu'elle pourrait le convaincre que les libérer était le mieux. Cameron n'était pas si sotte cependant, car elle avait mis au point un plan de rechange, pour le cas où son frère ne pourrait être convaincu. Elle s'était discrètement renseignée sur le Chemin de Fer souterrain, une organisation clandestine qui avait mis en place une série de refuges le long de la route du Nord, où les esclaves pouvaient s'abriter en partant vers la liberté. Grant et elle devaient sous peu assister à une soirée à Jackson. Ce serait leur première apparition publique depuis la mort de leur père. La soirée était donnée par l'un des fidèles électeurs du sénateur, et Grant avait accepté de l'accompagner uniquement parce que cet homme était l'un de ses partenaires aux cartes. Il avait donné son accord à travers la porte fermée de sa chambre, et elle s'inquiétait qu'il ait pu oublier. Même si elle n'avait aucune envie de sortir dans le monde, on lui avait assuré qu'il y aurait ce soir-là un homme qui pourrait lui donner des informations sur l'organisation clandestine. Elle devait simplement se montrer et un certain James la trouverait.

— Ah! Vous voilà…

Taye entra dans la pièce et Cameron remarqua qu'elle paraissait aussi épuisée que le reste de la maisonnée.

— Maman vous cherchait. Elle dit que vous avez demandé de la citronnade sous la véranda, mais vous n'êtes jamais venue.

— En fait, je n'ai pas demandé de citronnade. Sukey m'a dit qu'elle en servirait sous la véranda et que je devais aller en boire.

Taye s'approcha d'elle et tendit la main pour lui caresser le bras.

— Elle est si troublée, n'est-ce pas ?

— Je pense que tu devrais sérieusement considérer ma suggestion, Taye. Un changement pourrait lui faire du bien. Il n'y a pas de raison que ta mère et toi ne puissiez aller chez les Stuart dès maintenant. Je pourrai vous y rejoindre une fois que les affaires seront réglées ici.

Elle lui lança un regard entendu, n'osant parler à voix haute de l'affranchissement des esclaves, de crainte qu'on ne l'entende.

— Dès qu'Elmwood sera fermé, je vous rejoindrai à New York.

Taye secoua la tête d'un air obstiné.

— Je ne partirai pas d'ici sans vous.

Puis elle baissa la voix.

— Je ne vous laisse pas seule avec *lui*, ajouta-t-elle en levant les yeux au plafond. En outre, vous oubliez qu'Elmwood est ma maison, aussi. Je vais vous aider à vous occuper de tout cela, et ensuite nous irons ensemble dans le Nord.

Cameron ne put réprimer un sourire triste. Passant un bras sur les épaules délicates de Taye, elles sortirent de la pièce.

— Je préférerais que tu partes, dit Cameron, mais je suis contente que tu restes.

Elle lui pressa affectueusement le bras.

— Maintenant, allons prendre notre citronnade. Ensuite, si cela ne t'ennuie pas, tu m'aideras à trouver quelque chose à mettre pour la soirée des Hitch samedi prochain.

Taye s'arrêta, soudain inquiète.

— Vous êtes certaine que ce n'est pas dangereux ?

Cameron secoua la tête.

— Non. Tout ce que je vais faire, c'est réunir des informations pour le cas où nous en aurions besoin.

Taye regarda de nouveau en direction de la chambre de Grant.

— J'espère le meilleur, dit-elle doucement, mais je crains qu'il ne signe pas les papiers, Cam.

— Alors nous nous passerons de lui !

Assise face à son frère dans la voiture, Cameron souriait, faisant de son mieux pour être cordiale. Elle s'était habillée avec soin d'une robe en organza bleu saphir avec un corsage décolleté. Taye l'avait lacée si étroitement pour lui faire la taille fine qu'elle pouvait à peine respirer, mais elle avait appris depuis longtemps que son frère, comme la plupart des hommes, pouvait être manipulé par une femme à la voix douce portant une robe séduisante.

— Je suis contente de voir que tu te sens mieux, Grant, dit-elle. Taye et moi étions inquiètes pour toi.

Il la regarda avec intérêt.

— Taye s'inquiétait pour moi ?

Elle hocha la tête, jugeant inutile de lui révéler ce

que Taye avait dit en réalité : qu'elle s'inquiétait pour son âme, qu'elle craignait qu'il ne brûle éternellement en enfer à cause de sa débauche. Depuis la mort du sénateur, Cameron et Taye avaient appris que Grant avait non seulement fait venir Naomi dans sa chambre, mais qu'il avait introduit d'autres jeunes esclaves dans la maison. Cette pratique les rendait malades, mais elles n'avaient aucun moyen d'y mettre un terme : Grant était le maître de la plantation.

— Tu nous as manqué à la table du dîner, continua-t-elle en mentant avec un bel aplomb. Et il y a tant de questions à propos d'Elmwood dont nous devons discuter…

— Quelles questions ? Elmwood continuera comme toujours. La seule différence est que c'est moi désormais qui suis à sa tête.

Cameron jeta un coup d'œil à la lanterne qui se balançait à la portière.

— Grant, tu ne le penses pas vraiment, n'est-ce pas ? Le Sud est en guerre avec le Nord. Des soldats nordistes pourraient envahir la plantation. Sais-tu ce que des soldats affamés et malades pourraient faire, ici ? Des soldats des *deux* camps ?

Il rit en ajustant son écharpe. Il portait ce soir-là une veste couleur de puce qui n'avantageait pas son teint pâle.

— Allons, allons ! Pas besoin de tracasser ta jolie petite tête, ma sœur chérie. Ne crains rien, j'ai un plan pour protéger nos intérêts.

Cameron poussa un soupir d'agacement, tout en regardant le soleil couchant par la fenêtre. Ce n'était pas la direction qu'elle espérait voir prendre à la conversation et le temps leur filait entre les doigts. Elle devait obtenir que Grant accepte de signer les papiers émancipant leurs esclaves.

— Grant, nous devons parler d'une chose importante. Des souhaits de papa…

Il ôta un grain de poussière de sa jambe de pantalon.

— Quels souhaits ?

Elle le regarda en face, sans ciller.

— Au sujet des esclaves… Nous devons les affranchir comme papa avait l'intention de le faire.

Elle s'attendait à ce qu'il explose de colère, mais il éclata de rire.

— Libérer les nègres ? Tu plaisantes ?

Elle changea de place pour s'asseoir à côté de lui.

— Grant, tu sais que c'est ce qu'il comptait faire. Si nous pouvions trouver M. Burl, il le confirmerait. Il pourrait même savoir où sont les papiers sur lesquels papa avait commencé à travailler, je pense.

— Libérer les nègres ? répéta Grant. Je ne sais pas de quoi tu parles. Papa n'a jamais eu l'intention de faire une chose de ce genre.

Cameron le regarda fixement, suffoquée. Quel fieffé menteur !

— Grant, comment peux-tu parler ainsi ? Tu étais à la même table que moi ! Tu as entendu ce qu'il disait ! Tu sais bien ce qu'il pensait de l'esclavage.

Grant agita la main, comme pour chasser un insecte importun.

— Ce n'était rien d'autre que des discours politiques. C'est ce que les politiciens font le mieux, causer, causer, et notre père était un expert.

Il croisa les bras sur sa poitrine et s'adossa à la banquette.

— Il a toujours pris le parti des opprimés. Cela fournissait de bonnes conversations au dîner. Il disait toujours qu'une discussion animée était bonne pour la digestion.

— Grant, tu n'es sûrement pas sérieux ? fit-elle, incrédule.

Elle s'écarta de lui, écœurée par tant de mauvaise foi.

— Je pensais que tu ne faisais que te cacher ces dernières semaines, te noyant dans le whisky et les femmes, mais maintenant je ne me demande si tu n'es pas vraiment malade.

Il lui lança un regard hostile.

— Ça suffit, Cameron ! Je te l'ai dit, j'ai tout sous contrôle. A présent, si tu ne peux pas tenir ta langue, nous allons faire demi-tour et rentrer à la maison.

Cameron fut saisie d'une bouffée de panique. Elle venait soudain de comprendre que son projet d'émanciper légalement les esclaves ne marcherait pas. Taye avait eu raison, une fois de plus. Grant ne libérerait jamais les Noirs d'Elmwood, pas même si le Sud tout entier s'effondrait autour d'eux.

Elle se força à baisser les yeux d'un air contrit, comme une petite fille menacée d'être renvoyée à la nurserie.

— Non, s'il te plaît, Grant… Je veux vraiment aller chez les Hitch. Cela fait si longtemps que je n'ai pas porté une jolie robe. Je suis désolée, je ne voulais pas me quereller avec toi.

— C'est bon. N'en parlons plus…

Il lui tapota l'épaule, jouant le rôle du grand frère indulgent.

— Je sais que tu es à cran avec la mort de papa. Je n'aurais pas dû prendre autant de temps pour le pleurer de mon côté.

Il tira sur sa veste. Ils avaient atteint le manoir des Hitch et tournaient dans l'opulente allée circulaire.

— Mais je me sens mieux, maintenant. Plus fort. Je suis prêt à accepter mes devoirs comme héritier d'Elmwood. Prêt à prendre les décisions qui doivent être prises.

Cameron garda les yeux baissés, craignant que son frère ne voie dans son regard tout le mépris qu'il lui inspirait, si elle les levait vers lui. Elle était si en colère, si dégoûtée qu'elle pouvait à peine penser. Mais elle pouvait agir. Elle devenait chaque jour une meilleure actrice.

— Comme tu voudras, Grant. Je ferai ce que je peux pour t'aider.

Il tapota sa main gantée.

— J'en suis certain. En fait, je sais que tu le feras.

La voiture s'arrêta et un des valets des Hitch vint leur ouvrir la portière. Grant descendit le premier et offrit sa main.

— Tout est pardonné. Maintenant viens, ma chère sœur, profitons d'une soirée dehors. Je pense que nous le méritons tous les deux, tu ne crois pas ?

Cameron eut du mal à acquiescer et s'obligea à accepter sa main.

Lorsqu'ils eurent été reçus par leurs hôtes, Grant abandonna Cameron, l'œil sur les tables de jeu installées dans une pièce réservée aux invités masculins. Elle accepta un verre de punch servi par un jeune Noir qui portait des anneaux en or aux oreilles, un turban emplumé, une veste et un pantalon rouge et blanc, avant d'aller d'un groupe de femmes à un autre et se mêler aux discussions. Elle accepta les condoléances qu'on lui adressa pour le décès de son père, se força à sourire écoutant les bavardages à propos de la guerre et de leurs courageux époux qui s'enrôlaient. Tandis qu'elle souriait aimablement, hochait la tête avec un intérêt feint et agitait son éventail, elle guettait le mystérieux James qui devait lui parler du Chemin de Fer souterrain. Elle ignorait totalement quel âge il avait, à quoi il ressemblait et à quel titre il assistait à la soirée. C'était Naomi qui lui avait donné son nom. Cameron essaya de ne pas penser à la façon dont Naomi avait su qui contacter. Elle avait d'autres soucis pour l'instant.

Après sa discussion avec Grant dans la voiture, elle gardait peu d'espoir de pouvoir libérer légalement les esclaves d'Elmwood. La seule voie qui semblait à présent s'offrir à elle était la voie la plus dangereuse, celle qui consistait à les envoyer vers le Nord par la filière clandestine, munis d'un peu d'argent en poche et d'une simple carte. Un moyen périlleux pour sa famille et elle autant que pour les esclaves eux-mêmes, mais elle n'avait plus le choix.

Elle sourit gracieusement et alla à un autre groupe de femmes. Si elle voulait trouver ce James, elle devait être vue.

Jackson sortit du vestiaire, passa un bras autour du cou de l'officier et le tira en arrière dans l'obscurité avant qu'il ne comprenne ce qui lui arrivait.

L'homme ouvrit la bouche pour protester, mais Jackson en profita pour lui enfoncer un mouchoir dedans, et seul un cri guttural sortit de sa gorge.

— Qu'est-ce qui vous prend de me suivre ? chuchota-t-il d'une voix rauque à l'oreille de l'officier.

Ce dernier, qui n'avait pas plus de vingt-cinq ans, secoua frénétiquement la tête et marmonna.

Jackson tira un long couteau de sa botte cirée et en pressa la pointe sur le cou pâle du soldat.

— Vous avez trente secondes ou je vous tranche l'artère jugulaire. Vous serez mort en moins d'une minute et ce bel uniforme gris sera souillé de votre sang.

L'officier se raidit. Bien qu'il ne puisse parler, le langage de son corps indiqua à Jackson ce qu'il avait besoin d'entendre.

— Voilà qui est mieux… Maintenant, rappelez-vous, je peux vous trancher la gorge, que vous soyez bâillonné ou non.

L'homme hocha la tête ; Jackson arracha alors le mouchoir de sa bouche et le laissa tomber par terre, gardant la pointe du couteau sur sa gorge.

— Qui êtes-vous et pourquoi me suivez-vous ?

— Un message, croassa l'officier.

Il inspira à fond. Il sentait fort, comme s'il s'était uriné dessus.

— De… de Smitty.

Jackson haussa un sourcil avec curiosité. Il ne s'attendait pas à avoir des nouvelles de son informateur avant quelques jours.

— C'est Smitty qui vous envoie ?

L'homme voulut hocher la tête, mais tressaillit en sentant la pointe du couteau s'enfoncer dans son cou.

— Oui. C'est Smitty qui m'envoie. Je suis au courant de la nouvelle que vous attendez.

Jackson baissa le couteau et le fit pivoter.

— Alors pourquoi diable ne l'avez-vous pas dit tout de suite ? demanda-t-il avec un grand sourire. Si vous preniez un verre et alliez m'attendre sous la véranda ? Je vous suivrai rapidement et nous pourrons parler.

***

Espérant que personne ne la remarquerait, Cameron se faufila dans un couloir sombre. Elle entendait la voix sonore de son hôte qui faisait un discours patriotique sur l'honneur du Sud, dans la salle de bal, et sur la manière dont eux, gentlemen, défendraient cet honneur. Tandis que les invités l'acclamaient, elle s'éclipsa avec dégoût. Elle était là depuis des heures, et n'avait pas encore rencontré le mystérieux James. Elle avait besoin de s'asseoir un moment dans le calme et la solitude, de s'éloigner de ses « frères et sœurs » confédérés et de leur point de vue irréaliste sur ce que les prochains mois, peut-être les prochaines années, apporteraient.

Elle savait qu'un boudoir était mis à la disposition des dames, pour qu'elles puissent se reposer et arranger leur toilette, mais elle n'avait pas envie d'avoir de la compagnie. Ce qu'il lui fallait, c'était un cabinet de travail ou une bibliothèque, une pièce sombre et tranquille.

Regardant par-dessus son épaule pour s'assurer que personne ne la voyait s'éloigner, elle heurta une haute silhouette masculine.

— Oh! Mon Dieu... Je suis désolée, monsieur, dit-elle de la voix suave que les hommes appréciaient.

Elle eut un petit rire en levant les yeux vers le visage de l'homme qu'elle avait heurté.

— Sotte que je suis, je...

Elle s'arrêta au milieu de sa phrase.

— Vous!

Elle tendit le bras et frappa Jackson Logan de son éventail peint assorti à sa robe bleue.

— Que faites-vous ici, espèce de vaurien?

Il lui décocha un de ses sourires nonchalants, tout en refermant ses doigts d'acier sur son poignet.

— Content de vous voir aussi, chère Cameron.

— Lâchez-moi !

— Chut, on va vous entendre, fit-il en l'entraînant dans un coin, loin des bruits de la soirée.

— Je m'en moque ! Je ne vais pas avec vous ! Jackson…

Il ouvrit une porte et la tira à l'intérieur d'une petite pièce lambrissée de bois sombre. Probablement le fumoir privé de leur hôte car elle sentait fortement la fumée de cigare et le cuir. Jackson referma la porte du pied et la poussa contre le panneau.

Elle pouvait à peine voir son visage dans la pénombre. Seul un étroit rayon de lune pénétrait par une fenêtre ouverte. Elle entendit aboyer un chien dans le lointain.

— Jackson, que…

Sans un mot, il couvrit sa bouche de la sienne.

Cameron fut choquée par cet assaut inattendu. Elle ne pouvait pas respirer ! Entre son corset trop serré et sa bouche sur la sienne, elle craignit de s'évanouir. Elle se débattit, furieuse. Elle frappa son dos de ses poings, puis, voyant que cela ne marchait pas, tira sur les revers de sa belle veste grise. Mais il ne céda toujours pas. Au contraire, il approfondit leur baiser et, bien qu'elle résiste, au fond d'elle-même elle le désirait, voulait le goûter.

Pourtant, s'il ne la lâchait pas immédiatement, elle savait qu'elle allait vraiment s'évanouir par manque d'air. Elle se ramollit dans ses bras, mais sa bouche répondit à la sienne, contre sa volonté.

Quand Jackson s'écarta finalement, la tenant toujours serrée contre lui, elle ferma les yeux, haletante. Elle n'essaya pas de lui échapper ; elle avait encore les genoux trop faibles. Elle était trop choquée par son attitude, et par le fait de le trouver là.

— Que faites-vous ici ? demanda-t-elle lorsqu'elle recouvra sa voix.

— J'allais vous demander la même chose.

Elle leva les yeux et croisa son regard.

— Je suis invitée ainsi que mon frère. M. Hitch et mon père étaient de vieux amis.

— Vous êtes invitée ? Alors pourquoi vous faufilez-vous dans la maison, regardant par-dessus votre épaule comme si vous cherchiez à emporter l'argenterie ?

Elle tourna la tête, incapable de supporter plus longtemps son regard pénétrant.

— Vous m'espionnez, maintenant ?

— Vous devriez être avec les autres, dans la grande salle, en train d'écouter les discours patriotiques.

Il se moquait d'elle. Elle haussa un sourcil.

— Et *vous-même* ne devriez-vous pas y être ?

Il lui adressa ce séduisant sourire de beau diable qui la faisait toujours flancher.

— Cam, vous connaissez mon point de vue sur la politique.

— En effet, et beaucoup trop bien ! dit-elle d'un ton acerbe.

— Sérieusement, Cameron, vous ne devriez pas être dans cette maison.

Il ôta ses mains de sa taille, mais seulement pour les poser sur la porte, de telle sorte qu'elle était prisonnière de ses bras.

— Vous vous rendez sûrement compte que vous êtes dans un nid de confédérés enflammés. Qu'ils aient vent de vos opinions sur cette guerre et vous serez passée au goudron.

Elle battit des cils.

— Pas avec Grant à mon côté. Il est très ami avec ces hommes. M. Hitch souhaitait vivement qu'il vienne ce soir. Grant lui doit probablement de l'argent au jeu.

— Cela ne me dit pas pourquoi *vous* êtes ici.

Sans prévenir ni lui donner une chance de l'attraper, elle passa sous son bras, lui échappant.

— Cela ne vous regarde pas.

Elle contourna un petit fauteuil en cuir, poussant le siège entre eux. Ses yeux s'étaient habitués à la pénombre et elle le voyait mieux.

Il eut un grand sourire.

— Je suis content de vous entendre parler ainsi. Vous semblez aller bien. Depuis la mort de votre père, je veux dire…

Elle dut se dominer pour ne pas répliquer avec verdeur. Est-ce qu'il se moquait d'elle ? S'il se préoccupait vraiment de savoir comment elle allait et comment elle se débrouillait, il ne serait pas parti comme un voleur le jour des funérailles de son père !

— Je pensais que vous étiez à Baton Rouge pour superviser les travaux sur votre bateau.

— Mon *navire* n'est pas tout à fait prêt. J'y vais dans les prochains jours. J'avais des… affaires à régler ici, à Jackson.

Elle haussa un sourcil sceptique, essayant d'ignorer le picotement qu'elle sentait encore sur ses lèvres. Elle s'efforçait aussi de ne pas faire attention à la tension brûlante qui s'amassait au creux de son ventre.

— J'aime autant ne pas savoir de quelles affaires il

s'agit, monsieur, dit-elle avec hauteur, tentant de couvrir le mélange d'émotions qui la parcourait.

De nouveau, ce sourire…

— Tant mieux, car je ne vous le dirai pas.

Elle le regarda par-dessus le dossier du fauteuil, avec l'impression qu'ils étaient dans une impasse.

— Alors, Cam, comment allez-vous ?

Son ton était à présent plein de sollicitude.

A sa stupéfaction, Cameron sentit ses paupières la piquer. Personne à part Taye ne s'était soucié de savoir comment elle allait depuis la mort de son père.

— Ça a été dur, répondit-elle simplement. Grant reste enfermé dans sa chambre la plupart du temps et moi, j'essaie de faire ce qu'à mon avis mon père aurait voulu que nous fassions.

Elle leva les mains et les laissa retomber dans un geste de découragement, consciente de la futilité de ce qu'elle essayait d'accomplir. Si elle ne trouvait pas ce James ce soir ? Si elle ne pouvait pas obtenir d'informations sur le Chemin de Fer souterrain ? Le Mississippi faisait déjà appel à des donations d'esclaves pour aider au travail de l'armée. Jusqu'ici elle avait pu temporiser, plaidant son deuil, mais bientôt les confédérés n'accepteraient pas un refus.

Jackson contourna le fauteuil pour la rejoindre, et bien qu'elle veuille s'écarter, ses jambes ne voulurent pas la porter. Il s'assit sur un petit sofa et tapota la place à côté de lui.

— Vous avez l'air d'avoir besoin de vous asseoir.

Elle jeta un coup d'œil à la porte fermée. Ce qu'elle avait besoin de faire, c'était reparaître à la soirée. Si ce mystérieux James la cherchait en ce moment même ? Elle avait dévisagé tous les hommes présents, en se demandant s'ils pouvaient être son informateur. Etait-il le gentleman d'un certain âge à la grosse moustache, ou peut-être le grand jeune homme mince à la veste gris et noir ?

— Allez, juste un moment, dit Jackson d'un ton enjôleur. Et ensuite je vous libérerai.

Elle releva ses jupons et s'assit à côté de lui.

— Vous parlez comme si vous me gardiez prisonnière.

Elle haussa son menton d'un cran et planta ses yeux dans les siens.

— Je peux franchir cette porte quand je le souhaite.

Il approcha son visage du sien et elle sentit l'odeur propre de son savon à raser. Cet homme était complètement détestable, et pourtant follement enivrant.

Aussi, cette fois, lorsqu'il se pencha vers elle, n'essaya-t-elle pas de lui échapper.

Chapitre 13

Cameron pressa sa main sur le torse dur et musclé de Jackson et leva le menton pour se tendre vers son baiser. Elle ne pouvait s'en empêcher, ne pouvait résister à l'attrait de sa chaleur, de sa virilité toute-puissante. Une tension lourde et exquise pulsa à travers son corps lorsqu'il écarta ses lèvres de sa langue pour l'embrasser plus profondément. Puis il glissa une main sur sa nuque et cette caresse l'emplit de frissons.

— Sapristi, vous m'avez manqué, Cam… Dites-moi que je vous ai manqué aussi, murmura-t-il en l'attirant sur ses genoux.

Elle essaya de déchiffrer son expression en scrutant ses yeux gris. Sans la quitter des yeux, il lui prit la main et, lentement, lui ôta son gant blanc. Alors qu'il tirait sur chaque doigt de dentelle, elle sentait son souffle sortir par à-coups. C'était un geste si simple, et cependant si intensément troublant !

— Admettez-le, dit-il d'un ton enjôleur. Vous avez pensé à moi. Pensé à ce fameux soir dans ma chambre, dans mes bras…

Elle sentit la chaleur de l'embarras embraser ses joues tandis qu'elle essayait de ne *pas* penser à ce soir-là. Un gentleman du Sud bien élevé n'aurait jamais eu l'indélicatesse de rappeler à une dame quelque chose d'aussi inconvenant.

Elle garda un silence obstiné pendant qu'il jetait le gant par-dessus son épaule et prenait son autre main. Il lui ôta le second gant, puis suivit les lignes de sa paume de son doigt. De petits frissons de plaisir remontèrent le long du bras de Cameron et se répandirent dans tout son corps, jusqu'aux endroits les plus intimes. Elle n'avait jamais eu conscience qu'une main pouvait être aussi sensible.

Lorsqu'il l'embrassa de nouveau, elle passa les mains autour de son cou, glissant les doigts dans ses cheveux sombres et soyeux, frémissant sous la traînée de baisers brûlants qu'il pressait sur sa poitrine, au-dessus de son corsage.

— Dites-le, murmura-t-il.

Elle ne voulait pas le reconnaître. Elle ne voulait pas lui avouer qu'il lui avait en effet manqué. Elle était peut-être une femme dévergondée, mais elle n'était pas une sotte. Il était déjà assez ennuyeux de ne pas pouvoir résister à ces tentations pécheresses, mais reconnaître qu'elle craignait d'éprouver pour lui plus que du désir pur serait de la folie. Elle ne voulait pas, ne *pouvait* pas le laisser lui briser le cœur une nouvelle fois. Elle craignait de ne pas survivre à une telle calamité, pas après la perte dévastatrice de son père. Pas alors qu'elle se sentait déjà si fragile.

— Je dois vous faire un aveu, chuchota-t-il, son souffle chaud sur son oreille. Je suis venu ici ce soir uniquement parce que vous étiez sur la liste des invités. Je n'ai même pas reçu d'invitation officielle.

— Vous n'êtes qu'un sacripant !

— Je pense que nous l'avons déjà établi une fois pour toutes…

Ses yeux gris étaient sombres et pleins de désir pour elle. Il était si diablement beau ! Et il la manipulait si facilement ! Qui cherchait-elle à duper ? Rien n'avait changé entre eux depuis qu'elle était cette naïve jeune fille de dix-sept ans. Elle savait qu'il l'avait amenée dans cette pièce sombre dans l'intention de la séduire, et pourtant elle était incapable de lui résister.

Il l'allongea doucement sur le sofa et sa tête s'appuya sur l'accoudoir fleuri. Ses jupons bruissèrent et craquèrent tandis qu'il la pressait contre l'étoffe soyeuse. Elle entrouvrit les lèvres, acceptant sa langue dans sa bouche, se tendant contre lui.

Il glissa alors une main sous ses jupes, sur son mollet gainé d'un bas. Des sensations délicieuses remontèrent le long de sa jambe jusqu'à l'endroit qui semblait être le centre de son désir. Elle se sentait déjà moite.

Elle avait envie de crier et de l'arrêter, mais elle ne le pouvait pas. C'était trop bon. Le poids de son corps sur elle, son goût — tout cela était trop puissant. Elle était dépassée par ses murmures, par son parfum de peau propre et d'eau de Cologne, par la maîtrise avec laquelle il semblait savoir d'instinct où la toucher, et de quelle manière la caresser. Ce n'étaient pas seulement ses parties les plus intimes, c'était son corps tout entier qui semblait s'enflammer pour lui.

Jackson fit remonter lentement sa main sur son mollet tandis qu'il enfouissait son visage dans la rondeur de ses seins.

— D'accord, ne le dites pas, petite sorcière, murmura-t-il, mi-fâché, mi-amusé. Vous n'avez pas besoin de dire ce que votre corps dit pour vous.

Cameron avait bien l'intention de protester, mais il parvint à abaisser le décolleté de sa robe afin de révéler un sein rond et tendu. Elle se mordit la lèvre pour s'empêcher de crier lorsqu'il prit son téton entre ses dents et tira doucement.

Elle gémit et, sans le vouloir, guida sa main le long de sa jambe, par-dessus sa jarretière en dentelle… et plus haut…

Ses doigts, sur l'intérieur de sa cuisse, paraissaient à la fois frais et brûlants. Elle se sentait déjà tendue et palpitante, aspirant à cette caresse qu'elle n'avait connue qu'une fois, mais qu'elle désirait à présent par-dessus tout. Elle avait lu récemment un article sur les femmes qui s'adonnaient à l'opium. Etait-ce à cela que cela ressemblait ? Ce désir qui ne pouvait être dominé ?

— Vous êtes si belle, murmura Jackson, sa voix altérée par le désir. Vous êtes faite pour aimer, Cameron. Votre corps a été fait pour l'amour.

Il glissa du sofa dans un geste souple et se mit à genoux par terre. Elle souleva des paupières qui semblaient si lourdes qu'elle pouvait à peine les tenir ouvertes. Que faisait-il ? Elle entendit bruire ses jupons et sentit sa main chaude de nouveau sur sa cuisse. Elle lutta pour s'asseoir, mais l'emprise puissante de Jackson la maintint allongée sur le sofa tandis qu'il faisait délicatement glisser ses pantalons.

Elle retint une exclamation, mortifiée, quand sa tête disparut dans la mer d'étoffe. Le premier contact de sa bouche *à cet endroit* lui fit pousser un cri incrédule. Elle leva une main pour le repousser, mais à la place elle se retrouva en train de mordre la chair tendre entre son pouce et son index pour étouffer les gémissements de plaisir qui sortaient de sa gorge. Malgré elle, elle souleva les hanches pour qu'il puisse faire descendre plus encore ses pantalons.

« Non, non », voulait-elle crier. Mais elle disait… « Oui ».

L'assaut que Jackson livrait avec sa bouche était doux et rythmé. Il la caressait d'un doigt tout en la léchant. Elle se tortillait sur le sofa. Toutes les parties de son être savaient qu'elle devait l'arrêter, et pourtant elle ne le pouvait pas. Elle sentait son corps se tendre, ses muscles se contracter, puis se relâcher dans la délicieuse anticipation de ce qui n'était plus très loin maintenant, elle le savait.

Un sanglot de frustration lui échappa. Elle souleva ses hanches pour se porter vers lui, s'abandonnant enfin. Elle avait l'impression que son corps entier était de la lave fondue ; il palpitait, douloureux. Elle le voulait. Elle se moquait de ce que cela faisait d'elle, une femme dévoyée… une catin. Elle voulait le sentir en elle. Elle voulait expérimenter par elle-même ce rite ancestral de l'accouplement entre un homme et une femme. Elle voulait l'expérimenter avec lui, ici, maintenant.

Une vague d'un plaisir indescriptible la submergea, un orgasme soudain et puissant. Elle cria, ne se souciant plus que quelqu'un l'entende.

Il se releva pour s'asseoir à côté d'elle et la prit dans ses bras.

Elle avait l'impression de ne rien peser, flottant sur les dernières petites vagues d'extase.

— Je vous veux, Cam, lui chuchota Jackson à l'oreille

en l'embrassant sur la joue. Je ne peux vous dire à quel point je vous veux. Mais pas ainsi.

Il posa un baiser sur sa tempe.

— Je vous veux tout entière.

— Pas ici, parvint-elle à dire. Quelqu'un risque de venir.

— Je sais.

Il releva la tête, s'abreuvant à son regard. Il y avait maintenant quelque chose de plus que du désir sur son visage, quelque chose de plus doux qu'elle n'identifiait pas.

— Venez avec moi. Maintenant. Nous irons à mon hôtel.

Elle en avait envie. Elle avait envie de le suivre et d'enlever tous ses vêtements. Elle avait envie de le voir se dévêtir lui aussi. Elle avait envie de faire l'amour avec lui avant que la guerre ne les sépare pour toujours. Avec tout ce qui allait si mal dans sa vie, avec toutes les difficultés encore à venir, cette chose-là pourrait peut-être la soutenir. Elle savait qu'il n'y avait pas d'avenir avec un vaurien comme Jackson Logan, mais quelque chose lui disait qu'elle n'éprouverait jamais plus pour un autre homme ce qu'elle éprouvait pour lui.

Oui, le suivre et se donner à lui… De toutes les fibres de son être, elle voulait faire partie de lui cette nuit-là. Au moins cette nuit-là.

Puis elle repensa soudain à la raison pour laquelle elle s'était rendue à cette soirée. Elle repensa à Elmwood. Aux esclaves. Elle était ici pour rencontrer un membre du Chemin de Fer souterrain. Non pour jouer aux jeux de l'amour avec Jackson. Elle ne *pouvait pas* se dérober à ce rendez-vous secret.

Elle le repoussa doucement.

— Jackson, je vous en prie. Laissez-moi partir…

Sentant le changement qui s'était produit en elle, il s'assit et l'aida à s'asseoir à côté de lui. Puis il passa une main dans ses cheveux en désordre, le charme apparemment rompu.

— Cameron…

Elle leva une main pour l'empêcher de parler. S'il en disait plus, elle était sûre de sortir de cette pièce main dans la main avec lui. Elle rabattit les couches de jupons froissés, sentant encore l'odeur musquée de son plaisir dans l'air chaud de la nuit. Elle se demanda où étaient passés ses gants et comment elle allait renfiler gracieusement ses pantalons.

— Ne dites rien de plus. S'il vous plaît, Jackson… Je suis désolée. Je ne peux pas aller avec vous. Et pour commencer, je n'aurais jamais dû vous suivre ici.

Elle leva les yeux pour le regarder à travers ses cils.

— Vous n'êtes qu'une allumeuse, Cameron Campbell, déclara-t-il froidement.

Elle pinça les lèvres, contrariée, se leva, puis remonta ses dessous à travers l'épaisseur de ses jupes et de ses jupons, sans plus de souci du décorum.

— Ce n'était pas mon intention. Vraiment.

Apercevant un de ses gants par terre, elle le ramassa.

— Je suis désolée, Jackson.

Il posa une jambe sur son genou et repoussa une mèche de ses cheveux.

— Probablement pas autant que je le suis.

Il secoua la tête.

— Vous savez ce que je devrais faire ? Je devrais fermer cette maudite porte à clé, vous arracher vos vêtements et vous posséder sans plus d'atermoiements.

Un frisson d'appréhension la parcourut, et elle recula d'un pas avec méfiance.

— De grâce! grommela-t-il. Vous m'insultez. Je ne vais pas vous prendre de force. J'ai dit « ce que je *devrais* faire ». Ce que je pense que vous *voulez* que je fasse, en réalité. Mais la fille gâtée du sénateur ne semble pouvoir accepter l'idée qu'elle est devenue une femme désirable. Une femme qui désire aussi. C'est pourquoi au fond de vous, vous préféreriez que je vous impose ma volonté plutôt que de venir à moi de votre plein gré.

Il détourna les yeux et continua :

— Néanmoins, je ne le ferai pas. Je ne vous ferai pas ce plaisir. Si vous me voulez, la prochaine fois, ce sera à vous de venir à moi.

Elle réprima une exclamation d'indignation. Venir à lui? Plutôt se jeter dans le lit de Satan!

— Ce dont vous ne semblez pas avoir conscience, cependant, Cam, c'est que si vous ne venez pas dans mon lit volontairement, d'autres y viendront.

Elle attrapa son autre gant, refusant de l'écouter plus longtemps. Rien de ce qu'il disait n'avait de sens. Il était en colère de n'avoir pas eu ce qu'il voulait et ses mots dépassaient la réalité. Bien sûr que non, elle ne voulait pas qu'il la prenne de force! Elle ne voulait pas de lui du tout! Elle était bouleversée par la mort de son père, par la conduite de son frère. Elle était déstabilisée et plus tout à fait elle-même. Et il avait profité de sa faiblesse de la manière la plus basse possible. Il avait pris d'assaut son corps, ses sens, et lui avait presque fait croire que c'était son souhait le plus intime.

Elle tapota sa coiffure, priant pour qu'elle ne soit pas trop dérangée. Elle devait rejoindre les autres invités, se mêler aux conversations… Cela n'irait pas du tout si elle revenait avec l'air d'avoir été culbutée dans le foin par un ouvrier agricole.

— Je dois partir avant que quelqu'un n'arrive, à ma recherche.

— Je vous en prie, allez-y…

Il lui indiqua la porte.

Elle poussa un soupir de lassitude, combattant les vagues d'émotion contradictoires qui montaient en elle.

— Jackson, nous…

Elle inspira, glissant une main dans un gant, espérant qu'il l'isolerait des sensations qui pulsaient encore à travers son corps. Si elle pouvait écarter de son esprit le souvenir de ses caresses, peut-être que tout irait bien.

— Nous ne nous reverrons probablement plus. Pas avec la guerre et tout ce qu'elle implique. Vous le savez…

Il l'observa avec attention, son beau visage encore crispé par la colère.

— Alors, vous avez finalement retrouvé votre bon sens ? Vous allez à New York, chez les Stuart ?

— Sachez que je n'ai jamais perdu mon bon sens, rétorqua-t-elle d'un ton sec. Je voulais seulement dire que je serai occupée à arranger les affaires de mon père. Et vous avez les vôtres.

Elle haussa les épaules avant de poursuivre :

— Il y a donc peu de chances que nous nous croisions de nouveau.

Il quitta le sofa comme un lièvre sortant de son trou, tout en longues jambes et poings serrés.

— Petite sotte ! Arranger les affaires de votre père, dites-vous ? Que manigancez-vous donc ?

Cameron frémit lorsqu'il s'approcha, se penchant sur elle.

— Ça ne vous regarde pas, capitaine Logan.

— C'est en rapport avec vos esclaves, n'est-ce pas ?

Il jeta un coup d'œil à la porte par-dessus son épaule.

— Un projet dont votre frère ne sait rien…

Elle enfila son deuxième gant et tira dessus d'un geste irrité.

— Je n'ai aucune idée de ce que vous voulez dire. A présent, si vous voulez m'excuser…

Elle fit bouffer ses jupons.

— J'aimerais rejoindre la soirée.

Elle pivota sur ses talons et se rua vers la porte.

— Avez-vous une idée du genre de danger auquel vous pourriez vous exposer ? Si vous vous mettez dans les ennuis, il n'y aura personne pour vous en sortir, Cameron. M'entendez-vous ? cria-t-il derrière elle. Il n'y a plus papa le sénateur pour vous aider, maintenant.

— Bonsoir, capitaine.

Elle ouvrit la porte et se glissa dehors, refermant derrière elle avant de pouvoir entendre ses derniers mots.

— Bon sang ! grommela Jackson en abattant son poing sur une table en acajou marqueté.

Il frappa si fort qu'un petit plat en porcelaine posé dessus trembla et menaça de tomber par terre. Tandis qu'il le retenait de justesse, il jeta un regard noir à la porte. Sa première impulsion était de suivre Cameron et de la ramener de force. Peut-être y avait-il un moyen de la convaincre qu'il était très dangereux pour elle de rester dans le Mississippi. Il existait sûrement une façon de faire comprendre à cette petite obstinée que ce à quoi elle jouait, quoi que ce soit, n'était justement pas un jeu. Elle n'avait aucune idée des ennemis que son père s'était faits au Congrès, et comment ces ennemis n'hésiteraient pas à lui faire du mal s'ils le pouvaient.

Il poussa un nouveau juron. L'odeur de la jeune femme flottait encore dans la pièce… sur sa main… L'odeur de son désir… Il inspira profondément. Casser un plat ne le soulagerait pas. Il avait envie d'enfoncer son poing dans un mur.

Avait-il perdu la raison de se soucier autant d'elle ? Ce n'était pas le genre de bagage à transporter avec soi pour entrer dans une guerre. En quoi Cameron Campbell le concernait-elle, au fond ? Elle n'était rien que la fille d'un vieil ami. Un vieil ami *mort*. Elle était une femme voluptueuse et désirable, certes, mais aussi commune dans le Mississippi qu'une partie de poker.

— Menteur ! s'accusa-t-il lui-même en bougonnant. Une femme comme Cameron Campbell, il n'en existe qu'une, Dieu merci.

Il alla au bureau et se servit un verre de cognac. Tandis qu'il versait l'alcool, son esprit dériva malgré lui vers le sénateur. Un étrange sentiment de nostalgie — quelque chose qui lui arrivait rarement — s'empara de lui. Son vieil ami lui manquait plus qu'il ne l'aurait cru possible. Il avait compté sur le fait que David Campbell serait toujours là. Au fil des années, ils s'étaient croisés régulièrement, tous les deux. Ils s'étaient mutuellement fait des faveurs, mais il y avait entre eux un lien plus profond que celui unissant deux hommes qui pouvaient se rendre service l'un l'autre. Simplement, il n'était pas certain de bien cerner la nature de ce lien.

Il sirota le cognac en essayant de rassembler ses émotions

pour les mettre de côté. Sapristi, il se ramollissait! Et ce n'était vraiment pas le moment, dans sa situation. Il avait une mission à remplir, et se laisser aller à des regrets ne serait rien d'autre qu'un désavantage pour lui. Une faiblesse susceptible de le rendre vulnérable. Il n'avait pas le temps de s'inquiéter de miss Cameron Campbell et de ses esclaves. Il n'avait pas le temps de penser à sa bouche suave et à la façon dont elle le rendait fou de désir chaque fois qu'il la voyait. Son pays venait de plonger dans la guerre et il avait une tâche à accomplir. Quand il avait quitté Washington un mois plus tôt, ses instructions étaient des plus claires. Et se laisser séduire par des femmes aux lèvres de miel, faire des faveurs à de vieux amis disparus n'en faisaient pas partie.

Il reposa le cognac non terminé ; il n'en avait plus envie. Il jeta de nouveau un coup d'œil à la porte. Où était allée Cameron ? Pourquoi s'était-elle soudain montrée si pressée de le quitter, alors qu'elle avait d'abord paru si encline à venir dans ses bras ?

Y avait-il un autre homme ? Quelqu'un la faisait-il rêver ? Dans des époques aussi troublées que celle qu'ils s'apprêtaient à vivre, une femme avait besoin d'un protecteur. Etre célibataire, sans un père ou un parent masculin pour se préoccuper d'elle — il pensa à Grant avec dégoût — pouvait s'avérer dangereux pour elle. Il lui aurait fallu un homme dans sa vie. Un homme pour veiller sur elle, l'épauler…

La pensée qu'il pourrait être cet homme lui traversa l'esprit, mais il l'écarta bien vite. Encore une fois, il avait une tâche à accomplir. Il ne pouvait se charger d'une épouse. Il eut un petit rire de dérision. Une épouse ? Qu'est-ce qui lui faisait penser que Cameron pourrait être sa femme, même dans d'autres circonstances ? Elle le détestait pour s'être joué d'elle et de sa naïveté, l'été de ses dix-sept ans. Et il méritait cette rancœur.

Il s'assit sur le bras du canapé et passa une main dans ses cheveux pour les lisser. Il devait reprendre ses esprits et sortir sous la véranda où le soldat l'attendait avec le message de Smitty.

Oui, un homme était ce qu'il fallait à Cameron, ne pouvait-il cependant s'empêcher de penser. Sans le moindre doute.

Mais pourquoi l'imaginer avec quelqu'un d'autre que lui-même lui brûlait-il le ventre de cette façon ?

Cameron serrait son verre de punch dans ses mains tremblantes, observant les danseurs tourner en rond sur un quadrille de Virginie. Tout le monde était là depuis assez longtemps pour se détendre, pour boire peut-être un peu plus qu'ils ne l'auraient dû, et l'atmosphère était gaie. Les femmes riaient, badinaient ouvertement en frappant les hommes de leur éventail fermé. Il y avait des hommes à favoris et des garçons trop jeunes pour se raser qui se pavanaient dans des uniformes neufs de confédérés, gonflant la poitrine comme des coqs.

Cameron soupira. Elle était fatiguée et troublée ; elle avait envie de rentrer, mais James ne l'avait pas encore contactée. Elle observait les hommes inconnus qui passaient devant elle en dansant et se demandait si l'un d'eux était son informateur.

Tandis que le quadrille s'achevait et qu'un autre commençait, elle alla dans le cabinet de travail pour remplir son verre. Ce n'était pas tant qu'elle avait soif, mais elle avait besoin de s'occuper pour s'empêcher de penser à Jackson. Comment avait-elle pu le laisser l'attirer dans cette pièce sombre ? Comment avait-elle pu le laisser l'embrasser de nouveau ? Et pas seulement l'embrasser…

Elle avait terriblement honte de sa conduite licencieuse et était sûre qu'elle allait brûler en enfer pour ses pensées impures.

Dire que Jackson avait été si près toutes ces semaines et qu'il n'était pas venu la voir ! Pas une seule fois, il n'avait fait le détour par Elmwood pour savoir comment elle allait ou comment le domaine se portait depuis que son père avait disparu. Il était probablement trop occupé à prendre des dispositions pour transporter illégalement des marchandises ! Certaines choses devenaient déjà difficiles à obtenir, des articles simples comme du tissu, des verres et, bien sûr, des munitions. Bientôt, la seule façon pour le Sud de se procurer ces biens serait de traiter avec des vauriens qui forçaient le blocus, comme le capitaine Logan. Eh bien, elle mourrait de faim avant de lui acheter quoi que ce soit, ou à n'importe quel homme de son acabit !

— Miss Campbell ?

Elle se tourna, surprise, en entendant une douce voix masculine murmurer son nom. Personne ne s'était approché de la table à punch. Il n'y avait personne dans la pièce, en vérité, à part un vieil homme noir en veste blanche qui ajoutait de la glace dans le punch.

Elle le fixa un instant, se demandant si c'était lui qui l'avait appelée. Il se tenait les yeux baissés, comme la plupart des domestiques, mais ses lèvres remuaient. Elle dut écouter avec attention pour comprendre ce qu'il disait.

— Vous êtes miss Campbell, n'est-ce pas ?

Elle hocha la tête.

— S'il vous plaît, détournez-vous, missy. Les gens

comme vous ne sont pas censés parler à des gens comme moi. Quelqu'un pourrait avoir des soupçons.

Cameron se détourna aussitôt, portant son verre à ses lèvres en feignant de boire.

— J'écoute…

— J'ai cru comprendre que vous avez besoin de noms, d'endroits.

— C'est juste.

Il rit doucement.

— Ma mère disait toujours qu'il n'y avait pas de bon Blanc à part un Blanc mort, mais j'ai toujours affirmé qu'elle avait tort.

Il gloussa de nouveau.

— Je pense que je peux vous aider, ma petite dame. Le vieux Jamie a les informations qui vous intéressent.

— Naomi !

Naomi se tourna dans l'obscurité ; un soulagement poignant s'empara d'elle quand elle reconnut la voix familière.

Son homme, torse nu, la peau aussi noire que la nuit, sortit dans un rai de clair de lune de derrière un cyprès aux branches pendantes et lui ouvrit les bras.

— Manu !

Elle courut pieds nus dans l'herbe et les feuilles du marécage et se jeta à son cou. Manu l'attrapa dans ses bras aussi massifs que des cuisses de taureau et la serra sur sa poitrine.

— Par le brouillard de Krobo ! Je pensais que les chiens t'avaient attrapé.

Elle couvrit de baisers son visage moite de sueur.

— J'ai attendu la moitié de la nuit !

— Pardon. Pardon, mon sucre…

Il pressa sa bouche chaude sur le pouls de sa gorge, puis caressa sa lèvre inférieure de sa langue.

Naomi rejeta la tête en arrière et laissa la chaleur de son baiser effacer le froid souvenir de la bouche du maître sur sa peau.

— A quelle vitesse peut courir un garçon, tu crois ? demanda Manu en la faisant doucement redescendre jusqu'à ce que ses pieds nus touchent l'humus moelleux, la tenant toujours étroitement contre lui. Tu sais pourtant qu'il y a bien sept milles le long de la rivière pour aller d'Atkin's Way à Elmwood.

Naomi prit son énorme main dans la sienne et le conduisit jusqu'à la couverture en laine trouée qu'elle avait étendue pour eux sous les branches du cyprès. Cet arbre était devenu son refuge hors de la maison depuis qu'elle avait rencontré Manu plus d'un an auparavant.

Manu était son amour. Son seul et véritable amour. Ils l'avaient su tous les deux le jour où ils avaient posé les yeux l'un sur l'autre pour la première fois, dans l'écurie d'Elmwood. Manu avait été envoyé chercher le chariot de son maître et Naomi s'était trouvée là par hasard. Depuis lors, ils se rencontraient à cet endroit secret plusieurs nuits par semaine.

Si Naomi était prise à vagabonder dans le noir, elle savait qu'elle serait fouettée par Maître Grant lui-même pour traîner trop loin de la maison. Mais si Manu était pris à quitter Atkin's Way, son maître ne serait pas aussi clément. Il serait roué de coups, peut-être vendu s'il avait de la chance. Et si son maître décidait de faire un exemple de lui, il serait fouetté à mort devant tous les esclaves de la plantation.

Plus d'une fois, Naomi avait suggéré à Manu de ne plus venir, ou au moins de ne pas venir aussi souvent, mais il refusait. Sans le « cœur de sa vie », disait-il, il n'avait aucune raison de continuer à vivre. Naomi avait peur pour lui, mais elle était si heureuse de l'avoir, surtout maintenant que le vieux maître était parti.

Maître Grant était un crapaud révoltant et plus d'une fois elle avait été tentée de jeter un sort à son sexe malingre pour qu'il ne puisse plus la solliciter. La seule raison pour laquelle elle ne le faisait pas, c'était parce qu'elle savait que tant qu'elle le contentait, elle avait du pouvoir sur lui. Et c'était ce pouvoir qui pouvait lui obtenir des choses comme des remèdes et des habits dont son peuple avait besoin.

Naomi avait connu cet aspect de la vie d'une esclave plus jeune que beaucoup d'autres. Elle n'avait pas encore douze ans de cueillette du coton quand elle avait croisé Maître Grant dans la grange à maïs, mais elle avait vite appris. Et maintenant, avec la guerre et la vie de tant de ses frères incertaine, il était encore plus important qu'elle garde une bonne emprise sur le nouveau propriétaire d'Elmwood. Une bonne emprise sur son pitoyable sexe, en fait…

Manu la poussa sur la couverture et elle rit, lançant ses bras vers lui.

— Tu as attendu longtemps ? demanda-t-il.

— Des heures. Le Maît'et miss Cameron sont partis pour la soirée. J'ai fini mes corvées de bonne heure et j'suis venue tout de suite.

— Maît'Grant, grommela-t-il en lui taquinant l'oreille. Je pourrais arracher le cœur de cet homme de mes mains nues !

— Manu…

Il serra un poing puissant.

— Tu sais que je le pourrais.

Elle effleura sa mâchoire de la main.

— Je sais… Je sais…, murmura-t-elle d'un ton apaisant. Mais te tracasse pas à propos de Maît'Grant. Je le tiens enroulé autour de mon petit doigt.

— Enroulé autour de tes nichons, tu veux dire.

Naomi laissa retomber sa main et fixa Manu, un dais d'étoiles scintillantes au-dessus d'eux. Malgré elle, ses yeux s'emplirent de larmes.

— Tu sais que tu me fais du mal quand tu dis des choses pareilles. Ça me fait mal là, beaucoup.

Elle pressa sa main au-dessus de son sein gauche, là où son cœur battait pour lui.

— Pardon. Pardon.

Manu l'enveloppa de ses bras forts et la serra contre lui.

— Mais ça me rend fou de penser à ce salopard de Blanc touchant mes doux rêves !

Il la souleva dans ses bras comme si elle était un bébé et elle posa la tête sur son torse nu. Il sentait si bon, pour elle. Il sentait la sueur, la riche terre du Mississippi, la nuit tranquille et l'espoir. Manu était son espoir.

Elle passa la main sur sa peau noire et lisse, s'attarda sur un mamelon.

— C'est pas la peine de revenir tout le temps là-dessus, Manu, et tu le sais. J'fais ce que j'ai à faire. J'ai été franche avec toi sur ce diable blanc et ses invités la première fois qu'on s'est retrouvés sous cet arbre.

— Je sais.

Il posa un baiser sur son front.

— En plus, maintenant plus que jamais j'ai besoin

de l'occuper. *On* a besoin de l'occuper. Il faut que je le garde satisfait pour qu'il remarque pas ce que miss Cameron essaye de faire.

Manu lissa ses cheveux rêches et sombres, qu'elle portait tirés en arrière en un chignon serré sur sa nuque.

— Toute cette affaire, ça inquiète Manu, tu sais, dit-il. Tu es sûre qu'on peut lui faire confiance ? Elle a un nez si hautain, et ses cheveux, ils sont pas de la couleur que des cheveux devraient être.

Elle lui sourit, s'abreuvant à l'amour qui brillait pour elle dans ses yeux. Elle voulait avoir un bébé de Manu un jour, tellement elle était sûre de leur amour. Pas maintenant, bien sûr. Maintenant, elle faisait bien attention à ne pas tomber enceinte grâce à ses potions. Mais le jour viendrait où ils partiraient du Sud main dans la main, vers un pays neuf où les Noirs seraient libres d'aimer et de vivre où ils voulaient, comme ils voulaient. C'étaient de bons Blancs comme miss Cameron qui allaient les aider, Manu et elle, à voir ce rêve réalisé.

— J'te l'ai déjà dit, lui assura-t-elle en passant la main sur son torse nu puis plus bas, sur les muscles de son estomac. Que ses manières hautaines te plaisent ou non, elle a toujours été honnête avec moi. Je la crois quand elle dit qu'elle va nous libérer d'une manière ou d'une autre, quoi qu'en dise Maît'Petite Bite.

Elle glissa les doigts dans la ceinture de son pantalon déchiré.

Il secoua la tête.

— Je m'inquiète juste qu'on ait donné le nom de James. Si elle le dit à quelqu'un à qui faudrait pas le dire ?

— Elle le fera pas. De tous les Blancs que je connais, c'est une des plus intelligentes.

Elle avança sa main plus bas, sur son érection massive, preuve de son amour pour elle. C'était à ça qu'elle pensait quand Maît'Grant grognait sur elle.

— Elle a bon cœur, aussi. Tu sais que Naomi peut voir tout droit dans le cœur de quelqu'un. Voir sa couleur…

Manu pressa ses lèvres sur les siennes tandis qu'il défaisait le bouton de son pantalon et en jaillissait, chaud et dur pour elle.

— Tais-toi, parle pas de ces histoires. Tu sais que ça fait peur à Manu.

— Ah…, murmura-t-elle.

Elle arracha le pantalon et le jeta dans les buissons. Puis elle fit rouler Manu sur le dos et enfourcha ses hanches.

Elle sentit la longueur et la largeur de son sexe contre ses boucles humides. Lentement, pour le tenter, elle fit passer sa robe en toile de sac par-dessus sa tête, afin de révéler sa nudité.

— Y'a rien qui fait peur à mon homme, dit-elle fièrement, tout en le caressant.

Il tendit la main pour presser doucement un de ses seins pleins.

— Rien sauf toi, dit-il en riant et en portant son sein à sa bouche. Maintenant, viens ici et donne à Manu un peu de ce suc'…

Chapitre 14

— Te voilà, Taye… Tu ne te cachais pas de moi, j'espère…

Taye se crispa intérieurement en voyant Grant boitiller vers elle. Elle refusait de lui montrer combien elle avait peur de lui, ou combien elle le méprisait. Elle fit un pas de côté et examina le bout de ses pantoufles qui sortait de sous sa robe jaune pâle, espérant qu'il ne fasse que passer.

Mais Grant s'arrêta juste devant elle. Elle pressa son dos contre le mur, ne relevant pas ses cils sombres afin d'éviter de croiser son regard.

— Quoi ? dit-il doucement, du même ton qu'il utilisait jadis quand il tourmentait de petits animaux avec un bâton. Rien à dire ce matin, chère Taye ?

Elle leva enfin les yeux, et répondit du bout des lèvres :

— Vous devez m'excuser. J'ai des corvées à faire. Ma mère ne se sent pas bien.

Il fronça les sourcils et posa la main sur le mur à côté de sa tête, l'empêchant de s'échapper.

— Il paraît qu'elle ne s'est pas levée depuis des jours. Elle a une sorte de fièvre ?

Taye secoua la tête. Les yeux noisette de Grant étaient aussi froids que ceux d'un serpent. Non, pas d'un serpent, un serpent était une créature vivante. Les yeux de Grant étaient aussi durs et sans vie que du verre.

— Elle… je pense qu'elle a travaillé trop dur. Elle se fatigue facilement.

— Si elle ne peut plus travailler, je ne la garderai pas sur cette plantation. Mon père était trop indulgent avec ses nègres. Il acceptait n'importe quelle excuse pour une journée manquée.

Taye sentit ses lèvres se mettre à trembler. Elle savait qu'elle devait se taire. C'était toujours le moyen le plus rapide de se débarrasser de Grant, mais pour une fois elle ne put se mordre la langue.

— Vous oubliez, monsieur, que ma mère est une femme affranchie! Elle travaillait pour le sénateur comme gouvernante, en échange de gages.

— « Travaillait » pour le sénateur, vraiment? A plat sur le dos, peut-être!

Sans réfléchir aux conséquences de son acte, Taye lui administra une puissante gifle.

Grant poussa un cri de surprise, puis la souffleta en retour. Le coup fut douloureux, mais pas autant que sa remarque sur sa mère.

— Par tous les diables, pour qui te prends-tu?

Il la saisit par les épaules et la secoua violemment.

— Qui commande ici?

Des larmes emplirent les yeux bleu clair de Taye.

— Vous, monsieur.

— Exact. C'est moi. Je suis le maître d'Elmwood. Tu pourrais être fouettée pour ce que tu viens de faire! Bon sang, j'ai vu des gens de ta race pendus pour une offense moins grave.

Il relâcha son emprise, mais ne la laissa pas repartir.

Taye tourna la tête de côté et pria que Cameron arrive. Ou n'importe qui d'autre, même Naomi — quelqu'un pour détendre la situation. Elle ne parla pas de crainte de ce qu'elle pourrait dire. En cet instant, elle haïssait Grant Campbell plus qu'elle n'avait jamais haï quelqu'un dans sa vie. Une rage à vif partait de son ventre vers ses membres, la rendant engourdie, aveugle.

Il poussa son visage vers le sien.

— Regarde-moi quand je te parle! Les choses vont changer ici, tu m'entends?

Taye tourna lentement la tête pour fixer ses yeux de reptile et acquiesça d'un hochement.

— A présent, nous ferons les choses à *ma* façon.

Il ôta ses mains de ses épaules et les posa rudement sur sa poitrine.

— Et tu sais parfaitement ce que je veux, alors ne fais pas l'innocente.

Il lui pinça cruellement un sein et elle poussa un petit cri de douleur autant que de stupéfaction.

De son autre main, il lui couvrit la bouche et le nez. Les yeux de Taye s'élargirent de frayeur tandis qu'il la privait d'air. Elle cessa immédiatement de se débattre.

— Chut..., chuchota-t-il. C'est bon... Je ne vais pas te faire mal.

Il ajusta sa main pour qu'elle puisse respirer et jeta un coup d'œil des deux côtés du couloir pour s'assurer qu'il était vide.

— Ce n'est pas la peine d'appeler les troupes, hein? Pas la peine d'appeler ma peste de sœur à ton secours.

Il approcha encore son visage du sien; ses traits étaient tordus d'une colère aveugle et il y avait dans ses yeux quelque chose de non-humain. Des larmes roulèrent sur les joues de Taye tandis qu'elle se demandait pour quelle raison il la détestait ainsi. Elle ne lui avait jamais rien fait.

— C'est ce qu'elle fait toujours, n'est-ce pas ? Ce qu'elle a toujours fait.

— Je ne sais pas ce que vous voulez dire.

Taye parvint à inspirer sous sa main.

— Tu ne sais pas ce que je veux dire ?

De nouveau, il regarda des deux côtés du couloir.

— Tu te souviens sûrement de ce jour au moulin ?

Elle secoua la tête, luttant contre ses larmes mais incapable de les retenir. Seigneur, où était Cameron ? Où étaient-ils, tous ?

— Eh bien, laisse-moi te rafraîchir la mémoire…

Avant que Taye ne puisse s'échapper, il l'attrapa par la taille et la traîna le long du couloir. Il vint à l'esprit de la jeune fille que si elle hurlait quelqu'un viendrait sûrement, mais avant qu'elle puisse rassembler son courage pour le faire, il pressa ses lèvres sur son oreille.

— Tu fais un bruit et tu le regretteras ! Je t'humilierai devant tout le monde.

Traînant sa mauvaise jambe, Grant la tira sans ménagement. Elle était si menue que sa boiterie en semblait à peine affectée.

Une fois dans le cabinet de travail de feu le sénateur, il referma la porte derrière eux sans la lâcher, puis il la souleva et l'assit rudement dans un fauteuil.

— Tu ne te rappelles pas ce jour au moulin ?

Elle secoua de nouveau la tête. Elle se rappelait un incident qui s'était produit quand elle avait environ huit ans, mais très vaguement, comme si c'était arrivé à quelqu'un d'autre. Elle était tombée dans le bief et ne savait pas nager. Mais elle n'était même pas certaine qu'il fasse allusion à cet épisode.

— Alors laisse-moi te le rappeler… C'était un après-midi ensoleillé de juillet. Il faisait très chaud. Tu te souviens de ces journées-là, quand nous étions enfants ? Les mouches bourdonnant et l'air si lourd de l'odeur de végétation pourrie de la rivière qu'il en paraissait épais…

Taye ferma les yeux. Malgré elle, des souvenirs d'enfance lui traversèrent l'esprit.

— Ma sœur et moi marchions le long de la route qui mène au moulin où Elmwood fait moudre sa farine. Nous allions patauger au bord de l'eau. Lancer des pierres. La maison du cher sénateur Campbell était en effervescence à cause de la préparation d'un de ses fameux bals. Il se passerait des heures avant qu'on remarque notre absence et qu'on nous ramène au bercail.

Il la dominait, son regard devenant lointain.

— Comme d'habitude, la petite *dame de compagnie* nègre de ma sœur était sur nos talons. Cameron refusait de la laisser derrière, lui permettant de la suivre partout où elle allait, comme un petit chien.

Pour Taye, les mots de Grant furent comme une autre gifle. Elle fit un geste pour se lever du fauteuil. Elle ne resterait pas assise là à se laisser insulter ! Mais il la prit par les épaules et la repoussa si fort que l'arrière de sa tête heurta le dossier et que ses dents claquèrent.

— Tu vas m'écouter jusqu'au bout !

Taye le fixa, ne pouvant faire autre chose que de hocher la tête et prier pour que Cameron ait besoin d'elle et se mette à sa recherche.

— Comme je le disais, reprit Grant, plus calme, la

petite Taye nous suivait et avait du mal à rester à notre hauteur, avec ses petites jambes.

Assez curieusement, il sourit à ce souvenir.

— Si menue, si jolie avec sa peau chocolat au lait, ses étonnants yeux bleu pâle et sa petite bouche en bouton de rose…

Elle avait toujours senti que Grant éprouvait un désir malsain pour elle, mais là, c'était trop dur à supporter. Son estomac se souleva.

— J'avais quatorze ans et je commençais à me sentir un homme. Mon père m'avait donné des tâches à la plantation, avait placé sa confiance en moi. Mais ce jour-là était un des jours où j'étais encore un enfant.

— Cam, Cam, attendez-moi ! cria la petite Taye, courant pieds nus au milieu de la route en terre battue.

Cameron regarda par-dessus son épaule et ralentit son allure.

— Allez, viens, Taye…

Elle agita la main.

— Nous t'attendons.

— Je ne sais pas pourquoi tu ne laisses pas cette petite négresse dans sa chambre quand tu sors, se plaignit Grant. Tu vois bien qu'elle nous ennuie !

Cameron s'arrêta, rejeta en arrière sa chevelure rousse emmêlée, mit une main sur sa hanche et répondit sèchement :

— Si tu es si pressé, vas-y sans nous !

Grant s'arrêta à son tour et donna un bon coup de pied dans une pierre. Il la regarda fendre l'air et frapper un arbre dans un bruit mat avec satisfaction.

— Tu as dit qu'on allait faire un concours. Que tu me défierais aux ricochets.

— Je ne sais pas pourquoi tu y tiens tant. Je suis meilleure que toi, de toute façon, répondit Cameron.

— Non.

— Si.

Il la poussa un peu.

— Non !

— Tu ferais mieux d'arrêter, reprit Cameron en lui jetant un regard mauvais. Sinon Taye et moi rentrerons à la maison et tu devras jouer tout seul.

Grant se rembrunit et se remit en route, souhaitant que sa mère ait donné naissance à un garçon au lieu d'une fille avant de mourir en mettant au monde un autre bébé mort. Il avait toujours voulu un frère. Un petit frère aurait été son meilleur ami. Un petit frère aurait été gentil avec lui. Un petit frère l'aurait admiré et respecté. Mais *elle*... *Elle*, elle pensait toujours qu'elle valait mieux que lui. Elle courait toujours se plaindre à leur père quand Grant coupait les liens de son tablier ou cachait son encrier lorsqu'elle était censée faire ses lignes d'écriture.

— Dans ce cas, dit Grant d'un ton coupant, on se retrouve au moulin. Tu as intérêt à te dépêcher !

Puis il partit devant, laissant sa sœur attendre la petite mulâtresse. Quelques minutes plus tard, alors qu'il était assis sur le pont au-dessus du bief, Taye le rejoignit et s'assit à côté de lui.

Grant regarda ses petites jambes brunes qui pendaient au-dessus de l'eau, entraînée par la roue à aubes du moulin.

— Où est Cam ? demanda-t-il sans tourner les yeux vers elle.

Un homme blanc ne regardait pas un nègre en face. Ce n'était pas la peine.

— Elle est allée faire pipi dans les bois, répondit Taye de sa jolie voix chantante.

Il détestait la petite fille. Il détestait la façon dont Cameron s'occupait d'elle sans arrêt et le fait qu'on lui permettait d'aller et venir dans la maison comme si elle était l'une des enfants du sénateur et non juste la fille de sa catin de négresse.

Mais secrètement, elle lui plaisait aussi. Il aimait la couleur de sa peau, comme le café du matin de son père, avec juste un peu de crème. Il aimait le son de sa voix, liquide et douce. Et il aimait ses yeux bleu pâle. Des yeux d'une couleur inhabituelle chez une négresse, mais il les aimait quand même.

Parfois, quand il n'y avait personne, il l'observait longuement. Il regardait ses jolies lèvres et se demandait ce que ce serait de les embrasser. Ce que ce serait de mettre sa langue dans sa bouche. Il avait déjà fait ça avec des filles. Une fois avec Anne Cally à un bal de printemps. Deux ou trois fois avec de jeunes esclaves, quand il pouvait les attraper dans une grange et les plaquer par terre…

Il lui jeta un coup d'œil furtif et posa une main prudente sur son genou.

Taye lui donna une tape sur la main et la chassa de son genou.

— Lâchez-moi !

Il remit sa main en place, d'un geste possessif. Il était le fils du maître après tout ! Il pouvait faire ce qu'il voulait et personne sauf son père ne pouvait l'en empêcher.

Taye agita ses petites jambes au-dessus de l'eau.

— Arrêtez ! ordonna-t-elle en avançant sa jolie lèvre

rose. Sinon je le dirai à Cameron et elle vous donnera un coup de poing dans le nez!

— « Je le dirai à Cameron », se moqua Grant, mais il n'ôta pas sa main de son genou.

Sa peau était chaude et elle sentait les fleurs dans la prairie près de l'écurie.

Il regarda par-dessus son épaule. Il n'y avait personne en vue. Il entendait les voix des nègres qui travaillaient au moulin, mais ils semblaient loin. Cameron devait encore être dans les bois. Il croisa le regard bleu de Taye et le soutint tandis qu'il faisait remonter sa main le long de sa jambe. Il était curieux de savoir si elle serait effrayée ou si elle aimerait ça.

— Arrêtez, répéta Taye en attrapant sa main et en essayant de l'enlever. Arrêtez, Grant. Je vais le dire!

Il remonta encore sa main et la glissa sous l'ourlet de sa robe à fleurs qui était si jolie sur elle.

Il n'aurait su dire ce qui se passa ensuite. Taye était assise à côté de lui sur le pont; elle leva les deux bras pour le frapper et il sentit son petit poing heurter son menton. Puis soudain, elle bascula. Il cria, se tendant en avant pour la rattraper, mais ne put l'atteindre assez vite.

Taye hurla et Grant entendit un autre hurlement. Le sien?

Il lui sembla que la petite fille mettait un temps infini à toucher l'eau, puis il entendit le bruit de son plongeon.

Il bondit sur ses pieds, agitant les bras. Il ne savait que faire. Taye devait être à quatre ou cinq mètres au-dessous de lui. Elle se débattait en criant. Elle ne savait pas nager — la plupart des nègres ne savaient pas. Il la regardait disparaître sous l'eau, puis reparaître. Il ne pouvait pas sauter, c'était trop haut. Il se ferait mal. Il regarda autour de lui, mais ne vit personne. Où étaient les esclaves du moulin ? Devait-il appeler à l'aide ? Est-ce que quelqu'un pourrait arriver à temps ?

On le blâmerait, c'était certain. On dirait que c'était sa faute si elle s'était noyée.

Des larmes l'aveuglaient tandis qu'il partait en courant sur la route de la maison. Il ne pouvait supporter d'entendre crier Taye. Il voulait rentrer. Rentrer et se cacher au fond de son lit.

Puis il entendit quelqu'un qui courait. Il leva les yeux ; sa sœur se précipitait vers lui.

— Que s'est-il passé ? hurla-t-elle.

Sans rien dire, il pointa le doigt, si terrifié qu'il crut qu'il allait uriner dans son pantalon. Il n'avait pas voulu la faire tomber du pont. Il avait juste voulu la toucher. L'aimer.

— Taye ? hurla Cameron. Où est Taye ?

Tout ce qu'il put faire fut de hocher la tête.

Cameron le dépassa et courut sur le pont à l'endroit où la petite fille était tombée. Grant la vit sauter dans l'eau sans une hésitation. Quand elle disparut à sa vue, il se demanda si elle risquait de se rompre le cou dans sa chute.

Il l'entendit appeler, puis, grâce à Dieu, perçut la voix sanglotante de la petite fille noire qu'il aimait tant. Qu'il détestait tant.

Le temps qu'il s'oblige à faire demi-tour et à retourner au pont, Cameron l'avait repêchée. Elle la tirait sur la berge herbeuse.

— Qu'est-ce qui se passe ici ?

L'un des esclaves qui travaillaient au moulin sortit

de nulle part et Grant se retrouva soudain entouré de visages noirs.

— Qu'est-ce que vous fabriquez, les jeunes ?

— On dirait que la fille de Sukey est tombée dans le bief, dit un autre, mais ça a l'air d'aller.

Grant avait l'impression que le monde tournait autour de lui. Tout ce qu'il voulait était partir en courant.

— Qu'est-ce qui ne va pas chez toi, Grant ? lui cria Cameron en remontant sur la route avec Taye dans les bras. Tu allais la laisser se noyer ?

Certains des nègres le laissèrent passer tandis qu'il se dirigeait vers les filles. D'autres restèrent là, à le fixer. Aucun d'eux ne fit de commentaire ; aucun ne l'accusa de quoi que ce soit, en réalité. Ils n'auraient pas osé, il était le fils du maître. Mais ils n'avaient pas besoin de parler. Grant savait ce qu'ils pensaient. Leurs yeux noirs le condamnaient.

Un bruit de sabots résonna sur la route à ce moment-là et Grant leva les yeux pour voir son père qui arrivait à cheval tel un dieu romain aux cheveux sombres qui surgissait des nuages.

— Que se passe-t-il ici ? demanda le sénateur en démontant.

Il était impeccablement vêtu, comme toujours, de culottes bleu clair et d'une redingote assortie.

— La fille de Sukey est tombée du pont, Maît', répondit l'un des esclaves. Mais elle a l'air d'aller bien.

— Oui, lança Cameron. Mais pas grâce à Grant !

Elle laissa aux soins d'une esclave Taye qui pleurait doucement et alla se planter devant son frère. Et là, devant leur père, elle le poussa.

— Je t'ai posé une question, espèce de vermisseau ! Qu'allais-tu faire ? La laisser se noyer ?

Grant la poussa à son tour.

— Comment oses-tu poser la main sur ta sœur ? explosa le sénateur.

Il vint se placer entre eux.

— Et toi, missy, garde tes mains pour toi, dit-il à Cameron. Je ne veux pas de violence dans ma famille !

Il se tourna de nouveau vers son fils. Il était encore bien plus grand que lui, même si Grant avait beaucoup grandi cette année-là. Un géant.

— Eh bien ? demanda leur père.

— Dis-lui ! cria Cameron. Vas-y, dis-lui ce que tu as fait quand Taye est tombée du pont !

Grant se sentait malade. Il ne pouvait parler. Les nègres s'étaient rapprochés d'eux, et ils écoutaient, en murmurant.

— Eh bien, je vais vous le dire, continua Cameron. Rien. Il n'a rien fait ! Il l'aurait laissée se noyer.

Grant sentit les yeux de son père le transpercer. Il n'avait jamais eu aussi honte, n'avait jamais été aussi mortifié de sa vie.

— Est-ce que j'ai bien compris, Grant ? Tu n'as pas essayé de sauver Taye ? demanda le sénateur d'une voix mortellement douce.

— Missy Cameron a sauté après la petite, dit l'un des esclaves, le plus téméraire.

— Grant ? reprit le sénateur. Je t'ai posé une question.

Grant ne put le regarder en face. Il ne put lui répondre.

— Tu l'aurais laissée se noyer alors que tu sais nager ? fit David Campbell avec un dégoût manifeste.

— Elle… elle est tombée du pont, bredouilla Grant.

Ce n'était pas qu'il *voulait* que quelque chose arrive à Taye. Il l'aimait !

— C'était... c'était loin en bas.

— Ainsi mon fils est un lâche...

— Papa..., dit Grant dans un sanglot, en s'efforçant de ne pas pleurer.

Aux yeux de son père, aux yeux d'un vrai gentleman du Sud, il n'y avait pas de plus grand crime que la lâcheté.

— Est-ce bien ce que je dois comprendre, fils ?

Tous ces visages noirs qui le fixaient. Qui le traitaient de lâche, eux aussi, même sans prononcer un mot. Le monde sembla tourner autour de lui tandis que la voix de son père résonnait dans sa tête. Il n'était pas un lâche ! Il n'était simplement pas un idiot comme sa sœur ! Elle avait risqué sa vie pour sauver cette petite négrillonne.

— Disparais de ma vue ! lâcha alors le sénateur. Tu n'es pas digne d'être un Campbell !

Puis il se détourna. Il se détourna de lui. Mais il tendit le bras, souleva Taye et la hissa sur son cheval. Après quoi il prit Cameron par la main et s'en alla, tenant le cheval par la bride.

— Je ne suis pas un lâche ! hurla Grant tout près du visage de Taye, dix ans plus tard. Et je vais te le prouver. Je vais vous le prouver à tous !

— Taye m'a dit que tu voulais me voir...

Grant avait l'air d'avoir bu. Son visage était rouge vif et gonflé. Il avait ôté sa veste et défait son écharpe. Taye lui avait semblé perturbée quand elle était venue la trouver à l'écurie alors qu'elle revenait d'une chevauchée sur Roxy.

Cameron lui avait demandé ce qui n'allait pas, mais la jeune fille n'avait pas voulu lui répondre. Elle avait juste dit que Grant voulait la voir et qu'elle-même la verrait le lendemain matin, si elle était d'accord. Elle allait passer la nuit avec sa mère dans le quartier des esclaves.

— C'est juste, je voulais te voir. Te parler.

Il alla à la fenêtre et l'ouvrit, si bien que Cameron put apercevoir les champs au-delà de la maison.

— Il est temps que je mette mon deuil de côté et que je prenne mes responsabilités.

Cameron ne savait pas si boire et coucher avec des femmes nuit et jour entrait dans ce qu'il appelait son deuil, mais elle était disposée à se montrer conciliante avec lui. Au moins il était habillé, tenait debout et essayait de penser à l'avenir d'Elmwood.

— J'aurais certainement besoin d'aide, dit-elle prudemment. Tu sais que le Président a déclaré un blocus contre les Etats du Sud. Nous ne recevrons plus d'expéditions d'aucune sorte du Nord. Pas légalement, du moins. Nous allons très bientôt être à court de denrées indispensables. Je sais que tu aimerais penser que cette guerre ne sera pas longue, mais je crains que nous ne devions nous préparer au pire.

Il hocha la tête.

— Je vois d'après la comptabilité — il désigna le registre relié de cuir ouvert sur le bureau de leur père — que tu as commencé à vendre des biens d'Elmwood…

Elle lui jeta un coup d'œil circonspect, incapable de dire s'il était fâché contre elle ou non.

— J'avais un acheteur pour les véhicules. J'ai pensé qu'il était sage de vendre pendant que je le pouvais.

— Oui, oui, tu as eu raison…

Il se tourna vers elle et leva la main.

— Si cette guerre doit durer, nous avons besoin de récolter tout l'argent liquide que nous pouvons.

Il alla à l'antique secrétaire qui avait appartenu à leur grand-mère Campbell et passa la main dessus. C'était là que leur père gardait ses papiers et ses biens les plus importants — la bible de la famille, l'acte de propriété d'Elmwood, son testament, les droits sur les esclaves de la plantation. Il y avait même un compartiment secret dans le couvercle du bureau avec lequel elle avait joué enfant.

Cameron regarda son frère prendre une liasse de documents et la feuilleter. Ces documents contenaient les noms de tous leurs esclaves. Elle se prit à espérer follement qu'il ait décidé d'honorer les souhaits de leur père et de les affranchir. Etait-ce de cela dont il voulait lui parler ?

— L'argent va devenir rare pour nous tous, les gentlemen du Sud. Sans pouvoir vendre notre coton et notre canne à sucre, il va être difficile de maintenir le train de vie auquel nous sommes habitués. Or il va m'en falloir si je veux fermer Elmwood et aller vivre à Baton Rouge.

Il referma le registre d'un coup sec.

— Mais ce n'est pas pour ça que je t'ai fait appeler. Elmwood relève de ma responsabilité, maintenant. L'argent de papa aussi. Je veux te parler de tes projets d'avenir.

Elle humecta ses lèvres sèches, s'efforçant de déchiffrer le visage de son frère.

— Mes projets d'avenir ?

— Cameron, il est temps que tu cesses d'agir à ta guise… Papa t'a bien trop gâtée, nous le savons tous les deux. Il est temps que tu te maries et que tu cesses d'être un fardeau pour le nom des Campbell.

Chapitre 15

Hébétée, Cameron regardait fixement son frère. La pièce lui parut soudain étouffante, comme si la température avait grimpé de plusieurs degrés en un instant. Elle avait le tournis, comme si elle venait de tomber d'un de ses chevaux arabes. Elle savait que c'était l'effet de la chaleur, le manque de sommeil et le fait qu'elle essayait de manger le moins possible pour s'assurer que tout le monde soit bien nourri. Elle posa la main sur le dossier du fauteuil en cuir de leur père pour se stabiliser.

— Que je me « marie »? répéta-t-elle, incrédule.

Grant plissa le front. Il avait grossi ces dernières semaines à force de boire, et les livres supplémentaires ne lui allaient pas. Avec les plis charnus qui s'étaient accentués autour de la mâchoire et sur son large front, il lui faisait penser à un cochon engraissé pour la boucherie. Oui, un cochon, prêt à être mis à la broche au-dessus de braises de noyer blanc. Tout ce qui lui manquait maintenant, c'était une pomme dans la bouche.

— Ai-je bredouillé? demanda-t-il avec une fausse sollicitude.

Il prit place au bureau comme s'il était le sien et l'avait toujours été.

— Tu m'as bien entendu. J'ai dit qu'il était temps que tu te maries.

— Tu plaisantes, j'imagine ? fit-elle en repoussant une mèche de son visage moite.

Elle était venue directement de l'écurie, après sa chevauchée, sans prendre le temps d'aller se rafraîchir.

— Est-ce que tu as perdu l'esprit ? Notre père est mort. Nous sommes sur le point de perdre nos revenus. Elmwood va souffrir terriblement de cette guerre. Le Sud, nos vies s'écroulent autour de nous et tu me parles de me marier ?

— Tu t'es sûrement avisée que tu devrais te marier un jour, persifla-t-il en posant une botte sur le bord du bureau.

Elle vit que de l'herbe sèche et du fumier collaient à la semelle. Leur père ne serait jamais entré dans la maison avec des bottes sales.

Elle se planta devant la bibliothèque et la regarda fixement, mais ne distinguait pas les volumes en cuir. La vérité, c'était qu'elle avait envisagé très sérieusement de ne *jamais* se marier. En élevant des chevaux, elle pourrait probablement gagner assez d'argent, à la longue, pour subvenir à ses besoins. Pourquoi aurait-elle besoin d'un homme ? Ils étaient tous pareils, des butors indignes de confiance comme le capitaine Logan. Mais elle savait que ce n'était pas la peine de parler de cela à Grant. Pour l'instant, il fallait juste qu'elle le raisonne.

Soudain, une idée horrifiante lui vint à l'esprit.

— Tu n'as pas offert ma main à quelqu'un, n'est-ce pas ?

Il fronça les sourcils.

— Par Dieu, non ! J'ai mieux à faire que de jouer les marieurs pour ma sœur trop gâtée !

Elle se percha sur le bord du fauteuil, incapable de retenir un soupir de soulagement. Elle se moquait bien de la manière dont son frère la traitait, à partir du moment où il ne l'avait pas promise à un quelconque officier confédéré d'un certain âge, avec une grosse moustache et une haleine aigre.

— Même si j'acceptais l'idée de me marier, ce qui n'est pas le cas, dit-elle d'un ton las, qui épouserais-je, selon toi ? On ne trouve pas un mari comme on trouve un nouveau chapeau ou une redingote.

Inexplicablement, le visage de Jackson se présenta alors à elle — ses yeux gris délurés, ses lèvres sensuelles relevées en un sourire moqueur, ses cheveux sombres et soyeux, ses larges épaules et cette grâce nonchalante, magnifique chez un homme de sa taille… Un bref éclat de rire lui échappa. Jackson Logan et elle, mariés ? Allons donc ! Ils étaient aussi mal assortis qu'un faucon et un cygne.

Grant lui jeta un coup d'œil bizarre en réponse à son rire déplacé, puis haussa les épaules.

— Honnêtement, je me fiche bien de qui tu épouseras. Mais tu as besoin d'un homme pour t'entretenir. C'est le sort des femmes. Eve, la pomme et toutes ces fadaises sur le péché originel…

Il donna une pichenette à quelque chose qui était tombé de sa botte sur le bureau. Du fumier ?

— La prochaine fois que j'irai à Jackson, je tâcherai de voir si certains fils d'amis de papa cherchent une épouse.

Cameron ne put en supporter davantage.

— Je refuse d'être vendue comme une voiture ou un cheval dont tu t'es lassé ! Ce n'est pas ce que papa aurait voulu pour moi et tu le sais.

— Tu as raison, et tout est sa faute, rétorqua-t-il. Il

t'a pourrie, te laissant galoper à travers le comté sur des chevaux aussi sauvages que toi, au lieu de t'apprendre à rester à ta place. Tu aurais dû te marier voilà deux ou trois ans déjà et tu devrais pondre des enfants, maintenant, comme les filles de ton âge.

Il plissa les lèvres avec dégoût.

— Regarde-toi ! Tu ne sais même pas t'habiller comme une femme civilisée. Tu n'es pas mieux vêtue qu'un ouvrier agricole !

Sur ce point, elle devait admettre qu'il n'avait pas tort. Elle était sortie à cheval dans une vieille paire de culottes de son frère et une chemise de toile blanche qui avait appartenu à leur père. Grant détestait qu'elle porte des vêtements d'homme, même pour monter seule ou nettoyer une stalle.

— Je ne me marierai pas ! déclara-t-elle farouchement.

Il ôta sa jambe du bureau et se leva du fauteuil, le regard froid.

— Alors tu prendras les quelques pièces que je te jetterai et tu partiras d'ici *à pied*.

Il désigna la route.

— Parce que c'est tout ce qui t'est dû. Elmwood ne pourra bientôt plus nous entretenir tous les deux, et j'en suis l'héritier. Ce que la plantation a encore à offrir est à moi.

Elle n'allait certainement pas se marier uniquement pour avoir un toit sur la tête, mais elle devait être prudente dans la manière de répondre à cette sortie ridicule. Il fallait qu'elle obtienne un peu d'argent. Les Stuart l'accueilleraient bien volontiers si besoin était, mais elle ne pouvait arriver chez eux les mains vides. Même s'ils étaient à l'aise financièrement, ils n'étaient pas très riches.

Elle ne pourrait profiter de l'hospitalité des amis de son père sans contrepartie financière, d'autant qu'elle comptait amener Sukey et Taye avec elle. Pourtant, elle n'avait pas grande envie d'aller dans le Nord. Peu lui importait que son père ait pensé qu'elle y serait plus en sécurité. Elle avait plus que jamais sa place à la plantation. Sukey et Taye devaient partir et se mettre en sûreté, mais elle, elle resterait chez elle. Grant pouvait aller à Baton Rouge si cela lui chantait ; elle resterait à Elmwood pour s'occuper de la plantation.

— J'ai mes chevaux, dit-elle doucement. Je peux les élever pour vivre.

— Non.

Cameron s'appuya de nouveau dans le fauteuil, cette fois pour se pencher vers son frère. Elle luttait contre les larmes.

— Ce sont *mes* chevaux. Papa me les a donnés !

— Ce sont les chevaux *d'Elmwood*, donc les miens maintenant, lui cria Grant, son haleine aussi aigre que son humeur. D'ailleurs, ils ont déjà été vendus. L'acheteur sera là demain matin pour emmener tous les pur-sang arabes.

Elle recula, combattant un sentiment soudain et tout-puissant de défaite. Pas ses chers chevaux arabes ! Pas Roxy ! Pourtant Grant avait raison. Légalement, il en avait le droit.

— Je ne me marierai pas pour me nourrir, soutint-elle avec obstination. Tu peux prendre mes chevaux, tu peux me renvoyer de ma maison d'enfance, mais tu ne peux pas me forcer à me marier !

Il s'adossa à son fauteuil.

— Comme tu voudras… Mais si tu veux mon avis, tu fais une grave erreur… Si tu épouses un riche voisin qui part à la guerre, tu seras probablement veuve assez vite. Cela ne te coûtera qu'un coït ou deux.

Elle ne pouvait pas croire qu'il utilise un tel langage devant elle ! Il n'aurait jamais osé s'adresser ainsi à elle du vivant de leur père.

— Et tu pourrais même amasser de bons profits si tu jouais à ce jeu plusieurs fois, continua son frère.

Elle inspira une grande goulée d'air, essayant de se calmer. Elle releva lentement les yeux vers lui.

— Je ne vendrai pas mon corps pour me remplir le ventre !

— Bien. N'en parlons plus, alors… Je suppose que tu peux prendre les bijoux que maman t'a laissés. Ils sont en grande partie faux, de toute façon. Je te donnerai un peu d'argent pour que tu te rendes chez les Stuart. Je suis sûr qu'ils te gâteront comme papa le faisait.

— Je ne veux pas me marier, et je ne veux pas aller vivre chez les Stuart.

Il soupira et se redressa.

— Ton seul autre choix est donc de vivre de ma bonne volonté. Je ne laisserai jamais ma chère sœur avoir faim, mais je peux te dire que les choses seront très différentes désormais. Sache que, si tu viens à Baton Rouge avec moi, il y aura de nouvelles règles. Ta conduite outrageuse doit être matée avant que tu ne fasses quelque chose de stupide et ne déshonores le nom de notre famille.

Cameron sentit ses joues s'échauffer ; elle se détourna en se rappelant le bal des Hitch et ce qui s'était passé dans le fumoir entre Jackson et elle. Malgré elle, elle sentit la chaleur irradier de ses joues et gagner chaque fibre de son être. Si tous deux avaient été ailleurs, en seraient-ils restés là ? Ou bien aurait-elle fait *quelque chose de stupide*, comme succomber à la tentation du moment et faire passionnément l'amour avec lui ? Elle ne pouvait se mentir et affirmer qu'elle ne l'aurait pas fait. En vérité, elle n'en savait rien. Quand elle était avec Jackson, elle devenait aussi étrangère à elle-même que son frère l'était.

— Réfléchis à ce que je te dis, Cameron, et sache qu'il va y avoir d'autres changements ici…

Grant agita les doigts dans sa direction.

— Tu es le cadet de mes soucis, si tu veux savoir la vérité.

Elle croisa le regard de son frère, subitement alarmée. Que voulait-il dire ?

— Quels autres changements comptes-tu faire ? demanda-t-elle.

— Mes affaires ne te regardent pas. Tu es congédiée.

Congédiée ? Il pensait qu'il pouvait la congédier comme l'une des domestiques ?

— Espèce de méprisable fils de…

— Je pense que ça suffira, dit alors Grant sur le ton qu'il utilisait pour les bousculer, Taye et elle, lorsqu'ils étaient enfants. Va dans ta chambre.

Le problème, c'était qu'il avait réellement l'autorité, maintenant. L'autorité sur toutes leurs vies.

Il se leva et lui indiqua la porte.

Mais au lieu de sortir, elle contourna le bureau.

— Tu ne peux pas faire ça ! cria-t-elle. Dis-moi à quelles *affaires* tu te réfères ! Papa aurait voulu que tu me consultes. Il me consultait toujours avant de prendre des décisions importantes au sujet d'Elmwood.

Grant empoigna subitement une grosse mèche de ses cheveux roux.

Malgré elle, elle cria.

— Grant ! Tu me fais mal !

Elle couvrit sa main de la sienne pour tenter d'atténuer la douleur.

— Va-t'en, ordonna-t-il en la relâchant lentement. Va-t'en avant que ça ne devienne vraiment laid. Inutile de paraître au dîner. Tu resteras dans ta chambre et tu réfléchiras à la vilaine façon dont tu m'as parlé aujourd'hui.

Cameron se détourna brusquement. Les larmes lui brûlaient les yeux et sa tête était douloureuse. Mais ce n'était pas son propre inconfort qui l'inquiétait. Si Grant pensait vraiment qu'il pouvait se débarrasser d'elle en la mariant, quoi d'autre avait-il en tête ? Elle n'avait pas le loisir de se faire du souci pour elle-même, car il y avait sur la plantation un tas de gens à qui il pouvait faire bien plus de mal qu'à elle.

Elle sortit du cabinet de travail et referma doucement la porte derrière elle. Il lui fallait parler à Naomi. La jeune femme devait absolument joindre leur contact. Il était urgent que les esclaves s'en aillent et tentent leur chance par le Chemin de Fer souterrain avant qu'il ne soit trop tard.

Naomi entra dans le cabinet de travail de Maît'David, comme elle disait toujours, un pichet à la main pour arroser les lis frais qu'elle y avait mis la veille. Miss Cameron aimait les fleurs fraîches, et elle passait tant de temps dans cette pièce depuis le décès du sénateur, à travailler sur les papiers d'Elmwood, que Naomi aimait l'idée de pouvoir la faire sourire.

Maître Grant était assis au grand bureau, comme une grenouille sur un morceau de bois, et regardait droit devant lui, le visage sans expression. Il s'était disputé avec miss Cameron. Ils étaient restés enfermés en tête à tête dans la pièce un long moment et quand miss Cameron était sortie, elle pleurait. Naomi ne pensait pas l'avoir jamais vue pleurer. Pas quand elle était petite. Pas quand son père était mort. Pas devant quiconque, du moins. Elle se dit qu'elles se ressemblaient finalement plus que ce qu'elle pensait. Elle aussi, pleurait, mais seulement quand elle était seule.

Par le passé, elle ne l'avait jamais bien aimée. Miss Cameron avait tant de choses — les robes, les chevaux… Elle était si gâtée par son père, Taye et même Sukey… Mais au cours des semaines qui avaient suivi la mort du sénateur, Naomi avait acquis pour elle un respect d'un genre nouveau. Missy s'était avérée courageuse ; elle se battait pour ce qu'elle croyait juste et notamment pour libérer le peuple noir. Pour cette raison, Naomi devait la respecter.

— Bonjour, Maît', dit-elle en prenant soin de paraître charmeuse et douce.

C'était la façon qui plaisait à Maître Grant. Toute innocence et « Oh ! S'il vous plaît, Grant, ne me faites pas ces choses-là ! » C'était le seul moment où elle avait le droit de l'appeler par son prénom. Lui, il l'appelait toujours Taye.

Il ne se donna pas la peine de la regarder et elle combattit l'envie de l'attraper par son écharpe amidonnée pour le forcer à le faire.

— Que fais-tu ? demanda-t-il d'un ton coupant. J'attends bientôt mon dîner. Tu n'as pas de besogne dans la cuisine ?

— J'suis pas une fille de cuisine. J'sers le maît'et sa maison.

Elle passa derrière le bureau pour arroser les lis.

— Mais vous inquiétez pas pour votre souper, Maît'. Ida a fait un bon rôti de porc farci aux baies.

Elle posa le pichet, mit les mains sur ses épaules et commença à le masser.

Il poussa un petit soupir de bien-être et se détendit sous ses doigts habiles.

— Voilà ce qu'il vous faut, Maît'Grant... Vous vous crispez trop, c'est tout. C'est pas la peine de vous mettre dans ces états.

— Tu as raison. Je ne sais pas pourquoi je laisse ma peste de sœur me contrarier à ce point. Je suis le maître de cette maison, maintenant.

Il abattit son poing sur le bureau et Naomi sursauta en réaction à cette démonstration de force brutale, comme elle savait qu'il l'attendait.

— C'est vrai, c'est vrai, marmonna-t-elle. Une fille doit rester à sa place.

Il lui jeta un coup d'œil par-dessus son épaule et lui sourit. Elle dut déglutir fortement pour combattre la bile qui lui montait dans la gorge. Comme elle le haïssait !

— Au moins, certaines filles savent où est leur place, dit-il en l'attrapant et en la jetant sur ses genoux.

Naomi frétilla sur la bosse de ses culottes, aussi petite soit-elle. Grant pensait qu'il était un homme, mais il n'avait aucune idée de ce qu'un homme était réellement. En revanche, son Manu... *Ça* c'était un homme ! Un homme qui pouvait remplir une fille et avoir encore des réserves. Elle sourit en elle-même en pensant à son bien-aimé. Ils devaient se retrouver dans la soirée dans leur endroit spécial et il effacerait tout souvenir de Maît'Grant et de ses mains dures qui pinçaient méchamment ses seins en cet instant.

— Que dirais-tu si nous montions pour une petite relaxation d'avant dîner ?

Naomi frétilla encore et se leva. Elle n'osait jamais refuser. Elle avait une mère malade, couchée dans la case qu'elles partageaient avec ses six frères et sœurs plus jeunes. Deux ans plus tôt, son père était mort d'une fièvre qu'il avait attrapée à cause d'une coupure mal soignée. Ce que Naomi faisait dans la grande maison avec Maître Grant et les hôtes d'Elmwood permettait à sa mère de rester couchée quand les autres esclaves partaient aux champs chaque matin. C'était grâce à ce que Naomi faisait sur le dos que sa mère avait de la nourriture en plus, des remèdes et des couvertures chaudes quand la brise se faisait fraîche. L'ancien maître d'Elmwood avait toujours été bon avec ses esclaves. Ils avaient toujours assez à manger et un toit décent sur leur tête. Mais pour une vieille femme comme sa mère, il n'y avait rien de mieux qu'une gâterie spéciale venant de la grande maison une fois de temps en temps. Si elle savait ce que sa fille faisait pour lui fournir ces douceurs, elle n'en parlait jamais.

— Vous voulez que je vous retrouve en haut ? murmura Naomi d'une voix enrouée, en lui jetant un coup d'œil par-dessus son épaule tandis qu'elle s'éloignait.

— Oui… Attends-moi dans ma chambre.

Il fit un clin d'œil.

— Et mets la robe. Tu me plais, dans la robe.

— Oui, m'sieur, répondit Naomi en sortant de la pièce.

Tandis qu'elle montait lentement les marches cirées, elle essaya de ne pas penser à ce qu'elle devrait faire en haut, mais plutôt à Manu et à son rêve d'avoir une famille un jour. Parce que sans rêve, une fille comme elle n'avait pas de raison de continuer à vivre.

— Vous me cherchez, miss Cameron ? demanda Naomi dans le crépuscule.

Cameron était assise sur un petit banc en pierre dans le jardin de sa mère. Le soleil s'était couché, mais il y avait encore des lueurs rouges à l'horizon.

Le jardin n'était pas aussi joli ni odorant qu'au temps où sa mère et une douzaine de jardiniers l'entretenaient, mais Cameron le trouvait toujours agréable. Petite fille, elle s'asseyait souvent aux pieds de son père sous la véranda du premier étage et regardait sa mère parmi les fleurs.

— Merci d'être venue, dit doucement Cameron. Tu as apporté le panier à fleurs et le couteau ?

Naomi hocha la tête. Elle espérait que cet entretien ne prendrait pas longtemps. Elle voulait retourner à sa case, voir comment allait sa mère et se laver avant de courir retrouver Manu dans le marécage. Elle ne voulait pas rejoindre son homme avec l'odeur du maître sur elle.

— Vous voulez que je vous coupe des fleurs maintenant ? demanda-t-elle.

C'était une étrange requête, à cette heure de la journée, mais pas plus étrange que certaines des choses que les Blancs lui demandaient de faire.

— Je veux te parler, mais il faut que tu t'agenouilles et coupes des fleurs pour le cas où quelqu'un nous verrait.

Cameron lui jeta un regard entendu.

— Pas question d'attirer les soupçons.

Naomi acquiesça et se mit à genoux.

— J'écoute.

— J'ai besoin que tu prennes contact avec celui à qui

tu as déjà parlé. Il faut très vite les barques dont nous avons discuté pour faire passer la rivière à tout le monde. Demain soir si c'est possible.

Naomi leva les yeux, son cœur bondissant dans sa poitrine.

— Mais vous disiez que vous étiez pas prête, missy. Vous disiez que les choses étaient pas encore en place.

Cameron passa une main dans ses cheveux et frissonna. Elle avait mis une robe vert clair à petites fleurs et renoncé à la plupart de ses jupons. La nuit était chaude, mais la brise qui venait de la Pearl River était presque fraîche.

— Naomi, fais juste ce que je demande, s'il te plaît.

— Ça pourrait prendre du temps, répondit Naomi en détournant les yeux. J'suis pas sûre si j'pars maintenant de pouvoir être revenue à l'aube.

Elle savait qu'elle ne pourrait pas rentrer au petit jour si elle passait la nuit avec Manu dans le marais, d'abord.

— Je te couvrirai à la maison, demain matin. Je dirai que Sukey t'a envoyée faire une course de bonne heure.

Naomi hocha la tête.

— D'accord, miss Cameron. Je vais voir ce que j'peux faire. Bien sûr, on sait jamais, avec eux. Ils aiment pas beaucoup les changements de plans. Ils aimeront pas l'idée de se précipiter. C'est toujours quand les choses vont de travers.

Cameron se leva sans regarder la jeune Noire. Elle pensait avoir vu quelque chose ou quelqu'un bouger dans l'ombre de la véranda. Grant l'observait-il ?

— Reste ici et finis de couper les fleurs. Laisse-les dans la cuisine et mets-toi en route. Il y a une pièce pour toi sous le grattoir, près de la porte de derrière.

Naomi ne leva pas les yeux.
— Merci, miss Cameron.
Cameron s'en alla en souriant tristement.
— Non, Naomi. Merci à toi.

Chapitre 16

Cameron entendit appeler son nom. « Cameron, Cameron… » Elle s'enfonça davantage entre les draps frais.

C'était lui… C'était Jackson…

Elle reconnaissait sa voix sensuelle et la pointe de défi qui perçait toujours dans son intonation. Il était un vaurien, pas un gentleman. Un homme sans honneur. Elle le savait, mais cela n'importait plus. Pas ici, pas maintenant.

— Jackson, murmura-t-elle.

Elle se tourna avec langueur et sourit en ouvrant les yeux : il était assis là, sur le bord de son lit. Le soleil se levait juste, mais les rideaux étaient tirés et il faisait encore frais dans la chambre. La moustiquaire transparente qui tombait du dais bougeait dans la brise matinale comme la caresse d'un amant.

— Cameron, réveillez-vous, belle endormie.

Il se pencha pour lui embrasser la joue, et elle tourna son visage pour effleurer sa bouche de la sienne, tendit la main pour le toucher. Il était nu, tout en jambes et en bras, en tendons et en muscles.

Elle s'étira comme une chatte tandis qu'il lui chuchotait à l'oreille quelque chose qu'elle n'entendit pas vraiment.

Cela n'avait pas d'importance non plus. Rien ne comptait à part cette exquise proximité.

Elle caressa son torse nu et taquina un mamelon de l'ongle de son index. En réponse, il toucha la pointe d'un de ses seins de sa langue chaude et mouillée. Elle rit et il attrapa le drap léger pour le rabattre. Elle était nue, elle aussi, sous les couvertures.

Il caressa ses seins, en fit rouler la pointe entre son pouce et son index et elle en gémit de plaisir. C'était délicieux…

Elle se poussa pour lui faire de la place et il s'allongea à côté d'elle, l'entourant d'un bras.

Elle passa un doigt sur son torse musclé puis descendit plus bas, sur son estomac plat. Des poils noirs partaient de son nombril vers le bas de son ventre. Elle leva le menton pour regarder ses yeux gris et prit son sexe dans sans main.

— Cameron…, murmura-t-il d'une voix rauque.

— Cameron ! Cameron !

Elle s'éveilla en sursaut. Cette fois, ce n'était pas une caresse ; on criait son nom dans le couloir.

— Cameron ! Cameron, venez vite !

Elle se redressa dans son lit, en sueur, le cœur battant. Sa chemise de nuit était enroulée autour de ses jambes et lui donnait chaud. Elle humecta ses lèvres sèches en repensant à la sensation du membre dur de Jackson entre ses doigts, choquée d'un tel rêve et surtout d'une telle impression de réalité.

— Cameron !

La voix désespérée de Taye chassa ses fantasmes.

Elle avait à peine jeté ses jambes par-dessus le bord du lit que la jeune fille fit irruption dans sa chambre. Elle était vêtue comme une servante d'une robe de toile blanche qui lui arrivait au mollet, les cheveux cachés par un turban. Elle avait dû aider dans la cuisine, car elle sentait la farine et la mélasse. Taye était une excellente cuisinière, et faisait surtout des gâteaux et des biscuits.

— Qu'est-ce qui se passe ?

Cameron la rejoignit au milieu de la chambre et tendit les bras vers elle.

Taye lui attrapa les épaules, les yeux bleus brillant de larmes.

— C'est Grant... Il vient d'arriver de la ville avec des hommes armés. Ils ordonnent à tous les esclaves de retourner dans leurs cases.

— Ils les renvoient dans leurs cases ? Qu'est-ce qui lui prend ?

Cameron lâcha Taye et attrapa les premiers vêtements qui lui tombèrent sous la main. C'étaient la tenue qu'elle avait portée la veille pour monter à cheval.

— Je ne sais pas.

Taye se tordit les mains.

— Mais ils les enferment !

— Ils les enferment ? répéta Cameron en faisant machinalement passer sa chemise de nuit par-dessus sa tête.

Voyant qu'elle était complètement nue sous le fin vêtement, Taye se détourna, embarrassée.

Cameron ignora ce mouvement de pudeur et enfila les culottes.

— Comment peut-on les enfermer ? Il n'y a pas de serrures sur les cases.

— Ils mettent des planches en travers des portes et des fenêtres.

La voix de Taye tremblait.

— Cam, j'ai si peur ! Je ne veux pas dire du mal de Grant, c'est votre frère, mais il agit d'une façon…

— Insensée ? acheva Cameron en enfilant la chemise sans rien en dessous. Tu ne m'insultes pas. Je pense moi aussi qu'il est très possible qu'il soit devenu fou.

Taye ramassa une paire de bas et ses bottes d'équitation.

— Je n'ai pas le temps de mettre ça.

Cameron lui prit les bas des mains et les jeta par-dessus son épaule.

— Allons-y. J'enfilerai mes bottes en descendant.

Elle sortit de la chambre, Taye derrière elle. Le temps qu'elles arrivent à la porte d'entrée, elle s'était chaussée et mise à courir.

Taye courut à sa suite.

— Je dois aller voir si ma mère va bien, dit-elle. Elle est restée avec la mère de Naomi, la nuit dernière.

Avant même que Cameron n'atteigne le creux ombragé où se trouvaient les cases des esclaves, elle entendit les lamentations effrayées des femmes et des enfants tandis qu'on les poussait sans ménagement dans les cases. Une fois arrivée dans la clairière, Taye se hâta vers la case de la famille de Naomi.

Des esclaves dépassèrent Cameron. Ils ne la regardèrent pas tandis qu'on les faisait presser, sur deux files. L'un d'eux, Josiah, essaya de s'écarter d'un homme armé qui le frappa alors à l'arrière de la tête avec la crosse de son fusil. Josiah tomba sur un genou, et du sang coula de sa blessure.

— Ça suffit ! cria Cameron en se ruant vers eux.

— Lève-toi ! ordonna l'homme à Josiah, ignorant l'intervention de la jeune femme.

Josiah se remit péniblement debout et avança en

vacillant vers une case où d'autres hommes étaient déjà rassemblés. Ils séparaient les esclaves, envoyant les femmes et les enfants dans certaines cases, les hommes dans d'autres.

— M'avez-vous entendue ? lança Cameron d'un ton sec.

Elle posa une main sur l'épaule de l'homme armé qui se tourna brusquement vers elle.

— Quoi ?

Il s'interrompit en la voyant avec un sourire en biais.

— Eh ! Bien l'bonjour, ma p'tite dame.

Il la reluqua de la tête aux pieds comme si elle était une catin postée à un coin de rue de La Nouvelle-Orléans.

— Vous êtes un valet d'écurie ? Parce que si vous l'êtes, Elmwood a de beaux valets d'écurie ! On trouve pas de valets d'écurie avec des seins au sud du Mississippi.

Cameron rejeta en arrière ses cheveux cuivrés, non brossés, qui retombaient sur ses épaules.

— Que faites-vous avec mes esclaves ? demanda-t-elle d'un ton autoritaire.

— Vos esclaves ?

L'homme avait une barbe en broussaille et une mauvaise haleine qui sentait les dents gâtées.

— C'est les esclaves de M. Campbell. Je suis juste engagé pour l'aider à les rassembler. Ça vaut mieux que de creuser des tranchées pour l'armée.

Il tendit une main sale pour lui toucher le cou ; elle la chassa d'une tape.

— Laissez-la tranquille, espèce d'idiot ! entendit-elle crier Grant. C'est ma sœur. Vous ne savez pas faire la différence entre des nègres et une femme blanche ?

L'homme jeta un coup d'œil à Grant qui arrivait à grands pas, puis fit un signe de tête à Cameron.

— Mille pardons, miss. J'ai fait erreur.

Cameron se tourna vers son frère qui descendait la butte herbeuse, un chapeau de paille sur la tête, un cigare à la bouche. Il était habillé d'une redingote bleu clair et de culottes blanches, l'image parfaite du planteur.

— Qu'est-ce que tu fais ? lui demanda-t-elle. Ces hommes et ces femmes devraient être au travail dans les champs.

— Pas de travail aujourd'hui.

Il s'arrêta devant elle.

— Changement de plan. Je t'ai dit qu'il y aurait beaucoup de changements à Elmwood…

Maintenant qu'il était près d'elle, elle pouvait sentir l'alcool dans son haleine. 9 heures du matin à peine et il était déjà ivre, ou en passe de l'être.

— Tu t'es levé tôt, ou couché tard ? lui demanda-t-elle d'un ton caustique.

— Je devrais te gifler pour ça.

Il eut un sourire douceâtre.

— Mais je suis de trop bonne humeur pour provoquer une vilaine scène. Maintenant, retourne à la maison et, s'il te plaît, mets quelque chose de décent !

Il jeta un coup d'œil plein de répugnance à ses culottes et à ses bottes élimées.

— Seigneur, il va falloir que je fasse brûler ces habits !

Une esclave et ses deux jeunes enfants passèrent près d'eux, escortés par des hommes. La petite fille pleurait doucement et sa mère essayait de la consoler.

— Par tous les diables, qu'es-tu en train de faire, Grant ?

— Je t'avertis, Cam…

Il lui saisit le bras avec brusquerie.

— Si tu m'embarrasses devant ces nègres, je jure que je te ferai fouetter pour insolence.

Cameron le mesura un instant du regard, et décida qu'il était assez ivre ou assez en colère contre elle pour vraiment le faire.

— S'il te plaît, dis-moi ce que tu fais, dit-elle plus doucement. J'ai le droit de savoir.

— Tu n'as aucun droit.

Il s'en alla vers la maison.

— Jenkins, assurez-vous qu'ils soient tous bien enfermés, comptez-les et faites-moi un rapport.

— Oui, monsieur, répondit l'homme à qui il s'était adressé, un individu à l'air dur qui portait un fusil.

Cameron resta un moment sur place, indécise, regardant les esclaves qui étaient poussés de force dans leurs cases. Seule, elle ne pouvait rien faire. Il y avait trop de ces gardes armés, qui étaient manifestement payés par Grant pour faire sa sale besogne. Elle courut après lui.

— Dis-moi ce que tu fais avec nos esclaves ! insista-t-elle, s'efforçant de ne pas paniquer.

Il lui jeta un coup d'œil arrogant de sous son chapeau à large bord.

— Habille-toi comme une jeune femme de ta position le devrait, dompte ta crinière et rejoins-moi sous la véranda. Le petit déjeuner va être servi. Nous pourrons alors parler.

Elle avait envie de lui rétorquer qu'elle ne ferait rien de tel. Comment pouvait-il s'attendre à ce qu'elle pense à s'habiller correctement et à prendre le petit déjeuner en un moment pareil ? Taye avait raison. Il avait de toute évidence perdu l'esprit, mais elle devait savoir ce qu'il avait en tête. Ils se séparèrent dans le vestibule et elle monta le grand escalier en courant.

— Je reviens tout de suite ! cria-t-elle. Et tu as intérêt à avoir une bonne explication pour ceci !

Moins d'une demi-heure plus tard, Cameron sortit sous la véranda dans une robe de jour lavande semée de fleurs vertes. Elle avait coiffé ses cheveux roux en un joli chignon et ajouté à l'ensemble un bonnet de paille orné d'un large ruban lavande. A la lumière des événements du matin, prendre un tel soin à sa toilette lui paraissait plus qu'absurde, mais elle sentait qu'elle était en terrain dangereux avec son frère et elle devait mettre à profit tous les avantages qu'elle avait à sa disposition. Si utiliser sa séduction féminine pouvait l'aider, elle en userait.

— Ah ! Te voilà !

Grant, qui savait se montrer courtois quand cela lui convenait, se leva de la table mise pour deux.

— Je dois dire que tu offres un très joli tableau quand tu t'en donnes la peine.

Il se pencha pour l'embrasser et elle lui offrit sa joue.

Elle se força à afficher un sourire reconnaissant et le laissa l'aider à s'asseoir en face de lui. Pendant qu'il se rasseyait, elle posa sa serviette jaune sur ses genoux.

— Du café ? demanda-t-il cordialement.

Elle préférait du thé à son café trop fort, mais elle accepta d'un signe de tête. Comment pouvait-il se conduire comme s'il s'agissait de n'importe quel matin et qu'ils prenaient simplement leur petit déjeuner sous la véranda ? Il venait juste de faire enfermer leurs esclaves.

Il fit un signe à une fille de cuisine qui se tenait non

loin. Elle apporta un plateau, puis leur servit des assiettes d'œufs brouillés, de saucisses et de petits pains chauds.

L'estomac de Cameron se révolta à la pensée de manger. C'était déjà à peine si elle pouvait rester assise avec une apparente tranquillité et regarder Grant se servir des œufs, alors qu'elle savait ce qui se passait en bas, dans les cases.

— Excellent, dit-il à la jeune servante. Merci. Maintenant, rejoins les autres domestiques et allez tous aux cases.

— Nos domestiques aussi ? marmonna Cameron, incrédule.

— Chut…, fit Grant d'un ton sifflant. Pas devant eux. Je ne permettrai plus jamais à qui que ce soit, pas même toi, de m'embarrasser devant des nègres.

Cameron le fixa, perplexe, n'ayant aucune idée de ce dont il parlait. Elle regarda partir la servante, puis jeta sa serviette sur la table.

— C'est assez ! Que se passe-t-il ici, à la fin ? Pourquoi fais-tu enfermer nos esclaves ?

Grant mit tranquillement une bouchée d'œufs brouillés dans sa bouche et prit le pot de miel.

— Je n'aurai plus besoin d'eux. Je pars pour Baton Rouge dans deux jours.

— Ça ne répond pas à ma question. Que fais-tu de nos esclaves ?

— Je les vends.

— Tu les vends ? Tu vends les esclaves d'Elmwood ?

Grant fit couler du miel sur ses petits pains et ses œufs avant de demander, avec une patience feinte :

— Quelle partie n'as-tu pas comprise dans ma réponse, Cameron ? Celle où je dis « je », — moi, Grant David Campbell, maître de cette plantation —, ou « vends les esclaves », ce qui signifie que je laisse quelqu'un emmener leurs carcasses noires et prendre la responsabilité de les nourrir et de les habiller, en contrepartie d'une certaine somme d'argent ?

Cameron craignit un instant de se mettre à pleurer. Heureusement, elle était trop furieuse pour verser des larmes inutiles.

— Tu ne peux pas vendre les esclaves d'Elmwood ! Beaucoup de ces hommes et de ces femmes sont nés ici. Ils…

Elle était si atterrée qu'elle ne trouvait plus les mots pour s'exprimer.

— Grant, ces hommes, ces femmes et ces enfants ne sont pas des biens qu'on peut vendre comme une voiture ou une charrue ! Ce sont des gens comme toi et moi qui ont des familles — des mères, des pères, des enfants. Beaucoup n'ont pas connu d'autre lieu de vie qu'Elmwood !

— Alors je suppose qu'ils devront s'adapter, rétorqua Grant avec l'air d'un enfant capricieux. Passe-moi les saucisses, s'il te plaît. Tu devrais en prendre. Elles sont très goûteuses… Je crains que de telles bonnes choses deviennent bientôt rares.

Cameron s'obligea à lui tendre le plat tout en essayant de déterminer la meilleure manière de s'y prendre avec lui. Si le raisonner ne marchait pas, peut-être que le bousculer réussirait.

— Grant, tu vas m'écouter, dit-elle rudement en se levant de sa chaise. Tu ne peux pas faire ça.

Il piqua une saucisse dans le plat et la fit tomber dans son assiette. Du jaune d'œuf gicla sur la nappe blanche.

— Que veux-tu dire ? Je suis le maître de cette plantation, il me semble, et le propriétaire de tout ce que le prodigieux sénateur Campbell possédait. Le testament a été lu et approuvé légalement. Tout est très officiel. J'ai parlé hier à l'avoué, Me Joseph…

Il reposa sa fourchette et agita un doigt vers elle.

Elle recula instinctivement sa chaise, n'aimant pas son soudain changement de ton. Elle n'avait jamais eu peur de lui, mais il y avait quelque chose de menaçant dans sa voix. Et maintenant… maintenant son père n'était plus là pour le retenir.

— Tu as été une très vilaine fille, Cameron, d'aller voir Me Joseph dans mon dos pour lui parler d'affaires qui ne te concernent pas. Dieu merci, j'ai pu aller en ville et redresser les choses. Dieu merci encore, aucun mal véritable n'a été fait.

Il eut un rire sans gaieté.

— Affranchir les esclaves, vraiment…

Il repoussa une mèche de cheveux blond cendré qui lui tombait sur un œil.

— Oh ! Ne t'inquiète pas. J'ai expliqué à l'avoué que tu n'étais plus toi-même, avec la mort de notre père, la guerre et tout ça. C'est vraiment trop à affronter pour une jeune femme douce et bien élevée comme toi, tu ne penses pas ?

Cameron ouvrit la bouche pour protester — car elle faisait face bien mieux qu'elle ne l'aurait cru possible —, mais elle pinça finalement les lèvres et se tut. Elle se rendait compte qu'elle perdrait son temps à essayer de raisonner Grant. Ce qu'il lui fallait maintenant, c'était ne pas paniquer.

Elle pressa sa main sur sa poitrine pour tenter de ralentir les battements effrénés de son cœur, luttant pour garder un souffle régulier. Elle ne voulait pas que Grant sache combien elle était bouleversée. D'une manière ou d'une autre, même si elle ignorait encore comment, elle allait libérer tous leurs gens avant qu'ils ne soient vendus. Elle devait quitter cette table et Grant le plus vite et le plus sobrement possible afin de ne pas éveiller ses soupçons. Il y avait beaucoup à faire et rapidement. Grâce à Dieu, et grâce à Naomi, elle avait réuni un certain nombre d'informations sur le Chemin de Fer souterrain. Elle n'avait pas de renseignements sur la totalité et les différentes étapes, mais elle connaissait la première halte que les esclaves auraient à faire le long de la frontière nord du Mississippi. Cela suffirait déjà à les soustraire aux projets de Grant.

Naomi… Elle ne l'avait pas encore aperçue. N'était-elle pas encore rentrée à Elmwood ? Cameron pria pour que la jeune femme se rende compte que quelque chose n'allait pas en approchant de la plantation et ne se laisse pas capturer.

Il fallait qu'elle la contacte avant qu'elle ne tombe entre les mains des hommes que son frère avait payés. Il fallait que quelqu'un l'aide. Mais qui ? Qui pouvait l'aider ? Jackson ? Le ferait-il si elle le lui demandait ? Il fallait qu'elle envoie quelqu'un le chercher. Mais s'il était déjà parti pour Baton Rouge ? Elle écarta cette pensée dérangeante. Une chose à la fois.

Elle baissa les yeux avec une feinte soumission, ramenant son attention sur son frère, sachant intuitivement comment le manipuler.

— Quand ? demanda-t-elle.

— Quand quoi ?

Il haussa un sourcil interrogatif et posa sa fourchette.

— Quand partiront-ils ?

— Pourquoi cette question ?

— Je… je me demandais juste… combien de temps encore j'aurais les domestiques à ma disposition. J'ai déjà fait beaucoup de choses, mais il reste encore à faire pour fermer la maison. Il faut couvrir les meubles. Descendre les tableaux et les enfermer à la cave.

Elle le regarda de sous ses cils.

— Je pense que ça prendra quelques semaines. De ton côté, il faut le temps que tu trouves des acheteurs, qu'ils prennent des dispositions financières… Nos esclaves doivent valoir une forte somme.

— Je vais les vendre aux enchères, Cam. Le commissaire-priseur arrivera après-demain, ainsi que les acheteurs. Chaque nègre sera présenté et vendu au plus offrant. La vente a été affichée dans tous les comtés voisins. J'ai appris qu'un acheteur vient même de Louisiane et il est intéressé par un plein chariot d'hommes pour défricher des champs.

— Grant ! Si tu les vends aux enchères, les femmes seront séparées de leur mari et même de leurs enfants !

Elle n'avait pas eu l'intention de discuter, mais ne put s'empêcher de réagir à cette nouvelle. Quelle sorte d'homme séparerait des familles ?

Qu'était-il arrivé à son frère pour le rendre si cruel ? Il n'avait jamais été un homme aimable, ni même juste, mais elle ne l'aurait pas cru capable d'une telle ignominie. Quelque chose s'était passé, mais quoi ? Avait-il vendu son âme au diable ? Etait-ce ce qu'il avait fait tous ces jours et ces nuits enfermé dans sa chambre, après la mort de leur père ?

L'idée était absurde, bien sûr, mais pas plus incongrue

que celle de vendre les esclaves d'Elmwood aux enchères, un par un, comme du bétail…

— Comme je te l'ai dit hier, je ferme Elmwood et je m'installe à Baton Rouge jusqu'à ce que la guerre soit terminée. Je n'aurai pas besoin de ces esclaves là-bas. Mieux vaut donc les vendre maintenant, pendant que je peux en tirer un profit correct.

Il sourit.

— Je ne prendrai que de l'or en paiement, pas des billets à ordre ou du papier monnaie qui peuvent perdre de la valeur dans les troubles à venir.

Cameron voyait à son expression qu'il était très sérieux. Elle avait l'impression de vivre un cauchemar, mais savait qu'elle ne se réveillerait pas dans son lit drapé de tulle pour découvrir que rien n'était vrai.

— Je comprends que tu vendes les hommes, nous ne pourrons pas planter une autre saison, mais les femmes ?

— Ah, les femmes… Le commissaire-priseur dit qu'elles ne se vendent pas cher dans ce genre de situation. Les acheteurs cherchent de la main-d'œuvre pour des travaux durs. Ils mettent les nègres dans les champs sans les nourrir beaucoup et les font travailler jusqu'à ce qu'ils meurent.

Il plissa le nez avec dégoût.

— Les femmes, elles, ne durent pas assez longtemps pour que leur achat soit rentable.

— Alors que vas-tu en faire ? Vas-tu les laisser rester ici ? demanda Cameron avec espoir. Ou les emmener avec toi ?

— Non, je vais les vendre aussi.

Il eut un rictus.

— Au meilleur endroit pour des femmes — un bordel de Baton Rouge.

Cameron bondit de sa chaise, indignée.

— Tu ne peux pas faire ça ! cria-t-elle. Grant, tu ne peux pas vendre nos femmes pour qu'elles soient utilisées comme…

— Des catins ?

Il rit.

— Oh ! Mais bien sûr que si, je le peux. C'est parfaitement légal.

Cameron dut se mordre la langue pour s'empêcher de lâcher une bordée d'injures. Vendre ses chevaux, vendre les hommes et faire des femmes des catins ? Jamais elle n'aurait pensé que son frère s'abaisserait à un niveau d'humanité aussi avilissant.

Son père l'avait toujours excusé. Il avait toujours fait passer son fils pour une meilleure personne qu'il n'était en réalité. Comment avait-il pu se tromper à ce point ? Comment avaient-ils pu *tous les deux* le méjuger à ce point ? Que s'était-il passé, ces dernières semaines, pour tourner son frère si totalement contre elle, contre Elmwood tout entier ?

Elle baissa les yeux, cherchant son regard. Il se nettoyait les dents avec un cure-dents en or.

— Grant, reprit-elle plus calmement. Nous devons en discuter. Tu ne peux pas…

Un hurlement déchira l'air et Cameron et Grant se tournèrent vers la porte ouverte qui donnait dans la maison.

— Aidez-moi ! leur cria Taye en faisant irruption sous la véranda.

L'un des hommes armés engagés par Grant la suivait de près. Il tendit le bras et l'attrapa, la soulevant de terre.

— Laissez-la tranquille ! cria Cameron.

Grant se leva et jeta sa serviette sur la table.

— Comment osez-vous déranger mon petit déjeuner ? lança-t-il à l'homme.

— Désolé, monsieur Campbell. Mais celle-ci a essayé de s'enfuir. Elle a frappé un de mes garçons avec une branche.

Il la fit passer dans son autre bras.

— Il n'a pas été difficile de la rattraper. Un si petit brin de fille…

— Cameron, sanglota Taye. S'il vous plaît. Il… il pense que je suis une des esclaves. Il ne veut pas m'écouter.

Cameron pirouetta pour faire face à son frère. Elle pouvait comprendre qu'avec sa robe blanche de fille de cuisine et son turban, l'homme ait pris la jeune fille pour une esclave. Sans ses belles robes et ses coiffures recherchées, elle n'était qu'une mulâtresse aux yeux de ces sudistes. Cette pensée la mit en rage. L'homme ne l'écouterait pas plus qu'il n'avait écouté Taye. Seul Grant pouvait l'arrêter.

— Dis-lui de la relâcher tout de suite, gronda-t-elle d'une voix sourde.

Grant fixa Taye un moment, comme s'il hésitait. Leurs regards se croisèrent et Cameron perçut une bataille de volontés entre eux.

— A mes conditions ? demanda-t-il directement à Taye.

— Je préférerais mourir, murmura-t-elle.

Grant parut tressaillir intérieurement, puis son attitude changea. Il sourit de son sourire faux, exaspérant.

— Oh ! Ma chère Taye, tu es si jeune… Ce dont tu n'as pas conscience, c'est qu'il y a des choses bien pires que la mort.

Il fit un geste de la main et se détourna.

— Enfermez-la avec les autres nègres.

— L'enfermer ! se récria Cameron. Tu ne peux pas l'enfermer ! Elle est une femme libre et tu le sais.

— Tu as les documents qui le prouvent ?

— Papa doit…

Elle s'interrompit, comprenant l'inanité de cette conversation. Soit Grant avait les documents officiels en sa possession, mais ne les sortiraient pas, soit il les avait détruits. Or, sans papiers, Taye serait considérée comme rien d'autre qu'une esclave.

— Cette chère Taye n'accepte pas mon *hospitalité* quand je la lui offre, persifla Grant, alors qu'elle rejoigne les autres.

Il agita une main baguée.

— Enfermez-la avec les esclaves femmes de la maison.

Il se rassit.

Cameron fit un pas vers son amie tandis que l'homme la prenait sous son bras pour l'emporter. Taye tendit la main vers elle ; les larmes ruisselaient sur son visage.

— Fais un pas de plus vers cette ingrate, gronda Grant, et je te ferai enfermer avec le reste des catins !

Cameron se figea et la tête se mit à lui tourner. Des catins ? Qui appelait-il une catin ? Et pourquoi faisait-il comme si Taye était une esclave ? C'était plus que ce qu'elle pouvait encaisser, mais elle devait rester forte. Elle devait rester forte pour Taye et les autres. Il fallait qu'elle se serve de sa tête et surtout qu'elle reste libre de ses mouvements. Or, si Grant l'enfermait, elle ne pourrait plus rien faire pour les aider.

— Je viendrai te chercher, articula-t-elle sans bruit à l'intention de son amie.

Taye hocha la tête avec courage et Cameron regarda, encore abasourdie par ce qui venait de se produire, l'homme l'emmener. Lorsqu'ils furent partis, elle se tourna vers son frère. Prenant un moment pour rassembler ses pensées et soupeser ses options, elle alla au bord de la véranda et ramassa le bonnet qu'elle avait jeté par terre.

Grant avait repris place à la table et tartinait un petit pain de confiture.

— Veux-tu te joindre à moi pour terminer le petit déjeuner ? demanda-t-il comme si rien ne s'était passé.

— Non, je ne pense pas, répondit-elle.

— Alors va dans ta chambre et commence à empaqueter tes affaires. Soit tu prendras le train pour le Nord après-demain, soit tu m'accompagneras à Baton Rouge. Ma sœur célibataire ne restera pas en arrière, seule et sans protection.

— Grant…

— Un mot de plus, dit-il d'un ton acéré, et je ferai clouer ta porte, aussi.

Cameron pinça les lèvres et hocha la tête. Elle quitta la véranda et se dirigea vers sa chambre. Les esclaves d'Elmwood devaient partir le soir même, c'était leur dernière chance. Et elle avait beaucoup à faire pour cela.

— Alors, qu'est-ce que tu en penses ? demanda doucement Naomi à Manu.

Ils étaient debout sous le couvert des arbres derrière le quartier des esclaves d'Elmwood, fixant les portes et les fenêtres barrées de planches. Noami pouvait entendre les murmures effrayés et les pleurs qui venaient des cases.

— Je sais pas, ma douce. Tout ce que je sais, c'est que

je dois ramener ma carcasse noire à la plantation avant qu'on se rende compte que je suis parti.

Il posa une main sur son épaule.

— Et si tu as un peu de bon sens, tu partiras d'ici. Tu connais le sentier du train. Tu sais où sont les étapes.

Il lui pressa la main et la regarda dans les yeux avec amour.

— C'est ta chance, Naomi. Ta chance pour la liberté. Tu ferais bien de la saisir.

Elle serra sa grande main dans les siennes.

— Tu as raison, il faut que j'fasse quelque chose, mais pas sans toi. J'vais nulle part sans mon homme, tu le sais.

Elle scruta les yeux sombres qu'elle aimait.

— J'crois que c'est une chance pour nous deux, Manu. Tu rentres pas à Atkin's Way.

Il plissa le front.

— Je rentre pas ?

Elle secoua la tête.

— A mon avis, Maît'Grant a décidé de vendre ses nègres. Dans combien de temps ton maît'fera pareil, tu crois ?

Manu hocha la tête.

— Je suppose que t'as raison. T'as toujours été vraiment intelligente, Naomi.

— J'crois, oui. Mais il ne faut pas beaucoup d'intelligence ou de lecture des entrailles pour deviner la suite.

— Alors, on attend la nuit et on s'en va ?

Naomi regarda de nouveau les cases.

— J'peux pas partir et les laisser. Pas maman.

Manu jeta un coup d'œil aux portes barrées et fit une grimace.

— J'avais peur que tu dises ça, ma douce.

Il se tourna vers elle, l'air résigné.

— Alors dis à ce garçon ce qu'il doit faire et finissons-en.

Elle caressa son épaule forte et dure.

— Tu vas retourner dans le marais et prendre ce que nous avons caché là-bas. La couverture, le sac, la nourriture et la pièce que j'ai enterrée.

Il hocha la tête.

— Et après ?

— Après, tu m'attends. J'sens qu'on va partir d'ici, de toute façon, d'une manière ou d'une autre.

Elle se haussa sur la pointe des pieds et l'embrassa sur la bouche.

— Maintenant, file.

— Mais… et toi ? Où est-ce que tu vas ?

Naomi regarda à travers les arbres en direction de la grande maison.

— Eh bien, j'vais à la maison voir missy Cameron et comprendre ce qui se passe ici, par Krobo.

Chapitre 17

Cameron arpentait sa chambre, donnant des coups de pied dans ses jupons, tandis qu'elle essayait de réfléchir. Grant avait perdu l'esprit. Il était fou à lier. Indéniablement. Vendre les esclaves ! Vendre les femmes à un bordel !

Elle devait l'arrêter.

Un léger coup frappé à la porte la fit sursauter et elle pirouetta dans cette direction, craignant que ce ne soit lui. Il avait fait conduire tous les domestiques au quartier des esclaves. Qui d'autre restait dans la maison ?

Elle posa une main hésitante sur le lisse panneau de bois, se rappelant qui avait été de l'autre côté la nuit où son père était mort. Que ne donnerait-elle pas pour avoir la force de Jackson avec elle maintenant, un rempart contre la terreur qui l'entourait !

— Qui est-ce ? demanda-t-elle dans un murmure.

— Le président Lincoln, répondit une voix douce. Par le ventre de Lumusi, missy Cameron, c'est Naomi ! J'peux entrer ?

Cameron ouvrit brusquement, jeta les bras autour de Naomi, et l'entraîna à l'intérieur.

— Dieu merci, tu es saine et sauve ! J'avais peur que

tu ne sois enfermée dès que tu mettrais le pied dans la propriété. Une chance que je t'ai envoyée en ville hier soir !

Naomi fit un pas en arrière, lissant sa robe, ne sachant visiblement pas que penser de cet accueil. Jamais, dans toutes les années où elles s'étaient connues, Cameron ne s'était montrée aussi familière.

— Sûr que j'les ai pas laissés m'enfermer, dit-elle fièrement. J'ai senti ces sales ordures blanches et leurs fusils dès que j'ai traversé la Pearl.

Cameron tendit les deux mains vers elle.

— Nous devons faire quelque chose, Naomi. Vite. Grant vend tous les esclaves. Les domestiques et les ouvriers agricoles. Tout le monde.

— Il les vend ?

Cameron confirma d'un hochement de tête. Elle ne vit pas l'utilité de dire toute la sordide vérité à Naomi. C'était assez pour elle, pour l'instant.

— Il faut que je les sorte de là. Et pour ça, nous avons besoin d'aide.

— J'ai vu, murmura Naomi d'une voix rauque.

Cameron recula et plongea les yeux dans ceux de la jeune femme, qui semblaient prendre un éclat hagard. Ayant froid, tout à coup, elle frotta ses bras nus.

— J'l'ai vu dans les entrailles, dit Naomi clignant des paupières, concentrée sur sa vision. J'l'ai vu dans les flammes et la fumée qui se tordait. J'savais pas ce que c'était. J'pouvais pas voir exactement ce qui arrivait. J'savais que c'était mauvais, mais pas aussi mauvais. Vous m'dites quoi faire, miss Cameron, et je ferai de son mieux. Manu et moi, on fera de notre mieux.

— Qui est Manu ?

Naomi eut un beau sourire.

— C'est mon homme. On va se marier et avoir une petite maison, quand on sera libres.

Elle vacilla légèrement dans sa robe propre, mais usée.

— Peut-être même qu'on aura un bébé.

Cameron ne put s'empêcher de sourire. En cet instant, l'idée d'une petite maison confortable, d'un mari et d'un bébé lui paraissait presque enviable.

— Il nous aidera ?

— Il fera ce qu'on lui dit.

Elle sourit largement et gloussa.

— Au moins, ce que j'lui dirai de faire.

Cameron sourit de nouveau, puis fronça soudain les sourcils.

— Mais Manu n'est pas un de nos esclaves, n'est-ce pas ?

Naomi secoua la tête.

— Non. Il est pas d'Elmwood, mais vaut mieux pas que vous sachiez de quelle plantation il vient. Disons qu'il y retournera pas.

Un esclave fugitif, pensa Cameron. C'était très dangereux. Mais bientôt, tous ses esclaves seraient considérés comme des fugitifs si elle parvenait à ses fins. Elle prit la main de Naomi et la conduisit jusqu'au lit. Elles s'assirent côte à côte, la Blanche et la Noire, comme si un abîme sans fond de lois et de coutumes ne les séparait pas, comme si elles avaient été amies toute leur vie.

— Ecoute..., dit Cameron. Je pense que j'ai une idée, mais tu devras être courageuse, Naomi. Car ceci pourrait être très dangereux.

— J'ai pas peur, affirma Naomi d'un air bravache. J'ai mes esprits avec moi.

Elle passa ses doigts fins sur un petit sachet qu'elle portait autour du cou, attaché à un lien en cuir.

— De vieux esprits d'Afrique, puissants. Ils me gardent en sécurité.

Cameron se demanda ce qu'il y avait dans le sachet, mais elle n'était pas sûre de vouloir le savoir. Elle regarda Naomi dans les yeux.

— J'ai besoin que tu retournes en ville aussi vite que possible. Vole un de nos chevaux si tu peux.

Naomi eut un demi-sourire.

— J'l'ai fait déjà. J'peux le refaire.

— Mais ces hommes sont armés, Naomi…

Cameron posa une main sur l'épaule mince de la jeune Noire.

— Il faut que tu sois prudente.

— Et qu'est-ce que cette négresse en fuite va faire en ville, missy ?

Cameron prit une grande inspiration. Elle savait que lorsqu'elle exprimerait ses souhaits à haute voix, elle serait engagée. C'était difficile pour elle de demander l'aide de Jackson, surtout après la façon dont ils s'étaient quittés, mais elle n'avait pas d'autre choix.

— Tu iras trouver le capitaine Logan. Il ne doit pas être trop difficile à localiser. Essaie tous les hôtels.

— J'croyais que le capitaine était allé à Baton Rouge, pour son bateau. Il m'a dit qu'il allait tout droit là-bas, après la mort du sénateur.

Cameron se demanda quand Naomi avait eu l'occasion de parler à Jackson. Une pique de jalousie se fit immédiatement jour dans ses émotions à vif. Mais ce n'était pas le moment de se sentir blessée. Ce n'était pas le moment de penser à soi et d'être égoïste.

— Samedi dernier, il était encore à Jackson, dit-elle évitant le regard de la jeune Noire.

C'était ridicule, mais elle avait l'impression que Naomi en savait plus sur Jackson et elle qu'elle n'aurait dû.

— Je l'ai vu au bal de M. Hitch, continua-t-elle. Il a dit qu'il partirait bientôt pour Baton Rouge. Il faut espérer qu'il n'est pas encore parti. Va le voir, Naomi. Dis-lui que Grant va vendre tous nos esclaves et que j'ai besoin de son aide. Maintenant.

Naomi l'écouta patiemment, hochant la tête.

— Si tu ne peux pas le trouver…

Cameron leva les deux mains, combattant le sentiment d'impuissance qui l'oppressait.

— Je ne sais pas quel autre choix nous aurons.

Malgré ses propos pleins d'espoir, son esprit s'agitait déjà. Elle avait besoin de Jackson, elle *voulait* qu'il vienne, mais elle devait accepter le fait qu'il ne serait peut-être pas disposé à l'aider, même si Naomi le trouvait.

Elle se leva du lit et alla à la fenêtre. Elle écarta les rideaux et regarda la terre d'Elmwood, et le quartier des esclaves, au loin.

— Tu as dit que ton homme est ici et qu'il se cache. Nous aidera-t-il, ou penses-tu qu'il voudra partir tout de suite vers le Nord ?

— J'peux pas partir sans savoir si ma mère est en sûreté. Vous savez qu'elle va pas bien.

Naomi vint se placer à côté de Cameron à la fenêtre, mais prit soin de rester derrière les rideaux.

— Qu'est-ce que vous voulez qu'il fasse, Manu ?

Cameron se tourna vers elle.

— Qu'as-tu appris hier soir au sujet des barques ?

— On s'en occupe. On m'a dit que ça pouvait être fait avec quelques dollars de plus.

— Bon, parce qu'il faudra faire traverser la rivière à tout le monde le plus tôt possible.

— Tôt quand ?

— Demain soir.

— J'sais pas, missy. L'homme à qui j'ai parlé a dit qu'il pouvait les emmener, mais j'suis pas sûre qu'il puisse le faire aussi vite.

— Naomi, nous n'avons pas le choix ! L'eau est encore trop profonde à cette période de l'année pour traverser à pied. Il faut des barques, ou bien ceux qui savent nager devront traverser la Pearl à la nage. L'homme de la vente aux enchères vient dans deux jours.

— L'homme de la vente aux enchères ?

Naomi marmonna à mi-voix quelque chose qui ressemblait à une malédiction vaudou, et les entrailles de Cameron se crispèrent.

Elle inspira à fond et reprit :

— J'espère que tu ramèneras le capitaine Logan et qu'ensemble nous pourrons arrêter mon frère. Dans le cas contraire, il faudra que je donne aux esclaves les informations que j'ai sur le Chemin de Fer souterrain. Ils devront alors aller au premier refuge et de là tenter leur chance.

Naomi leva des yeux durs vers elle.

— Leur chance, répéta-t-elle. Ouais. Tenter leur chance…

Cameron alla à sa table de chevet et prit une petite bourse dans un tiroir. Elle donna à Naomi plusieurs billets et quelques pièces du pécule qu'elle réservait aux esclaves, en prévision de leur fuite.

— Prends ça et donnes-en une partie à Manu.

Envoie-le s'occuper des barques. Le reste pourra t'aider à trouver le capitaine.

Naomi regarda l'argent dans sa main. Il y en avait probablement plus que ce qu'elle avait jamais vu de sa vie. Serait-elle tentée de le prendre et d'aller seule avec son homme vers le Nord et la liberté ? C'était un risque qu'elle devait prendre.

— Tu comprends ce que tu dois faire ? demanda-t-elle doucement.

— Oui, missy Cameron. Naomi fera ce qu'elle peut.

— Mais ne risque pas ta vie. Il ne faut pas qu'on te prenne, Naomi. Si tu es prise, je ne suis pas sûre de pouvoir te protéger de mon frère.

— Cette fille comprend ce que vous dites.

Elle secoua la tête.

— Ce Maît'Grant, il a une puissante magie noire dans sa poche.

Un coin de sa bouche se releva et elle arbora un air rusé.

— Mais Naomi… Naomi a des façons de se protéger, d'anciennes façons, des façons qu'il vaut mieux qu'une dame blanche ne connaisse pas.

— Il est malade, mais c'est mon frère, Naomi. Je ne veux pas qu'il meure.

Si quelqu'un devait le tuer, ce serait elle.

— Je veux juste l'arrêter.

— Oui, missy, je suppose que c'est juste. Mais Maît'Grant, il est allé trop loin, il joue avec le feu. Quelquefois, le feu brûle. S'il réveille les mauvais esprits, y a rien ni personne qui pourra plus le protéger. C'est pas pour moi que vous devez vous inquiéter, missy Cameron. C'est pour ce feu noir.

— Sois prudente.

Cameron l'enlaça rapidement.

— Je te reverrai bientôt, d'accord ?

Elle la regarda dans les yeux. Naomi eut un bref sourire.

— A bientôt, missy. Mon homme m'attend.

Elle ouvrit la porte.

— Comment vas-tu sortir de la maison ?

Naomi lui fit un clin d'œil.

— Comme je suis entrée. Par la magie.

Avant que Cameron puisse répondre, elle se glissa dans le couloir et disparut sans bruit vers l'aile des invités.

— Que voulez-vous dire, il y en a une qui manque ? demanda Grant avec colère.

L'homme barbu fixa les marches du perron, sans le regarder en face.

— On les a comptés, comme vous avez dit, et une fille manque d'après le nombre de nègres que vous avez dit que vous devriez avoir. On a parlé à votre contremaître et il dit que c'est une esclave de la maison nommée Naomi.

— Cette petite traînée, marmonna Grant.

Ses yeux se plissèrent de fureur.

— Vous l'avez cherchée ?

— On a vérifié les champs, les granges. Personne ne l'a vue.

— Je la tuerai ! Je jure que je la tuerai. Après tout ce que j'ai fait pour elle.

Il jeta un coup d'œil autour de lui.

— Continuez à la chercher ! Cette négresse doit forcément être quelque part !

Grant se détourna, si furieux qu'il n'y voyait pas clair. Comment cette peste osait-elle se cacher au lieu de rejoindre les autres esclaves qui se laissaient regrouper comme un troupeau de moutons ? Comment osait-elle ! Pour qui se prenait-elle ? Croyait-elle qu'elle valait mieux que les autres ?

Il rentra dans la maison, maudissant sa mauvaise jambe qui le ralentissait. Rien ne se passait bien. Rien n'allait comme il l'avait prévu. Pourquoi Taye n'avait-elle pas imploré son aide ? Comment avait-elle pu préférer être enfermée avec cette vermine, alors qu'elle aurait pu rester avec lui ? Ne comprenait-elle donc pas qu'il l'aimait ? Que tout ce qu'elle avait à faire, c'était d'être gentille avec lui, et qu'il prendrait soin d'elle ?

Mais non, elle préférait prendre des airs supérieurs, comme Naomi ! fulmina-t-il. Elle se croyait au-dessus de ce qu'elle était. Sa mère avait couché avec un homme blanc, et alors ? Taye était quand même née négresse, non ?

Son père avait dit qu'elle était sa fille. Cette idée le dégoûtait... et l'excitait d'une certaine façon. Cela faisait-il d'elle sa demi-sœur, vraiment ? Et est-ce que coucher avec elle serait un inceste ?

Pas au sens biblique, raisonna-t-il tandis qu'il montait le grand escalier vers la chambre de sa sœur. Pas quand sa mère était une esclave noire. Il humecta ses lèvres sèches en pensant à elle, l'imaginant nue contre lui, imaginant ce qu'il ressentirait avec elle.

Il avait prétendu maintes fois la tenir dans ses bras. Naomi s'habillait avec la robe qu'il avait volée dans la chambre de Taye, et elle disait ce qu'il lui disait de dire. Mais cela n'avait jamais paru tout à fait vrai. Taye était bien élevée ; elle parlait doucement. Naomi n'était rien d'autre qu'une catin qui faisait ce qu'il lui demandait pour la pièce qu'il lui donnait quand c'était fini.

Toutes les femmes étaient en réalité des catins, non ?

Il donnerait à Taye une autre chance dans l'après-midi, décida-t-il, quand elle aurait eu le temps de contempler son sort dans l'une de ces cases trop chaudes. Et si elle ne voulait pas venir à lui de son plein gré, alors il… il prendrait ce qu'il voulait, et ensuite il la vendrait avec toutes les autres !

Il abattit son poing sur la porte de la chambre de Cameron et n'attendit pas qu'elle réponde. Il entra à grands pas. Elle se tourna vivement de l'endroit où elle se tenait, près de la fenêtre. Ses yeux étaient rouges comme si elle avait pleuré. Or sa sœur ne pleurait jamais. Il ressentit un certain plaisir à penser qu'il avait pu provoquer cette réaction.

— Mes chevaux, dit-elle doucement. As-tu vraiment vendu tous mes chevaux ?

Il ne put réprimer un sourire. Il alla à la fenêtre et écarta les rideaux. Plusieurs hommes sortaient les précieux pur-sang arabes de sa sœur des écuries et les attachaient derrière un chariot.

— Aucune femme ne devrait monter des bêtes aussi fougueuses. Elles sont trop dangereuses.

— Trop dangereuses ?

— Papa aurait dû vendre ce cheval, pour commencer, dit-il d'un ton coupant en laissant retomber le rideau et en s'éloignant en boitant. S'il l'avait fait, je ne serais pas un éclopé, aujourd'hui.

— Si tu n'avais pas été méchant et si tu n'avais pas fouetté cette jument, rétorqua Cameron, elle ne t'aurait pas jeté à terre.

— Tais-toi avant que je te fasse taire ! lança-t-il durement. A présent, dis-moi où est cette petite peste de négresse.

— Je ne sais pas de qui tu parles.

— Naomi ! Ils disent qu'elle n'est pas avec les autres.

Cameron croisa les mains d'un air sage.

— Tu as envoyé tous les domestiques de la maison aux cases. Toi et moi sommes seuls ici.

— Je sais où je les ai envoyés, sapristi ! Mais je te dis qu'elle n'est pas là.

— Ils ont dû mal compter. Il y a tant d'esclaves enfermés les uns sur les autres dans ces cases…

Grant fronça les sourcils. Sa sœur avait peut-être raison. Il s'essuya la bouche d'un revers de main.

— J'ai faim, grommela-t-il.

— Veux-tu que je te commande quelque chose à manger ? Je pourrais te faire servir sous la véranda.

Puis, après une courte pause, elle reprit d'un ton faussement léger :

— Oh ! J'oubliais… Il n'y a plus personne pour cuisiner, et je crains de ne rien savoir faire dans une cuisine !

Elle soupira.

— Si seulement Taye était là. Elle cuisine, elle.

— Vraiment ?

Cameron hocha la tête.

— Très bien même.

Grant réfléchit un instant. Il s'était demandé comment amener Taye à la maison sans perdre la face. L'excuse était parfaite. Il allait l'envoyer chercher pour les servir, sa sœur et lui. Elle pourrait cuisiner et ensuite se joindre à eux. Ils pourraient jouer de la musique dans le salon comme ils en avaient l'habitude et dîner ensemble aux bougies. Comme avant. Ce serait tellement amusant ! Si Taye pouvait voir à quel point il était distrayant, elle se rendrait peut-être compte que sa place était avec lui.

Qu'elle lui appartenait. Lorsqu'elle constaterait combien ils allaient bien ensemble, elle accepterait son sort. Elle pourrait être sa maîtresse à Baton Rouge. La guerre serait tellement plus facile à supporter avec la douce Taye à son côté ! Même s'il devait supporter sa maudite sœur, Taye adoucirait les choses.

— Entendu, grommela-t-il en feignant d'avoir été convaincu. Je vais rédiger un billet, et tu pourras descendre le porter au garde nommé Jack. Je lui donnerai l'instruction d'envoyer Taye à la maison. Mais personne d'autre ne doit sortir.

Il agita un doigt menaçant dans sa direction.

— Et pas de mauvais tour, ou vous le regretteriez toutes les deux ! Taye devra se débrouiller seule dans la cuisine.

— Merci !

Cameron attendit qu'il rédige le billet, puis elle passa vivement près de lui pour sortir dans le couloir.

— Je vais la chercher tout de suite.

— Je ne comprends pas, dit Taye en courant à côté de Cameron. Pourquoi a-t-il changé d'avis ?

Elles traversèrent le jardin à l'arrière de la maison pour se diriger vers la cuisine.

— Je ne sais pas au juste. Ça me paraît trop facile.

Cameron s'arrêta à la porte de derrière, à bout de souffle. Mais elle se sentait bien, et forte. Maintenant, elle avait un plan. Elle allait faire partir ces hommes et ces femmes en sûreté.

— Mais ce qui compte, c'est que nous soyons ensemble.

Elle posa la main sur celle de son amie, qui était moite de transpiration. Il faisait incroyablement chaud dans les cases, si chaud qu'elle avait insisté pour que les gardes apportent de l'eau aux esclaves. Elle avait fait valoir que personne ne les achèterait s'ils mouraient de soif.

— Nous sommes ensemble, répéta-t-elle. Et ensemble nous allons libérer les esclaves avant que Grant ne les vende aux enchères.

— Les vende aux enchères ?

Les yeux de Taye s'emplirent de larmes.

— Mais... maman est dans une case. Elle est affranchie. Il ne pense sûrement pas...

Cameron serra les mains de Taye dans les siennes.

— Regarde-moi, lui dit-elle d'un ton pressant. J'ai envoyé Naomi chercher le capitaine Logan.

Les yeux de Taye s'élargirent.

— Naomi ?

— Il y a un homme qui essaie d'avoir des barques pour leur faire traverser la rivière. Je projette de les envoyer vers le Nord ce soir, d'une manière ou d'une autre.

— Le capitaine Logan ! dit Taye dans un souffle. Il va nous aider ? C'est merveilleux, Cam. Il saura que faire. Il saura comment s'y prendre avec Grant. Grant a peur de lui.

Cameron combattit l'irritation qu'elle ressentait. Pourquoi donc Taye aimait-elle tant Jackson ? Est-ce qu'elle ne se rendait pas compte qu'il n'était pas le gentleman qu'il prétendait être ?

— Je ne sais même pas si le capitaine se trouve encore dans l'Etat, dit-elle, plus coupante qu'elle ne l'aurait voulu. Quoi qu'il en soit, nous libérerons les esclaves ce soir. J'ai l'argent que j'ai pu mettre de côté à leur donner et des indications pour atteindre un refuge au nord d'ici, sur le Chemin de Fer souterrain.

Taye jeta les bras autour de Cameron et l'étreignit.

— J'ai dit à maman que tout irait bien, fit-elle, un nouvel espoir dans la voix. Je lui ai dit de ne pas s'inquiéter, que vous arrangeriez tout.

Cameron se dégagea de ses bras et entra dans la cuisine. Elle se sentait beaucoup moins confiante dans ses capacités que Taye ne le pensait.

— Elle va nous servir à dîner? demanda Grant.

Il se tenait à la fenêtre de la salle à manger, fumant un cigare, quand Cameron entra.

Le sénateur, lui, n'aurait jamais fumé dans la salle à manger.

— Ce sera bientôt prêt.

Il sourit d'une façon qui l'effraya.

— Excellent, murmura-t-il d'un ton sinistre.

Elle avait mis une robe jaune pâle à la taille resserrée, avec des manches qui lui arrivaient aux coudes et un décolleté échancré. Elle s'habillait ainsi pour l'amadouer, pas parce qu'elle en avait envie.

— Pourquoi dis-tu ça?

Elle tira sur la manche de sa redingote vert clair.

— Grant, peu m'importe que tu sois en colère contre Taye et pourquoi. Tu ne peux pas la vendre comme une esclave.

— Je peux faire ce que je veux d'elle! Et il est grand temps que vous vous en rendiez compte, mesdames.

Il parlait comme un enfant gâté.

— Je peux faire ce que je veux ici et personne ne peut m'en empêcher!

Cameron eut le tournis.

— Alors tu vas la vendre comme esclave, sachant

pourtant que papa les a affranchies, Sukey et elle, voilà des années ?

Il haussa les épaules.

— Peut-être. Ou peut-être pas.

Il s'éloigna, semant des cendres de cigare sur le parquet ciré.

— Ce que j'ai décidé de faire, c'est de mettre un terme aux agaceries de cette fille.

— Je ne vois pas ce que tu veux dire…

Elle craignait de trop bien le voir, au contraire.

— Bien sûr que si ! Ça crève les yeux ! Elle tortille des fesses et bat des cils comme si elle était prête à se donner, mais quand un homme essaie de prendre ce qu'elle offre, elle le repousse !

— Grant…

— Il est temps que Taye renonce à sa façon de marcher, le nez en l'air, comme si elle se croyait mieux que les autres. J'ai l'intention de l'initier aux plaisirs de la chair. Si elle me satisfait, je l'emmènerai peut-être avec moi à Baton Rouge. Sinon, elle sera vendue avec le reste des catins ! Il est temps que vous sachiez qui porte les culottes dans cette famille.

— Non…, murmura Cameron en le fixant d'un air incrédule.

Si Grant violait Taye, ce serait sa faute. C'était elle qui avait convaincu son frère de la laisser sortir des cases. Elle combattit une montée de panique qui menaçait de la suffoquer. Si elle avait laissé les choses en l'état, Taye serait toujours enfermée en sûreté avec sa mère.

Non, pas en sûreté. Etait-elle aussi folle que Grant ? Son frère venait de menacer de vendre son amie dans une maison de prostitution — la douce, l'innocente Taye, qui était plus proche d'elle que n'importe qui au monde.

Elle devait retenir Grant jusqu'à ce que Jackson arrive. Mais s'il ne venait pas... Non, elle ne pouvait pas y penser. Elle n'y penserait pas.

Tremblant, elle baissa les yeux, feignant la docilité.

— Grant, tu sais que je ne peux être d'accord avec ce que tu projettes de faire, mais — elle serra les dents pour s'obliger à le dire — tu es le maître de cette plantation, maintenant. Naturellement, les décisions t'appartiennent...

Il eut un sourire suffisant.

— C'est bon de voir que tu t'en rends enfin compte.

Elle jeta un coup d'œil au verre qu'il avait laissé sur le rebord de la fenêtre et essaya de se rappeler ce que Naomi lui avait dit une fois à propos d'infusions de laudanum et de jusquiame qui provoquaient à la fois le sommeil et l'amnésie. Quelle quantité de ces potions rendrait un homme incapable d'agir sans cependant lui faire de mal ? se demanda-t-elle, souhaitant désespérément avoir fait plus attention aux paroles de la jeune Noire.

— Aimerais-tu que je te serve un autre verre ?

Grant sourit.

— Certainement. Merci, ma chère...

— Envoie-la en haut, dit Grant qui montait l'escalier en chancelant, un verre à la main.

C'était le troisième que Cameron lui avait préparé et il était à peine capable d'avancer sous l'effet du mélange d'alcool et de drogue qu'elle avait réussi à mettre à son insu dans la bouteille de cognac.

— Compte sur moi, répondit-elle depuis le couloir.

Il faisait nuit depuis longtemps. Naomi n'était pas

revenue et Cameron avait le sentiment déprimant qu'elle n'avait pu trouver le capitaine. Ou alors elle avait pris l'argent et était partie vers le Nord avec son Manu. Si elle l'avait fait, Cameron ne pouvait l'en blâmer. Quelles étaient les chances qu'elle puisse sauver les esclaves, de toute façon ? Peut-être Naomi avait-elle eu le bon sens de penser d'abord à se sauver elle-même. Peut-être devrait-elle être aussi sage, mais elle ne l'était pas. Elle savait quels étaient les souhaits de son père. Grant avait beau le nier, si le sénateur David Campbell était encore en vie aujourd'hui, les esclaves d'Elmwood seraient libres.

Elle s'obligea à sourire à son frère qui se cramponnait à la rampe.

— Je vais trouver Taye et lui dire de monter.

— Tout de suite, murmura Grant, autant pour lui-même que pour elle.

Il tenta de serrer le poing et de le brandir en un geste viril, mais il ne put se tenir droit.

— Montre-lui qui commande.

Cameron resta au bas de l'escalier pendant dix bonnes minutes avant de monter et de se faufiler dans la chambre de son frère. Comme elle le suspectait, il gisait inconscient sur le lit, tout habillé, ses chaussures encore aux pieds. Elle espéra ne pas lui avoir donné trop de drogue, mais quand elle l'entendit ronfler, elle sut qu'il n'était pas en danger. S'il n'avait pas bu autant pour se donner le courage de séduire Taye, ou pire, il ne serait pas inconscient à présent. En le regardant, elle ne put s'empêcher de sourire à la pensée qu'elle l'avait vaincu.

Grant Campbell n'initierait personne aux plaisirs de la chair ce soir-là.

Chapitre 18

— Vous voulez que je m'habille, *monsieur ? Oui ?*

Jackson, nu sur un lit à baldaquin dans un hôtel coûteux de Baton Rouge, fixait le plafond peint de chérubins qui dansaient, de lunes et d'étoiles. Il jeta à peinc un coup d'œil à la blonde qui se pavanait devant lui en bas à résille noirs et porte-jarretelles rouge. Son accent, pourtant léger, dénotait une Cajun française.

— *Oui.* Vous m'avez bien entendu, habillez-vous, grommela-t-il, de mauvaise humeur.

Il prit un cigare dans un petit humidificateur en acajou près du lit.

Cerese fut aussitôt près de lui pour allumer le cigare avec une petite lampe à huile de la table de chevet. Tandis qu'elle se penchait, ses gros seins, aux aréoles sombres et larges, se balancèrent devant son visage. Elle sentait un bon parfum français avec un soupçon de savon. Jackson aimait les catins méticuleusement propres et il payait bien pour cette garantie. Cerese était tout à fait son genre, lascive et expérimentée sans être vulgaire.

Mais cette dame de la nuit ne sentait pas la terre du Mississippi, le grand air ou les nuits de lune sur la Pearl River, et elle n'était pas rousse. Ses yeux étaient d'un bleu délavé, et non pas ambrés comme ceux d'une chatte. Sa voix était trop douce, trop aguicheuse.

Jackson jura à mi-voix et lui fit signe de s'éloigner. Jadis, il aurait passé une nuit entière avec elle. Il lui aurait appris des tours de son métier que personne d'autre ne lui avait enseignés. Il l'aurait fait crier de plaisir plus de fois en une nuit qu'aucun autre homme auparavant.

Seulement voilà, elle n'était pas la femme qu'il aurait voulu avoir près de lui. Qu'il aurait voulu tenir dans ses bras. Quand il avait essayé d'embrasser la bouche peinte de Cerese, il en avait eu la nausée, aussi dégoûté par elle que par lui-même. Comment avait-il laissé arriver une chose pareille ?

— Ne vous ai-je pas dit de vous habiller ? demanda-t-il.

— Si *monsieur* a des difficultés…

Elle tomba à genoux à côté du lit et prit son membre mou dans sa main fraîche.

— … Cerese pourrait…

— M'avez-vous entendu ? Je vous ai dit de vous habiller !

Il n'était pas embarrassé, juste agacé, et voulait qu'elle s'en aille.

— Ne vous inquiétez pas, vous serez payée.

Il se leva du lit, et sans prendre la peine d'enfiler sa robe de chambre de soie, alla nu au balcon pour regarder dehors.

La rue était bien éclairée et des bruits l'assaillirent dès qu'il écarta les rideaux de brocart. Des voitures passaient, tirées par des chevaux fringants à la tête surmontée de panaches de plumes, et la rue était aussi animée qu'en plein midi même s'il devait être minuit passé.

Jackson entendit de rauques rires féminins qui lui rappelèrent le rire d'une autre femme, et il regarda en bas, espérant presque voir Cameron apparaître par magie. Mais Cam n'était pas là, bien entendu. Un homme et une femme, enlacés, passèrent sur le trottoir. Plus loin dans la rue, un banjo jouait un air cajun.

Bon sang, il s'amollissait! Il souhaita que son bateau soit prêt à partir immédiatement. Il avait déjà fait charger une partie de la cargaison — de la térébenthine. Il avait aussi pris quelques bons contacts et sa mission se présentait bien. Il avait reçu ses ordres de Washington. Maintenant, il avait besoin de prendre le large. Peut-être que les brises fraîches et l'air salé chasseraient enfin cette tentatrice aux cheveux roux de ses veines.

A un demi-pâté de maisons de là, un homme appuyé à un réverbère attira son attention. Il connaissait cet homme. Il était vêtu comme un joueur, d'un costume bon marché, et buvait à une bouteille qu'il avait tirée de sa redingote. Mais d'autres fois, il avait été un soldat, un riche homme d'affaires, un travailleur ordinaire et même un allumeur de réverbères.

— Sapristi, marmonna Jackson.

Il avait espéré se coucher de bonne heure. A présent, il allait être obligé de s'habiller et de se rendre à l'un des points de rendez-vous désignés à l'avance. Là, on lui donnerait des instructions sur le véritable lieu de rencontre.

Il attendit que le joueur l'aperçoive sur le balcon et fit un petit salut.

— *Monsieur?*

Il se tourna et trouva Cerese habillée. A part ses lèvres et ses joues rougies, elle portait une robe si respectable que personne n'aurait deviné qu'elle était une catin.

— L'argent est dans le premier tiroir.

Il lui tourna de nouveau le dos. Il attendrait qu'elle

soit partie et s'habillerait. Il irait à son rendez-vous et serait de retour dans sa chambre d'ici deux heures, s'il avait de la chance.

Il entendit des pas, le tiroir qui s'ouvrait et le bruissement des billets qu'elle comptait. Enfin, la porte de la chambre s'ouvrit et se referma. Il lui avait donné de véritables billets yankees. Il savait bien que le papier-monnaie confédéré qui était imprimé dans le Sud ne vaudrait pas plus que l'encre d'imprimerie d'ici quelques mois.

Il souffla un rond de fumée et fixa l'obscurité, se demandant ce que Cameron faisait. Dansait-elle à un bal confédéré ? Riait-elle, rejetant en arrière ses boucles au roux foncé qui sentaient le soleil et allaient si bien avec ses sourires impertinents ?

Cameron rampa dans l'herbe, entre la grange et le silo à maïs. L'odeur de la riche terre noire du Mississippi, encore chaude de la journée, emplissait ses narines. Un brouillard épais couvrait le sol. Elle entendait au loin les bruits des créatures nocturnes — des grenouilles, des insectes et le long hululement d'un grand-duc. Des choses informes voletaient dans l'air au-dessus d'elle et son estomac se crispa tandis que l'image de chauves-souris lui traversait l'esprit. Elle détestait les chauves-souris, mais elle ne pouvait pas se permettre de se laisser distraire par des peurs ridicules. Il y avait trop en jeu pour qu'elle laisse ses propres faiblesses l'empêcher de faire ce qu'il fallait.

La lune et les étoiles étaient voilées par d'épais nuages, néanmoins elle n'avait pas osé prendre une lanterne de peur que les gardes armés postés autour des cases ne la voient. Plusieurs hommes s'étaient couchés à la lisière des bois pour dormir, mais Taye et elle avaient compté trois gardes qui patrouillaient. Ainsi à ras du sol, elle était presque invisible, protégée par l'ombre des dépendances et le brouillard.

Elle posa sa joue sur l'herbe et jeta un coup d'œil derrière elle. Même si elle ne pouvait voir Taye, elle sentait que son amie la suivait dans un silence déterminé. Taye était vêtue, tout comme elle, de culottes et d'une chemise blanche, mais elles avaient noué un foulard autour de sa taille pour tenir les pantalons. Si Cameron était complètement à l'aise en vêtements d'homme, Taye avait paru si gênée quand elles s'étaient habillées dans sa chambre que cela l'avait fait rire, malgré la gravité des circonstances.

Elle s'arrêta et attendit que la jeune fille rampe jusqu'à elle.

— Vous êtes sûre que ça va marcher, Cam ?

Cameron savait qu'elle devait paraître assurée. Trop de gens, y compris Taye, comptaient sur elle.

— Il y a plus d'un quart de mille entre le quartier des esclaves et ce silo à grains, dit-elle.

Elle indiqua le bâtiment devant elles de deux doigts, comme un soldat désignant l'ennemi.

— Les hommes viendront sûrement voir ce qui est en feu. Une fois qu'ils y seront, ils essaieront d'éteindre l'incendie.

— Et ça vous donnera le temps de libérer les esclaves ?

Cameron hocha la tête.

— Et de fuir. Dès que tu auras mis le feu, je veux que tu contournes la grange de loin, à travers les pommiers, jusqu'à la rivière. Il n'y a qu'une barque, mais elle est de bonne taille. Nous ferons autant de traversées qu'il le faudra.

Cameron regarda le silo à maïs, composé de planches verticales séparées par des espaces, puis évalua la distance entre ce silo et l'endroit où elles étaient. Elle se mit à genoux et tendit à Taye la boîte d'amadou qu'elle avait apportée.

— Assure-toi d'avoir une bonne pile de feuilles. Il faut un grand feu pour les attirer là…

Taye hocha la tête et pinça les lèvres dans une tentative manifeste de se montrer courageuse.

— Je vous retrouverai à la rivière.

— A la rivière, murmura Cameron en se mettant à quatre pattes.

Lorsqu'elle atteindrait les arbres, elle serait en sûreté, pourrait se remettre debout et courir.

Elle atteignit sans encombre le bosquet de gommiers et de noyers derrière les cases des esclaves et attendit dans le noir que Taye fasse sa part. Se tordant les mains d'impatience et d'angoisse, elle pria en silence pour que son plan marche.

Après avoir trouvé son frère inconscient sur son lit, elle s'était faufilée jusqu'à la rivière. Là, elle avait trouvé la seule barque qu'on leur avait fournie, une grossière embarcation à fond plat qui ressemblait plus à un radeau, mais qui ferait l'affaire. Tout le monde traverserait. Ensuite, ils se sépareraient en petits groupes et partiraient vers le Nord, pour se rendre au premier refuge du Chemin de Fer souterrain, sur la frontière entre le Mississippi et le Tennessee. Elle n'avait eu aucun signe de Naomi ou de Manu, et elle avait dû accepter le fait que la jeune Noire était partie et que Jackson ne viendrait pas à son secours.

Elle sentit la fumée avant de voir les flammes. C'était une odeur âcre qui se dégageait d'un matériau sec qui brûlait fort et vite. Juste comme les premières flammes se projetaient dans l'air, Cameron entendit crier l'un des gardes.

— Au feu!

— Un feu? Où?

— Jimmy!

Elle vit les hommes qui dormaient par terre bondir sur leurs pieds, le fusil à la main.

— Tu restes ici, ordonna le chef à un homme avec une casquette. Tiens les nègres à l'œil pendant qu'on va voir ce qui brûle.

Cameron avait espéré que tous s'en iraient, mais elle savait qu'ils pourraient s'occuper d'un garde s'il le fallait. Elle courut à la première case, restant dans l'ombre. Les gardes avaient fabriqué des barricades de fortune en glissant un morceau de bois dans des montants, si bien qu'elle n'eut pas à utiliser la barre qu'elle avait cachée. Gardant un œil sur l'homme en faction, elle souleva la planche qui barrait la porte.

— Chut! chuchota-t-elle en ouvrant, priant pour que les gonds ne grincent pas.

Elle vit de grands yeux tout près les uns des autres dans l'obscurité.

— Missy Cameron, murmura un homme. C'est missy Cameron.

Elle le reconnut.

— Bay, écoute-moi… Le silo à maïs est en feu.

Elle jeta un coup d'œil derrière elle et vit le garde, le dos tourné dans la direction du silo.

— Il y a juste un garde. Fais ce que tu dois faire, mais ne le tue pas. Il a un fusil.

Bay, un jeune homme robuste d'une vingtaine d'années, hocha solennellement la tête.

— Et après, missy?

— Fais sortir tout le monde et allez à la rivière. Il y a une barque qui vous fera traverser. Cela prendra plusieurs voyages, parce que je n'ai pu avoir qu'un bateau. J'ai de l'argent pour vous tous et plusieurs cartes. Des gens pourront vous aider, plus au nord.

— Le Chemin de Fer, murmura-t-il comme s'il prononçait le nom de Dieu.

Elle hocha la tête, s'écartant de son passage.

Pendant que plusieurs hommes se glissaient dans l'obscurité pour maîtriser le garde, Cameron alla à la case voisine. D'autres hommes parmi ceux qu'elle avait libérés se déployèrent alors pour ouvrir le reste des cases.

Alors qu'elle ouvrait une nouvelle porte et demandait doucement de garder le silence, elle croisa le visage de Sukey qui ouvrit de grands yeux en la reconnaissant.

— Sukey, chuchota-t-elle, tendant le bras pour toucher la main qui l'avait si souvent apaisée quand elle avait la fièvre et pansé ses genoux égratignés ou ses doigts brûlés.

Sukey battit des cils. Elle semblait à peine la reconnaître. Elle paraissait sale et fatiguée.

— Miss Cameron…

Cameron répéta les instructions aux femmes. Elle entendit un bruit étouffé, se retourna et vit trois hommes maîtriser le garde. Pas un mot ne fut prononcé, pas un bruit, aucun coup de fusil…

— Vous devez faire taire les enfants, recommanda-t-elle en s'écartant pour laisser sortir les femmes. Descendez à la rivière. Et vite.

La clairière fut soudain un méli-mélo de silhouettes

sombres et furtives. Les esclaves sortirent presque sans bruit de l'espace ouvert, mais Cameron sentait leur peur. Elle pouvait en sentir le goût sur sa propre langue, comme celui des cendres qui commençaient à envahir l'air.

Les nuages s'écartèrent dans le ciel et un rayon de lune tomba soudain dans la clairière. Ce fut à ce moment-là seulement que Cameron aperçut une femme seule restée en arrière. C'était Sukey. Elle courut à elle et l'entraîna à l'abri des bois.

— Sukey, viens, nous devons faire vite, murmura-t-elle d'un ton pressant.

— Ma fille, murmura Sukey. Où est Taye ?

Elle s'arrêta et plissa son front ridé.

— Est-elle avec son père ?

Cameron la poussa doucement. Elle n'avait aucune idée de qui elle parlait. Personne n'avait jamais mentionné le nom du père de Taye, mais ce n'était ni le moment ni l'endroit d'en discuter.

— Taye nous attend près de la rivière.

Elle prit la main de Sukey et se mit à courir, la forçant à courir avec elle.

Le temps que Cameron atteigne le bord de l'eau, un autre nuage avait heureusement caché le quartier de lune. Il faisait si sombre dans les bois qu'elle pouvait à peine distinguer les silhouettes des esclaves qui montaient dans la barque. Elle était stupéfaite que les enfants soient si sages, donnant la main à leurs parents ou leurs grands-parents. Des bébés se cramponnaient au sein de leur mère, leurs yeux ronds et blancs dans l'obscurité, mais ils n'ouvraient pas la bouche.

— On peut pas en prendre plus, entendit-elle dire à l'un des hommes tandis que deux autres se servaient d'une perche pour pousser la barque. On va revenir vous chercher.

Cameron attendit au bord de l'eau avec les autres, les mains nouées d'appréhension, le cœur battant.

— Cam!

Taye accourait vers elle.

— Ma mère?

Cameron lui prit la main.

— Ta mère est ici, attendant que la barque revienne, chuchota-t-elle.

Elle croisa le regard de son amie, détestant l'idée de la séparation, mais sachant que, pour sa sécurité, Taye devait partir.

— Tu dois aller avec elle au prochain voyage.

Taye secoua la tête.

— Je ne vous quitterai pas.

Cameron ne voulait pas lui parler des plans de Grant. Elle ne voulait pas l'effrayer plus encore.

— Tu es en danger ici. Tu dois m'écouter. Il faut que tu partes.

— Nous trouverons les papiers qui m'ont affranchie, insista Taye. Avec mes papiers, même Grant ne pourra pas me chasser. Je sais où ils sont, je crois. Le sénateur les gardait dans son cabinet de travail, dans le compartiment secret du secrétaire de sa mère.

Des larmes brûlèrent les paupières de Cameron, mais elle n'osa pas les laisser couler, de peur de ne plus pouvoir les arrêter. Elle entendait les hommes et les femmes descendre de la barque sur l'autre berge. Par chance, la rivière était étroite à cet endroit, et le radeau reviendrait rapidement chercher les autres. Deux voyages encore et ils seraient tous en sécurité.

— Ecoute-moi, lui dit Cameron en pressant ses deux mains dans les siennes. Ce n'est pas de ce danger dont je te parle…

— Alors quoi ?

Taye la regarda avec une telle innocence que Cameron put à peine se résoudre à continuer.

— Grant…, murmura-t-elle.

— Grant ?

Cameron baissa les yeux.

— Il est attiré par toi. Si tu ne cèdes pas, je crains…

Taye se libéra et couvrit la bouche de Cameron de ses doigts fins.

— C'est bon. Ne vous forcez pas à le dire. Je sais ce qu'il veut.

— Tu le sais ?

— Depuis longtemps déjà il essaye de me bousculer, ou de m'enjôler pour que je couche avec lui.

La voix de Taye était basse, calme, mais étonnamment courageuse.

— J'ai été une telle sotte, dit Cameron plus fort qu'elle n'en avait l'intention.

Plusieurs esclaves regardèrent dans sa direction et elle baissa le ton.

— Comment ai-je pu… J'ai bien remarqué la façon dont il te regarde, mais honnêtement je n'aurais jamais cru qu'il oserait…

— Assez, dit Taye. Ne vous torturez pas ainsi.

— Alors, tu iras dans le Nord ?

— J'emmènerai ma mère, mais seulement si vous faites la même chose.

— Je ne peux pas quitter Elmwood !

— Pourquoi pas ? Qu'en restera-t-il, sans les gens que nous aimons ? Rien que l'ombre de ce qui a été.

La voix de Taye était ferme, maintenant, et elle paraissait bien plus que ses dix-sept ans.

— Il n'y a plus rien ici, Cam, à part l'écho de ce qui ne sera plus jamais.

Cameron regarda dans la direction de la maison, se demandant si son amie n'avait pas raison.

— Nous irons dans le Nord ensemble, insista Taye. Nous irons chez les Stuart. Nous serons toutes les trois en sûreté, là-bas, vous, maman et moi. Nous serons à l'abri des chasseurs d'esclaves. A l'abri de Grant.

Cameron savait que lorsque la guerre traverserait le Mississippi, il ne resterait pas grand-chose de son cher Elmwood. Ce que son frère ne vendrait pas ou n'emporterait pas avec lui serait volé, et sans travailleurs pour planter et amender le sol, les champs tomberaient rapidement en friches. Sans les nombreux domestiques qui s'en occupaient, la grande maison serait bientôt dans un état déplorable, elle aussi.

Comment pourrait-elle y vivre seule, alors ? Le peu d'argent qui lui restait après avoir donné tout ce qu'elle pouvait aux esclaves s'épuiserait aussi. A quoi bon rester à Elmwood si son père n'était plus là, si ses chevaux n'étaient plus là, si Sukey et Taye n'étaient plus là ?

Elle pensa à Jackson. Son visage. Son rire viril et taquin… Jackson était quelque part, tout près. Si elle partait dans le Nord, elle ne le reverrait sans doute jamais.

Etait-ce lui, plutôt qu'Elwood et les souvenirs qu'elle y avait, qui la retenait ?

Elle était trop submergée par tout ce qui se passait autour d'elle pour s'arrêter vraiment à cette éventualité.

La barque accosta et d'autres hommes et femmes se hâtèrent d'embarquer. Ils devenaient anxieux au fur et à mesure que le temps passait, jetant des coups d'œil par-dessus leur épaule, leurs murmures devenant plus forts, plus frénétiques. Un bébé se mit à pleurer doucement et fut calmé par le sein de sa mère.

En moins de deux minutes, la barque repartit. Un troisième voyage et tous les esclaves auraient traversé. Cameron sentait toujours l'épaisse fumée du maïs qui brûlait et elle pria que Taye ait allumé un feu assez grand.

De l'autre côté de la Pearl River, elle pouvait déjà voir deux des hommes qui distribuaient les cartes et l'argent. Des petits groupes se dispersaient, courant dans les bois. Il serait plus facile pour eux de se rendre au plus proche refuge sans être repérés, s'ils se déplaçaient moins nombreux.

Taye lâcha Cameron pour aller chercher sa mère qui se tenait au bord de la rivière, serrant dans ses mains un foulard en coton que le sénateur lui avait donné des années plus tôt.

— Maman, nous devons traverser. Au prochain passage.

— Je ne veux pas partir de chez moi !

Cameron les observa avec tristesse tandis que Sukey, les yeux troublés et pleins de confusion, dévisageait sa fille.

— Je dois rester ici avec ton père, dit-elle.

Taye regarda Cameron comme pour dire : « Elle ne sait pas ce qu'elle dit. »

— Non, tu dois venir avec moi, insista-t-elle gentiment mais fermement. Tu dois m'aider, maman.

Comme Sukey ne répondait pas, Taye regarda de nouveau Cameron d'un air impuissant.

— Je ne sais pas ce qu'elle a. Elle devient confuse

quelquefois, dit des choses qui n'ont pas de sens. Mais Naomi n'a pas pu lui trouver de maladie.

Elle laissa les mots mourir dans le silence et l'obscurité, puis elle enlaça Sukey d'un bras et la ramena doucement vers la rivière.

— Là, là, maman.

Elle guida sa mère vers l'endroit où la barque devait revenir.

— Tu ne comprends pas, dit Sukey de sa voix veloutée. Il sera si contrarié à cause de moi !

Cameron tourna brusquement la tête quand Sukey prononça ces mots. « Il sera si contrarié à cause de moi. » C'était ce qu'elle disait toujours à propos de son père quand elle essayait de le convaincre de les laisser faire quelque chose qu'il n'approuverait pas, Taye et elle.

« Il sera si contrarié à cause de moi. »

Taye pouvait-elle être l'enfant de son père ? Pouvait-elle être sa sœur ?

Des coups de feu retentirent soudain dans les bois, derrière eux, et quelqu'un hurla. Les nuages s'écartèrent de nouveau, comme sur l'ordre d'une créature maléfique, et la lumière inonda l'endroit où le dernier groupe d'esclaves attendait son tour de traverser la rivière.

— Par ici ! cria une voix d'homme au milieu de l'agitation qui régnait entre les arbres.

Taye se tourna vers Cameron, l'air terrifié. Plusieurs des esclaves plongèrent dans l'eau et se mirent à nager vers l'autre rive. Un homme et sa femme prirent leurs deux enfants dans leurs bras et s'enfuirent le long de la berge.

— Arrêtez-vous et on ne vous tirera pas dessus ! cria un homme surgissant dans la clairière, agitant un fusil.

D'autres sortirent des bois derrière lui.

— Attrapez-les ! brailla l'un d'eux en lâchant les chiens.

— Toi, là ! cria Jenkins à l'homme qui s'enfuyait avec sa famille. Fais un pas de plus et je tire sur les petits.

La famille s'arrêta.

Cameron ne détacha les yeux de Taye et de sa mère qu'un instant, mais quand elle se retourna vers elles, Sukey était partie.

— Maman ! cria Taye en s'élançant derrière elle.

Cameron la saisit par le bras.

— Ne bouge pas. J'y vais. Ils n'oseront pas me tirer dessus.

Elle courut après Sukey qui ne semblait pas se diriger vers l'eau, mais retourner vers la maison.

Un coup de feu retentit. Les aboiements des chiens et même le bruit des insectes dans les bois parurent un instant se taire. Cameron entendit à peine le cri de Taye. Elle eut l'impression que la balle lui transperçait la poitrine en même temps qu'elle frappait Sukey dans le dos.

— Non ! hurla-t-elle en se ruant vers son ancienne nourrice.

Elle l'attrapa qui tombait, et tandis qu'elles roulaient toutes les deux par terre, elle constata à quel point Sukey avait maigri. Elle n'avait jamais été une forte femme, mais elle ne pesait pas plus lourd qu'une plume, à présent.

Elle la retourna sur le dos. Ses yeux étaient fermés, mais Cameron sut que même s'ils avaient été ouverts, ils n'auraient rien vu. Sukey était morte avant de toucher le sol.

Taye s'écroula à genoux ; des sanglots la secouaient toute.

Cameron embrassa le front chaud de Sukey et la reposa doucement dans l'herbe. Le clair de lune les éclairait, et quand elle s'écarta, elle se rendit compte que la tension qu'elle avait vue sur son visage depuis la mort de son père avait enfin disparu. Sukey paraissait soulagée, en paix, enfin…

Cameron marcha à grands pas vers le dénommé Jenkins.

— Tirez de nouveau avec cette arme, dit-elle doucement en se plaçant nez à nez avec lui, et je vous tuerai moi-même, même si c'est la dernière chose que je ferai sur cette terre.

L'homme cligna des paupières. Il ne dit rien, mais Cameron sentit qu'il était effrayé.

— Rassemblez-les ! cria-t-il à ses acolytes. Et trouvez un moyen de traverser cette rivière et d'attraper le reste. M. Campbell va vouloir ma peau pour cette histoire !

Sur l'autre rive, la barque abandonnée commençait à dériver vers l'aval. Cameron pria qu'elle ne revienne pas accoster de leur côté ; cela donnerait une meilleure chance de s'échapper à ceux qui avaient traversé.

Elle alla lentement jusqu'à Taye et s'agenouilla devant elle, la prenant dans ses bras comme si elle était une enfant.

Taye pleurait la perte de sa mère.

Cameron pleurait parce qu'elle ignorait comment elle allait protéger sa meilleure amie de son frère, maintenant.

Chapitre 19

Au milieu de matinée, le lendemain, Grant *escorta* Cameron jusqu'à sa chambre. Il avait été réveillé à l'aube par Jenkins, qui lui avait appris la rébellion des esclaves et la participation que sa sœur y avait prise. Ceux qui avaient pu être repris avaient été rassemblés et enfermés de nouveau dans les cases, cette fois sous plus stricte surveillance. Des hommes avec des chiens continuaient à chercher ceux qui avaient réussi à s'enfuir.

Après le coup de fusil qui avait coûté la vie à Sukey, Jenkins avait enfermé Cameron et Taye dans l'une des cases, avec les autres femmes. Ce fut seulement quand un Grant fulminant était arrivé dans le quartier des esclaves, le regard trouble, et l'invective aux lèvres, que Cameron avait été libérée de sa prison.

Elle avait eu beau supplier son frère, il n'avait pas permis que Sukey soit enterrée dans le cimetière familial, sur la colline, derrière la maison. A la place, Cameron avait été forcée d'inhumer la femme qu'elle aimait et qui avait été comme une mère pour elle dans le cimetière des esclaves. Grant ne lui avait accordé que deux hommes pour creuser la tombe, et ces deux hommes avaient des chaînes aux chevilles. Quand la terrible tâche avait été accomplie, et que Taye et elle avaient laissé reposer Sukey sans même une croix de bois pour marquer sa tombe, Grant avait de nouveau fait enfermer Taye. Il avait ordonné aux gardes, si un feu se déclarait de nouveau quelque part ou si un autre incident suspect se produisait, d'incendier les cases et d'envoyer tout le monde rôtir en enfer.

A peine dans sa chambre, Cameron s'effondra sur son lit, épuisée et perdue.

— Si tu quittes cette chambre sans ma permission, je commencerai à tuer tes nègres bien-aimés, tu m'entends ?

Elle couvrit ses yeux de son avant-bras, combattant les larmes qu'elle avait retenues depuis la mort de Sukey. Si elle se mettait à pleurer, elle inonderait sûrement le Mississippi !

— Tu m'entends ? aboya Grant.

Elle hocha la tête.

— Que vas-tu faire ? murmura-t-elle.

La pièce était trop chaude, mais elle n'osait tirer les rideaux pour ouvrir les fenêtres. Le soleil qui tapait ne la rendrait que plus chaude encore.

— Comment ça, ce que je vais faire ? Je vais tous les vendre aux enchères demain comme je te l'ai dit avant que tu ne commettes ton exploit et me fasses perdre beaucoup d'argent.

— Tu vas *tous* les vendre aux enchères ? demanda-t-elle d'une voix tremblante, craignant de rappeler ses intentions en ce qui concernait les femmes les plus jeunes et de prononcer le nom de Taye.

— Tous !

Cameron était si fatiguée qu'elle ne parvenait plus à penser clairement. Tandis que ses pensées dérivaient, elle se demanda s'il ne vaudrait pas mieux que Taye soit vendue comme esclave. Au moins, elle serait à l'abri de Grant. Peut-être pourrait-elle alors la retrouver plus tard et prouver qu'elle était une femme libre, ou simplement l'aider à s'évader.

— Dors ! lui ordonna Grant. Tu as une mine horrible. La vente aux enchères aura lieu demain matin et nous partirons tout de suite après. Jenkins et ses hommes resteront sur place pour surveiller la maison et s'assurer que tout ce que j'ai vendu d'autre soit emporté. Nous prendrons une voiture jusqu'au Mississippi, où j'ai réservé des places pour Baton Rouge sur un bateau à aubes.

Cameron n'eut pas la force de demander qui les accompagnerait. Plus de la moitié des esclaves s'étaient échappés et dispersés dans les bois, mais les autres avaient été rattrapés et seraient vendus. Son cœur se serra à l'idée du sort réservé aux femmes. Etre vendues aux enchères, séparées de leur mari et de leurs enfants était déjà assez terrible, mais se retrouver dans un bordel… Qu'est-ce qui avait rendu Grant aussi mauvais ? Pourquoi était-il si plein de haine ?

Pour la première fois depuis la mort de son père, elle fut presque contente qu'il ne soit plus là. Au moins, il ne pouvait pas voir son fils jeter la honte sur leur famille de cette façon et salir sa mémoire d'homme juste et généreux.

— Ainsi, je t'accompagne à Baton Rouge ?

Elle était trop vidée pour éprouver la moindre émotion.

— Je pense que c'est le mieux, répondit Grant froidement. Au moins pour le moment.

Cameron souleva son bras pour jeter un coup d'œil à son frère à travers la chambre. Même dans la pénombre de la pièce, elle put voir qu'il avait une mine affreuse, pire encore que la sienne. Ses yeux étaient injectés de sang et son visage bouffi. Il avait sur la joue une marque rouge gonflée et irritée.

Il lui traversa l'esprit qu'elle aurait dû se sentir coupable de l'avoir drogué, mais elle n'éprouvait aucun remords. Elle avait sauvé Taye de ses avances lubriques. Elle l'avait au moins sauvée pour une nuit.

— Ne puis-je pas juste rester à Elmwood ? demanda-t-elle avec désespoir.

— Sûrement pas !

Grant frotta de nouveau sa joue irritée.

— Après ce qui vient de se passer, il est évident que tu as besoin d'être surveillée de près. Si notre père ne t'avait pas laissée devenir aussi sauvage et sans manières, ajouta-t-il avec mépris, tu ne serais peut-être pas un tel fardeau pour moi maintenant.

Il sortit à reculons de la chambre, pressant une main sur sa tête. Cameron espéra qu'il avait une migraine atroce.

— Je t'apporterai quelque chose à manger plus tard. Et rappelle-toi bien : tu mets un pied hors de cette pièce et Jenkins tirera dans la tête d'un nègre. S'il doit en tuer un, ce sera ta faute, car je t'ai prévenue. C'est compris ?

Elle se couvrit les yeux de son bras et hocha la tête.

— C'est compris ? gronda-t-il, plus fort cette fois. Je ne t'ai pas entendue.

— Oui, dit-elle doucement, sans ouvrir les yeux.

Grant sortit et referma la porte derrière lui, la laissant seule avec ses tourments.

— Qu'est-ce que tu fais ?

Manu se tenait debout près du petit feu qu'il avait allumé pour cuire les pommes de terre volées. Il l'observait avec attention, mais Naomi se rendait compte qu'il craignait de trop s'approcher d'elle.

Elle marmonna à voix basse dans la langue de sa mère et ramena vers elle la fumée à l'odeur douce qu'elle avait fait jaillir d'une pincée d'herbes. Sa voix était basse, pleine de vénération pour les dieux qui approchaient.

— J'appelle ma magie, répondit-elle.

Manu fit un pas en arrière.

— Dieu tout-puissant, femme ! Tu sais bien que ces choses-là, ça me fait peur !

Elle inhala la fumée odorante et sourit d'un air rêveur. C'était une des raisons pour lesquelles elle aimait tant Manu. Il était grand et puissant ; il pouvait tuer un homme de ses mains nues. Il l'avait déjà fait. Et pourtant, il acceptait d'admettre que quelque chose lui faisait peur.

Elle mit la main dans son sac et en sortit un hochet fait de calebasses. Elle le secoua sur un rythme qu'elle entendait seulement dans son esprit.

— Qu'est-ce que tu fais, maintenant ? chuchota Manu.

— Je les appelle. Tu les entends ? Tu les sens qui s'approchent ?

Manu scruta l'obscurité comme s'il redoutait la présence de loups. De là où ils campaient, ils pouvaient entendre les bateaux à vapeur qui descendaient le Mississippi. Ils pouvaient humer l'odeur de vase de ses rives à pic et le goût de ses eaux.

— J'entends rien qui s'approche, répondit Manu en rejetant les épaules en arrière. J'entends rien à part mon gros ventre qui grogne de faim.

Elle rit doucement et ferma les yeux. Elle pouvait les sentir maintenant près d'elle, la guidant. Manu continuait à parler. Il lui disait combien les choses avaient mal tourné à Elmwood et il se demandait tout haut quand la même chose arriverait à Atkin's Way, mais Naomi l'entendait à peine. Tandis qu'elle inspirait la fumée et ouvrait son esprit aux pouvoirs de la vie autour d'elle, elle se sentait enveloppée par les bras puissants des dieux de sa mère.

Lorsqu'elle entendit la voix qu'elle attendait, elle baissa la tête en signe de vénération. Elle secoua son hochet et se balança sur ses talons. Elle ouvrit les lèvres et chanta des mots qu'elle ne comprenait pas… qu'elle n'avait pas besoin de comprendre. La voix, une voix de femme, lui disait où elle devait aller, ce qu'elle devait faire. Ce qu'elle voulait ne comptait pas, tout ce qui comptait était la voix. Il fallait suivre la voix.

Elle devait longer le fleuve…

La voix s'éteignit, la fumée se dispersa. Elle fit taire son hochet.

Elle se releva de sa position accroupie, sans savoir combien de temps avait passé. Manu sortait les pommes de terre des braises.

— C'est l'heure de manger, dit-il avec un grand sourire.

Elle lui rendit son sourire, contente. Elle savait ce qu'elle devait faire, maintenant, et ce savoir donnait du pouvoir à une femme.

— L'heure de manger, dit-elle à Manu en rangeant son hochet. Et après, l'heure de l'amour.

Elle passa sa main sur le visage de son homme.

— Et puis l'heure pour Naomi de s'envoler.

Manu perdit son sourire.

— Qu'est-ce que tu dis, mon suc'?

— Je dois aller à Baton Rouge.

Elle prononça le nom comme la voix l'avait prononcé. Elle parlait un peu de français, que sa mère lui avait appris.

— Je sais pas de quoi tu parles. Manu, il va pas à Baton Rouge. Il va nulle part, sauf dans le Nord.

Elle fit glisser ses mains sur son torse nu, sentant l'acier soyeux de ses muscles sous ses doigts.

— C'est juste. Tu vas dans le Nord pour être sûr que ma maman arrive en sûreté à la ligne du Tennessee. Qu'elle suive bien le Chemin souterrain avec les autres.

Le visage sombre de Manu se défit quand il comprit où elle voulait en venir.

— Mais toi, tu viens pas ?

Elle secoua la tête.

— Pas encore. Bientôt, mais pas encore.

Elle s'approcha de lui, pressa son corps contre le sien, laissant sa chaleur et sa force la pénétrer jusque dans ses os. Ce qu'elle allait entreprendre était dangereux, mais il fallait le faire. Elle n'avait pas pu trouver le capitaine à Jackson, et elle était revenue à Elmwood. Mais en chemin, elle avait rencontré Sem et quelques autres dans la nuit et ils lui avaient raconté ce qui s'était passé. Elle n'avait pas su alors ce qu'elle devait faire. Raison pour laquelle elle s'était tournée vers les dieux.

Maintenant, elle savait.

— Dis-moi ce que tu vas faire, demanda Manu, la fixant de ses grands yeux noirs si pleins d'amour pour elle.

— J'vais faire un petit voyage. J'serai pas partie plus de quelques jours. Et puis la vieille Naomi marchera vers le Nord et retrouvera son homme.

Il désapprouva d'un hochement de tête.

— J'aime pas ça. J'aime pas ça du tout.

Elle lui caressa la joue.

— Personne a dit que toi ou moi, on devait aimer ça.

Elle se haussa sur la pointe de ses pieds nus et il dut encore se pencher pour embrasser ses lèvres.

— J'dis juste que ça doit être fait.

— Je t'attendrai ici, alors, murmura Manu contre sa bouche, convaincu qu'il ne pourrait pas la faire changer d'avis.

— Non… Trop dangereux. Des chasseurs d'esclaves vont grouiller dans ces bois, bientôt. Tu dois aller vers le Nord avec les autres.

Manu la serra étroitement contre lui et posa la tête sur sa poitrine. Sa grave voix se fêla quand il reprit la parole.

— Le problème, mon suc', c'est que je sais pas si je *peux* partir sans toi.

Cameron dormit jusqu'en fin d'après-midi et se réveilla assez longtemps pour manger un peu de viande froide et de pain que Grant lui avait apportés. Après s'être lavée et avoir enfilé une chemise de nuit, elle s'endormit de nouveau. Ses rêves furent agités. Sans cesse, elle entendait le coup de feu et le hurlement de Taye quand Sukey était tombée. Elle entendait les pleurs du bébé avant que sa mère ne le calme. Mais surtout, elle voyait Jackson qui riait, et se moquait d'elle.

Pourquoi n'était-il pas venu ? Pourquoi Jackson n'était-il pas venu l'aider ?

Elle était si épuisée, si vaincue, qu'elle dormit encore toute la nuit. A l'aube, elle fit sa toilette avec le reste de l'eau que Grant lui avait laissée et s'habilla avec soin. Elle mit une robe de voyage bleu clair couverte de ruchés et de rubans. Elle coiffa un chapeau de paille à large bord avec un ruban bleu assorti et prit une ombrelle. Le temps que Grant frappe à sa porte, sa malle était prête et elle l'attendait près de la fenêtre.

— Entre, dit-elle presque avant qu'il frappe, car elle avait reconnu son pas à sa boiterie.

En outre, qui d'autre cela pouvait-il être ? Ils étaient seuls dans la maison, à présent.

Grant pénétra dans sa chambre vêtu élégamment d'un pantalon gris et d'une redingote assortie. Son gilet était rose et il portait un chapeau melon à la mode sous le bras.

— Je vois que tu es prête. C'est bien.

Il ouvrit les bras.

— Et quel ravissement des yeux tu es, ma chère sœur !

Il parlait comme si rien n'était arrivé, comme si leur père était encore vivant, comme si le fort Sumter n'avait pas été attaqué, comme si le Sud n'allait pas tomber.

— J'ai pensé que tu pourrais m'accompagner à la vente aux enchères. Nous partirons tout de suite après… Je suis impatient de revoir Baton Rouge et de renouer connaissance avec nos amis de Louisiane, pas toi ?

Cameron jeta un coup d'œil par la fenêtre ouverte. A distance, elle pouvait voir le quartier des esclaves. Jenkins et ses hommes avaient rassemblé les esclaves dehors et enchaîné les hommes ensemble. Les femmes et les enfants se tenaient serrés près d'une case, à l'abri du soleil. Parmi eux, elle aperçut sa chère Taye qui portait toujours les culottes de Grant et allait d'une femme à l'autre, les réconfortant.

— Tu ne vas pas revenir sur ta décision ? demanda-t-elle.

— Non.

Il toucha l'égratignure de sa joue, dont l'enflure avait empiré.

— Je te laisse le choix : soit tu peux venir avec moi

et bien te conduire, soit tu attends ici jusqu'à ce que je sois prêt à partir.

Cameron croisa le regard froid de son frère. Elle n'était pas lâche. Elle assisterait à la vente aux enchères. Elle ne pouvait peut-être pas l'empêcher, mais elle pouvait au moins être là et témoigner de son injustice. Surtout, elle serait là pour Taye. Quoi que Grant fasse, elle devait être là pour son amie.

Grant prit l'ombrelle qu'elle avait laissée près de la fenêtre et la lui tendit, lui offrant son bras comme s'ils sortaient simplement se promener.

— Y allons-nous ? demanda-t-il d'un ton enjoué.

Elle lui arracha l'ombrelle des mains et franchit la porte.

Taye se tenait dans l'ombre de la case, la main sur le front pour se protéger les yeux du soleil. On n'était qu'en juin, mais la lumière était brutale. La vie était brutale.

Un bras passé autour des épaules d'une jeune esclave effrayée, elle observait Jenkins et ses hommes. Rien ne semblait tout à fait réel tandis qu'ils alignaient les hommes et les enchaînaient les uns aux autres avec des anneaux aux chevilles.

Rien ne semblait réel lorsqu'elle regardait en direction du cimetière et voyait le monticule de terre fraîche sous lequel reposait sa mère. Elle ne s'autorisait pas à pleurer. Peut-être que Sukey était mieux maintenant, car s'il le paradis existait véritablement, le sénateur Campbell y était sûrement et sa mère à côté de lui, souriant. Taye savait dans son cœur que si elle avait toujours fait plaisir à sa mère, c'était le sénateur qui faisait naître ce sourire rayonnant sur ses lèvres.

La jeune femme qu'elle tenait contre elle gémit quand

l'un des hommes de Jenkins passa devant elles et fit une remarque grossière. Taye essaya de l'apaiser par de douces paroles, mais que pouvait-elle dire qui la réconforterait vraiment ?

La cour de la grange se remplissait à présent d'hommes dans des chariots et de quelques autres dans des voitures, tous venus pour la vente aux enchères. Taye avait entendu dire à quelqu'un que le commissaire-priseur était là et se préparait à commencer.

Alors elle observa, les yeux mornes comme les autres, comment on ordonnait aux hommes de marcher vers l'écurie où une plate-forme de fortune avait été dressée pour les exposer. Derrière eux, les femmes furent regroupées et Taye suivit, trop anéantie pour faire autre chose. Alors qu'elle traversait la cour, elle jeta un regard douloureux vers la grande maison qui fut son foyer chéri.

Cameron allait-elle bien ? Grant était devenu fou furieux quand il avait découvert qu'elles avaient mis le feu au silo et libéré les esclaves.

Elle espérait qu'il n'ait pas frappé Cameron, qu'il ne lui ait pas fait de mal. Cameron avait juste essayé de respecter les souhaits de son père. Elle avait juste essayé d'aider ceux qu'elle voyait comme moins fortunés qu'elle.

On lui ordonna soudain, comme aux autres femmes, de se tenir sur la gauche de l'estrade. Les hommes furent vendus les premiers. Son esprit enregistrait à peine ce qu'elle voyait, tous ceux qu'elle avait connus, les uns après les autres objets des offres des acheteurs et rapidement vendus.

Elle se rappela soudain sa mère en train de rire et de danser. Elle repensa à Cameron à cheval, s'envolant par-dessus une barrière, ses cheveux roux fouettant l'air derrière elle, souriant triomphalement, comme si elle pouvait conquérir le monde.

Elle s'autorisa même à penser à Thomas Burl. Le doux, le gentil Thomas… Dans les deux mois ou presque qui avaient suivi la mort du sénateur et la disparition de Thomas, elle ne s'était pas souvent octroyé la liberté de penser à lui. Quel bien cela lui aurait-il fait ? Pour une raison quelconque, il était parti. Il s'était montré si sincère ce soir-là, dans l'escalier, quand il lui avait avoué ses sentiments pour elle. Comment avait-elle pu être assez sotte pour le repousser ? Même en sachant qu'ils ne pourraient jamais être ensemble, pourquoi n'avait-elle pas été plus aimable avec lui ? Pourquoi ne lui avait-elle pas avoué, elle aussi, ce qu'elle éprouvait pour lui alors qu'elle en avait l'occasion ? Maintenant, elle n'aurait plus jamais cette chance.

Ce fut seulement quand les femmes commencèrent à monter sur l'estrade que Taye aperçut Cameron. Son amie se tenait près d'une voiture, à côté de Grant, son ombrelle ouverte. Elle portait la robe de voyage bleu pâle qu'elle voulait toujours lui faire essayer, disant que le bleu irait bien avec ses yeux.

Cameron la fixait intensément. Il y avait une expression particulière dans son regard. Une expression au-delà du chagrin. Son amie essayait-elle de lui dire quelque chose ? Essayait-elle de dire que quel que soit l'endroit où elle serait envoyée, elle viendrait la chercher ?

Elle osa alors un sourire courageux.

La jeune fille qu'elle avait essayé d'apaiser fut arrachée de force à ses bras quand vint son tour d'être vendue. Taye la regarda tandis qu'elle était conduite, sanglotant, au chariot qui l'attendait.

Quand son tour vint, elle carra les épaules. Elle monterait sur l'estrade la tête haute. Elle ne pleurerait pas. Ne montrerait pas le moindre signe de faiblesse, cette faiblesse qui ravissait ces hommes. Elle prétendrait être Cameron Campbell.

Elle commença à gravir les marches branlantes.

— Sapristi, pas celle-là! cria alors Grant.

Le commissaire-priseur leva les yeux, inclinant son chapeau de paille pour y voir dans le soleil aveuglant. Taye le fixa, curieusement fascinée par la sueur qui coulait de ses tempes sur ses bajoues ridées.

— Pardon monsieur?

— Elle!

Grant la désigna d'un geste impatient, avec sa canne.

— La mulâtresse. Faites-la descendre de l'estrade. Elle n'est pas à vendre. Elle est à moi et je la prends avec moi.

Taye ne sut pas qu'elle s'était évanouie avant un très long moment.

Chapitre 20

Le bateau à aubes se balançait doucement, descendant le Mississippi vers le sud et Baton Rouge. Assise sur le bord d'une couchette dans une cabine privée, Cameron baignait le visage de Taye d'eau fraîche. Malgré toutes ses prières implorant un salut quelconque, ils atteindraient leur destination dans la soirée et débarqueraient le lendemain matin.

Quand Taye s'était évanouie, Grant avait ordonné qu'elle soit menée sans cérémonie dans la voiture. Tous trois étaient ensuite partis pour l'embarcadère avant que la vente aux enchères ne soit terminée, avant que Cameron n'ait pu dire un véritable adieu à son Elmwood bien-aimé et aux gens qui y avaient travaillé si fidèlement.

Mais elle avait à se soucier de choses plus importantes que ses propres sentiments, ses propres regrets, qui lui paraissaient bien insignifiants à la lumière des récents événements. Taye avait beaucoup tardé à revenir à elle après son évanouissement, et Cameron avait craint que son amie n'ait été blessée à la tête. Elle s'était assise dans la voiture le plus loin possible de son frère et avait tenu Taye dans ses bras. Finalement, la jeune fille avait repris connaissance, lui avait parlé d'une voix ensommeillée, puis avait sombré dans un profond sommeil.

Tandis qu'elle lui baignait le front, à présent, elle se disait que Taye était simplement épuisée. Elle s'était évanouie par peur de Grant, sans doute, ou peut-être de soulagement de ne pas avoir été vendue comme esclave. Et lorsqu'elle s'était sentie dans la relative sécurité des bras de Cameron, elle s'était simplement laissée aller au sommeil. Etant donné sa situation et le traumatisme lié à la mort de sa mère, c'était un miracle qu'elle ne soit pas gravement malade ou commotionnée.

Les cils sombres de Taye papillonnèrent et se relevèrent sur ses yeux bleus.

— Cameron…, murmura-t-elle.

Cameron lui sourit, soulagée de la voir enfin réveillée.

— Bonjour, belle dormeuse.

Le regard de Taye parcourut la petite cabine où elles se trouvaient. Une cabine exiguë, ne mesurant pas plus de huit pieds sur six, équipée d'une couchette à une place qu'elles avaient dû partager durant la nuit. Mais au moins était-ce un espace privé. Non seulement elles n'avaient pas dû accueillir une autre passagère, mais Grant n'y avait pas paru. Il avait passé la nuit dans les quartiers du capitaine, à boire et jouer, et il continuerait sans doute ainsi toute la journée et toute la soirée.

Taye s'appuya sur ses coudes et se redressa un peu.

— Où sommes-nous ?

Son esprit semblait encore très loin.

— Sur un bateau à aubes, chaton. Nous allons à Baton Rouge.

Le regard bleu de Taye croisa celui de Cameron, puis

elle fit une drôle de moue et, quand elle reprit la parole, ce fut de manière atone et languissante.

— Je pensais qu'il allait me vendre sur cette estrade, Cam. Et curieusement, je ne m'en souciais pas vraiment.

Cameron la força gentiment à se rallonger.

— Chut… Je ne veux pas entendre de telles choses de ta bouche.

Taye obéit comme une jeune enfant réprimandée par sa mère. Elle tendit une main et caressa la joue de Cameron du bout des doigts. Son regard était poignant, plein d'une profonde tristesse.

— Je ne dormais pas complètement dans la voiture, chuchota-t-elle. J'ai entendu ce que Grant disait. Ce qu'il va faire. Et je vous ai entendus vous disputer.

L'estomac de Cameron se noua. Elle avait essayé de s'occuper d'une chose à la fois, et la première avait été de laisser Taye se reposer, puis de la réveiller pour la faire manger et boire quelque chose. Elle ne s'était pas encore arrêtée sur les intentions maléfiques et perverses de Grant. Il voulait vendre la virginité de Taye au plus offrant dans un bordel notoire de Baton Rouge appelé le Juchoir, nom qui signifiait « le perchoir à poules » en créole. Apparemment, il avait déjà prévenu le propriétaire de l'établissement, Peppin Toussant. Le plus offrant gagnerait Taye pour la nuit, puis la jeune fille rejoindrait les autres pensionnaires du lieu, vendue au tenancier comme prostituée. Peppin pensait que la virginité d'une mulâtresse aux yeux bleus rapporterait un bon prix, ce qui avait ravi son frère. Il avait même affirmé que toute la ville parlerait de Grant Campbell, l'homme qui fournissait un divertissement aussi excitant que la vente d'une vierge si peu commune.

— Je vais l'arrêter, Taye. Je jure que je vais l'arrêter. Je ne le laisserai pas te vendre.

— Ça n'a plus vraiment d'importance, murmura Taye comme si elle parlait de quelqu'un d'autre. Maman n'est plus là et Elmwood non plus.

Elle eut un sourire rêveur.

— Et Thomas est parti. Il ne reste plus d'espoir, maintenant.

Cameron la prit de nouveau par les épaules et la secoua pour l'obliger à se montrer plus combattive.

— Tu vas m'écouter, Taye ! Tu dois te battre ! Nous ne pouvons pas le laisser faire ça.

— C'est son droit, Cameron.

— Non, ce n'est pas son droit !

Taye tressaillit comme si elle avait craint que Cameron ne la frappe et celle-ci se repentit aussitôt de son éclat. Taye était comme un petit enfant ou un animal blessé ; elle devait prendre soin d'elle et lui laisser le temps de se remettre. Aussi, quand elle reprit la parole, fut-ce de la voix douce et rassurante qu'elle employait avec ses chers chevaux arabes ou un petit esclave.

— Tu es une femme libre, Taye… Mon père en a décidé ainsi. Grant n'a pas le droit de te vendre. Et même si tu n'étais pas libre, il n'aurait pas le droit de vendre ce que tu es la seule à pouvoir donner.

— Je ne peux fournir la preuve que je suis affranchie. A moins que vous n'ayez…

Mais sa voix et son espoir retombèrent dès qu'elle vit le visage désolé de Cameron.

Cette dernière n'avait trouvé aucun papier dans le cabinet de travail de son père durant les premiers jours qui avaient suivi son décès, et elle n'avait pas eu l'occasion de les chercher de nouveau par la suite.

— Grant ne m'a pas laissée remettre les pieds dans le bureau de papa avant qu'on parte.

Taye roula sur le côté, lui tournant le dos.

— Ça n'a pas d'importance, répéta-t-elle d'une voix désincarnée. Rien n'a plus d'importance…

Cameron sut alors qu'elle mettrait des années, sinon toute sa vie, à oublier cette voix poignante et désespérée. Elle y entendait chacun de ses échecs. Elle les entendait comme les notes singulières et persistantes d'une composition douce-amère de Brahms.

Non ! Elle n'échouerait pas cette fois ! Elle n'avait peut-être pas pu empêcher la guerre, la mort de son père ou la vente des esclaves d'Elmwood, mais elle ne laisserait pas sacrifier Taye au pervers désir de vengeance de Grant ! Son frère était un homme misérable qui cherchait à détruire ce qu'il ne pourrait jamais avoir, ce qu'il ne pourrait jamais incarner : la bonté. Il ne pourrait jamais avoir Taye ou être comme elle, alors il la détruirait, l'humilierait, la rabaisserait à son propre niveau.

Dans la voiture, la veille, il avait beaucoup parlé. Il avait parlé d'offenses passées commises par elle-même, Taye, son père et même certains des domestiques. Cameron avait trouvé une part de vérité dans quelques-unes de ces offenses, mais les autres semblaient avoir été entièrement fabriquées par le dépit et une jalousie mesquine. Elle se rappelait très bien le jour où Taye était tombée dans le bief et où elle l'avait sauvée. Elle se rappelait son père criant après Grant, mais elle n'avait pas le souvenir de répercussions durables. Néanmoins, après cela, Grant n'avait plus jamais été le même. Durant les jours qui avaient suivi, il s'était imaginé sans arrêt que les autres étaient différents avec lui. Il s'était vu comme un lâche, un homme indigne de respect, et l'était finalement devenu.

Cameron se leva de la couchette pour aller chercher du pain, du fromage et un peu de lait frais en provenance de la coquerie. Espérant convaincre son amie, qui était déjà trop mince, de se nourrir un peu, elle décida de laisser tomber le sujet de Grant et de ce qui se passerait à Baton Rouge.

Elle trouverait un moyen de la sauver du sort immonde qui lui était réservé.

Baton Rouge parut à Cameron plus éclatante, plus bruyante et plus vibrante que dans son souvenir, même si elle y était venue avec son père seulement un an auparavant. Des changements qui ne lui semblèrent cependant pas être pour le mieux. Les rues, les vitrines, même les passants lui paraissaient voyants et déplacés avec la guerre qui approchait. Tandis que la voiture de louage les emmenait vers leur élégante maison, située dans une belle rue bordée d'arbres, elle regarda par la fenêtre.

Est-ce que personne, ici, ne se rendait compte que des hommes se battaient, plus loin, dans le Nord ? Les gens n'avaient-ils pas conscience que des soldats mouraient afin de préserver le style de vie auquel les sudistes s'étaient habitués, tandis que d'autres donnaient leur vie pour un idéal, la liberté pour tous les hommes et toutes les femmes quelle que soit leur couleur ?

Cameron appuya sa joue contre la vitre, se sentant soudain aussi détachée du monde que Taye. Durant toute la journée et toute la nuit, elle s'était creusé la tête pour trouver un moyen de sortir son amie de l'horrible situation dans laquelle elle se trouvait. Elle n'était pas encore arrivée à une solution satisfaisante, mais elle supposait qu'une fois Taye au bordel, il serait possible pour elle de s'en échapper. Elle créerait une opportunité s'il le fallait.

Grant les avait déjà prévenues qu'elles seraient séparées dès leur arrivée à la maison, chacune dans sa chambre et sans autorisation d'en sortir. Il pensait ainsi les empêcher de communiquer et de mettre au point d'autres tentatives de lui échapper ou d'échapper à ses plans.

Cameron jeta un coup d'œil à Taye assise à côté d'elle, les yeux ouverts mais perdus dans le vide. Elle lui faisait penser à Sukey, qui avait paru si absente les jours suivant la mort du sénateur. Maintenant qu'elle suspectait que Taye pouvait être la fille de son père, et donc sa sœur, la conduite de son ancienne gouvernante prenait tout son sens. Sukey avait perdu l'homme qu'elle aimait, l'homme qui avait engendré son enfant chérie.

Elle tapota affectueusement la main de Taye. La jeune fille n'était pas en état d'entendre ses suppositions, en cet instant. Et même si elle l'avait été, Cameron avait décidé de se taire jusqu'à ce qu'elle puisse acquérir une certitude, si la chose était possible. Peut-être ne connaîtraient-elles jamais la vérité. Peut-être le secret avait-il été emporté dans la mort par les deux seules personnes qui le connaissaient.

Que Taye soit sa demi-sœur ou non, elle l'aimait et ne la laisserait pas être sacrifiée à la rage incompréhensible de son frère. Elle ne permettrait pas non plus que son amie sombre dans la lente folie qui avait saisi Sukey les derniers temps. Elle la sortirait de cette situation, lui ferait quitter Baton Rouge et l'enverrait dans le Nord, en sécurité. Elle ne savait pas encore comment, mais elle le ferait.

— Ah, ça y est… Nous y sommes, dit soudain Grant en souriant comme s'ils venaient de faire une promenade du dimanche.

Il jeta un coup d'œil à Cameron et son ton se fit plus froid. Il gratta la plaie de sa joue, qui semblait s'infecter toujours plus.

— Dès notre arrivée, Cam, tu iras immédiatement dans ta chambre. Elle — il désigna Taye — sera prise en main et préparée pour ses débuts.

Cameron brûla de chasser son détestable sourire d'une gifle.

Mais elle avait appris que la meilleure façon de contrôler son frère était le miel et non le venin — du moins la plupart du temps —, aussi hocha-t-elle la tête d'un air soumis.

— Comme tu voudras, dit-elle.

Elle tourna la tête pour l'empêcher de voir dans ses yeux tout le mépris qu'elle lui portait.

— Comme tu voudras *pour l'instant*, murmura-t-elle pour elle-même. Mais notre moment viendra.

Durant toute la semaine qui suivit leur arrivée en ville, Cameron resta confinée dans la chambre petite mais confortable qu'elle occupait dans l'élégante maison de son père. Elle était coupée du reste du monde, ne voyant personne à part Grant et les domestiques qui n'étaient loyaux qu'à lui. Elle occupait les heures à faire des plans. Chaque soir, Grant l'invitait à dîner avec lui. Elle s'habillait avec soin et l'entourait d'attentions, feignant d'être la sœur qu'il voulait qu'elle soit. Elle n'avait pas revu Taye, mais entendait dans le vestibule les allées et venues d'une couturière et de ses assistantes.

Grant ne fit pas de nouvelle tentative pour séduire son amie, et elle en fut heureuse. Dans l'état où elle l'avait laissée, elle craignait qu'elle n'ait pas la capacité physique ou mentale de le repousser. Quant à elle, elle n'avait d'autre choix que de prendre patience et d'attendre.

Un après-midi, huit jours après leur arrivée, Grant apparut à sa porte.

— Je ne serai pas disponible pour dîner ce soir, lui annonça-t-il.

Il était vêtu d'une redingote voyante et coûteuse en shantung de soie et de culottes assorties. Son gilet était rose et sa chemise et son écharpe d'un blanc de lis, trop froncées.

Le cœur de Cameron bondit dans sa poitrine, mais elle détourna les yeux pour ne pas attirer les soupçons de son frère.

— Et pourquoi donc? D'ordinaire, tu ne sors que plus tard dans la soirée.

Il eut un large sourire.

— Ce soir, c'est notre grand soir. Le mien et celui de Taye…

Le cœur de Cameron sombra.

— Tu sais que je ne veux pas que tu fasses ça, dit-elle, luttant pour garder un ton égal.

— Et toi, tu sais que je ne me soucie pas de ce que tu penses. Elle n'a pas voulu de moi, n'a pas voulu accepter mon offre de *protection*, il est temps maintenant qu'elle ait sa rétribution…

Il se mit à frotter frénétiquement la plaie de sa joue.

Tout le côté de son visage était rouge et à vif, et le centre de la blessure suintait.

— Il est temps qu'elle soit humiliée comme elle m'a humilié.

— Pourrais-je au moins lui dire au revoir ? demanda calmement Cameron.

Comme il ne répondait pas, elle leva les yeux. Il hésitait visiblement quant à la réponse à lui donner. Elle devina qu'il ne voulait pas prendre le risque qu'elles le vainquent de nouveau, mais elle sentit aussi qu'il avait envie de partager l'humiliation de Taye avec le plus de monde possible. Il voulait qu'elle-même éprouve dans sa chair la dégradation de son amie, qu'elle en prenne sa part.

— Tu pourras descendre quand je t'appellerai, dit-il finalement. Tu me donneras ton opinion sur la robe virginale que j'ai fait faire pour elle.

— D'accord.

— Et ensuite, tu remonteras dans ta chambre. Si tu continues à te conduire aussi docilement que tu l'as fait depuis que nous avons quitté Elmwood, nous ferons une sortie ensemble la semaine prochaine. Nous irons voir un spectacle, puis dîner. Cela te plairait-il ?

Ce qui me plairait, pensa-t-elle, *ce serait de te voir à trois pieds sous terre.*

Elle acquiesça d'un hochement de tête.

— Oui. Je me lasse d'être seule quand j'entends tant d'animation autour de moi.

— Je t'appellerai à 19 heures.

Bien trop vite au goût de Cameron, la petite pendule de sa chambre sonna 19 heures et une soubrette frappa à sa porte.

— Maître Grant veut vous voir. Il est en bas, dans le salon.

Quand Cameron sortit dans le couloir, elle vit un homme maigre vêtu comme un travailleur assis par terre. Il se nettoyait les ongles avec un grand couteau ; un pistolet en nickel brillait à sa ceinture. Cameron n'eut pas besoin de lui demander la raison de sa présence. Il était là, bien sûr, pour la surveiller.

Lorsqu'elle entra dans le salon, son amie s'y trouvait déjà. Elle se tenait le dos tourné à la porte, les mains le long du corps. Elle était vêtue d'une superbe robe bleu pâle avec un décolleté bateau et des manches gonflantes, mi-longues. Des jupons blancs pointaient sous l'ourlet de la jupe et des ruchés blancs bordaient les manches et le corsage. Ses cheveux sombres et lustrés avaient été relevés en un amas de petites boucles, et même de l'autre bout de la pièce, Cameron pouvait sentir un léger parfum de lilas.

— Taye ? appela-t-elle, essayant de garder une voix ferme.

Grant était assis sur le canapé, un verre à la main, observant visiblement leurs retrouvailles avec un plaisir détestable.

— Tourne-toi, Taye ! ordonna-t-il d'un ton coupant. Tu ferais mieux d'apprendre à obéir à tes supérieurs !

Elle obéit sans hésiter.

Au vif désarroi de Cameron, elle avait un regard encore plus prostré que la semaine précédente. Elle la regardait, mais ne semblait pas la voir.

— Alors, Cam, qu'en penses-tu ? demanda Grant en sirotant son whisky. Ravissante, non ? Peppin va procéder à la vente aux enchères ce soir. T'ai-je dit que d'après lui nous allons ramasser une belle somme ? Il ne voit pas souvent passer chez lui une mulâtresse vierge aux yeux bleus, à ce qu'il dit. Et aussi jolie, en plus.

Il gloussa, ravi.

Taye était en effet ravissante, d'une grande beauté. La robe était un chef-d'œuvre de satin et de garnitures en dentelle. Son amie paraissait virginale, effectivement, et si jeune que cela l'effraya.

Elle se précipita vers elle pour la prendre dans ses bras. Elle l'étreignit fortement, mais Taye ne lui rendit pas son étreinte.

— Ne t'inquiète pas, je ne laisserai pas arriver cette horreur. Sois juste prête à t'enfuir quand je te le dirai, lui chuchota-t-elle à l'oreille, espérant que son frère serait trop absorbé par son ravissement pour se rendre compte qu'elle lui avait parlé.

Puis elle recula, et crut voir alors une lueur de reconnaissance dans les yeux de la jeune fille.

— Alors, qu'en penses-tu ? demanda Grant en vidant son verre et en se levant. Comment trouves-tu la robe ? Est-ce qu'elle ira ?

— Elle ira, répondit Cameron en s'efforçant de ne pas penser que cet effort de toilette avait pour seul but d'amener un homme à faire une offre juteuse pour obtenir le droit de violer celle qui la portait.

— Eh bien, nous y allons... Je dois m'arrêter à plusieurs endroits avant que nous fassions nos débuts au Juchoir.

Il fit signe à Taye de sortir devant lui dans le vestibule, et elle obéit.

— Maintenant, je ne veux aucune manigance de ta part, avertit Grant en agitant un doigt en direction de sa sœur, tandis qu'il se dirigeait vers la porte d'entrée.

Retourne dans ta chambre afin que Jules puisse garder un œil sur toi, et si tu es une bonne fille, nous irons faire une promenade en voiture demain.

Cameron eut bien du mal à laisser Grant conduire Taye dehors, jusqu'à la voiture qui attendait. Mais tout de suite après, emplie de résolution, elle tourna les talons et monta l'escalier.

Il lui fut étonnamment simple de sortir par la fenêtre et de descendre dans l'allée par le petit auvent de la cuisine, sans que son gardien ne se doute qu'elle était partie. Grâce au ciel, Grant avait insisté des années auparavant, quand leur père avait acheté la maison, pour avoir la chambre disposant de la plus belle vue. Si ses fenêtres avaient donné sur la rue, Cameron n'aurait jamais pu s'échapper sans être vue.

Vêtue de culottes et d'une chemise d'homme qu'elle avait cachées au fond de sa malle, et d'une paire de chaussures à talons, elle longea la rue principale par l'allée parallèle. C'était presque le crépuscule et l'air humide du soir assaillit ses narines d'une foule d'odeurs — végétation pourrissante, boue de la rue, corps mal ou pas lavés. Des relents entêtants qui lui semblaient imprégner toute la ville…

Connaissant bien les rues, elle traversa les quartiers élégants et entra dans la zone plus miteuse de Baton Rouge. En moins d'une heure, elle trouva ce qu'elle cherchait. Chaque jour était jour de lessive quelque part, heureusement pour elle.

Essayant de ne pas penser à ce qu'elle faisait, ni aux risques qu'elle prenait, elle s'habilla des vêtements volés dans un appentis délabré, prenant soin de ne pas abîmer sa coiffure élaborée ni d'effacer la poudre de riz, le rouge et les fards à paupières qu'elle avait soigneusement appliqués sur son visage avant de sortir par la fenêtre. Avec des jupons rouges et une robe lavande bon marché, au corsage exagérément décolleté, elle espérait que la fille de la campagne qu'elle était, originaire du Mississippi, se fondrait sans peine parmi les prostituées du Juchoir.

Cameron avait déjà vu ce genre de femmes. Elles étaient partout dans les rues de Baton Rouge à la nuit tombée, quand elles ne se penchaient pas aux fenêtres des maisons closes pour interpeller les hommes qui passaient. Le principal, cependant, c'était l'attitude. Elle pouvait bien s'habiller pour jouer le rôle d'une catin, il ne fallait pas que ses manières la fassent immédiatement repérer pour ce qu'elle était, une riche fille à papa habituée aux belles robes et à la porcelaine délicate.

Restant autant qu'elle pouvait dans les allées, Cameron se dirigea hâtivement vers la rue du Juchoir, niché parmi une rangée de bordels. A cet endroit, des hommes venaient jouer aux cartes, manger, boire et prendre les femmes qu'ils voulaient. La seule pensée de Taye forcée à faire ce que ces hommes exigeraient d'elle si son plan ne réussissait pas lui donnait la nausée.

Prenant une grande inspiration pour se donner le courage de jouer le rôle qu'elle s'était assigné, Cameron sortit de l'allée et s'engagea sur le trottoir en planches. Elle s'entraîna à balancer les hanches, lançant à tous les hommes qu'elle croisait un coup d'œil hardi, envoyant promener chaque once de bonne conduite qu'elle avait apprise. Elle n'avait pas fait dix pas qu'un homme siffla doucement en passant près d'elle, et avant qu'elle n'atteigne la porte de derrière du Juchoir, deux hommes ivres lui avaient fait une offre. Souriant intérieurement de son succès, Cameron entra et se retrouva dans la cuisine de l'établissement. Au moins, elle avait réussi à arriver jusque-là !

— Dieu du ciel ! Qu'est-ce que tu fais là, ma tarte au sucre ?

Une grande et forte femme noire avec une dent en or la regardait de derrière un grand fourneau noir.

— Si M. Toussant te trouve à paresser ici et à esquiver tes devoirs, tu vas te retrouver dehors sur ton joli derrière !

Cameron battit des cils, réfléchissant à la manière dont elle allait se couler dans le rôle, ne sachant pas très bien comment une prostituée répondrait. Elle contourna le fourneau.

— Il peut me jeter sur mon derrière, je m'en moque, dit-elle d'un air coquin, s'efforçant de parler comme si elle n'avait pas eu derrière elle des années de bonne éducation. J'avais dans l'idée de faire mon chemin toute seule, de toute façon.

La femme haussa de gros sourcils incrédules.

— Eh bien, si tu n'es pas la petite missy aux grands airs ! Maintenant, sors de ma cuisine et va travailler.

Elle poussa Cameron à l'autre bout de la pièce, pour lui faire prendre la porte, mais son geste était gentil et sa voix pleine de compassion.

Cameron lui décocha un sourire impertinent et sortit, comme si elle était une habituée des lieux.

Il ne lui fallut pas longtemps pour trouver le salon principal. Dès qu'elle se retrouva dans le couloir tapissé de papier peint, elle entendit des rires de femmes si légers que l'on aurait dit des verres qui tintaient. Elle sentit la fumée de cigares, une lourde odeur de whisky et de parfums.

Elle se glissa dans la grande pièce et un homme blond, barbu, se tourna vers elle, le visage illuminé.

— Hé! Bonsoir, ma jolie!

Il effleura de ses lèvres sa joue rougie et elle fit l'effarouchée.

— Et Toussant qui disait qu'il n'avait pas de vraie rousse ici, ce soir! Je vais lui botter les fesses. Vous êtes la chose la plus mignonne que j'ai vue cette semaine. George Atwall, de Biloxi, miss. Heureux de faire votre connaissance...

Tout en lui souriant, Cameron balaya la pièce des yeux. Elle n'avait pas repéré à l'extérieur la nouvelle voiture que Grant avait achetée, et voulait être sûre de ne pas manquer son arrivée. Elle l'avait entendu parler à Jules dans le couloir de la maison. La vente aux enchères devait débuter à 22 heures, toutefois elle s'attendait à ce qu'il arrive en avance pour « parader » devant les clients avec le trophée de la soirée.

— Comment vous appelez-vous, mon chou? lui demanda l'homme en passant un bras autour de sa taille.

— Eh bien, moi, c'est Ambre..., répondit-elle d'une voix de velours, une main sur le revers de sa veste.

— Ambre? C'est un très joli nom... Vous savez, je crois que j'ai connu une fille, autrefois...

Cameron n'écouta pas la suite, occupée à inspecter la salle enfumée. Grant et Taye n'étaient pas encore arrivés, ce qui l'arrangeait. Elle aurait ainsi un peu de temps devant elle pour se repérer et échafauder un plan d'évasion.

Affichant un sourire charmeur, elle entreprit de compter le nombre de portes, puis étudia la configuration de l'escalier. Ses yeux s'arrêtèrent bientôt sur une silhouette familière. Non, ce n'était pas possible ! Elle inspira vivement et battit des cils, puis regarda de nouveau, n'étant pas sûre de pouvoir se fier à ses yeux.

Cet homme-là… Elle ne se trompait pas… Cet homme, c'était Jackson Logan !

Chapitre 21

Cameron se retourna pour ne pas risquer d'être reconnue, et feignit de s'intéresser à ce que lui disait l'homme à côté d'elle. Son cœur se mit à tambouriner comme un fou dans sa poitrine, et elle faillit rire à haute voix de l'absurdité de sa réaction. Elle était sortie de la maison en cachette par une fenêtre, avait volé des habits et risquait gros maintenant en prétendant être une catin, mais c'était la vue de Jackson Logan qui faisait courir l'adrénaline dans ses veines et la mettait dans tous ses états !

George était en train de lui raconter de ce qu'il était venu faire à Baton Rouge, et Cameron, tout en paraissant attentive à son récit, jeta un coup d'œil en douce dans la direction de Jackson. Il était en train de parler à deux prostituées trop maquillées, l'une blonde, l'autre aux cheveux d'un noir peu naturel. Il ne l'avait pas vue — trop occupé qu'il était, pensa-t-elle avec une aigreur qui généra chez elle un agacement plus vif encore. Car en quoi les personnes qu'il fréquentait la regardaient-elle ? En quoi ce qu'il faisait de ses soirées pouvait-il la toucher ? Ce n'était certainement pas une révélation pour elle qu'il fréquente des maisons closes ! Elle savait très bien quel genre d'homme il était, le genre dépravé qui ne méritait pas une femme correcte et n'en reconnaîtrait pas même une s'il tombait nez à nez avec elle.

La question maintenant était de savoir ce qu'elle allait faire. Elle devait déjà se cacher de son frère. Pourrait-elle éviter Jackson, aussi ?

Bien sûr, l'autre solution serait de lui demander son aide. Mais elle détestait cette idée, d'autant qu'il n'était pas venu quand elle avait envoyé Naomi le chercher. Si seulement il avait répondu à son appel, à Elmwood, rien de ce qui avait suivi ce funeste soir ne serait arrivé.

George se pencha et murmura une remarque salace à son oreille. Quelques semaines plus tôt, elle en aurait été profondément choquée, mais là, elle eut juste un rire de gorge, n'accordant aucune attention à ces paroles.

« Joue ton rôle. Et soupèse tes options avec soin. C'est tout… »

Si elle était honnête avec elle-même et voulait se montrer juste envers Jackson, elle ne retiendrait pas contre lui le fait qu'il n'était pas venu à son appel. Rien ne lui disait en effet que Naomi avait réellement essayé de le trouver. Et même si la jeune Noire l'avait fait, il avait peut-être déjà quitté Jackson.

Elle lui jeta un nouveau coup d'œil. La femme blonde lui tendait un verre, ayant visiblement jeté sur lui son dévolu. Elle portait une robe de dentelle rose et noir qui ne laissait rien ignorer de ses seins, et son visage était lourdement maquillé de rouge et de khôl noir. Ses cheveux, d'un blond sans éclat, étaient serrés en une masse de boucles surmontée d'une aigrette noire. Elle faisait à Jackson des œillades sans équivoque de ses gros yeux bruns, l'invitant à la suivre en haut.

Des hommes et des femmes montaient l'escalier, se

donnant le bras. Cameron savait ce qui se passait dans les chambres à l'étage, et pouvait imaginer toute la lubricité qui imprégnait les murs de ce lieu de débauche. Jackson était tout sourires et galanterie charmeuse avec la femme blonde et Cameron se prit à le maudire — ce libertin, ce vaurien de la pire espèce ! — pour agir avec ces catins éhontées comme si elles étaient des dames respectables rencontrées au cours d'un bal de la haute société et non des traînées s'affichant à moitié déshabillées dans le salon d'un bordel !

Malgré elle, elle en éprouva une bouffée de chagrin. Pourquoi éprouvait-il le besoin de venir dans des endroits comme celui-ci ? Pourquoi ne pouvait-il se satisfaire d'une femme convenable, issue d'une famille respectable ? Pourquoi ne pouvait-il se satisfaire d'*elle* ?

Elle n'eut pas le temps de trop se laisser aller à ce questionnement : George, de Biloxi, essayait maintenant de l'embrasser pour de bon.

— Excusez-moi, mon joli, lui dit-elle avec un sourire aguicheur. Je pense que j'entends quelqu'un m'appeler… Mais je reviens tout de suite, je vous le garantis.

Elle lui tapota la poitrine et se glissa hors de ses bras.

— Attendez !

L'homme se précipita derrière elle, mais heureusement unc prostituée vêtue d'une robe pêche et crème l'attrapa par le bras et le fit pivoter vers elle.

— Où pensez-vous aller, mon beau monsieur ?

Tandis que Cameron se frayait un chemin à travers le salon encombré qui sentait de plus en plus la fumée de cigare et la tension sexuelle, elle se dit qu'elle ne pouvait laisser son ressentiment vis-à-vis de Jackson nuire d'une quelconque manière au sauvetage de Taye. S'il existait la moindre chance que ce vaurien puisse l'aider, elle devait lui demander son assistance quoi qu'il lui en coûte. Elle lui dirait ce qu'elle pensait de sa présence dans un endroit aussi immonde plus tard, quand Taye et elle seraient libérées de Grant.

Seulement, comment l'isoler pour lui parler ? La réponse était évidente : jouer la catin.

Elle se dirigea donc vers lui en balançant les hanches, les yeux fixés sur lui. Il était assis dans un fauteuil de brocart bleu. La blonde était perchée sur l'un des larges accoudoirs, la brune installée sur un pouf à ses pieds, sa robe remontée si haut que c'était un miracle si elle n'avait pas froid aux fesses. Cameron se glissa sur l'autre accoudoir, face à la blonde.

— Bonsoir, mon beau, dit-elle d'une voix rauque, en poussant Jackson de son épaule nue.

— Bonsoir, ma douce. Je ne crois pas avoir eu le plaisir…

Lorsqu'il tourna la tête et la reconnut, il lui parut tellement choqué qu'elle se demanda pendant un instant de frayeur intense s'il n'allait pas la dénoncer.

Par bonheur, mais d'une façon qui l'exaspéra, son expression changea très vite et se fit amusée.

— … de faire votre connaissance, acheva-t-il d'un ton suave.

Elle fut soulagée qu'il ait eu le bon sens de comprendre que la discrétion était de mise. Il ne devait laisser savoir à personne qui elle était, et qu'elle n'avait pas sa place ici. En dépit de son court moment d'inquiétude, elle lui faisait confiance, instinctivement. Elle savait au fond d'elle-même qu'il allait certainement s'amuser un peu d'elle et de la situation, mais qu'il ne la mettrait pas en danger.

Elle essaya d'afficher un sourire charmeur, papillonnant des cils comme elle avait vu d'autres femmes le faire. Puis elle avança les lèvres en une petite moue aguicheuse, sachant qu'on l'observait. Elle ne pouvait éveiller de soupçons.

— Eh bien, il faut que nous réparions cette erreur, n'est-ce pas, mon chou ? dit-elle.

Mais la blonde ne parut pas disposée à la laisser empiéter sur son territoire. Elle fronça les sourcils, l'air farouche.

— Qui es-tu ? Je ne t'ai jamais vue ici.

Cameron lutta contre une bouffée de panique, réfléchissant vite à une réponse.

— Je sui Ambre. Et toi ? demanda-t-elle d'un ton tout aussi hostile.

— Lacey, Lacey-la-Soie, bien sûr. Tout le monde connaît Lacey !

Cameron glissa un bras autour des larges épaules de Jackson, dans un geste lent et, espéra-t-elle, plein de séduction. Il fallait qu'elle l'ait seul à elle et lui dise ce qui se passait. Elle devait obtenir qu'il l'aide.

— Eh bien, tout le monde connaîtra bientôt Ambre, aussi, lança-t-elle d'un air de défi.

— Très juste, approuva Jackson, qui avait l'air de beaucoup s'amuser de cet échange.

Cameron glissa sa main sur sa nuque, sous ses cheveux noués en catogan, comme pour le caresser… et pinça sa peau sensible.

Il sursauta légèrement. Elle baissa les yeux pour les plonger dans les siens, combattant l'envie de rire.

— Que diriez-vous si on allait ailleurs, vous et moi ? ronronna-t-elle.

Elle passa les doigts dans sa queue-de-cheval, s'efforçant de ne pas prendre plaisir au contact de ses cheveux soyeux ou à l'odeur de sa peau… essayant de nier le frisson de danger qui la faisait se sentir plus vivante que jamais.

Il haussa un sourcil sombre.

— Un endroit où l'on pourra être seuls ? demanda-t-il d'une voix rauque. Où l'on pourra faire plus amplement connaissance… C'est ça, *Ambre* ? C'est bien ce que vous voulez dire ?

Il avait approché son visage si près d'elle qu'en baissant la tête d'une fraction de pouce, elle aurait pu caresser ses lèvres des siennes. Juste ciel, que n'aurait-elle pas donné pour sentir cette bouche sur la sienne, là, tout de suite ! Elle savait que c'était absurde, mais ce moment tout entier était absurde, non ?

— C'est bien ce que je pensais, oui…, murmura-t-elle, incapable de détacher son regard du sien.

— Hé, attends une minute !

Lacey bondit de l'accoudoir. La brune se mit debout, lui bloquant le passage.

— Je ne sais pas qui tu es ni ce que tu comptes faire, mais j'ai un jeton avec ce client, ma belle ! Alors tu ferais mieux d'ôter tes jupes de là, la menaça-t-elle.

Le souffle de Cameron se coinça dans sa gorge et elle jeta un coup d'œil furtif à Jackson, espérant une intervention de sa part. Mais il demeura assis, l'air nonchalant et les bras croisés sur sa poitrine.

— Qui dit que tu as un jeton ? fit-elle alors, la mine insolente.

— Qui le dit ? C'est moi qui le dis !

Lacey fit un pas en avant et la poussa.

Il y eut des murmures intéressés dans la pièce. Elles attiraient l'attention des autres clients et des prostituées. Mais quel choix avait-elle ? Elle n'avait pas le temps d'attendre que Jackson culbute une catin. Il fallait qu'elle le fasse monter à l'étage avec elle pour lui parler seule à seul. Tout de suite.

Elle poussa Lacey en retour, et la blonde réagit aussitôt, en se jetant sur elle. Cameron l'esquiva juste à temps et l'autre s'affala sur le tapis à franges en poussant un glapissement. Puis elle roula sur elle-même et se remit sur ses pieds dans un froufrou de jupons roses et une bordée de jurons bien sentis.

— Espèce de peste aux grands airs ! Je vais te faire voir !

Cameron serra les poings, se préparant à se défendre, tandis que les spectateurs hurlaient et tapaient des pieds de plaisir.

— Hé là, hé là, que se passe-t-il ?

Un grand homme à la voix sonore, vêtu d'un peignoir de soie rouge brodé d'un dragon, et fumant un gros cigare, arriva en soufflant. Sa bouche parut bizarrement peinte en rouge à Cameron.

— Peppin, mon ami…

Jackson quitta son siège confortable, semblant se rendre enfin compte qu'il valait mieux mettre fin à cette scène avant que Cameron ne cause un véritable esclandre.

Peppin Toussant, le tenancier du Juchoir, eut un grand sourire. Oui, ses lèvres étaient bien peintes en rouge.

— Capitaine Logan ! J'ignorais que vous étiez arrivé.

Le colosse parlait avec un fort accent créole. Il tendit la main avec chaleur tandis que Jackson s'interposait entre Cameron et Lacey, furieuse et hors d'haleine.

— C'est bon de vous revoir, Peppin.

— Qu'avons-nous donc ici ? demanda Peppin, son regard se posant sur les deux femmes à tour de rôle.

— Tu viens d'être engagée par Matty ? demanda-t-il à Cameron.

Heureuse de saisir ce prétexte, Cameron hocha la tête.

— Cette salope essaie de me voler mon client ! se plaignit Lacey.

Peppin la fit taire d'un regard, puis ramena son attention sur Jackson. La fumée de son cigare dessinait des volutes autour de sa tête chauve.

— On dirait que mes filles se battent de nouveau pour vous, capitaine ?

— J'étais la première, et puis cette garce aux cheveux rouges est arrivée ! reprit Lacey les yeux exorbités de colère et le visage rouge brique.

— Allons, allons, Lacey, *mon amour*…

Peppin leva une main charnue et la fille se tut aussitôt.

— Je suis sûr que l'on peut régler ce différend à l'amiable, n'est-ce pas, capitaine Logan ?

— Absolument, répondit Jackson.

Il tendit les bras pour attirer Cameron et Lacey à lui.

— Je vais prendre les deux.

La pièce explosa alors en vivats et rires égrillards, puis chacun commença à se détourner, retournant à ses boissons, ses conversations et badinages.

Peppin haussa un sourcil intéressé, qui, à bien y regarder, paraissait peint aussi.

— Votre affaire de transport doit bien marcher, on dirait…

— Et je prévois qu'elle marche encore mieux avec la guerre.

Il lui fit un clin d'œil.

— Alors, si vous voulez bien nous excuser…

Il se tourna vers l'escalier, entraînant Cameron et l'autre femme avec lui.

Cameron essaya de se dégager. Du diable si elle allait monter avec eux ! Mais Jackson saisit son poignet et tira d'une façon qui indiquait qu'il ne la lâcherait pas et qu'elle allait monter qu'elle le veuille ou non.

— Conduisez-moi dans votre chambre, dit-il calmement à Lacey. Vous serez bien payée.

La blonde s'écarta de lui et le précéda dans un froufrou hargneux.

— Y'a intérêt, pour faire équipe avec cette garce !

Les yeux de Cameron s'élargirent de colère et Jackson tira de nouveau sur son bras.

— Allons-y, *Ambre*…, dit-il à mi-voix. Avant que vous n'attiriez davantage l'attention sur vous.

Cameron n'avait aucune envie d'obtempérer, mais elle savait qu'elle n'avait pas le choix. Le temps filait. D'après la pendule en porcelaine posée sur la cheminée, ils avaient un peu plus d'une heure devant eux, avant que la vente aux enchères ne commence.

Jackson et elle suivirent Lacey dans un long couloir bordé de portes fermées. Tandis qu'elle hâtait le pas pour rester à leur hauteur, Cameron essayait de ne pas entendre les gloussements à l'intérieur des différentes pièces, les voix d'hommes graves et ce qui ressemblait à des ressorts de sommiers durement éprouvés. Si elle prenait le temps de s'appesantir sur ces bruits, elle en serait mortifiée !

— Par ici.

Lacey ouvrit une porte tout au bout du couloir, près d'un escalier de service.

Jackson laissa Cameron entrer la première. La pièce ressemblait à la robe de Lacey, toute en fronces roses et noires qui lui parurent suffocantes dans un si petit espace. La fenêtre était fermée et drapée de velours noir, et le parfum d'eau de rose bon marché qui flottait dans l'air lourd était presque plus qu'elle ne pouvait supporter.

Jackson referma la porte derrière Lacey et prit sa bourse dans sa redingote.

— Merci beaucoup, ma chère, dit-il, mais j'ai besoin maintenant que vous vous éclipsiez un moment.

Il se mit à compter des billets.

— Vous ne voulez pas que je…

Elle indiqua le lit.

— Pas ce soir, chérie.

Il continua à sortir des billets.

— A vrai dire, Ambre et moi nous connaissons depuis longtemps et nous avons une affaire en cours à terminer.

— Vous ne voulez pas de moi, mais vous payez quand même ?

Elle fixait les billets dans sa main d'un air stupéfait, plissant son nez poudré.

— Vous n'allez pas la tuer et cochonner ma chambre, hein ?

Jackson jeta un coup d'œil à Cameron comme si l'idée lui avait traversé l'esprit. Si elle avait pu lui lancer un objet à la tête, elle l'aurait fait.

— Je vous paye pour que vous gardiez votre jolie bouche fermée, et pour que vous disparaissiez environ une heure.

— Ah…

Elle hocha la tête.

— Pouvez-vous le faire ?

Elle eut un sourire rusé.

— Pour un billet ou deux de plus, je pense que je peux aller boire un café dans la cuisine et me reposer un peu.

Il ajouta trois billets et elle sortit.

— Bonne nuit, lança-t-il d'un ton galant.

— Bonne nuit, mon chou, répondit-elle, tout miel et tout sucre.

Dès qu'elle fut dans le couloir, Jackson referma la porte et poussa le verrou.

Cameron se laissa tomber sur le bord du lit, soulagée.

— Le ciel soit loué que vous soyez là, Jackson!

Elle se couvrit le visage de ses mains.

— Par tous les diables, que faites-vous ici? Et déguisée en catin, encore! Un autre de vos petits jeux, Cameron?

Il alla à une table couverte de dentelle rose et se servit un cognac que Lacey gardait pour ses clients.

Cameron baissa ses mains pour le regarder. Elle eut soudain plus vivement conscience de l'exiguïté de la chambre aux murs tapissés de velours et de la proximité de Jackson. Conscience aussi de toutes les émotions qu'elle avait enfermées en elle ces dernières semaines.

— Tant de choses sont arrivées, Jackson, s'écria-t-elle. Des choses si terribles…

Elle ne sut pas si elle se jeta dans ses bras ou si ce fut lui qui l'attrapa. Elle ne sut pas si elle leva le menton pour l'embrasser ou s'il écrasa de lui-même sa bouche sur la sienne. Cela n'avait aucune importance. La seule chose qui comptait était le baiser de Jackson, ses bras qui la serraient. Elle avait été si seule, si perdue, ces derniers temps, qu'elle aspirait désespérément à un contact humain. Elle aspirait à le goûter, à le sentir sous ses doigts.

— Jackson, gémit-elle, ouvrant les lèvres pour accueillir sa langue.

Il l'embrassa rudement, profondément, la faisant pivoter de telle sorte qu'ils tombent sur le lit couvert de dentelle.

— J'ai pourtant essayé de vous oublier, marmonna-t-il passant une main dans ses cheveux et l'embrassant de nouveau.

Cameron fit passer sa main à l'arrière de sa tête, tirant sur le ruban qui attachait ses cheveux. Ils tombèrent en un rideau soyeux sur ses épaules et elle glissa les doigts dedans, l'attirant à elle.

Jackson pressa ses lèvres sur le pouls de sa gorge et fit remonter sa main sous un sein.

Cameron couvrit sa main de la sienne, le guidant. Ses seins brûlaient d'être touchés ; leur pointe se dressait contre l'étoffe de ses dessous.

Jackson se redressa un instant et arracha sa veste, la jetant à travers la chambre. Cameron le saisit aux épaules, et se haussa pour l'embrasser de nouveau.

Tout en couvrant son visage de petits baisers, il abaissa le décolleté de sa robe et la fit glisser sur ses épaules.

— Je ne puis vous dire combien de fois j'ai rêvé de ce moment, murmura-t-il d'une voix rauque.

Sa bouche sema une traînée humide et chaude sur la rondeur d'un sein et elle souleva sa poitrine jusqu'à ce qu'un téton rose et dur effleure ses lèvres.

Jackson le prit entre ses dents et tira doucement dessus. Elle gémit, choquée par le son guttural de sa propre voix. Choquée par son désir pour lui. Son cœur tambourinait, son pouls s'emballait. Tout le sang du haut de son corps semblait descendre, pulser entre ses jambes.

Jackson réussit à tirer sa robe par-dessus sa tête, tandis

qu'elle lui ôtait son écharpe, sa chemise et les laissait tomber par terre. Il lui arracha brusquement sa camisole, puis tous deux s'acharnèrent sur les lacets de son corset, leurs doigts se mêlant, fébriles, tandis qu'ils s'efforçaient de la dénuder.

Elle se mit à rire, brûlant tellement qu'il la touche que les larmes lui en montaient aux yeux. Il baisa doucement sa chair au-dessus du corset, écarta l'étoffe qui les séparait encore. Dans la passion du moment, c'était la chose la plus suave qu'il aurait pu faire.

— Cameron, Cameron, murmura-t-il, la voix rauque de désir pour elle, si chaude à son oreille.

Elle passa les bras autour de son cou et s'allongea sur le lit. Elle ne portait plus que ses bas et ses pantalons, lui ses culottes fauves. Elle promena les mains sur son torse nu, musclé, fascinée par la chair dure et ferme d'un corps d'homme. De *son* corps… Combien de fois avait-elle rêvé de ce moment, s'agitant dans son sommeil, imaginant ces instants ?

Jackson suça un téton après l'autre, puis fit glisser sa bouche brûlante sur son ventre nu. Tandis qu'elle se renversait sur l'oreiller, levant les bras pour saisir la tête de lit, elle sut que cette fois, elle ne l'arrêterait pas. Depuis le jour où ils s'étaient rencontrés dans l'allée bordée d'ormes de son père, ils avaient été destinés à ce moment. Ils y étaient destinés depuis le commencement des temps.

Jackson saisit la ceinture de ses pantalons et elle se souleva pour lui permettre de faire glisser le fin tissu le long de ses jambes. Les derniers rayons de soleil avaient disparu derrière les toits de Baton Rouge, mais Cameron pouvait encore distinguer Jackson dans la pénombre qui précédait l'obscurité. Elle ouvrit les yeux pour regarder ses cheveux qui retombaient autour de son visage tandis qu'il semait des baisers brûlants sur son nombril et plus bas, vers le triangle de boucles cuivrées.

Elle laissa ses paupières se fermer et tourna la tête sur le côté. Un gémissement de volupté anticipée s'échappa de ses lèvres tandis que les doigts de Jackson trouvaient la source de son plaisir. Elle souleva les hanches pour mieux se porter vers lui. Il décrivait des petits cercles sur sa chair délicate, des pressions légères et régulières. Bientôt, elle ne sut plus dire ce qui était sa bouche et ce qui était ses doigts. Cela n'avait pas d'importance ; rien d'autre ne comptait que le plaisir qui la parcourait et emplissait le vide désespéré de son cœur.

Elle s'entendit crier de volupté. Il cessa alors ses mouvements et posa sa joue sur son bas-ventre. Elle tendit la main et la passa sur sa tête en une caresse de gratitude. Puis, à sa grande surprise, à son ravissement plus grand encore, il la toucha de nouveau. Elle avait cru que les vagues de joie étaient retombées autour d'elle, retournées à la mer, mais ce n'était qu'un mouvement de la marée.

Il la caressa, la taquina jusqu'à ce qu'elle se retrouve de nouveau au bord du précipice. A ce moment-là seulement, il ôta ses culottes et couvrit son corps du sien.

Elle était maintenant au-delà de toute pensée, au-delà de toute raison. Elle sentait son sexe dur contre sa cuisse, choquée par sa taille. Néanmoins, elle écarta les jambes, le besoin qui l'habitait plus puissant que sa timidité. Il se coula en elle et elle cria de joie à cette découverte.

Puis il se mit à bouger et, après une brève douleur, elle s'adapta au rythme qui semblait maintenant être le leur. Elle enfonça les ongles dans son dos, craignant de le griffer, mais incapable de se retenir.

Il chuchota son nom, et sa voix altérée la parcourut de frissons de plaisir. Il la désirait, il avait besoin d'elle. Se pouvait-il qu'il l'aime ?

Elle souhaita que ce moment de bonheur dure toujours. Que le monde et tous ses ennuis s'arrêtent ici. Mais elle ne put prolonger sa volupté plus longtemps, et lorsqu'elle cria, serrant Jackson en elle dans son extase, il poussa un grognement, donna un dernier assaut et s'immobilisa.

Elle ne put ouvrir les yeux, dominée qu'elle était par les ondes de plaisir qui continuaient à la submerger, transportée par l'émotion dont Jackson l'avait emplie à chaque assaut. De nouveau, le mot *amour* lui vint à l'esprit. Elle était amoureuse de lui… Elle n'avait jamais cessé de l'être.

Il roula sur le flanc dans le lit moelleux et la prit dans ses bras. Elle fit un mouvement pour se lever, mais il la saisit par la taille et la rallongea, frétillante et nue contre lui.

— Juste encore un peu, murmura-t-il à son oreille, les yeux mi-clos. Laissez-moi vous tenir encore un moment avant que les catastrophes ne se déclenchent.

Il se mit sur le dos, lui appuyant la tête sur son torse.

— Ce qui arrivera, je le sais, plaisanta-t-il avant qu'elle ne puisse protester. Cela se produit toujours, chaque fois que nous sommes ensemble dans la même pièce pendant plus de cinq minutes.

Cameron avait envie de sauter du lit maintenant, et de s'habiller. Elle ignorait combien de temps avait passé. Elle devait penser à Taye, et avait besoin que Jackson l'aide à trouver un plan pour sauver son amie.

Plus tard, quand elle aurait le temps, elle essaierait de définir ce qu'elle avait fait là, dans ce lit, ce qu'elle avait éprouvé… et ce qu'elle éprouvait encore.

Elle soupira. Elle sentait le cœur de Jackson qui battait fort, sa respiration lourde.

Il posa un baiser sur son front, et ce geste parut infiniment tendre. Si seulement un tel moment pouvait durer toujours !

Mais ce n'était pas possible.

Elle passa sa paume sur le plat de son estomac, fascinée par le contact de sa chair musclée.

— J'ai besoin de votre aide, Jackson, dit-elle doucement. Grant va vendre la virginité de Taye aux enchères ce soir et nous devons la sauver.

— Je sais.

Elle leva la tête et plongea le regard dans ses yeux gris, indéchiffrables.

— Vous *savez* ?

Il lui décocha un sourire espiègle.

— Pourquoi serais-je ici, sinon ?

Chapitre 22

— Vous *savez*? répéta-t-elle, bondissant du lit comme s'il était en feu. Vous le saviez depuis le début, espèce de...

Elle tira un oreiller de dentelle rose coincé sous lui et le frappa avec, aussi fort qu'elle put.

Riant, il leva les bras pour se protéger de son attaque. Mais elle le frappa encore, plus furieuse à chaque coup.

— Comment avez-vous pu me laisser faire tout ça, en bas? J'aurais pu être prise! Cette horrible femme aurait pu me blesser! Comment avez-vous pu me laisser penser que je devais être seule avec vous pour vous mettre au courant? Comment avez-vous pu me faire monter ici et... et...

Elle regarda le lit froissé et le superbe corps nu allongé devant elle.

— N'allez-vous rien dire?

— Eh bien, s'il faut l'admettre, sachez que vous faites une prostituée très séduisante. La meilleure que j'aie jamais vue.

— Oh! Monstre que vous êtes!

Elle lui lança l'oreiller.

— Vous n'êtes *vraiment pas* un gentleman!

Il écarta le coussin et se leva, riant toujours. Cameron

se détourna de lui. Elle avait envie de pleurer tout en étant trop en colère pour le faire. Il lui semblait que tout ce qu'elle avait fait, ces deux derniers mois, était pleurer.

— Cam, allons…

Il vint derrière elle et l'enlaça, pressant son ventre contre ses fesses nues. Elle grogna, sentant son visage s'enflammer.

— Laissez-moi tranquille!

Elle le repoussa de ses coudes.

— Aidez-moi plutôt à me rhabiller.

Elle ramassa le tas de vêtements et le jeta sur le lit.

— Nous devons redescendre et trouver un moyen de sortir Taye de cette situation.

— A vos ordres!

Il enfila ses culottes et se mit à les boutonner.

— Vous êtes la maîtresse, Cam, et je suis votre esclave.

— Attendez que j'aie le temps de vous dire ce que je pense!

Elle lui jeta une pantoufle, puis s'assit sur le lit pour enfiler ses bas de soie.

La pendule sonnait juste 22 heures lorsque Cameron et Jackson entrèrent dans le salon maintenant bondé d'hommes qui fumaient le cigare et tenaient des verres à la main.

— Est-ce que tous ces hommes sont ici pour Taye? chuchota-t-elle, affolée.

Jackson resserra son emprise sur sa main.

— Tout va bien se passer, ne vous inquiétez pas.

Elle leva les yeux et rencontra son regard. Elle était en colère contre lui de l'avoir dupée, mais elle savait que la seule façon de vaincre Grant était de s'allier à lui. Pour Taye.

— Vous êtes sûr que ce plan va marcher ?

— Les meilleurs plans sont les plus simples, lui assura-t-il.

A ce moment précis, un léger brouhaha se fit entendre dans le vestibule.

— La voici enfin !

Elle reconnut la voix forte de Peppin Toussant.

— Ecartez-vous, gentlemen, et laissez de la place à notre invitée d'honneur !

Cameron et Jackson restèrent au fond du salon, près de l'escalier, et tandis que les clients reculaient pour laisser le passage, ils se pressèrent contre le mur. Cameron ne voyait que des vestes d'hommes, mais leur tête se tournait pour apercevoir Taye sans aucun doute.

— Elle est là ? chuchota-t-elle en se cramponnant à la main de Jackson.

— Elle est là. Grant aussi.

Sa voix était pleine de colère, à présent.

— A-t-elle l'air d'aller bien ?

— Elle paraît effrayée, mais indemne.

Cameron crispa les paupières, priant que cela se finisse vite.

Taye fut juchée sur un tabouret pour que les hommes qui allaient faire des offres puissent mieux apprécier le spectacle. Cameron s'efforçait de rester dissimulée tout en essayant d'apercevoir le visage de son amie. Taye avait le regard vitreux, et sa bouche était figée.

Tout le monde parlait à la fois, y allait d'un commentaire lubrique, et le bruit était presque insupportable. Cameron avait honte, non pas pour elle-même, ni même pour Taye, mais pour la mémoire de son père, qui avait pu engendrer un fils aussi méprisable et dépravé que Grant.

Jackson l'enlaça de son bras puissant et approcha sa bouche de son oreille. Elle frémit et ferma les yeux un instant, réconfortée par son contact.

— On est bien d'accord, Cameron ? Vous sortirez par-derrière et vous vous éclipserez par la cuisine dès que la vente aura commencé. La voiture que j'ai louée a deux chevaux bais avec des plumets blancs sur la tête. Demandez au cocher de s'approcher de la cuisine et attendez là.

— Vous êtes sûr de pouvoir vous échapper avec Taye par l'escalier de service sans que personne ne vous voie ?

— J'ai inspecté les lieux dès que Naomi m'a dit ce qui était arrivé.

Cameron ouvrit de grands yeux stupéfaits.

— Naomi vous a trouvé ?

Il hocha la tête, regardant par-dessus la foule tandis que Toussant donnait des instructions sur le déroulement de la vente aux enchères.

— Comment l'aurais-je su, autrement ?

Il ne croisa pas son regard, étudiant l'assistance avec soin.

— Vous ne m'avez pas dit que Naomi vous avait trouvé, chuchota-t-elle, exaspérée.

— Vous ne me l'avez pas demandé ; comme je n'étais pas là où vous pensiez, elle est venue à Baton Rouge.

Il resserra son bras autour d'elle.

— Les offres ont commencé, murmura-t-il.

Puis il lui donna une tape sur les fesses.

— Allez-y maintenant, faites avancer la voiture comme prévu. Nous vous retrouverons et irons directement sur mon bateau. Naomi y attend déjà. J'ai le sentiment que nous devrons quitter le quai assez vite, quand votre frère et Toussant se rendront compte qu'ils ont été dupés.

Jackson accepta un verre de cognac coupé d'eau qu'une pensionnaire du Juchoir lui offrit, attentif à la vente qui commençait. Il voulait que les autres démarrent, puis il interviendrait, quand il aurait repéré tous ses concurrents. Tandis qu'il s'appuyait au mur, s'efforçant de paraître nonchalant, ses pensées ne cessaient de revenir à Cameron. Il ne pouvait croire à sa chance. Il avait été si certain de l'avoir perdue le jour où il avait quitté Elmwood après les obsèques du sénateur. Et puis, au bal des Hitch, elle l'avait tellement agacé qu'il avait été presque content de la laisser partir. Les jours suivants, il s'était pratiquement convaincu qu'il se portait mieux sans elle. Sa nouvelle mission était dangereuse ; il n'avait pas le droit de l'y impliquer. Et puis il n'avait vraiment pas besoin d'être encombré d'une femme, d'une femme dont il devrait se soucier. Il avait déjà le poids d'une nation sur les épaules. Et voilà que comme par miracle elle avait été là, dans ses bras, le suppliant presque de lui faire l'amour. Il était doté d'une forte résistance, mais pas forte à ce point. Même son sens de l'honneur avait des limites.

Les offres dépassèrent bientôt soixante-quinze dollars et la salle commença à s'animer. Jackson sirotait son cognac en s'obligeant à penser à ce qui se passait dans la pièce, et non à Cameron. Pas à Cameron nue dans ses bras, pas à son suave goût de miel, ni à l'odeur de sa peau satinée. Il l'emmènerait sur son bateau avec lui. Il ne pouvait pas la laisser derrière lui. Peut-être pourraient-ils éclaircir les choses, alors.

— J'ai une offre à quatre-vingts dollars, annonça Toussant. Quatre-vingts dollars une fois…

Jackson aperçut le visage pâle de Taye. Comment ce scélérat de Grant pouvait-il faire une chose pareille à une jeune fille avec qui il avait grandi ? Taye était presque sa sœur ! Comment pouvait-il infliger un tel accroc à la réputation des Campbell ? Le sénateur l'aurait fouetté jusqu'au sang pour une telle ignominie !

Grant se pavanait devant Taye dans un costume de mauvais goût, tirant sur un fin cigare français comme s'il était un coq de combat. Si seulement Jackson avait pu mettre les mains sur le cou de ce pervers, il le lui aurait tordu comme si ce lâche était un poulet destiné au dîner du dimanche !

— Quatre-vingts deux fois…

— Cent dollars, annonça-t-il alors d'un ton traînant, tout en restant adossé au mur.

La foule des hommes et des pensionnaires se tourna pour voir qui était le nouvel enchérisseur. Les têtes se penchèrent pour jaser. Jackson était bien connu, ce qui était une bonne chose. Cela lui servirait bien durant la guerre. On le jugeait dangereux, et c'était exactement ce qu'il voulait.

Toussant sourit largement, tapotant son gros ventre.

— Cent dollars pour le capitaine Logan !

— Le capitaine Logan ?

Grant arracha son cigare de ses lèvres et se tordit le cou pour le voir.

— Le capitaine Jackson Logan ?

— Oui, fit Toussant avec un rire gras. Qui d'autre aurait les couilles, hein ?

La foule rit avec lui.

— Non !

Grant rejoignit prestement le tenancier.

— Je ne la vendrai pas à cet homme. Il n'en est pas question.

Il glapissait comme un cochon égorgé.

Toussant se tourna vers lui, le dominant d'une tête.

— Vous n'avez plus votre mot à dire. Elle n'est plus à vous. Vous l'avez vendue, monsieur. Dès que vous avez mis le pied chez moi avec elle, elle était à moi. Nous avons passé un accord.

Il parlait avec un sourire jovial, mais son ton était d'acier.

— Quelqu'un d'autre pour cette belle pièce du Mississippi ? demanda-t-il, prenant la main de Taye pour la baiser.

Taye restait parfaitement immobile, fixant les hommes qui s'attroupaient autour d'elle, mais ne semblant ni les voir ni les entendre. Elle avait la présence d'une reine, pensa Jackson, d'une reine biblique à la peau sombre et au visage d'ange.

— Messieurs, messieurs, vous n'allez sûrement pas laisser passer un tel trophée sans faire une meilleure offre ? lança Toussant. Ai-je cent dix dollars ?

— Cent cinq, cria un créole d'un certain âge. Elle fera l'affaire pour mon fils.

— Est-ce que j'entends cent dix ?

Toussant parcourut la salle du regard.

— Capitaine? La laisserez-vous partir pour cinq dollars?

Jackson hocha la tête.

— Cent vingt-cinq, en or, et c'est ma dernière offre.

Les hommes poussèrent des vivats. Les femmes lancèrent des « oh » et des « ah », ravies.

— Une fois, deux fois, la vierge vous est vendue pour une nuit et une seule, monsieur. Trois fois... adjugé!

— Et il doit rester ici! bredouilla Grant.

Il avait à présent sur la joue une large plaie infectée à l'aspect répugnant.

— L'accord est que le gagnant reste sous ce toit! insista Grant.

Toussant prit la main de Taye et l'aida à descendre du tabouret. Elle se mouvait mécaniquement, comme une somnambule qui ne voulait pas s'éveiller.

— Venez me rejoindre, monsieur, et nous ferons notre échange, dit Toussant à Jackson. Une chatte pour de l'or.

Il rit et les autres rirent avec lui.

Jackson mit son verre dans la main d'une jeune femme qui passait.

— Merci, chérie.

Il tira sa bourse de sa veste, tendit l'argent à Toussant sans le compter et prit à son tour la main de Taye qui ne parut pas le reconnaître, toujours aussi prostrée.

— Merci beaucoup, monsieur. C'est un plaisir, comme toujours, de faire affaire avec vous. Et maintenant, si vous voulez nous excuser, nous avons une soirée de distraction en perspective...

Toussant soupesa le sac d'or dans sa main.

— Profitez-en bien, capitaine.

Logan se détourna du tenancier, heurtant presque Grant.

— Vous avez intérêt à ne pas préparer un coup fourré, persifla ce dernier, ressemblant plus à une belette qu'à un homme — sauf qu'il avait grossi depuis la dernière fois où Jackson l'avait vu.

Il avait l'air d'une belette farcie.

Jackson l'ignora et se dirigea vers l'escalier. Taye marchait à côté de lui à petits pas délicats. Elle était si mince, si pâle, que sa beauté paraissait presque translucide. Une chance que Naomi ait fini par le trouver et l'ait prévenu, pensa-t-il. Une nuit entre les mains d'un de ces hommes, et la jeune mulâtresse n'aurait sans doute pas survécu.

— Vous m'entendez ? continua Grant, les suivant aussi vite qu'il pouvait en traînant sa mauvaise jambe derrière lui. Elle appartient à cet homme, maintenant. Il ne prend pas à la légère…

Au bas de l'escalier chantourné, Jackson pivota brusquement pour lui faire face.

— Vous comptez monter avec nous, Grant ? Vous pourriez bien aimer ça, espèce de scélérat ! Vous avez l'air de quelqu'un qui est meilleur à regarder qu'à faire. Vous avez intérêt à être parti quand je redescendrai. C'est compris ?

Il lui tourna le dos.

— Allons-y, Taye, dit-il gentiment. Voilà, une marche à la fois. C'est bien.

Quand Jackson tourna au coin du palier, il vit que Grant se tenait toujours au bas de l'escalier et les fixait. Il devait faire vite. Pourvu que Cameron ait trouvé la voiture et qu'elle les attende à l'endroit convenu ! Passant un bras autour de Taye pour l'aider à marcher, il la guida le long du couloir, passa devant la chambre que Cameron et lui avaient partagée moins d'une heure plus tôt et lui fit descendre l'étroit escalier de service. Il traversa la cuisine, ignorant la grande femme noire qui se tenait bouche bée au fourneau, et sortit dans l'obscurité de l'allée.

Cameron était debout près de la voiture, sa silhouette découpée par le halo d'un réverbère.

Elle était sa lumière brillant dans le noir.

L'*Inverness* tanguait maintenant doucement, indiquant qu'ils étaient en route et descendaient le Mississippi. Durant le trajet jusqu'au chantier naval, Jackson et Cameron avaient bavardé comme s'ils étaient sortis dîner et voir un spectacle et rentraient chez eux. Il lui avait appris qu'il avait acheté ce bateau neuf construit en Ecosse. C'était un bateau à vapeur rapide et puissant, de cent quatre-vingt-dix pieds de long et de vingt-cinq pieds de large. Il avait un tirant d'eau de neuf pieds seulement, avait-il ajouté fièrement, et une vitesse incroyable de treize nœuds et demi. D'après lui, il n'y avait pas un blocus qu'il ne pourrait franchir.

Mais pour l'heure, Cameron ne se souciait guère de la longueur du bateau ni de savoir s'il avait un équipage de vingt ou de cent vingt marins ; tout ce qui l'intéressait était de quitter Baton Rouge le plus vite possible et d'éloigner Taye de Grant.

Elle entra dans la minuscule cabine avec du pain, du fromage et du whisky, et alluma la lampe à huile accrochée au-dessus de la couchette sur laquelle son amie était allongée.

— Tu es réveillée ? demanda-t-elle doucement, en prenant la bouteille de scotch sous son bras pour la poser par terre.

— Oui.

La voix de Taye était à peine reconnaissable. Elle paraissait si perdue, si abattue.

Cameron s'assit sur le bord de la couchette, le pain et

le fromage sur ses genoux. Elle versa un peu de whisky dans le verre d'eau et le tendit à Taye.

— Bois ça.

Taye s'assit et prit le gobelet en fer-blanc à deux mains, comme une enfant. A la première gorgée, elle cracha et toussa.

— Je n'aime pas ça, dit-elle doucement.

— Bois quand même.

Docilement, Taye but une autre gorgée et rendit le verre à Cameron. Cette dernière hésita un instant, puis but elle-même une longue goulée. Le scotch était onctueux et parfumé, pas amer comme tant d'alcools. Pas étonnant que son père l'ait apprécié.

Tenant le plateau de bois en équilibre sur ses genoux, elle coupa un morceau de fromage et le mit sur du pain.

— Mange.

— Je ne vous ai pas dit merci, murmura Taye en prenant le pain et en le grignotant comme une souris.

— Tu n'en as pas besoin. Tu aurais fait la même chose pour moi. Et tu n'aurais probablement pas laissé les choses aller aussi loin.

Taye fit un petit bruit, comme si ce commentaire ne méritait même pas une réponse.

— Vous avez risqué votre vie, Cameron. Le capitaine Logan a risqué sa vie. Pour moi.

A la mention du nom de Jackson, Cameron but une nouvelle rasade de scotch. Puis une autre. Depuis qu'ils étaient montés à bord, elle ne l'avait plus vu. A peine sur son bateau, il s'était enfermé dans sa cabine de capitaine d'où il avait émergé vêtu de culottes de marin, d'une chemise blanche et de bottes, ayant tout à fait l'air du pirate que Grant l'accusait d'être. Il avait ordonné à son premier officier de lever l'ancre et ils étaient partis vers le sud.

Cameron et Taye avaient été escortées jusqu'à cette cabine par l'un de ses officiers, qui l'avait aidée ensuite à trouver à boire et à manger. Il avait promis de faire chercher Naomi et de la lui envoyer.

— Je ne peux pas te dire combien j'ai honte de mon frère, Taye… Je ne peux pas te dire combien je suis désolée. Je ne comprends pas ce qui lui est arrivé depuis la mort de papa.

— Ce n'est pas votre faute. Quelque chose a craqué en lui quand le sénateur est mort, je crois.

Cameron hocha pensivement la tête en buvant une autre gorgée de scotch. Elle se sentait mieux, maintenant, moins tendue. Jackson avait promis qu'il n'y aurait pas de problème pour sortir du port. Si Grant ou Toussant leur donnaient la chasse, le bateau serait probablement déjà dans les eaux du golfe à ce moment-là.

On frappa à la porte.

— Entrez ! dit Cameron.

Naomi entra dans la cabine. Cameron bondit sur ses pieds, laissant le pain et le fromage sur le bord du lit, jeta les bras autour de la jeune femme et l'étreignit. Quoi qu'elle ait pensé jadis d'elle qui passait pour une prêtresse vaudou, elle ne pouvait s'empêcher de l'aimer pour ce qu'elle avait fait. Jeune esclave en fuite qui avait voyagé seule de Jackson, Mississippi, à Baton Rouge, Louisiane, son exploit avait été plus intrépide que tout ce qu'elle-même avait fait.

— Merci, Naomi. Merci !

— Avec plaisir, missy Cameron, répondit-elle timidement.

Cameron recula pour mieux la regarder à la lumière de la lampe.

— Quand je ne t'ai pas vue revenir, j'ai eu peur que quelque chose te soit arrivé.

— Dites plutôt la vérité, missy Cameron, la taquina Naomi. Vous avez pensé que la vieille Naomi et son homme étaient partis avec vot'argent, pas vrai ?

Elle glissa la main dans la ceinture de sa jupe sale et tira quelque chose enveloppé dans un morceau de tissu.

— J'ai dû en dépenser un peu pour venir ici, mais voilà c'qui reste de c'que vous m'avez donné.

Cameron repoussa sa main.

— Garde-le. Si j'avais plus, je te le donnerais aussi.

Elle jeta un coup d'œil à Taye allongée sur le lit.

— J'aurais donné n'importe quoi pour la sauver.

Naomi secoua la tête.

— Vot'pardon de dire ça, missy, mais j'ai toujours pensé que Maît'Grant, il était pas bien dans sa tête.

Cameron ne put s'empêcher de rire.

Elle retourna au bord de la couchette et reprit son verre de scotch. Elle commençait à vraiment en aimer le goût ! Il lui donnait chaud, lui offrait un réconfort dont elle avait désespérément besoin après tout ce qui s'était passé.

— Alors ton homme est ici aussi ? Manu, c'est bien ça ? J'aimerais le remercier. Presque la moitié des esclaves a pu fuir grâce au bateau qu'il nous a procuré.

Naomi fit signe que non.

— Manu est resté pour s'assurer que ma maman parvienne bien au premier refuge du Chemin de Fer. Il me rejoindra dès qu'il pourra.

Elle eut un grand sourire.

— On pense aller dans l'Ouest.

Cameron sourit à son tour.

— Eh bien, je ne sais pas ce que Taye et moi allons faire maintenant, mais nous en reparlerons quand je connaîtrai les plans du capitaine Logan. Il faut espérer que je pourrai alors vous aider à partir en sécurité, Manu et toi.

Naomi hocha la tête.

— C'est bon de vous voir vivre, missy Cameron. Toi aussi, Taye.

— Tu sais où dormir cette nuit ?

Naomi acquiesça.

— J'ai rencontré deux autres fugitives de couleur dans les bois, des filles très jeunes. J'pouvais pas les laisser seules et effrayées, pas vrai, alors elles sont v'nues avec moi. Le capitaine Logan, c'est un homme bien. Il m'a dit qu'elles pouvaient rester sur son bateau avec moi aussi longtemps qu'on voulait. On s'est trouvé un bon p'tit endroit pour dormir, en bas.

— Eh bien, bonne nuit, Naomi. Et merci encore.

Naomi se glissa dehors et Cameron se servit encore du scotch. Elle se sentait vraiment bien, maintenant. Tout ce qui était arrivé durant la soirée commençait à lui apparaître comme un mauvais rêve.

— Tu as assez mangé ? demanda-t-elle à Taye.

Taye lui fit signe que oui, s'allongea et regarda le plafond.

— Savez-vous où il nous emmène ?

Cameron secoua la tête.

— Nous n'avons pas eu le temps de parler.

Ses lèvres lui paraissaient soudain engourdies et le bout de ses doigts et de ses orteils la picotait.

— Loin d'ici, c'est tout ce que je sais.

Il s'était passé tant de choses que Taye ne pourrait

jamais savoir… et ne comprendrait pas. Tant de choses qu'elle-même ne comprenait pas. Mais elle ne regrettait rien et si l'occasion se représentait, elle recommencerait.

— Vous savez, Cam, nous avions tort, et Naomi raison. C'est un homme bien, le capitaine Logan…

Cameron fronça les sourcils, continuant à boire.

— C'est un butor, un vaurien et… et un pirate, pardessus le marché !

— S'il était vraiment tout cela, pensez-vous qu'il serait venu au bordel ? Pensez-vous qu'il aurait dépensé cent vingt-cinq dollars en or pour me sauver ? Qui suis-je pour lui, après tout ?

— Chut, Taye, tu es fatiguée. Tu ne sais pas ce que tu dis…

Elle battit des cils ; tout, autour d'elle, lui paraissait un peu plus flou. Ce n'était pas que ses yeux n'y voyaient pas clair, seulement que les contours des choses semblaient plus doux. Même sa voix était moins coupante. Elle tapota le bras de Taye d'un geste maladroit.

— Dors. Nous parlerons demain.

Taye acquiesça et se tourna sur le côté. Cameron était inquiète de voir son amie toujours aussi déprimée. Même si elle était désormais en sécurité, elle avait traversé beaucoup d'épreuves, et il lui faudrait du temps pour s'en remettre.

Cameron vida le gobelet en fer-blanc et allait reprendre la bouteille quand on frappa à la porte.

— Ou… oui ?

Elle se leva et vacilla… mais ce n'était pas à cause du bateau.

La porte s'ouvrit, Jackson se courba pour la passer et entra dans la petite cabine.

— Elle dort ?

Cameron jeta un coup d'œil à Taye qui était pelotonnée sur elle-même, le dos tourné.

— Je crois.

— Bien. Venez !

Il la prit par le poignet et la tira derrière lui.

— Attendez ! Que faites-vous ? Où m'emmenez-vous ?

Il la fit sortir de la cabine et referma la porte derrière eux.

— Dans ma cabine, dit-il. Là où est votre place.

Il se pencha pour approcher son visage du sien et fronça les sourcils.

— Avez-vous bu ?

Elle s'essuya la bouche d'un revers de main.

— Je pensais que Taye avait besoin d'un remontant.

Il rit doucement.

— Il me semble que Taye n'est pas la seule à en avoir pris un !

Il l'entraîna le long du pont. Le bateau se balançait et elle pouvait entendre le bourdonnement du moteur à vapeur. Elle aperçut des marins dont la silhouette était découpée par quelques lampes, et qui avaient l'air de fantômes dans la nuit.

— Et si je ne veux pas venir ? protesta-t-elle.

Pensait-il qu'il la possédait ? Juste parce qu'une fois, dans l'ardeur de la passion et apeurée, elle s'était donnée à lui, pensait-il que cela lui donnait le droit d'user d'elle quand il le voulait ? Elle allait lui dire ce qu'elle en pensait !

Il lui tenait fermement le poignet, la conduisant à travers l'obscurité qui lui était visiblement familière.

— Je me moque de ce que vous voulez, rétorqua-t-il. Je me soucie de ce que *je* veux, et ce que je veux, ce soir, c'est dormir quelques heures avec vous dans mes bras.

Il lui jeta un coup d'œil.

— De cette façon, je pourrai vous tenir à l'œil. Vous empêcher de vous fourrer dans d'autres ennuis… au moins pour la nuit.

Il ouvrit une porte semblable à celle qu'ils avaient franchie, mais la cabine était beaucoup plus grande. Elle contenait un large lit et un bureau encastré dans la cloison lambrissée de chêne sombre. Un grand coffre de marin était posé contre un mur, et il y avait un fauteuil et même un hublot rond. La pièce paraissait commode. Confortable.

Cameron sourit, se tournant pour mieux regarder les lieux tandis qu'il refermait la porte et verrouillait le loquet.

— C'est plaisant…

Il s'assit dans le fauteuil et ôta ses bottes.

— Devenez le capitaine de votre propre bateau de contrebande et vous aussi, vous pourrez être aussi bien installée.

Elle se couvrit la bouche et gloussa. Elle ne savait pas ce qui était si drôle. C'était juste la façon dont il l'avait dit.

Il enleva sa chemise de toile blanche et la posa dans le fauteuil. Elle le regarda, hypnotisée, quitter ses culottes et marcher nu jusqu'au lit. Il avait des fesses musclées, si bien formées…

Elle s'humecta les lèvres, se rappelant leur contact sous ses mains.

— Venez, dit-il. L'aube pointe de bonne heure et je suis de premier quart.

Il s'assit sur le bord du lit et passa la main sous le mince matelas. Elle pensa apercevoir la crosse d'un pistolet avant qu'il ne remette l'objet en place.

Elle se tenait au milieu de la cabine ; la tête lui tournait et elle avait l'esprit confus. Peut-être avait-elle effectivement trop bu.

Jackson s'allongea sur la couchette et mit ses mains sous sa tête. Il était là, sous ses yeux, lui laissant voir… lui laissant voir tout son corps, dans sa superbe nudité.

— N'allez-vous pas me déshabiller ? demanda-t-elle, perplexe.

— Non.

Elle plissa le front, désorientée.

— Vous n'allez *pas* me déshabiller ?

— Vous ne pouvez pas vous déshabiller vous-même ?

Elle envoya promener une chaussure, puis l'autre, impatiente à présent de quitter les vêtements volés.

— Je… Bien sûr, que je peux.

— Alors faites-le et venez vous coucher.

Elle alla vers lui, ôtant sa robe.

— Vous… vous ne comptez pas me… séduire ?

Il lui décocha ce sourire espiègle qu'elle aimait tant quand il ne l'agaçait pas.

— Nous avons eu assez de « séduction » pour ce soir, vous ne pensez pas, Cam ?

Sans lui répondre, elle se laissa tomber sur le lit à côté de lui, toujours vêtue de ses dessous. Il se souleva légèrement pour éteindre la lampe à l'huile accrochée au plafond, puis se rallongea près d'elle.

Cameron s'endormit presque aussitôt, heureuse de sentir le bras fort de Jackson autour de sa taille. C'était la première fois depuis la mort de son père qu'elle se sentait vraiment en sécurité… et aimée.

Troisième partie

Chapitre 23

Cameron s'éveilla au matin sous la lumière d'un soleil éclatant qui entrait par le hublot et dans une cabine vide. Jackson était parti et elle ne savait pas si elle en était déçue ou soulagée.

Elle se glissa jusqu'au bord du lit et posa ses pieds nus par terre. Elle bâilla paresseusement, étirant ses bras au-dessus de sa tête. Elle ne pouvait se rappeler la dernière fois où elle avait si bien dormi. Elle se souvenait d'avoir roulé contre Jackson, dans la nuit, ses fesses pressées sur son ventre, son bras passé sous ses seins. Il y avait quelque chose dans le fait de dormir avec lui dans un lit qui paraissait si juste, si naturel…

Et pas juste du tout ni naturel en même temps.

Elle se leva. Elle avait un sourd mal de tête et la bouche pâteuse. Elle avisa un petit pichet en terre cuite sur le bureau et le trouva rempli d'eau fraîche. Elle but plusieurs gorgées et regarda autour d'elle. La vilaine robe lavande qu'elle avait volée sur une corde à linge n'était plus là. Non pas qu'elle aimait cette robe, mais c'était tout ce qu'elle avait à se mettre. Elle ne pouvait guère parader devant l'équipage de Jackson dans ses dessous ! Ses hommes croyaient déjà sans aucun doute qu'elle était une femme de mauvaise vie… alors parader devant eux dans une tenue aussi légère ne ferait que le leur confirmer.

Puis elle aperçut des culottes sombres et une chemise blanche bien pliées sur le dossier du fauteuil. Une paire de bottes était glissée sous le siège. Elle prit les culottes et les inspecta ; elles étaient trop petites pour Jackson. Il les avait manifestement laissées pour elle.

Elles avaient une coupe si serrée qu'elle ne pouvait les porter que d'une seule manière. Elle ôta ses pantalons et enfila les culottes, douces et usées, sur ses jambes nues. Puis elle se débarrassa de son corset et remit sa camisole. Elle savait d'expérience combien une chemise d'homme pouvait être fine. Elle fit passer la chemise par-dessus sa tête. Diaphane, comme elle s'en était douté… Elle s'assit dans le fauteuil et prit les bottes dans lesquelles elle trouva une paire de chaussettes propres. Lorsqu'elle se leva, complètement habillée, elle fut surprise par la façon dont tout lui allait à merveille.

Elle se tourna dans la pièce, cherchant un miroir. Elle n'en trouva pas, mais elle découvrit dans le coffre une brosse et un lien en cuir avec lequel Jackson attachait sans doute ses cheveux. Elle n'essaya même pas de démêler ses boucles rousses, mais les lissa de son mieux et les attacha sur sa nuque. Elle voulait prendre l'air et aller voir Taye.

Elle sortit de la cabine dans la claire lumière du jour ; voyant le soleil au-dessus de sa tête, elle s'avisa alors qu'elle avait dormi presque jusqu'à midi. Pas étonnant qu'elle ait faim ! Elle décida qu'elle passerait voir Taye, puis qu'elle se rendrait à la coquerie pour demander au cuisinier du pain et du fromage.

Elle offrit son visage à la chaleur du soleil, tâchant de se remémorer le chemin jusqu'à la cabine de Taye. Il faisait déjà trop chaud, et l'air était humide. Elle sentait l'odeur de tourbe des rives boueuses du Mississippi. Cette odeur forte et piquante lui rappela la Pearl River et Elmwood.

— Bonjour, belle dormeuse…

Jackson lui souriait, sorti de nulle part, hâlé et bien trop beau.

Elle abrita ses yeux de la main pour le regarder.

— Bonjour.

— Vous allez bien ?

Elle sentit de la taquinerie dans sa voix, mais pas méchante.

— Très bien, merci. Parfaitement même.

Il ne dit rien de plus, mais resta à la contempler.

Elle n'osait croiser son regard, sachant ce qu'elle y verrait. Elle aurait dû avoir honte, honte de ce qu'ils avaient fait, de ce qu'elle lui avait permis, mais ce n'était pas le cas.

— Ecoutez, Jackson. Nous devons parler de nos plans. Des vôtres, des miens et de ceux de Taye. Je…

— Missy Cameron !

Naomi arrivait en hâte à travers le pont, suivie de deux jeunes esclaves. Elles se ressemblaient tellement qu'elles devaient être de vraies jumelles.

— Le ventre de la Grande Mère soit loué que je vous ai trouvée ! Ça ira pas, qu'on dorme en bas avec ces hommes, missy…

Elle secouait la tête, l'air farouche.

— Ça ira pas du tout. J'ai dû rester réveillée toute la nuit avec un morceau d'bois à la main pour protéger ces pauvres p'tiotes…

— Les protéger de quoi ? demanda Cameron.

— Des hommes, quoi d'autre ? répondit Naomi, fixant Jackson.

Ce dernier soupira et détourna les yeux.

— J'ai pourtant dit clairement à mes matelots ce que je pense de telles conduites, mais beaucoup sont jeunes et nouveaux.

Il passa une main sur ses cheveux lisses, attachés en catogan comme ceux de Cameron.

— Je demanderai à mon premier officier de parler à tout l'équipage au sujet de nos passagères, mais Naomi a raison. Elle et les jeunes dames — il désigna les jeunes filles qui fixaient leurs pieds nus, à quelque distance d'eux — devront dormir sur le pont supérieur.

Cameron sourit aux deux sœurs aux yeux de biche.

— J'ai appris que vous allez voyager avec Naomi. Je suis contente de vous connaître.

Elles ne répondirent pas.

— Elles sont timides et un peu effrayées, missy, expliqua Naomi. Elle — elle indiqua une des deux sœurs — c'est Dorcas. L'autre, c'est Efia. Vous pouvez voir qu'elles sont sorties du même ventre en même temps. On a du mal à les distinguer avant de bien les connaître.

— Eh bien, je suis heureuse que Naomi ait pu vous aider, dit Cameron.

Elle se tourna vers Jackson.

— Je suis désolée de causer plus d'ennuis que je n'en ai déjà causé. Vous avez un endroit où les installer ?

— Oui. Avec Taye.

Cameron pensa qu'elles seraient bien serrées, mais s'il n'y avait pas d'autre choix, elle ne s'en plaindrait pas.

— Naomi peut dormir avec Taye et les deux filles sur la couchette supérieure, expliqua Jackson. Les lits sont étroits, mais ces jeunes dames sont menues.

— Merci, capitaine.

Naomi hocha la tête avec un grand sourire.

— J'disais bien à missy Cameron que vous êtes une bonne âme.

Elle opina de nouveau du chef.

— Vrai, j'lui ai dit.

— Attendez une minute ! objecta Cameron. Où vais-je dormir, moi ? Je ne pense pas qu'il y ait assez de place par terre pour un ma…

— Vous dormirez avec moi, bien sûr.

Les yeux de Cameron s'élargirent tant elle fut choquée qu'il ose dire une telle chose devant Naomi et les filles.

— Quoi ?

— Vous m'avez très bien entendu.

Il se tourna vers Naomi.

— Je vais demander à l'un de mes officiers de vous escorter en bas pour prendre vos affaires, et vous pourrez rejoindre Taye. Vous serez en sécurité sur le pont supérieur. Sentez-vous libre de vous promener, de vous dégourdir les jambes et de prendre le soleil. Restez juste à l'écart de mes hommes.

Naomi fit une petite courbette.

— Merci, m'sieur.

Les jumelles, derrière elle, l'imitèrent.

— Attendez, la question n'est pas réglée, protesta Cameron.

— C'est réglé, dit Jackson. Allez, Naomi…

Cameron le fixait, incrédule, tandis qu'il congédiait celle qui était encore *sa* domestique une semaine auparavant. Elle savait qu'elle devait s'habituer à ce nouveau Sud, mais cela ne manquait pas de la surprendre, à chaque nouvelle situation.

— Vous ne pouvez décréter où je vais dormir !

Il s'éloigna sans se retourner.

— Bien sûr que si. C'est mon bateau.

Cameron le suivit, ses bottes frappant le pont au même rythme que les siennes tandis qu'elle hâtait le pas pour rester à sa hauteur.

— Vous commandez peut-être ce bateau, mais vous ne me commandez certainement pas ! cria-t-elle.

Un matelot qui nettoyait le pont leva les yeux avec intérêt, souriant largement.

— Vous causez une scène, Cam…

— Non. C'est vous.

Des hommes s'activaient autour d'eux, mais paraissaient surtout intéressés par la conversation animée qui semblait opposer leur capitaine et la jeune dame rousse qu'il avait amenée à bord.

— Vous ne pouvez pas m'obliger à dormir avec vous, Jackson Logan, dit-elle, baissant la voix. Que va penser votre équipage ?

— Ce qu'ils vont penser ?

Il lui jeta un coup d'œil et haussa les épaules comme si ce qu'elle disait n'avait pas de sens.

— Ils m'ont vu vous faire monter hier soir vêtue de cette robe violette. Ils se diront que vous êtes juste une de mes petites amies.

— C'est tout ce que je suis pour vous ? Une de vos petites amies ! Une femme de plus avec qui vous couchez et que vous rejetterez après ?

Elle dut retenir les larmes qui lui brûlaient les paupières.

— Il est temps que vous grandissiez, Cameron. Vous n'êtes plus la petite fille chérie de votre papa. Il est temps que vous décidiez quelles opinions de vous sont importantes et lesquelles ne le sont pas.

Cameron se tint au bastingage, luttant contre les larmes. Que pouvait-elle dire ? Pourquoi était-elle si blessée, tout à coup ? Elle n'attendait rien de lui, la veille, quand ils avaient fait l'amour. Elle s'était donnée librement et elle avait aimé chaque instant qu'elle avait passé avec lui. Il n'avait fait aucune promesse quand il l'avait prise dans ses bras et elle n'en avait pas demandé.

— Ecoutez-moi, Cam…

Il tendit la main pour lui toucher le bras, mais elle s'écarta.

— J'ai beaucoup de travail. Au cas où vous ne le sauriez pas, nous sommes en guerre.

Elle secoua la tête.

— J'ai lu les journaux toute la semaine à Baton Rouge. Le président Lincoln dit que nous ne sommes pas en guerre.

— Peu importe comment vous appelez ce qui se passe, Cam. C'est quand même la guerre. Maintenant, si cela ne vous fait rien, j'ai des tonneaux de térébenthine qui n'ont pas bien été chargés dans la cale et pourraient facilement devenir un danger si rien n'est fait.

Ses yeux d'un gris d'acier la transpercèrent.

— Comme vous vous en souviendrez certainement, nous avons quitté Baton Rouge assez précipitamment, hier soir.

Cameron baissa les yeux sous le coup d'une révélation. Il ne lui était pas encore venu à l'idée que l'*Inverness* n'était peut-être pas prêt à partir. Et elle n'avait pas encore considéré non plus combien de personnes avaient répondu à son appel à l'aide. Tout l'équipage de Jackson avait travaillé dur pour arracher Taye aux mains de Grant et lui faire quitter Baton Rouge saine et sauve.

— J'ai demandé à mon cuisinier de nous préparer un bon dîner ce soir et j'ai du vin. Nous nous assiérons tranquillement autour de la table et nous parlerons. Nous discuterons d'un plan. A présent, allez voir comment va Taye. Elle vous a demandée tout à l'heure, mais j'ai pensé que vous aviez besoin de dormir.

Cameron avait envie de protester. Elle voulait discuter immédiatement de ses plans pour lui-même et pour elle. S'il avait de la térébenthine à bord, il se rendait sans doute quelque part où la vendre illégalement. Le Nord avait coupé toutes les livraisons dans les deux sens. Les Etats du Sud qui avaient fait sécession n'avaient pas collecté les taxes fédérales et le président Lincoln avait fermé leurs ports à la mi-avril. Les gens du Nord n'avaient pas le droit d'accoster dans des ports du Sud ou de recevoir des marchandises de ces ports. Comme le Président ne voulait pas reconnaître officiellement les attaques du Sud comme étant des actes de guerre, mais plutôt de « rébellion », ceux qui franchissaient le blocus ne pouvaient pas être accusés légalement de trahison. Mais ils seraient emprisonnés pour la durée du conflit. Or Cameron refusait d'être en danger d'arrestation pour le seul profit financier de Jackson.

— Je préférerais en discuter maintenant, dit-elle en levant les yeux vers lui.

Il tourna les talons.

— Eh bien, pas moi.

Si elle avait pensé pouvoir ôter une botte assez rapidement, elle l'aurait fait et la lui aurait lancée à la tête.

Finalement, Cameron alla s'occuper de Taye, mangea avec elle et trouva dans la cabine de Jackson un livre,

Moll Flanders, qu'elle passa l'après-midi à lire à haute voix à son amie. En début de soirée, elle la convainquit de marcher un peu sur le pont. C'était la première fois que Taye quittait la petite cabine depuis la veille.

Bras dessus, bras dessous, elles se promenèrent le long du bastingage. Le soleil commençait à se coucher et il faisait plus frais, mais le Mississippi était toujours étincelant.

— Je vais dîner avec Jackson ce soir, Taye.

Cameron avait cessé de parler de lui de façon formelle. Taye savait où elle avait dormi la nuit précédente. Tout le monde sur le bateau le savait. Elle en avait honte, un peu, mais vu tout ce qui s'était passé durant les deux mois écoulés, la préservation de sa réputation ne lui semblait plus importante à ce point.

— Bien, dit Taye en lui tapotant amicalement le bras. Vous avez besoin de parler, tous les deux.

Cameron marchait lentement. Taye semblait encore bien faible et bien fragile, et elle ne voulait pas la fatiguer.

— Qu'est-ce que c'est censé signifier ?

Taye la regarda, une pointe d'amusement dans ses yeux bleus.

— Vous voulez vraiment que je vous le dise ?

— Bien sûr.

— Parce que, quelquefois, quand vous dites que vous voulez entendre l'opinion de quelqu'un, c'est seulement pour entendre qu'elle est la même que la vôtre !

— Je veux savoir, Taye. *Réellement.*

— Eh bien, je pense que vous devez sérieusement considérer vos sentiments pour le capitaine Logan.

— C'est un méprisable butor, et je le déteste !

Elle lui sourit.

— C'était le plus facile à dire.

— Je suis sérieuse, Cam. C'est un homme bien.

— Un homme bien ? Sais-tu seulement ce que transporte ce bateau ? De la térébenthine. De la térébenthine sortie illégalement du port de Baton Rouge et que Jackson va vendre illégalement ailleurs. Tu trouves que c'est l'action d'un homme bien ?

Taye secoua la tête.

— Vous savez que je ne suis pas douée pour la politique comme vous. Je ne l'ai jamais été. J'ignore ce qu'il fait et pourquoi. Je ne suis même pas certaine qu'il fasse ce que vous pensez qu'il fait. Je dis juste que c'est quelqu'un de bien.

Les yeux ambrés de Cameron étincelèrent et elle voulut protester.

— Vous avez dit que vous m'écouteriez, lui rappela Taye.

— D'accord, je t'écoute.

— Si vous cessiez d'être aussi entêtée, vous vous rendriez compte que vous tenez toujours à lui. Et je pense qu'il tient profondément à vous.

Cameron regarda au-delà du bastingage.

— Nous sommes au milieu d'une guerre et manifestement dans des camps opposés.

— Il n'est pas pour l'esclavage.

— Non, répondit Cameron d'un ton acerbe. Il est pour Jackson Logan.

— Cameron, il faut que vous examiniez vos sentiments pour lui. Vous devez vous assurer que vous ne faites pas une terrible erreur en ne les admettant pas, une erreur que vous regretteriez le reste de votre vie.

La voix de Taye s'étrangla.

— Une erreur comme celle que j'ai faite…

Cameron se retourna, la prenant par les épaules. Jackson avait trouvé des culottes et une chemise pour elle, aussi. Bien que Taye n'aime guère s'habiller en homme, elle lui en avait été reconnaissante, pressée de quitter la robe *virginale* que Grant lui avait fait faire. Efia en avait hérité, ravie.

— De quoi parles-tu ? Quelle erreur as-tu faite ?

— Le soir du bal, la nuit où votre père est mort, Thomas m'a trouvée dans l'escalier de service alors que je venais d'apprendre la nouvelle de l'attaque du fort Sumter. J'étais bouleversée et… il a essayé de me réconforter. Nous nous sommes assis sur les marches dans le noir et nous avons parlé.

Taye se mordit la lèvre, les yeux pleins de larmes.

— Il… m'a demandé s'il pourrait me courtiser après la guerre. Il a dit qu'il souhaitait m'épouser.

— Et tu as dit non ?

— Comment aurais-je pu accepter, Cameron ? C'est un homme blanc. Un juriste. Moi, je suis une mulâtresse, la fille d'une esclave.

— Il n'y aura bientôt plus de filles d'esclaves, parce qu'il n'y aura plus d'esclaves, Taye !

— Vous savez ce que je veux dire.

— Tu as eu peur de rêver. D'espérer.

Taye hocha la tête, regardant la berge du fleuve, les hautes herbes qui se balançaient dans la brise. Une troupe de pélicans bruns volait au-dessus de leur tête et, pendant un moment, elles admirèrent la grâce de leur vol.

Cameron s'appuya au bastingage, souriant à la vue des oiseaux.

— Alors tu as repoussé Thomas sans lui dire ce que tu ressentais pour lui.

— Et maintenant je ne le reverrai plus jamais !

— Je ne sais pas, Taye. Nous n'avons pas su pourquoi il était parti si hâtivement, mais je ne peux m'empêcher de penser que Grant y a été pour quelque chose. J'ai le sentiment qu'il te retrouvera.

— Ne dites pas ça.

La voix de Taye tremblait.

— S'il vous plaît, ne dites pas ça.

Cameron l'enlaça et posa la tête sur son épaule.

— Ne pleure pas, Taye. Nous nous en sommes sorties, jusqu'ici. Tout va marcher, j'en fais la promesse. Je ferai en sorte que ça marche pour nous deux.

Taye hocha la tête en reniflant.

— Merci, murmura-t-elle. Maintenant, allez retrouver Jackson. Profitez de votre dîner. De votre soirée. Je vous verrai demain matin.

Elle lui pressa la main affectueusement puis la lâcha.

— Pourquoi ne pas oser rêver, toutes les deux, chère Taye ? lui demanda Cameron en s'éloignant.

Elle suivit le bastingage jusqu'à l'autre bout et entra dans la cabine de Jackson. Elle eut à peine le temps de se rafraîchir avec l'eau de la cuvette que Jackson entra pieds nus, portant ses bottes à la main. Ses habits étaient secs, mais ses cheveux étaient mouillés comme s'il avait pris un bain.

— Vous êtes tombé à l'eau ? demanda Cameron en s'asseyant au bord du lit.

— Il aurait fallu que vous me poussiez par-dessus bord pour cela.

Il lui décocha un sourire en coin et laissa tomber ses bottes près de la porte.

— J'ai fait fixer un seau en hauteur pour pouvoir me nettoyer. Je ne suis pas un vrai marin. Je ne peux pas rester un mois sans me laver. On tire sur une ficelle — il fit le geste — et de l'eau fraîche se déverse sur votre tête.

— L'eau dure tout le voyage ?

— J'ai de l'eau douce dans des tonneaux sur le pont, mais j'utilise aussi l'eau de pluie.

Cameron balança les pieds, commençant à se détendre un peu. Elle devait admettre que Taye avait peut-être raison, du moins en partie. Elle aimait bien Jackson ; elle aimait être avec lui quand il n'était pas un homme ennuyeux, têtu et centré sur lui-même.

On frappa et deux garçons de cabine entrèrent. L'un portait une petite table de bois et une chaise supplémentaire, l'autre un plateau de nourriture qui sentait très bon.

Cameron trouva intéressante la manière dont Jackson s'adressait à eux. Bien qu'ils soient ses serviteurs, il leur parlait aimablement, les taquinait même un peu tandis qu'ils s'affairaient à dresser le couvert.

Lorsqu'ils s'en allèrent, Jackson poussa le verrou.

Toujours pieds nus, ses cheveux retombant autour de son visage, il lui tira un siège.

— *Mademoiselle…*

Cameron s'assit.

— *Merci.*

Il prit le fauteuil de l'autre côté de la table et le plaça à côté d'elle. Une fois assis, il retira la serviette blanche qui couvrait le repas.

— Oh ! fit Cameron.

Durant les dernières semaines qu'elle avait passées à Elmwood, la nourriture n'avait pas été aussi abondante qu'avant. Elle-même n'avait pas eu beaucoup d'appétit et avait oublié combien elle aimait manger.

— Des crevettes à la vapeur ! murmura-t-elle.

— Et des palourdes, du poisson, et vous devriez aussi essayer ce riz…

Il la servit.

— C'est épicé, mais je pense que vous allez aimer. La mère de mon cuisinier était une sorte de princesse haïtienne, et son père un créole français.

Cameron décortiqua une crevette et mordit dedans.

— Oh ! Jackson, c'est merveilleux !

Il déboucha le vin et emplit leurs verres.

— Désolé de ne pas avoir de vrais verres à vin, dit-il en désignant les verres bas, mais je n'ai pas l'habitude de faire des dîners fins à bord.

— C'est très bon.

Elle but un peu de vin rouge.

— Et le vin aussi.

— Je suis content que vous aimiez manger, parce que j'aime aussi.

Il se servit en crevettes.

— Maintenant, laissez-moi vous exposer mon plan et vous me direz ce que vous en pensez. L'*Inverness* met le cap sur les Bahamas. J'ai des marchandises à débarquer là-bas et d'autres à prendre. Je pense que Taye et vous devez y débarquer aussi ; vous y serez en sécurité. C'est une possession britannique, aussi Taye n'y sera-t-elle pas en danger.

Il leur resservit du vin.

— J'ai essayé de convaincre Naomi de vous accompagner, mais elle est déterminée à descendre à La Nouvelle-Orléans. Elle dit qu'elle a un homme qui l'attend près d'Elmwood.

Cameron sourit et but une gorgée de vin.

— Je n'irai pas avec vous aux Bahamas, Jackson. Je débarquerai à La Nouvelle-Orléans, moi aussi. Je rentre chez moi.

— Je savais que vous alliez dire ça ! Ecoutez-moi, Cam. Nous n'accosterons pas vraiment à La Nouvelle-Orléans. C'est le premier endroit où votre frère nous cherchera. S'il a un peu de bon sens, il se renseignera auprès de la capitainerie. J'ai laissé la moitié de mes provisions sur les quais de Baton Rouge à cause de notre départ précipité, alors tout le monde sait que je devrai m'arrêter quelque part.

Il ne la laissa pas placer un mot et poursuivit :

— Naomi sera transférée sur un autre bateau et conduite à quai à la rame. Nous devrons faire une escale, mais nous tiendrons jusqu'à Biloxi. Vous devez être raisonnable. Vous savez très bien…

— Je ne participerai pas à vos trafics de contrebande !

Elle repoussa sa chaise, se leva et jeta sa serviette sur la table.

— Vous savez très bien que mon père n'aurait pas approuvé que vous forciez le blocus pour aider les sudistes !

Il posa sa serviette, s'efforçant visiblement de rester calme, mais elle pouvait voir qu'il était en colère. Son visage avait rougi et il serrait les mâchoires d'une manière qu'elle connaissait bien.

— Cameron, vous ne vous en mêlez pas. Il y a des choses que vous ignorez à propos de mes affaires.

— Mon père n'aurait pas voulu que je sois à bord de ce bateau !

Qu'est-ce qui lui prenait, tout à coup ? Elle était si heureuse d'être assise à côté de lui, savourant cet excellent repas. Et voilà qu'elle était de nouveau furieuse. Peut-être que sa colère ne concernait pas tant la déloyauté de Jackson que la sienne. Comment pouvait-elle tenir à un homme qui gagnait sa vie en aidant ceux qui approuvaient l'esclavage ?

— Ainsi vous admettez finalement que vous transportez des marchandises illégales ?

Elle croisa les bras sur sa poitrine, les yeux étincelants.

— Vous allez à l'encontre des déclarations du Président concernant les ports fermés. Grant a raison. Vous n'êtes qu'un pirate. Juste un pirate bien payé et bien habillé !

— Vous voulez parler d'argent ?

Il se leva de son fauteuil et l'envoya glisser sur le parquet ciré.

— Alors parlons-en. Comment comptez-vous payer votre voyage de Baton Rouge à Biloxi ? Celui de Taye ? Celui de Naomi et de ces deux filles ?

Cameron le dévisagea, interloquée.

— Vous êtes un ami de mon père…

— Vous savez ce que m'a coûté le rachat de Taye. J'ai sorti une grosse somme en or.

Il fit un pas vers elle.

— Comment allez-vous me payer, Cam ?

Elle ne pouvait détacher les yeux de son regard gris qui brillait de colère.

— Je n'ai pas d'argent et vous le savez. Ce que je n'ai pas donné aux esclaves quand ils se sont enfuis, Grant me l'a pris.

Il plissa les paupières, comme s'il la déshabillait du regard au milieu de la cabine. Il était pareil à un loup prêt à dévorer sa proie, et c'était elle, cette proie.

— Mais vous avez plus pour négocier que de simples dollars en or…, murmura-t-il en se rapprochant encore.

Chapitre 24

Cameron releva le menton d'un air farouche, offensée dans sa fierté.

— Voudriez-vous acheter en échange de mon voyage ce que je vous ai déjà donné gratuitement ?

Il fit un autre pas menaçant vers elle, mais elle ne bougea pas. Où aurait-elle pu aller, de toute façon ? La cabine était petite et c'était *sa* cabine. C'était également *son* bateau. Même hors de la pièce, elle n'aurait pu s'échapper bien loin. Aucun des hommes d'équipage n'oserait se porter à son secours contre son capitaine.

Les cheveux sombres de Jackson étaient maintenant presque secs et lui arrivaient aux épaules.

— La pensée de faire l'amour avec moi vous répugne-t-elle donc tellement ?

Le ton était coléreux, mais une émotion plus profonde perçait dans sa voix, émotion que Cameron ne parvint pas à identifier.

— Oui, répondit-elle avec amertume. Elle me répugne.

Elle le vit bondir vers elle un instant trop tard. Elle poussa un cri de frayeur et tenta de l'esquiver, mais il était trop rapide pour elle, trop grand, trop fort. Il la saisit par les deux bras; elle chancela et son dos heurta la porte. Elle ne pouvait aller plus loin.

Jackson lui saisit les poignets et les cloua au-dessus de sa tête. Puis il écrasa sa bouche sur la sienne, étouffant son cri de protestation. C'était un assaut brutal, vindicatif, et cependant plein d'une ardeur désespérée, d'une aspiration qu'elle n'avait jamais sentie en lui auparavant. Même s'il ne voulait pas l'admettre, il avait besoin d'elle. Même s'il ne voulait pas d'elle, elle lui était nécessaire.

C'était pourquoi Cameron savait qu'elle n'avait pas à le craindre, mais elle était toujours furieuse contre lui. Elle essaya de lui donner des coups de pied, mais il para en pressant son corps contre le sien de sorte qu'elle ne puisse pas lever le genou. Elle se débattit farouchement, s'efforçant de tourner la tête, de s'écarter de sa bouche qui la prenait d'assaut. Tout en combattant son propre désir, qui montait irrémédiablement...

Elle le détestait. Elle le détestait pour ce qu'il était. Pour ce qu'il ne serait jamais. Elle se détestait parce que, malgré tout, elle l'aimait.

— Laissez-moi vous faire l'amour, Cam, chuchota-t-il d'une voix rauque à son oreille. Laissez-moi vous toucher comme vous méritez d'être touchée.

— Non! A l'aide! cria-t-elle, mais d'une voix à moitié convaincue seulement. Quelqu'un!

— Petite sotte. Personne ne viendra à votre secours. Ils savent tous qu'ils n'en ont pas intérêt!

Ses bras et ses jambes immobilisées, Cameron mordit avec fureur dans ce qui était le plus près de sa bouche. Son oreille.

— Ouille, espèce de peste! Ça fait mal!

— Tant mieux!

Son regard d'un gris d'acier croisa le sien un instant, puis il la souleva dans ses bras et se tourna vers le lit.

— Non, Jackson.

— Si, Cameron. Vous ne pouvez pas gagner sur les deux tableaux. M'avoir quand vous avez besoin de moi, et faire l'effarouchée quand vous êtes en colère.

— Vous ne comprenez pas, dit-elle, essoufflée. Hier soir, c'était une erreur.

— Une erreur. Bien sûr! Vous avez envie de moi. Simplement, vous ne pouvez supporter la pensée que miss Cameron Campbell ait des désirs aussi bas.

Il la jeta sur le lit et enleva prestement sa chemise. Puis il posa la main sur le premier bouton de ses culottes, et Cameron recula le plus loin possible de lui. Elle était au désespoir de lui échapper, aussi enragée qu'un chat sauvage enfermé dans une cage. Ce n'étaient pas seulement ses actions, qu'elle abhorrait; c'étaient ses paroles. Mais où pouvait-elle aller? Comment pouvait-elle s'éloigner de lui? Pire, comment pouvait-elle échapper à elle-même?

Jackson ôta ses culottes, et, nu, s'agenouilla sur le lit.

— S'il vous plaît, Jackson…

— Ah, voilà ce que j'aime entendre!

— Ne pouvons-nous pas en parler? Ne pouvons-nous pas…

— J'en ai assez de parler.

Il la poussa, la renversant sur le dos, et lui retira ses bottes. L'une heurta le fauteuil, l'autre le mur. Puis il tendit la main vers sa chemise.

Elle agita alors sauvagement les jambes pour le maintenir à distance, mais il l'avait empoignée par la taille et ses mouvements frénétiques ne servirent à rien.

Il fit passer la chemise d'homme par-dessus sa tête et la

jeta. Ensuite vint la camisole. Cameron le traita de tous les noms qu'elle put trouver, oscillant entre l'indignation et le désespoir.

Il empoigna la ceinture de ses culottes et de nouveau leurs regards se croisèrent. D'une main, il commença à retirer le vêtement, de l'autre, il guida sa bouche vers la sienne, les doigts glissés dans ses cheveux.

Cameron étouffa un sanglot qui était de rage un instant plus tôt, et maintenant de désir. Elle ouvrit la bouche et glissa sa langue entre ses lèvres. Il lâcha ses culottes et l'attira rudement contre lui, puis l'assit sur ses genoux. Tandis qu'il l'embrassait profondément, il taquina et caressa un de ses seins.

Le corps de Cameron en trembla tout entier de désir. Elle le voulait plus que ce qu'elle avait jamais voulu dans sa vie. Elle l'embrassa jusqu'au bord de l'évanouissement, tandis que la fureur de leur lutte laissait la place à la passion.

Elle passa ses bras autour de son cou, arqua le dos et guida de sa main sa bouche jusqu'à sa poitrine, portant son sein durci à ses lèvres. Jackson glissa une main sur son ventre puis sous la ceinture de ses culottes. Cameron empoigna alors le vêtement et le fit descendre le long de ses jambes, aspirant à sentir les doigts de Jackson sur l'endroit le plus intime de sa personne.

Elle était déjà moite pour lui, et gémit lorsqu'il glissa les doigts dans les replis de sa chair frémissante.

— Cameron, Cameron, pourquoi faut-il que tout soit toujours si difficile entre nous ?

Elle prit son visage entre ses mains et le couvrit de baisers. Ses joues et son menton étaient râpeux d'une barbe de deux jours et elle aima leur contact rêche sur sa peau. Il sentait le savon, l'eau de pluie et apportait la réponse à un besoin que lui seul pouvait apaiser.

— Je ne sais pas…, murmura-t-elle, à bout de souffle, au bord des larmes, souhaitant désespérément le sentir en elle. Je ne sais pas, Jackson.

Il reprit sa bouche et glissa ses doigts en elle. Elle arqua plus encore le dos, soulevant les hanches pour mieux sentir sa caresse. Elle n'avait pas mesuré à quel point elle le voulait jusqu'à ce qu'elle se soulève de nouveau et qu'une chaleur qu'elle reconnaissait à présent la parcoure tout entière. Une caresse de plus et elle faillit crier de plaisir tandis que l'orgasme secouait son corps.

Mais Jackson ne s'arrêta pas. Il se remit à la caresser, lentement au début, puis plus vite. Il l'allongea sur le dos, se coucha sur le flanc à côté d'elle et lissa ses cheveux. Cameron fit rouler sa tête sur l'oreiller, perdue dans les vagues de son propre désir.

Elle fut de nouveau assaillie par une vague d'extase, et de nouveau, il s'arrêta juste assez longtemps pour lui permettre de reprendre son souffle. Lorsqu'il se remit à la caresser, elle ne put se retenir et cria.

Elle était si emplie d'émotion qu'elle ne savait pas si elle avait envie de rire ou de pleurer. Elle savait ce qu'elle voulait, mais elle ne savait pas comment le dire.

— Je vous en prie, Jackson, n'allez-vous pas venir en moi, enfin ?

Docilement, il se glissa alors sur elle, étirant son corps mince et musclé sur le sien ; ses mains étaient de chaque côté de sa tête et son ventre pressé sur le sien. Elle sentait la raideur brûlante de son désir pour elle et écarta les cuisses. Hors d'haleine, emplie d'un besoin farouche qui n'avait pas encore été assouvi, elle fit descendre sa main pour le saisir hardiment.

Elle hésita un instant, puis se mit à caresser son sexe gonflé, si dur et si soyeux, tandis qu'il grognait en réponse à son toucher.

— Cam, chuchota-t-il d'une voix rauque.

La colère avait disparu de sa voix, elle n'entendit qu'un désir à nu.

— Un homme a ses limites.

Les surprenant tous les deux, elle renversa la tête en arrière et se mit à rire, puis, le guidant de sa main, elle l'introduisit en elle.

C'était la deuxième fois seulement qu'ils étaient ensemble de cette façon, et pourtant il semblait à Cameron qu'ils étaient unis depuis des dizaines d'années. Des siècles. Une éternité. Il y avait dans sa tête un rythme que seul Jackson semblait connaître. Ils bougeaient d'une façon si lisse, si aisée, comme s'ils ne faisaient qu'un, sans la moindre gêne.

Cameron ferma les yeux et appuya ses ongles dans le dos de Jackson. Elle l'entendait respirer fort près de son oreille et sourit à la pensée qu'elle ne prenait pas seulement du plaisir, mais qu'elle en donnait aussi.

Il bougea plus vite. Elle avait envie que leur union dure toujours, mais elle ne pouvait pas se retenir. Elle bougeait avec lui, le prenant profondément en elle, se soulevant pour répondre à chaque élan.

— Cameron…

Elle se souleva de nouveau, adorant l'entendre dire son nom dans un souffle.

— Jackson…

Leurs deux corps se tendirent ensemble et ils furent

balayés au même moment par la même vague d'extase. Cameron eut l'impression de tomber, une chute sans fin, tandis que Jackson resserrait ses bras autour d'elle. Puis, lentement, elle revint sur Terre et dans leur décor, le tenant toujours en elle.

Avec un dernier grognement, Jackson se souleva légèrement pour la soulager de son poids.

— Non, chuchota-t-elle, les paupières closes. Encore un moment…

Il écarta doucement ses cheveux humides de son visage.

— Ouvrez les yeux, murmura-t-il.

Elle releva les cils pour regarder ses prunelles qui étaient devenues plus noires que grises.

— Qu'allons-nous faire, Cam ? Vous êtes comme une drogue pour moi. Je ne sais pas si je pourrai vivre sans vous.

Elle comprenait ce qu'il voulait dire pour ressentir la même émotion, la même urgence. En cet instant, elle voulait être avec lui, sur ce bateau, plus que n'importe où ailleurs, au ciel ou sur la Terre. Mais elle savait très bien qu'ils ne pourraient pas vivre éternellement dans ce cocon constitué d'un lit et d'eux deux enlacés, nus. A un moment donné, elle devrait se lever, et alors le monde et ses problèmes reviendraient en force. Dès qu'elle quitterait les bras de Jackson, elle serait en colère contre lui pour des milliers de raisons et il se mettrait en colère aussi, sortant en claquant la porte.

— Pouvons-nous ne pas y penser ce soir ? murmura-t-elle, passant la main sur sa joue. Juste ce soir…

— Ah, Cameron, vous êtes vraiment une telle innocente !

Il posa un baiser sur son front, se retira doucement

d'elle et roula sur le côté. Puis il la prit dans ses bras et l'attira contre lui.

— Dormez un peu, chuchota-t-il en baisant son épaule nue, et ensuite laissez-moi vous réveiller.

Elle ferma les yeux, ravie de son indécente suggestion.

— C'est promis ? demanda-t-elle, craignant de hausser la voix de peur que tout ne disparaisse.

— Promis.

— Je ne suis pas certain que vous rattraperez le capitaine Logan…

Peppin Toussant était assis dans un fauteuil très rembourré, dans un salon privé à l'arrière du Juchoir, et tirait sur un fin cigare français.

— Il est parti il y a deux nuits peu après avoir quitté mon établissement, m'a-t-on dit, et son nouveau bateau est l'un des plus rapides du Sud. L'*Inverness* a été construit pour prendre de vitesse les défenseurs de blocus les plus rapides.

Il leva un pied bandé pour le poser sur le pouf placé devant lui.

— Et si vous ne le rattrapez pas et ne me ramenez pas ma propriété, vous me devrez ce que je vous ai payé pour l'avoir, Campbell.

— Ne soyez pas ridicule !

Grant arpentait la pièce, grattant sans élégance la plaie ouverte et suintante de sa joue. La blessure paraissait toujours plus grande et le démangeait comme si sa peau était en feu. C'était la chaleur et l'humidité de cette maudite Louisiane ! La Louisiane était un marais pourrissant. Grant n'avait jamais aussi chaud dans le Mississippi.

— Nous le rattraperons, dit-il.

Toussant rejeta la tête en arrière et se mit à rire, faisant trembloter ses bajoues.

— « Nous », monsieur Campbell ? Non, pas « nous ». Peppin Toussant sait qui a intérêt à être un ami plutôt qu'un ennemi. Et tout homme sensé ici-bas sait qu'il ne vaut mieux pas se faire un ennemi de Jackson Logan. C'est un homme dangereux sous ses dehors de gentleman.

— Je n'ai pas peur de lui, grogna Grant, se grattant de nouveau.

Il sentit quelque chose couler le long de sa joue, et lorsqu'il regarda son gant blanc, il y vit des taches de sang et de pus.

— Eh bien, alors, vous êtes un sot. Vous devriez avoir peur du capitaine Logan. Un homme comme lui…

Toussant secoua la tête.

— J'ai entendu raconter sur lui des histoires qui vous glaceraient les…

Il laissa retomber sa drôle de voix, puis grimaça et jura doucement en français.

— Qu'est-ce que vous avez à la figure, à propos ? Est-ce que vous avez attrapé la vérole ?

Gêné, Grant baissa la main et continua à faire les cent pas, traînant sa maudite mauvaise jambe derrière lui. Il passa les doigts dans ses cheveux gras et raides. Il n'avait pas pris de bain en se levant, et maintenant il le regrettait. Il pouvait sentir sa propre odeur, aigre et putride. Ou était-ce l'odeur qui provenait de la plaie ? Il fit un geste pour se gratter de nouveau et résista.

— J'ai engagé des hommes. Des hommes avec des chiens qui peuvent traquer un nègre jusqu'en enfer et au-delà. Si le capitaine Logan a accosté à La Nouvelle-Orléans, ils ont peut-être déjà la fille. Il doit accoster quelque part. Forcément. Il est parti sans charger une bonne partie de ses provisions — farine, sucre et barriques d'eau douce. Elles sont toujours sur le quai, ici, à Baton Rouge.

— J'espère pour votre bien que vous avez raison, monsieur Campbell.

Toussant but un café riche et épais dans une petite tasse qui avait l'air d'un jouet dans ses grandes mains grasses.

— Parce que j'aurai la fille ou je serai payé.

— Vous aurez la fille, dit Grant d'un ton coupant. Par Dieu, vous aurez la fille !

Il baissa la voix, parlant maintenant autant à lui-même qu'au tenancier du Juchoir.

— Elle n'a pas voulu de moi. Elle me trouvait répugnant, je suppose. Pas un homme entier, à cause de ma jambe. Combien d'hommes lui paraîtront-ils répugnants, la même nuit ?

Il souhaitait seulement être là pour voir son humiliation, pour voir la honte couvrir son beau visage.

— Je vous donne deux semaines, dit Toussant. Si la mulâtresse ne m'est pas rendue dans deux semaines, je veux récupérer mon or.

Et cette restitution poserait un problème ; Grant n'avait pas à la banque autant d'argent qu'il le pensait. Il avait perdu gros aux tables de jeu chaque soir de la semaine écoulée. Il allait recevoir l'argent de la vente des esclaves d'Elmwood, mais cela prendrait du temps. Et bien sûr, il avait ses dépenses courantes, et les frais engagés pour les hommes et les chiens lancés sur la trace de Taye et de sa maudite sœur qui persistait à se mêler de ses affaires. Bon sang, elle aurait de la chance s'il ne la vendait pas aussi comme catin, celle-là ! Il savait que c'était elle qui avait impliqué Logan dans cette histoire. Elle était sans doute sa catin. Ou bien elle lui laissait croire qu'elle allait le devenir et le tenait comme ça.

Non, il ne serait pas facile de réunir l'argent que Toussant voulait, d'autant qu'il insistait pour avoir de l'or. Mais Grant n'allait pas le lui dire. Ce n'était pas nécessaire, de toute façon, car il allait traîner Taye à travers tout le Mississippi pour la ramener au Juchoir. Peut-être qu'après une année dans ce bordel, elle serait bien plus disposée à discuter de son offre de départ. Peut-être qu'elle ne le trouverait plus aussi repoussant, alors.

— Très bien. Maintenant dehors, dit Toussant en désignant la porte.

Grant fronça les sourcils, agacé que le créole lui parle si rudement.

— Je vous demande pardon ?

— Vous m'avez bien entendu. Dehors… Je ne peux pas me permettre de recevoir des gens comme vous chez moi. C'est mauvais pour les affaires.

— Des gens comme moi ? gronda Grant en s'approchant de lui. Je vous rappelle que je suis Grant Campbell, fils du sénateur David Campbell !

Toussant rejeta la tête en arrière et rit de bon cœur, comme à une blague.

— Tout le monde sait que vous ne lui arrivez pas à la cheville. A présent, sortez avant que je ne vous fasse escorter de force.

Grant baissa la tête et sortit d'un pas raide, honteux des larmes qui emplissaient ses yeux. Il rendrait la pareille à cette maudite Taye et à sa sœur pour l'embarras et l'humiliation qu'elles lui avaient causés. Il les rattraperait, même si c'était la dernière chose qu'il devait faire sur cette Terre!

— Vous êtes levée de bien bonne heure, missy Cameron, dit Naomi qui attendait près du bastingage pour passer sur l'autre bateau grâce à un canot.

Le soleil commençait juste à se lever à l'est, une boule brillante jaune et orangée. Le Mississippi était calme dans l'anse où ils avaient jeté l'ancre peu après minuit.

Jackson s'était efforcé de ne pas réveiller Cameron, mais lorsqu'il s'était glissé hors de ses bras, elle avait aussitôt ouvert les yeux, car il lui manquait déjà.

— Rendormez-vous, avait-il chuchoté. Il ne fait pas encore jour…

Elle s'était rendu compte immédiatement qu'ils ne bougeaient plus.

— Nous avons accosté dans un port?

Il s'était habillé à la lumière d'une seule lampe, renfilant les culottes et la chemise qu'il avait jetées par terre la veille.

— La Nouvelle-Orléans n'est pas loin. J'ai accepté de laisser débarquer Naomi et j'ai un passager à prendre.

Cameron s'était levée, nue, sans en éprouver la moindre gêne.

— Je viens avec vous! Je n'ai pas d'argent à donner à Naomi, mais je peux au moins la remercier et lui souhaiter bonne chance.

— Comme vous voudrez.

Elle était contente d'avoir quitté son lit confortable pour dire au revoir à la jeune esclave. Elle tendit les bras et l'étreignit.

— J'espère de tout cœur que vous mènerez à bien vos projets, Naomi, murmura-t-elle. Et merci encore.

— Tenez-vous loin des ennuis, missy Cameron, dit Naomi en riant.

Elle semblait heureuse de quitter le bateau, heureuse d'aller retrouver son homme.

— Et vous avez aussi intérêt à garder celle-là loin des problèmes !

Cameron leva les yeux et vit Taye qui arrivait pieds nus sur le pont. A part ses longs cheveux sombres, elle aurait pu être un jeune garçon vêtu de culottes et d'une chemise qui cachaient ses formes féminines.

— Taye, dit-elle en souriant. Tu es debout ?

— Je voulais dire au revoir à Naomi et la remercier.

— Allons-y, missy, dit un homme avec un foulard rouge. Le capitaine veut repartir d'ici une heure. Il faut éviter d'être repérés.

Taye étreignit Naomi.

— Merci, murmura-t-elle farouchement. Merci beaucoup !

— Tu prendras soin des autres, hein, Taye ? Elles voulaient venir, Dorcas et Efia, mais Naomi veut aller vite. Assure-toi qu'elles rejoignent leur famille dans le Delaware.

— Je prendrai soin d'elles, je le promets.

— Le canot arrive, dit le matelot près d'elles. Laissez monter l'homme et vous pourrez descendre ensuite.

Taye se frotta les bras comme si elle avait froid dans l'air du petit matin.

— Qui monte à bord ?

Cameron haussa les épaules.

— Jackson ne me l'a pas dit.

Elles entendirent une voix au-dessous, puis un homme grimpa à l'échelle de corde que le marin avait lancée.

Cameron entendit Taye retenir une exclamation de stupeur.

— Thomas ! murmura-t-elle.

Thomas Burl apparut au-dessus du bastingage.

— Miss Taye ?

Dès qu'il posa le pied sur le pont, il se précipita et prit la jeune fille dans ses longs bras.

— Doux Jésus, miss Taye ! Je craignais de ne jamais vous revoir !

— Oh ! Thomas… Je suis tellement désolée. Je regrette tellement ce que j'ai dit à Elmwood !

Elle enfouit son visage dans sa veste.

— Je suis tellement désolée de…

Cameron vit l'ancien secrétaire de son père la conduire vers la proue du bateau, où ils pourraient avoir plus d'intimité.

Naomi agita la main et fit un clin d'œil à Cameron avant de disparaître par-dessus le bastingage.

— Je vous reverrai un jour, missy. Je le sens dans mes os.

— Il est temps de lever l'ancre, maintenant…

C'était la voix de Jackson.

Cameron se tourna pour lui faire face.

— Vous saviez que Thomas allait embarquer à La Nouvelle-Orléans ?

— Je suis le capitaine de ce bateau, déclara-t-il solennellement. Bien sûr que je savais qu'il allait monter à bord.

— Pourquoi ne me l'avez-vous pas dit ?

Il lui décocha son sourire espiègle, s'éloignant.

— Parce que vous ne me l'avez pas demandé.

Chapitre 25

En milieu d'après-midi, l'*Inverness* avait dépassé La Nouvelle-Orléans sans incident et descendait vers le delta du Mississippi. A l'embouchure du fleuve, ils prendraient vers le nord à travers le golfe du Mexique et se dirigeraient vers Biloxi. Jackson avait expliqué à Cameron qu'il leur faudrait trois jours pour toucher le port, car lorsqu'ils auraient atteint le delta, ils devraient jeter l'ancre la nuit. Les fonds n'étaient pas bien répertoriés, ils changeaient tout le temps et il serait trop dangereux d'essayer de naviguer dans l'obscurité.

Trois jours, pensa Cameron. Elle avait encore trois jours à passer avec Jackson dans sa cabine, dans une sorte d'entre-deux fusionnel et après… Elle ne s'était pas encore faite à ses sentiments pour lui. Elle craignait de l'aimer — non, elle savait qu'elle l'aimait —, mais lui ne lui disait rien de ce qu'il ressentait pour elle. Non pas qu'elle soit assez sotte pour s'attendre à ce qu'il le fasse. A son avis, Jackson attendait d'elle qu'elle reste sa partenaire au lit jusqu'à ce qu'ils arrivent aux Bahamas. Ensuite il l'y laisserait « en sécurité ». Autrement dit, il l'abandonnerait de nouveau.

Mais elle n'avait plus dix-sept ans. Elle n'était plus

aussi naïve. Elle le quitterait avant qu'il n'ait l'occasion de la quitter. Elle était déterminée à débarquer à Biloxi et retourner à Elmwood. Si Taye voulait poursuivre jusqu'aux Bahamas, elle le pourrait, si elle voulait revenir à la maison une dernière fois avant d'aller dans le Nord, ce serait bien aussi. Elles pourraient alors se rendre ensemble à Elmwood, faire leurs adieux à la plantation et aller chez les Stuart.

Elle était tentée de rester sur le bateau avec Jackson et de prolonger ce qui serait sans doute les jours les plus doux-amers de sa vie. Mais elle craignait qu'il ne soit trop dur de se séparer lorsqu'ils arriveraient aux Bahamas. Débarquer à Biloxi puis aller à Elmwood et ensuite à New York était sa meilleure défense non seulement contre Jackson, mais aussi contre elle-même.

Elle entendit la porte de la cabine s'ouvrir et leva les yeux du lit où elle était allongée. Elle avait essayé de lire *Moll Flanders*, mais elle avait surtout rêvassé, incapable de fixer une ligne. Elle en était venue à considérer ce lit comme un refuge à l'abri du monde. Les draps froissés, l'odeur de Jackson et de leurs étreintes étaient une évasion bienvenue en regard des épreuves et des tribulations des deux mois écoulés.

— Jackson…

Il lui sourit, se courbant légèrement pour entrer dans la cabine, mais elle put voir qu'il était distrait. Thomas Burl le suivait.

— Bonjour, miss Cameron, dit ce dernier, visiblement gêné, et le visage coloré de rose.

Elle n'avait pas encore eu l'occasion de lui parler, car elle avait voulu le laisser seul avec Taye.

— Thomas !

Elle bondit du lit et traversa la cabine en courant, pieds nus, pour jeter ses bras autour de lui.

— Je ne peux vous dire combien j'ai été heureuse de voir votre beau visage !

Il rougit de plus belle au compliment, bredouilla, sans parvenir à articuler une phrase.

— Après votre départ si précipité la nuit où papa est mort, nous ne savions pas ce qui vous était arrivé. Et nous étions si inquiets !

Il fixa le sol, passant ses longs bras maigres dans son dos.

— Je… je suis désolé de ne pas vous avoir parlé cette nuit-là, avant de partir. J'ai dit à Taye combien je l'avais regretté, mais c'était une question de sécurité. Pas… pas la mienne, miss Cameron, mais celle… d'autres personnes.

Cameron songea une fois de plus que Grant avait sans aucun doute eu quelque chose à voir avec ce départ abrupt et sans avertissement. A présent, elle était presque sûre que c'était le cas. Mais ce n'était pas le moment d'interroger Thomas. Visiblement, Jackson et lui étaient venus dans la cabine pour parler en privé.

— Eh bien, je ne peux vous dire combien je suis heureuse de voir que vous êtes sain et sauf !

Elle eut un sourire malicieux et ajouta :

— Et je connais une jeune femme qui est ravie.

Thomas rougit plus encore si la chose était possible. Il avait perdu du poids depuis qu'elle l'avait vu, et toute prétention à la beauté qu'il avait pu avoir avait disparu. Mais ses yeux bruns étaient toujours profonds et sincères, et Cameron pouvait comprendre comment Taye était tombée amoureuse de cet homme si gentil.

— Je pense que je vais aller voir les autres dames,

dit-elle en jetant un coup d'œil à Jackson, et vous laisser parler, messieurs.

Jackson ne dit rien, mais elle vit à son expression qu'il la remerciait d'être assez fine pour comprendre qu'ils avaient besoin de s'entretenir seul à seul.

Elle ignorait ce qui se passait, pourquoi Thomas était à bord ou de quelle manière il était lié à Jackson, mais elle commençait à suspecter qu'il y avait quelque chose de plus que ce qu'il y paraissait. Elle était certaine, cependant, que Thomas ne s'impliquerait jamais dans des activités illégales. Il était aussi dévoué à la cause des esclaves que son père l'avait été. Le timide Thomas avait-il de l'influence sur le capitaine Logan ? Elle n'osa l'espérer.

— Je vous vois ce soir au dîner ? demanda-t-elle à Jackson, en le dévisageant d'un œil neuf.

Il hocha la tête.

— J'ai invité Thomas et Taye à se joindre à nous, si vous êtes d'accord.

Elle posa la main sur la poignée de la porte, ne pouvant retenir un sourire. Il lui posait la question comme si son opinion comptait, comme s'ils étaient des partenaires ou même mari et femme.

— Ce serait charmant, dit-elle.

Ce soir-là, ils jetèrent l'ancre dans une anse au coucher du soleil, en déployant une grande activité. Tandis que Cameron, tapie derrière un tonneau d'eau douce, regardait travailler Jackson, elle ne put s'empêcher de l'admirer. Il avait avec son équipage des manières exigeantes mais justes. Les matelots, qui n'étaient pour la plupart guère plus que des garçons, semblaient le révérer et il était pour eux un excellent exemple. Elle rit à cette pensée. Jackson Logan, vaurien notoire, un modèle ?

Plus tard, lorsque le bateau fut paré pour la nuit, Taye et Thomas les rejoignirent pour un dîner tardif. Cette fois, les garçons de cabine installèrent la petite table à l'arrière du navire. A la lumière de la lune et d'une seule lampe, ils eurent droit à un autre délicieux repas de crevettes, de moules et de riz épicé. Oubliant pour quelques heures la guerre et ce qui les avait rassemblés sur ce bateau à vapeur, ils parlèrent de sujets futiles. Et pour la première fois depuis ce qui lui semblait des mois, Cameron vit sourire Taye et l'entendit même rire. Thomas et elle étaient d'une timidité extrême l'un envers l'autre, d'une politesse compassée, mais Cameron sentait que les choses s'étaient arrangées entre eux. Elle voyait dans les yeux de son amie une étincelle qui lui donnait de l'espoir pour leur relation.

Après le repas, on débarrassa la table et Thomas offrit d'escorter Taye à sa cabine. Cameron et Jackson leur souhaitèrent bonne nuit et restèrent à la poupe, s'appuyant au bastingage pour contempler l'eau noire.

— La nuit est chaude, dit Cameron en passant une main sur sa nuque moite. On dirait qu'il n'y a pas un brin d'air.

— Vous voulez nager ? Cela pourrait vous rafraîchir.

— Nager ?

La seule pensée de l'eau fraîche sur son corps la fit presque frissonner de plaisir. Elle regarda par-dessus le bastingage l'eau qui semblait si loin.

— Mais comment…

— Une échelle de corde. Je l'ai descendue tout à l'heure. J'aime nager quand je le peux.

Il se pencha, enlevant déjà ses bottes.

— C'est bien plus agréable ici, dans le fleuve, que dans l'océan, vous verrez. Pas de requins à craindre.

Elle rit à l'idée de Jackson évitant des requins dans l'Atlantique juste pour le plaisir de nager.

— Je ne peux pas me baigner. Ce sont les seuls vêtements que j'ai.

Il ôta sa chemise et la laissa tomber sur le pont.

— Alors vous feriez mieux de ne pas les mouiller en effet. Il y a une solution.

Comprenant quelle était cette solution, elle élargit les yeux de stupeur.

— Vous êtes indécent !

— Je pourrais dire la même chose de vous, ma douce, considérant ce que vous m'avez fait sous les draps, au milieu de la nuit.

Elle rougit à cette évocation, mais ne se sentit pas embarrassée. Quelque chose lui disait que faire l'amour ne serait plus jamais ainsi pour elle. Il n'y aurait pas d'autre homme comme Jackson, et elle avait décidé de profiter de tous les moments de plaisir qu'ils pouvaient encore partager. Elle allait probablement brûler en enfer pour sa conduite éhontée mais elle s'en moquait.

Il sourit et baissa les mains pour déboutonner ses culottes.

— Allez, venez, Cameron. Où est cet esprit aventureux que je connais ? Où est la cavalière qui peut faire sauter à sa monture des barrières plus hautes qu'elle ?

Il quitta ses culottes et se tint devant elle dans toute la gloire virile de son corps nu, et elle ne put s'empêcher d'admirer son physique.

— Vous avez peur ?

— C'est un défi, capitaine Logan ?

— Et comment !

Jackson grimpa sur le bastingage et plongea sans un mot de plus.

Cameron resta un moment sur le pont, indécise. La fille du sénateur Campbell nageant nue dans le fleuve ? N'importe quel membre de l'équipage pouvait passer par là et la voir. Même si on ne l'apercevait pas nue dans l'eau, il faudrait encore qu'elle sorte et se rhabille. Mais à quoi pensait-elle donc ? Elle ne pouvait tout simplement pas nager nue dans le Mississippi avec un homme qui n'était même pas son mari !

Elle regarda par-dessus bord. Jackson était allongé sur le dos, flottant en rond. Il lui fit un signe de main.

Alors elle ôta une botte, puis l'autre. Ensuite vinrent les chaussettes. Elle rangea soigneusement les bottes près du bastingage et plia les chaussettes, tout en essayant de rassembler son courage. Elle regarda des deux côtés et vit qu'il n'y avait personne en vue. Elle n'entendait rien à part le clapotement de l'eau et le sifflement du guetteur à la proue. Il devait être plus de minuit. La plupart des marins dormaient en prévision d'une autre longue journée de navigation.

Prenant une grande inspiration, elle quitta ses culottes, laissant sa chemise couvrir sa nudité. Dieu merci, elle lui arrivait presque aux genoux.

Puis elle monta sur le bastingage et hésita encore. L'eau paraissait si loin…

— Allez, Cam ! l'encouragea Jackson. Personne ne vous verra. Mes garçons savent qu'ils n'ont pas intérêt à se montrer quand le capitaine se baigne.

Cameron regarda une dernière fois par-dessus son

épaule, puis, se tenant en équilibre, elle fit passer la chemise par-dessus sa tête et la jeta sur le pont derrière elle. Elle ferma les yeux et plongea comme son père le lui avait appris, cent ans plus tôt, lui semblait-il.

L'eau était fraîche et soyeuse sur son corps nu. Elle ressortit pour respirer, souriante.

— Sapristi, vous êtes vraiment mon genre de femme, Cam ! Il y a vingt pieds du bastingage à l'eau. Certains de mes marins n'oseraient pas plonger, j'en suis sûr.

Elle sourit, fière d'elle-même, contente qu'il soit content. Elle alla jusqu'à lui en barbotant et lui passa les bras autour du cou. Il battit l'eau de ses bras pour les maintenir tous les deux à la surface.

— Une excellente chose que je sois bon nageur, et fort, plaisanta-t-il.

Elle pressa ses lèvres mouillées sur les siennes.

— Une excellente chose, en effet.

Il cessa de s'agiter et ils passèrent sous la surface. Elle glissa sa langue dans sa bouche et, pendant un moment, ils s'enfoncèrent ensemble dans l'obscurité liquide. Puis elle manqua d'air et dut le lâcher pour remonter.

Jackson émergea à côté d'elle et inspira à son tour une grande goulée d'air nocturne.

— Vous allez me faire mourir ! dit-il.

Elle barbota autour de lui puis se mit sur le dos.

— Qu'est-ce que Thomas avait à vous dire tout à l'heure ?

— Je ne puis vous le répéter.

Elle se tut.

Il l'imita et flotta un moment à côté d'elle.

— C'est une question de sécurité nationale, ajouta-t-il au bout de quelques minutes.

Elle rit.

— Je suis sérieux, Cam.

Elle tourna la tête pour le regarder, souhaitant pouvoir distinguer ses yeux dans l'obscurité. Il y avait quelque chose dans son ton qui la poussait presque à le croire.

— Y a-t-il quelque chose que je ne sais pas sur vous, Jackson ?

Ce fut à son tour de rire.

— J'ai douze ans de plus que vous ! Vous ignorez une vie entière, à mon sujet.

— Vous avez très bien compris ce que je voulais dire...

Elle eut envie de se tendre vers lui, mais resta sur le dos, à flotter. C'était la conversation la plus sérieuse qu'elle ait jamais eue avec lui, et elle ne voulait pas briser ce moment.

— Cam... J'aimerais vous le dire. Vraiment. J'ai déjà souhaité le faire...

— Mais vous ne le ferez pas, compléta-t-elle calmement.

— Je ne peux pas.

Il se remit droit dans l'eau et l'attrapa. Ils avaient flotté à côté du bateau, et maintenant il nageait en l'entraînant vers l'échelle de corde qu'il saisit d'une main pour se maintenir, tout en tenant Cameron contre lui de son autre bras.

— Vous devez me croire, murmura-t-il. Je vous le dirais si je le pouvais.

Elle le regarda dans les yeux. Avec le seul clair de lune pour les éclairer, elle ne pouvait véritablement sonder ses prunelles grises, mais elle perçut la sincérité dans sa voix.

Son cœur se gonfla d'une sorte d'espoir naïf et fou.

Se pouvait-il qu'elle se soit trompée au sujet de Jackson ? S'il n'était pas l'homme égoïste et pragmatique qu'il semblait être ? Son père l'avait toujours apprécié. Le sénateur savait-il sur lui des choses qu'elle-même ignorait ?

— J'aimerais que vous puissiez me le dire, murmura-t-elle.

Il effleura ses lèvres des siennes.

— Je l'aimerais aussi.

Il approfondit son baiser et Cameron s'accrocha à lui, l'enlaçant de ses bras. Elle glissa sa langue dans sa bouche, explorant sa fraîcheur. Elle se demanda comment il réagirait, si elle lui avouait qu'elle l'aimait. Puis elle songea à toutes les fois où il l'avait blessée et préféra se taire.

Elle passa les bras sur ses épaules et moula son corps contre le sien. Elle adorait la façon dont ils s'ajustaient si bien l'un à l'autre, son corps dur et musclé contre ses courbes plus douces. Elle baissa la main pour caresser son sexe qui se durcissait.

— Ce n'est pas juste, dit-il. Je ne peux vous rendre la pareille, ou nous nous noierons !

— Contentez-vous de nous tenir, le taquina-t-elle, la voix enrouée par son propre désir qui montait. Je ferai le reste.

Il poussa un grognement sourd, et s'adossa à l'échelle de corde qui se balançait légèrement sous leurs mouvements. Il passa un bras autour et réussit à poser un pied sur un échelon, sous l'eau.

Cameron se fit alors plus hardie, pressée d'exercer le pouvoir qu'elle avait sur lui. Elle avait toujours cru que l'acte sexuel était totalement contrôlé par l'homme. Même quand elle avait appris qu'une femme pouvait éprouver de la volupté, elle avait toujours vu l'homme comme celui qui était en charge des opérations. Maintenant elle savait qu'elle pouvait diriger le plaisir de Jackson.

— Sorcière ! lui chuchota-t-il à l'oreille. Vous m'avez enchanté. Pris dans vos sortilèges.

Elle eut un rire rauque et lui lécha un mamelon, sa main toujours sur son sexe. Et tandis qu'elle le touchait, elle fut surprise de constater que sa propre ardeur s'accroissait. Le seul fait de se presser contre lui, de caresser sa peau soyeuse, de sentir battre son cœur, la faisait palpiter de désir pour lui.

— Cam, assez ! gémit-il. Venez ici. Faites-moi l'amour.

Elle rejeta la tête en arrière et se mit à rire.

— Je ne sais pas si je peux y arriver, dit-elle, essayant de soulever son corps pour rencontrer le sien.

Il la tint plus fortement.

— Si, je pense que vous le pouvez, mon amour.

« Mon amour » ? Il l'avait appelée « mon amour » ?

Saisissant l'échelle, Cameron se haussa et noua ses jambes autour de lui, s'installant sur son sexe, gémissant de plaisir quand il la pénétra. En équilibre précaire, moitié dans l'eau, moitié hors de l'eau, elle se mit à monter et à descendre, laissant le rythme naturel des flots la soulever et l'aider.

Ils bougèrent ainsi, Jackson entièrement à sa merci, elle suivant la cadence imprimée par les besoins de son corps.

Elle ne s'était jamais sentie aussi vivante. Elle ne s'était jamais sentie aussi puissante et en même temps… aussi aimée.

Elle sentit ses muscles se crisper et elle alla plus vite, se rendant compte qu'il ne pourrait probablement pas se suspendre à l'échelle beaucoup plus longtemps. Ils s'abandonnèrent ensemble à l'extase et elle se sentit sombrer. Jackson lâcha l'échelle, et ils tombèrent dans l'eau avec un grand « plouf ! »

Cameron ressortit en riant et en crachant. Jackson s'accrocha à l'échelle et l'attrapa.

— Vous allez vous noyer, plaisanta-t-il, riant avec elle. Venez ici.

Elle se tendit vers lui et il la prit dans ses bras. Il pressa ses lèvres sur sa tempe en un tendre baiser.

— Laissez-moi réfléchir à ceci, Cam…

Il faisait allusion à leur conversation. A ses secrets. Elle acquiesça d'un hochement de tête.

— Prête à aller au lit ?

Elle l'embrassa sur la joue.

— Oui, mais peut-être pas à dormir.

Le rire de Jackson résonna sur les eaux calmes du Mississippi et, pour la première fois depuis longtemps, Cameron éprouva un sentiment tout-puissant d'optimisme.

Deux jours plus tard, Cameron et Taye étaient assises côte à côte sur le pont avant, à l'ombre des barils d'eau douce, et jouaient aux cartes avec un jeu trouvé dans la cabine de Jackson. A côté d'elles, les jumelles parlaient tranquillement. Cameron aimait bien Dorcas, mais il y avait en Efia quelque chose à quoi elle ne se fiait pas complètement. Quoi que Taye ou quelqu'un d'autre fasse pour elle, elle voulait toujours plus. Plus de nourriture, plus de plus beaux habits.

— Alors, qu'en penses-tu ? demanda Cameron en étudiant ses cartes. Iras-tu aux Bahamas ?

— Thomas dit que ce serait sage.

— Je ne t'ai pas demandé ce que Thomas en pense. Que veux-tu faire, *toi* ?

Taye l'examina avec attention de ses yeux bleu pâle. Cameron se demanda de nouveau si elle était réellement sa sœur. Elle débattait encore de l'opportunité de lui en parler, mais n'était pas sûre que ce soit une bonne idée. Elles n'auraient jamais aucun moyen de connaître la vérité, maintenant, et Cameron craignait que la possibilité d'être la fille de David Campbell ne perturbe encore davantage son amie. Elle avait déjà du mal avec son métissage, fille d'une esclave noire et d'un homme blanc. Découvrir qu'elle était l'enfant du sénateur et que ni l'un ni l'autre de ses parents ne lui avaient dit la vérité ne pourrait qu'aggraver son sentiment de mal-être.

— Qu'allez-vous faire, vous ? demanda Taye.

Cameron soupira.

— Je ne sais pas ce que je souhaite vraiment. Ces derniers jours avec Jackson ont été… je ne sais même pas comment les décrire…

Taye sourit et Cameron sut qu'elle comprenait. Même si Thomas et elle n'avaient pas de relation physique, Cameron savait à présent que Taye était amoureuse du jeune juriste.

— Jackson pense que je devrais aller aux Bahamas, moi aussi, poursuivit-elle en haussant les épaules. D'une certaine manière, j'aimerais rester avec lui un peu plus longtemps, mais peut-être n'est-ce que retarder l'inévitable.

Elle leva les yeux et vit le visage de Taye empli d'inquiétude.

— Quoi ?

Taye baissa les yeux sur ses cartes, paraissant fautive.

— Il ne vous a pas dit ?

— Qui ne m'a pas dit quoi ?

— Jackson.

Cameron jeta ses cartes, exaspérée.

— Jackson ne m'a pas dit *quoi* ?

Taye pinça les lèvres, visiblement troublée. Cameron lui prit la main.

— Tu dois me dire. Nous n'avons pas de secrets, toi et moi.

Le visage de Taye se défit.

— Jackson ne va pas aux Bahamas. Il doit descendre à Biloxi. Thomas et le premier officier prendront le bateau en main. Mais cela ne veut pas dire qu'il ne veut pas être avec vous, ajouta-t-elle vivement.

— Jackson doit descendre ?

Cameron ne voyait pas comment Thomas pourrait se charger du bateau. Il n'avait aucune expérience de la navigation pour autant qu'elle sache, mais ce n'était pas le problème pour l'instant.

— Il ne m'a rien dit.

— Il savait probablement que vous seriez contrariée de l'apprendre et ne voulait pas gâcher…

Taye parut chercher les mots justes. Elle savait très bien ce qui se passait entre eux et, étonnamment, elle l'approuvait. La convenable et très prude Taye disait à Cameron qu'elle avait le droit de prendre la joie quand elle la trouvait, et au diable les règles et la morale.

— Il ne voulait sûrement pas gâcher ce que vous vivez en ce moment, acheva-t-elle.

— Tu le défends, maintenant ?

Taye se leva.

— Cameron, je ne pense pas que nous sachions ce qui se passe exactement ici.

— Peut-être pas, en effet, dit Cameron en s'éloignant à grands pas, la mâchoire serrée, mais que je sois damnée si je ne le découvre pas !

*
* *

— Vous m'avez menti !

Jackson prit une caisse de bois et la porta au fond de la cale. Il faisait une chaleur étouffante, sous le pont ; ses cheveux étaient humides et de la sueur coulait sur ses tempes.

— Je ne vous ai pas menti, Cam.

— Vous jouez sur les mots !

— Cameron, j'avais *vraiment* l'intention de continuer jusqu'aux Bahamas, mais Thomas est monté à bord avec un message d'une importance vitale qui me conduit à modifier mes plans. Je dois débarquer demain et me rendre dans le Nord par l'intérieur des terres.

Elle le suivit quand il revint chercher une autre caisse.

— Vous le savez depuis que Thomas a embarqué ? Alors ce que vous m'avez dit dans l'eau, l'autre soir, ne rimait à rien. Vous essayiez juste de m'apaiser. Et vous ne voulez toujours pas me dire pourquoi.

— Non.

— Soyez damné ! Je débarque aussi.

Il secoua la tête.

— Vous ne pouvez pas venir avec moi. Je dois voyager vite et ce sera dangereux.

Elle mit les mains sur les hanches. Les choses, décidément, ne changeraient jamais entre eux, songea-t-elle avec colère. Il revenait déjà à ses anciennes manigances.

— Je ne veux pas venir avec vous. Je me rends à Elmwood.

Il mit la caisse en place et se retourna brusquement, lui saisissant le poignet.

— Cam, vous ne pouvez pas débarquer à Biloxi. Vous ne pouvez pas retourner à Elmwood.

Elle se dégagea tout aussi brusquement.

— Ne me dites pas ce que je peux et ne peux pas faire ! Je veux aller chez moi. Je veux retourner dans la maison de mon père, et personne ne m'en empêchera.

— Cessez donc d'être aussi égoïste et écoutez-moi ! Taye ne peut pas retourner à Elmwood. Elle ne peut pas débarquer à Biloxi. Thomas a découvert par hasard pendant qu'il était à La Nouvelle-Orléans que Grant, ou Toussant, ou les deux, ont engagé des hommes de main pour la retrouver et la ramener à Baton Rouge, au Juchoir. Si nous avions accosté à La Nouvelle-Orléans, des officiels seraient montés à bord et elle aurait été emmenée comme un bien volé.

Il approcha son visage du sien.

— Est-ce ce que vous voulez ? Que Taye leur soit rendue comme une chose qui leur appartient ?

Cameron pirouetta pour qu'il ne voie pas les larmes de frustration qui enflaient dans ses yeux. Elle savait pourtant qu'elle ne devait pas lui faire confiance ! Elle savait que quelque chose de ce genre arriverait. Alors pourquoi cela faisait-il si mal ?

— Quand débarquez-vous ? demanda-t-elle, gardant le dos tourné.

— Demain matin. A l'aube, je pense. Moins de gens sauront que je pars avant que j'aie quitté le bateau, mieux ce sera. J'ai confiance en mes hommes, mais à une époque comme celle-ci, il vaut mieux ne se fier à personne.

Il parlait de nouveau par énigmes, mais Cameron ne se souciait plus de savoir pourquoi. Tout ce qui comptait, c'était que Jackson et elle étaient devenus trop proches. Elle avait commencé à lui faire confiance, et voilà qu'il partait de nouveau.

— Vous auriez dû me le dire, déclara-t-elle d'une voix qu'elle espérait ferme, ne voulant pas qu'il entende la douleur dans sa voix. En fait, j'envisageais d'aller avec vous aux Bahamas, figurez-vous.

— L'*Inverness* ne se rend peut-être plus aux Bahamas, mais il se rend sans aucun doute dans des eaux plus sûres.

— Je débarquerai et vous ne pourrez pas m'en empêcher!

— Très bien. Alors débarquez. Ne m'écoutez pas…

Elle l'entendit prendre une autre caisse et la soulever avec colère.

— Faites ce qui vous plaît, parce que vous le ferez de toute façon, quoi que je dise.

Il cria presque ces derniers mots, mais Cameron était déjà sortie de la cale.

Chapitre 26

Cameron était tapie à la poupe du bateau parmi les caisses et les tonneaux de provisions qui avaient été chargés dès qu'ils avaient accosté à Biloxi. L'*Inverness* devait en repartir dans le milieu de la matinée, avant que trop de monde ne s'aperçoive qu'il était à quai. D'après Thomas, si Grant avait accusé Jackson du vol de son esclave, les autorités pourraient le rechercher pour l'interroger.

Le bateau était arrivé juste avant le coucher du soleil, et il était maintenant minuit passé. Jackson était venu dans la cabine pour s'entretenir avec elle avant qu'elle s'endorme, mais elle avait refusé de lui parler. Il était ressorti, jetant un sac de marin sur son épaule et déclarant qu'il allait dormir ailleurs et qu'ils parleraient plus tard.

Cameron eut un petit rire plein d'amertume. Mais oui, bien sûr ! Parler plus tard. Il n'y avait pas cinq minutes, Jackson avait descendu la passerelle et quitté le navire avec son sac. Elle ignorait où il allait, mais elle savait qu'il ne reviendrait pas.

Elle-même ne restait pas non plus. Elle allait à Elmwood. Elle rentrait chez elle prendre quelques affaires et faire ses adieux à la plantation avant d'emmener Taye en sûreté dans le Nord.

Elle se tourna vers la jeune fille, qui se cachait avec elle derrière les barriques.

— Tu es certaine de vouloir le faire, chaton ?

Elle scruta les yeux bleus de Taye à la lumière de la lune blanche et brillante. Une pleine lune.

— Je pense que Thomas et toi devriez rester ensemble. Je pense que vous pouvez avoir un avenir commun.

Taye sourit timidement, et leva vers elle des yeux emplis de détermination.

— Thomas comprend que je doive rentrer à la maison, bien qu'il soit très affecté que je parte. Il voulait même envoyer un des hommes avec nous pour nous protéger, mais je lui ai dit que nous ne voulions pas. Il est inutile de mettre quelqu'un d'autre en danger.

Elle eut un sourire plein d'espoir.

— Et Elmwood n'est pas si loin…

Pas si loin… Une bouffée d'angoisse saisit Cameron. Cent soixante-dix milles n'étaient pas loin par bateau sur le Mississippi, ou même en voiture, mais à pied, c'était une longue marche. Et une marche encore plus longue si vous étiez une femme blanche essayant de soustraire trois femmes noires aux esclavagistes.

— Et vous, les filles, vous ne préféreriez pas continuer avec le bateau ? demanda-t-elle aux deux sœurs accroupies sur le pont derrière Taye.

Elles firent toutes deux « non » de la tête, leurs grands yeux brillant dans la nuit.

— Elles veulent aller dans le Nord avec nous. Quand Naomi les a trouvées, elles étaient perdues dans les bois. Elles sont seulement venues avec elle parce qu'elles ne connaissaient pas le chemin pour aller dans le Delaware, où elles ont de la famille. C'est là qu'elles veulent se rendre. Elles doivent nous accompagner, Cameron. Ce sera plus sûr pour elles de voyager avec vous.

Cameron observa en silence le quai presque désert. Elle était une femme blanche et éduquée. Toutes les trois auraient plus de chances si elles restaient avec elle.

Elle poussa un long soupir. Elle ignorait comment elles arriveraient à Elmwood, mais elle était déterminée à y arriver, et si ces filles voulaient la suivre, elle ne les en empêcherait pas.

— Vous avez bien vos affaires ? demanda-t-elle à Dorcas et Efia. Parce que nous ne pourrons pas traverser les villes, sauf moi peut-être. Nous longerons la route jusqu'à Jackson, mais nous devrons rester à couvert dans les bois. Et peut-être même marcher de nuit, au clair de lune.

Elle regarda Taye.

— Tu disais que tu as un peu d'argent ?

— Thomas m'a donné ce qu'il avait sur lui, mais ce n'est pas beaucoup. Il dit qu'il doit aller dans le Nord pour en avoir plus.

— Bien.

Cameron fixa la passerelle que Jackson avait empruntée quelques minutes plus tôt.

— Allons-y. Je pense que je connais le moyen le plus rapide de sortir d'ici.

Quand Jackson avait débarqué subrepticement, elle l'avait suivi du coin de l'œil tout en parlant aux filles. Elle l'avait vu s'arrêter au bout du quai, au coin d'une rue, pour parler à un marin en tricot rouge et blanc. Il n'avait disparu qu'une minute plus tôt à peine. S'il se rendait dans le Nord par voie de terre, comme il le lui avait dit, il les conduirait à son insu hors de Biloxi.

En file indienne, toutes les quatre descendirent alors sans bruit la passerelle. Tandis qu'elles se hâtaient le long du quai, Cameron chuchota à Taye :

— Thomas n'est pas venu te dire au revoir ?

— Il a dit qu'il ne devait pas connaître mes plans, sinon il serait tenu pour responsable de notre disparition.

Elle sourit.

— Il pense que nous avons prévu de partir demain matin.

— Eh bien, nos amis gentlemen vont être bien surpris, je pense !

Taye lui prit la main et elles continuèrent d'un pas pressé, comme lorsqu'elles étaient encore des enfants et qu'elles couraient dans une prairie ensoleillée. Elles tournèrent au coin de la rue où Cameron avait vu disparaître Jackson. Elle l'aperçut à un peu plus d'un pâté de maisons devant elles. Elles le suivirent, prenant garde de ne pas se faire repérer. Il empruntait des rues étroites, coupant par des allées. Elles croisèrent des chats et des chiens errants, aperçurent un marin ivre assis sur un baril d'eau douce et plusieurs attelages qui roulaient dans la rue. Alors qu'elles traversaient une allée, elles entendirent les riches accents de la musique noire et virent une femme noire à demi nue danser à la lumière d'un petit feu. Des rires et des bruits de carafes tintant contre des verres résonnèrent dans la nuit.

Où donc Jackson allait-il ? Cameron ne le quittait pas des yeux. Il semblait chercher quelque chose, lisant les panneaux indicateurs. Lorsqu'il tourna dans une rue plus importante, elle fit signe aux filles de s'arrêter. Elle le vit s'approcher d'une porte gardée par un soldat en uniforme gris. Il dit son nom et fut introduit.

Il frayait donc bien avec l'ennemi ! Comment avait-elle pu penser un instant que Jackson et elle pourraient être du même côté ? Il ourdissait sans doute des plans pour augmenter ses profits en faisant sortir des marchandises du Sud ou entrer des marchandises du Nord. Elle l'aimait — Dieu savait qu'elle l'aimait —, mais ce qu'elle venait de voir la confortait dans l'idée qu'elle ne pourrait jamais vivre avec lui, encore moins l'épouser, pas un homme qui soutenait l'esclavage. C'était tout bonnement impossible…

— Que fait-il ? demanda Taye. Ne devrions-nous pas continuer avant que quelqu'un ne nous voie ?

— Je ne sais pas comment sortir de la ville, chuchota Cameron. Et nous ne pouvons pas demander notre chemin attifées comme nous sommes.

Elle désigna ses bottes, ses culottes et sa chemise d'homme.

— Je serais arrêtée à coup sûr. Je suis habillée comme un marin voyageant avec deux jeunes esclaves.

— Trois, corrigea doucement Taye. Sans mes papiers d'émancipation, je ne peux pas prouver que je suis une femme libre…

Cameron lui pressa affectueusement la main.

— Je vais te sortir de là, Taye.

— Je sais.

Au bout de près d'une heure, Cameron entendit la voix de Jackson. Elle jeta un nouveau coup d'œil au coin de la rue, faisant signe à ses compagnes de rester dissimulées derrière les tonneaux alignés le long de la boucherie. L'allée puait la viande avariée et les crottes de rats, mais au moins elle était sombre et cachée de la rue.

— Merci d'être venu, capitaine Logan.

Un jeune homme distingué, en uniforme gris d'officier

sudiste, avait parlé d'un ton bourru, sans ôter son cigare de sa bouche. Il était mince et blond et ressemblait à la plupart des jeunes gens riches élevés dans les plantations de coton du Mississippi et dans le luxe de l'esclavage. D'une certaine manière, il lui rappelait Grant.

— Vous comprenez, capitaine, dit Jackson d'un ton d'excuse. Je n'accepte que de l'or pour mes expéditions.

L'officier rit doucement.

— On m'avait dit que vous étiez un scélérat intelligent.

Jackson haussa les épaules, affichant ce sourire nonchalant qui semblait charmer les hommes autant que les femmes. Il y avait quelque chose dans son attitude insouciante qui attirait les gens à lui, les conduisait à croire en lui.

Cameron était anxieuse de rejoindre la route, à présent. Anxieuse aussi et pressée de s'éloigner de Jackson autant que possible.

Un hurlement déchira soudain l'air et elle se retourna, horrifiée : Efia s'était juchée sur un des tonneaux.

— Un rat ! Un rat ! Dieu ait pitié de ma pauvre âme. C'est un gros rat puant !

Elle venait d'aligner plus de mots que tout le temps où elle était restée sur le bateau.

— Qui va là ? cria le soldat de garde.

— Bon sang, que se passe-t-il ici, mon garçon ? demanda l'officier à la sentinelle, tandis que Cameron levait les bras pour faire descendre Efia du tonneau.

Elles allaient être obligées de partir en courant, maintenant.

— Filons d'ici, dit-elle.

Mais Efia ne voulait rien entendre.

— Non, non, missy. Je peux pas. C'est un gros rat !

— Pour l'amour du ciel, Efia ! Ce rat doit être à mi-chemin de Washington, à présent.

Des bruits de pas résonnèrent dans la rue et les trois hommes surgirent dans l'allée.

— Cours, Taye ! cria Cameron. Emmène Dorcas et courez !

— Arrêtez-les ! ordonna l'officier.

Cameron entendit d'autres pas derrière elle. D'autres soldats.

— Où pensez-vous aller comme ça ? demanda une voix familière avec autorité.

C'était Jackson.

— Ne faites pas un pas de plus, Taye, ou je vous fais tirer dessus, ajouta-t-il.

Taye s'arrêta et se tourna pour regarder Cameron, les yeux élargis par la peur. Cameron pivota lentement et croisa le regard de Jackson dans l'obscurité, laissant Efia terrifiée sur le tonneau.

— Ne vous ai-je pas dit de rester ici, Fanny ? demanda-t-il à Cameron.

Fanny ? Qui était Fanny ? De quoi parlait-il ? Cameron avait assez de bon sens pour savoir qu'elle devait lui faire confiance.

Jackson se tourna alors vers l'officier.

— Je peux expliquer ceci, George…

— Je l'espère pour vous ! grommela ce dernier.

Des soldats apparurent au bout de l'allée, leurs pistolets neufs et brillants au clair. Elles étaient toutes les quatre piégées.

— En vérité, c'est assez embarrassant…

L'officier mit son gros cigare dans sa bouche.

— J'écoute, capitaine Logan, dit-il, faisant ressortir la fumée par ses narines.

— Quelques petits à-côtés, George.

Jackson fit une grimace d'excuse.

— Qui n'affectent en rien nos transactions, je vous l'assure.

— Vous vendez des négresses *volées* ? Je n'ai pas besoin de traiter avec un homme qui enfreint la loi !

— Non, non, pas volées. *Fugitives.*

L'officier plissa ses yeux sombres, et ses épais sourcils se rejoignirent au-dessus de son nez.

— Ce que vous faites en douce ne me regarde pas, capitaine, même si je dois dire que ça me dégoûte. Vendre ces femmes comme si elles étaient de la viande de porc !

Il ôta son cigare de sa bouche, montrant Cameron.

— Et celle-là ? Elle n'est pas noire.

Il la regarda avec attention.

— Joli brin de fille…

— Oh ! Elle…

Jackson tendit la main et empoigna Cameron par les cheveux.

— Aïe !

La douleur qui lui parcourut le cuir chevelu fut aussi vive que la mortification qui s'empara d'elle à cette manifestation de violence. Elle essaya de le gifler, mais il l'attrapa par la taille et la souleva de terre.

— Cette colombe impure est une autre histoire…

L'officier se mit à rire en voyant Cameron se débattre pour échapper à Jackson. Il la tenait pressée sur son côté, en hauteur. Elle donnait des coups de pied furieux, en vain. Il était trop fort.

— J'écoute.

— Elle s'est enfuie d'un bordel.

— Espèce de goujat ! gronda Cameron. Remettez-moi par terre. Je vais vous montrer…

L'officier gloussa.

— Elle a du répondant, on dirait…

— Je la renvoie juste à Baton Rouge. Une belle prime pour la ramener. Vous seriez surpris de ce que l'on peut trouver sous les quais, en regardant bien.

— Il me semble avoir entendu en effet des rumeurs disant que vous aviez eu des histoires avec un bordel. Mais j'aurais juré que ça concernait une esclave volée. Il y a quelqu'un qui traîne sur les quais et qui vous cherche.

— Vous connaissez les ragots, George. Ils ne sont jamais exacts, mais toujours divertissants.

Jackson fit un clin d'œil.

— Bon, je ferais mieux d'y aller maintenant. Je dois rencontrer un homme pour me débarrasser de ces négresses.

Il regarda Cameron.

— A présent, Fanny, si vous promettez d'être sage, je vais vous reposer par terre.

— Sapristi, Logan ! Comment pensez-vous empêcher ces femmes de s'enfuir dans la rue, à vous tout seul ? Laissez-moi au moins vous trouver de la corde.

Il appela un soldat.

— Courez chercher une bonne corde pour le capitaine.

Le jeune homme, à peine assez âgé pour se raser, revint une minute plus tard avec un rouleau de chanvre. Jackson manœuvra légèrement et cloua Cameron au mur.

Le soldat lui jeta la corde, qu'il attrapa avec un grand sourire.

— Merci, mon garçon. Et maintenant, Fanny, on

peut faire ça en douceur ou à la dure. Donnez-moi vos poignets.

Cameron le fixa, souhaitant que ses yeux soient des dagues pour le transpercer.

— Allons, grommela-t-il à voix basse. Ne moisissons pas ici !

Elle eut du mal à lever les bras pour le laisser lui attacher les poignets.

— Et voilà.

Il donna un coup sec sur le nœud. Elle tressaillit, mais ne dit pas un mot tandis que la corde rêche mordait dans sa chair. Elle aurait un certain nombre de choses à lui dire quand elle serait seule avec lui.

— Très bien, mesdames, allons-y.

George tira sur son gros cigare.

— Vous ne voulez pas attacher les autres ?

— Non, elles sont assez dociles. C'est celle-ci que je dois tenir à l'œil…

Tandis que Cameron pivotait pour retourner d'où ils étaient venus, il lui donna une tape sur les fesses. Elle essaya de lui lancer un coup de pied, mais il l'esquiva et les hommes sortirent à la queue leu leu de l'allée en riant.

— C'est vraiment plaisant de faire des affaires avec vous, commenta l'officier d'un ton enjoué. Bonne chance et à plus tard, n'est-ce pas, Logan ?

— Allons-y ! ordonna alors Jackson en les poussant toutes les quatre dans l'allée.

— Que faites-vous exactement ? lui demanda Cameron d'un ton coupant, dès qu'ils se furent éloignés.

— Taisez-vous et marchez, à moins que vous ne vouliez prendre une balle confédérée entre les oreilles.

Il pressa une main au creux de ses reins et leur fit bientôt prendre une autre petite allée.

Alors qu'ils s'éloignaient de la lumière de la rue, Cameron s'arrêta et se tourna brusquement face à lui.

— Détachez-moi maintenant, ordonna-t-elle entre ses dents serrées.

Elle était si furieuse contre lui qu'elle aurait pu cracher comme une chatte en colère.

Il se pencha sur elle, touchant presque son nez du sien.

— Pourquoi le devrais-je ?

— Pourquoi... pourquoi vous le devriez ? fulmina-t-elle. Parce que vous n'avez pas le droit de m'attacher ainsi !

— Cameron, dit doucement Taye. Vous devriez baisser la voix.

Cameron fusilla Jackson du regard.

— Détachez-moi !

— Dites-moi d'abord ce que vous comptiez faire en me suivant de la sorte. Mesurez-vous seulement à quel point ces hommes sont dangereux, Cameron ? N'êtes-vous pas donc au courant ? Il y a eu des combats dans la nouvelle Virginie de l'Ouest.

— La Virginie de l'Ouest ? En quoi cela me concerne-t-il ? C'est à des millions de milles d'ici.

— Vous serez d'un autre avis quand les combats gagneront le Mississippi ! Des soldats se battront sur les terres d'Elmwood dans un an d'ici.

Il se mit à défaire le nœud sans douceur.

Cameron grogna de douleur quand la corde rêche entailla la chair tendre de ses poignets. Elle n'avait pas envie d'entendre parler de combats. Ni de la guerre. Elle voulait juste rentrer chez elle.

— Je ne vous suivais pas. J'allais à Elmwood.

— En passant par les quartiers de l'armée?

Taye s'approcha alors d'eux.

— Ce n'est pas l'endroit pour parler de ça, Cameron. Nous devons faire partir Dorcas et Efia d'ici au plus vite, si quelqu'un me recherche. Je ne voudrais pas qu'elles soient prises aussi.

— Bon sang! jura Jackson. Il va falloir que je vous ramène au bateau, maintenant, alors que j'ai un rendez-vous au nord de Jackson que je ne peux pas manquer!

— Vous allez à Jackson?

Le cœur de Cameron se serra. Elle souhaitait si désespérément rentrer chez elle que des larmes malvenues lui montèrent aux yeux.

Le ton de Jackson changea et l'expression de son visage s'adoucit.

— Cam, je ne peux pas vous conduire chez vous. Je le ferais si je le pouvais, mais c'est trop dangereux. Vous devez me croire…

Il tendit la main pour repousser une mèche de cheveux qui lui tombait sur le front.

— J'aimerais tant que vous me fassiez confiance.

— Je l'aimerais aussi.

Il fit glisser la corde de ses poignets, puis regarda Taye et les deux autres jeunes filles.

— Je vais vous ramener au bateau.

Il pointa un doigt menaçant sur Cameron.

— Et je ne veux plus entendre un mot de vous! N'avez-vous pas entendu ce que l'officier a dit? Quelqu'un cherche Taye. Me cherche.

Cameron se sentit vaincue.

— Très bien, dit-elle doucement.

Toutefois, cela ne se terminerait pas ainsi, se promit-elle.

Elle irait à Elmwood d'une façon ou d'une autre, mais peut-être Jackson avait-il raison sur un point. Peut-être était-ce trop dangereux pour Taye et les deux sœurs. Elle partirait donc seule quand elle aurait ramené son amie à Thomas Burl, en sécurité.

Ils marchèrent sans dire un mot dans les rues sombres et silencieuses qu'ils avaient suivies à l'aller. Alors qu'ils approchaient des quais, ils entendirent ce qui ressemblait à des coups de feu.

— Qu'est-ce que c'est ? s'écria Efia, aussitôt paniquée.

A distance, ils distinguaient des hommes qui criaient et d'autres détonations retentirent. Quelque chose était en feu sur le quai.

Jackson jura.

— On dirait que ça barde. Taye, restez ici avec les filles. J'aimerais dire que je vais voir ce qui se passe tout seul, mais je sais que Cameron me suivra de toute façon, alors je peux aussi bien la prendre avec moi pour garder un œil sur elle.

Taye sourit.

— Nous ne bougerons pas d'un pouce, capitaine.

Elle fit passer Dorcas et Efia derrière un tas de planches fraîchement coupées qui sentaient la résine de pin.

— Nous resterons ici, aussi silencieuses que des souris.

Elle regarda Efia.

— N'est-ce pas, Efia ?

La jeune fille acquiesça. Jackson regarda Cameron par-dessus son épaule.

— Vous venez ?

Elle lui emboita le pas. Ils prirent l'allée qui menait aux quais, et alors qu'ils arrivaient à la rue qui les longeait, Jackson tira un pistolet du dos de ses culottes.

— Si je vous dis de courir, pas de discussions. Vous courez.

Elle hocha la tête.

A l'instant où ils arrivèrent en vue du quai, elle retint une exclamation. Un bateau larguait rapidement ses amarres tandis que des hommes lui tiraient dessus depuis l'embarcadère. Elle pouvait voir les silhouettes des marins qui couraient en tout sens sur le pont en rendant les coups de feu.

— L'*Inverness*, dit-elle dans un souffle.

— Ils ont dû essayer de monter à bord. J'ai dit à Thomas d'être prêt à partir dare-dare, à la première alerte.

Cameron se tapit à côté de lui pour regarder. Le bateau avait commencé à s'éloigner, ses moteurs lancés à toute vapeur.

— C'est à cause de moi, murmura-t-elle.

— Thomas va le sortir de là sans encombre, fit Jackson d'un ton confiant.

— J'ignorais qu'il s'y connaissait en navigation.

— Son père était un marin marchand comme moi. Thomas a grandi sur le pont d'un bateau. Son père l'a envoyé étudier le droit et l'a encouragé à faire de la politique parce qu'il voulait qu'il ait une vie plus facile.

Cameron observait, stupéfaite, les hommes qui couraient le long du quai en criant. Quelqu'un sauta dans un canot, mais des coups de feu explosèrent autour de la barque et l'occupant sauta dans l'eau pour nager à l'abri sous le quai.

Puis elle entendit les aboiements de chiens. C'était un bruit qu'une fille du Mississippi ne pouvait pas ne pas reconnaître : celui d'esclavagistes lancés à la poursuite de fugitifs.

Elle posa une main sur le bras de Jackson.

— Je suppose que nous ferions mieux de partir.

Il la regarda en fronçant les sourcils, mais ne semblait plus en colère contre elle.

— Ainsi, vous avez ce que vous vouliez…

Elle risqua un sourire.

— Vous allez loin, monsieur ?

Il la prit par le bras et la remit sur ses pieds, la ramenant en hâte dans la rue sombre.

— Allons, Fanny… Il va falloir qu'on trouve un plan rapidement.

— Fanny ? J'allais vous questionner là-dessus. Qu'est-ce qui vous prend, de m'appeler « Fanny » ?

Une demi-heure plus tard, tous les cinq s'arrêtèrent à la lisière de la ville pour tenir un conciliabule.

— Nous ne pouvons pas marcher jusqu'à Elmwood, décréta Jackson. Ce serait trop lent. Et trop facile d'être pris.

— Vous disiez que vous vous rendiez à Jackson. Comment pensiez-vous y aller ?

— A cheval, mais ça n'ira plus maintenant. Même si je pouvais obtenir des chevaux pour nous tous, répondit-il à voix basse pour ne pas offenser Taye, les gens auraient des soupçons en voyant deux Blancs chevaucher avec trois femmes ayant l'air d'esclaves et possédant chacune leur monture.

Cameron examina une vitrine qui annonçait : « James Bros. Comptoir de marchandises. », puis elle jeta un coup d'œil à Taye, Dorcas et Efia assises par terre, qui se dissimulaient dans l'ombre du magasin. Toutes trois étaient fatiguées. Taye ne s'était pas encore remise de ses épreuves et les jumelles ne semblaient pas habituées à des efforts physiques. Cameron ignorait ce qu'elles faisaient avant que Naomi ne les trouve dans les bois, mais elle devinait que ce n'était pas de la marche soutenue.

Elle regarda avec envie la route qui d'après Jackson sortait de Biloxi pour aller vers le nord, et passait par Elmwood. Elle aurait volontiers porté les trois femmes sur son dos si elle avait pu arriver là-bas en toute sécurité.

Ce qui n'était pas le cas.

— La question est donc, dit-elle en réfléchissant à haute voix : comment pouvons-nous voyager afin de ne pas éveiller les soupçons ?

Jackson frotta sa barbe de deux jours d'un air légèrement embarrassé.

— Hum… J'ai bien une idée, mais cela pourrait demander de la candeur et de bien jouer la comédie si on nous interroge en route.

Elle le regarda dans les yeux, ces yeux gris qu'elle ne pouvait s'empêcher d'aimer.

— Dites-moi à quoi vous pensez. Nous le ferons. Je le ferai.

— Il va falloir coopérer, Cameron. Et nous devons faire très vite. Le bruit va bientôt se répandre dans toute la ville que l'*Inverness* était à quai.

— Dites-moi juste quoi faire. Je n'ai pas peur.

Il mit les doigts sous son menton.

— Vous devrez trouver des vêtements pour vous et Taye. Elle devra ressembler aux deux autres. Elle ne passera jamais pour une Blanche.

Cameron hocha la tête, appréciant sa franchise, pour une fois.

— Il vous faut une robe, une jupe, quelque chose

de simple. D'ordinaire. Et un bonnet pour cacher votre visage. Quand nous approcherons d'Elmwood, je n'aimerais pas que l'on vous reconnaisse, Taye ou vous. Même si j'aime beaucoup ceci sur vous — il tira sur la fine chemise blanche — cela n'ira pas pour ce que j'ai à l'esprit.

— Je peux trouver les habits en une demi-heure, affirma-t-elle.

Il sourit avec amusement.

— C'est juste, vous avez l'expérience pour dépendre des vêtements d'une corde à linge, si je me souviens bien.

Elle lui décocha une grimace.

— Et que ferez-vous pendant ce temps ?

Ils entendirent un bruit de sabots dans la rue et se replièrent dans l'ombre. Sans réfléchir, Cameron posa la main sur son large torse. Il la couvrit de la sienne.

— Je vais me procurer un chariot et des chevaux.

— Où allez-vous acheter un attelage à cette heure sans attirer les soupçons ?

Il devait être 4 heures du matin.

— Qui a parlé *d'acheter* un attelage ?

Elle leva les yeux vers lui, choquée.

— Vous voleriez le chariot de quelqu'un ?

— Vous allez bien voler des vêtements de femme !

— Ce n'est pas la même chose. Des chevaux et un chariot sont chers.

— Eh bien, j'ai très peu d'argent, et nous en aurons besoin pour acheter à manger en route.

— Pourquoi n'avez-vous pas d'argent sur vous ?

Cameron pouvait entendre Taye qui parlait doucement aux jumelles effrayées. Elle ne distinguait pas ce qu'elles disaient, mais cela n'avait pas d'importance.

De nouveau, Jackson devenait le centre de son univers. Elle écarta ses cheveux emmêlés de son front. Il faisait chaud et humide, et être si près de Jackson lui donnait encore plus chaud.

— Si vous voulez le savoir, il est plus facile de voyager sans se faire remarquer. Comme un humble travailleur…

Il désigna sa mise simple et ses bottes qui n'étaient pas coûteuses.

— Il n'est pas sûr de transporter beaucoup d'argent sur les routes, de toute façon.

— Et vous ne voulez toujours pas me dire pourquoi vous faites tout ça.

Elle indiqua d'un geste ses habits.

— Quelle est cette mission si importante qu'elle vous fasse quitter votre bateau pour vous mettre en danger.

Il secoua la tête.

— Je ne peux pas.

Puis il se courba et effleura ses lèvres des siennes. Visiblement, il n'était plus en colère contre elle.

— Je parie que je peux revenir ici avec un attelage plus vite que vous ne pourrez trouver des vêtements de dames.

Cameron mit sa main dans la sienne et la secoua. Elle aimait quand il la traitait ainsi — comme une égale. Elle connaissait peu d'hommes qui avaient assez confiance en eux pour regarder une femme de cette façon. Elle eut un grand sourire.

— Marché conclu, capitaine.

Il porta sa main à sa bouche et y pressa les lèvres.

— Soyez prudente, Cam, murmura-t-il en prolongeant le baiser.

Elle hocha la tête et se glissa dans l'obscurité, incertaine à présent de la raison qui lui donnait envie de se hâter : arriver plus vite à Elmwood ou être de nouveau dans les bras de Jackson.

Chapitre 27

La première épreuve arriva peu de temps après l'aube. Quatre hommes au visage dur, en uniformes gris, s'approchèrent d'eux à cheval sur la route qui partait de Biloxi.

Jackson glissa la main sur le banc du vieux chariot et la posa sur la cuisse de Cameron.

— Prête ? chuchota-t-il.

Elle tira sur le rebord de son bonnet jaune et usé pour mieux cacher son visage. Elle avait gagné le pari et était revenue cinq minutes avant Jackson munie d'une jupe en calicot, d'un corsage de toile, de deux bonnets et d'une robe de servante élimée pour Taye. Elle avait aussi trouvé un seau, des pommes de terre, des oignons et une marmite à l'anse cassée. Un équipement appréciable pour camper dans les bois ce soir-là, avait-elle estimé.

Jackson avait paru aussi content de sa réussite qu'elle. Il avait ramené de son côté deux canassons qui semblaient sur la fin et un petit chariot à l'arrière duquel se trouvaient des couvertures et d'autres articles qui pourraient être utiles.

Cameron jeta un coup d'œil par-dessus son épaule et croisa le regard de Taye tandis que les soldats approchaient.

— Prête ?

La jeune fille lui fit un bref signe de tête.

Cameron regarda alors fixement devant elle, le cœur battant et la gorge serrée.

— Nous sommes aussi prêtes que nous le serons jamais, murmura-t-elle.

— Laissez-moi parler, dit Jackson. Et quoi qu'il advienne, restez calme. Jouez votre rôle.

— Bonjour, lança un des soldats en mettant sa monture au pas pour venir jusqu'au chariot, les inspectant avec attention.

Jackson tira sur les rênes en cuir et hocha la tête.

— Bonjour, messieurs.

Il parlait comme s'il avait dans la bouche une boule de tabac à chiquer aussi grosse qu'une roue de charrette.

Cameron dut garder les yeux fixés sur les oreilles déchiquetées d'un cheval pour ne pas pouffer.

— Où allez-vous ? demanda l'homme avec raideur, son regard allant des femmes noires à l'arrière du chariot à Jackson.

Cameron nota l'insigne sur son uniforme. Un officier.

Jackson releva le large rebord du chapeau en cuir qu'il avait trouvé dans la grange où il avait volé les chevaux.

— Vers le nord, à Jackson. Contremaître à Fell's Point à l'est de la ville.

Il arrêta les chevaux, et le chariot s'immobilisa.

— Vous connaissez l'endroit ? Un peu de tabac, un peu de canne, surtout du coton.

— Je crains que non, répondit l'officier avec hauteur. Je ne suis pas de cette région de l'Etat.

Jackson eut l'air de faire bouger la boule de tabac dans sa joue. Qu'avait-il dans la bouche ?

L'officier haussa le menton, indiquant Taye, Dorcas et Efia assises à l'arrière du chariot.

— Ce sont vos négresses ?

Jackson se mit à rire, et son rire parut tout à fait naturel.

— J'ai l'air d'un homme qui peut se payer des esclaves ? C'est celles du maître. Il vient de les acheter. Moi et ma femme, on est allés les chercher.

Il tapota sa chemise, puis le banc du chariot.

— Vous voulez voir les papiers ? Je les ai quelque part. Sais pas ce qu'ils disent, parce que j'ai jamais appris mes lettres. Mais Maître Josh, il a dit que je devais pas ramener les négresses sans les bons papiers.

Il regarda Cameron.

— Fanny, où diable sont ces papiers ?

— Je suppose qu'ils sont quelque part, grommela-t-elle. Ça dépend d'où tu les as mis, Amos.

— Bon sang, femme ! Tu peux pas faire ce que je dis ? Je t'ai dit de vérifier que je mettais bien ces papiers dans ma poche !

Il continua à tapoter ses habits comme si les papiers imaginaires allaient apparaître miraculeusement.

L'officier regarda de nouveau les trois femmes.

— Je vois que vous les avez bien attachées. C'est une bonne chose. Les bois et les marais sont pleins de fugitifs.

— On peut pas leur faire confiance, à ces nègres, dit Jackson en abandonnant finalement ses recherches. Et si j'en perds une, le maître va me botter le cul, c'est sûr.

Il gloussa.

L'officier regarda par-dessus son épaule les trois hommes à cheval derrière lui.

— Eh bien, nous ferions mieux de poursuivre notre route, gentlemen…

Il toucha son chapeau immaculé qui n'avait pas encore connu la bataille.

— Allons-y.

Jackson répondit de même et leva les rênes.

— Hue! cria-t-il, et les chevaux s'élancèrent en avant.

Cameron resta assise près de lui, le dos raide, jusqu'à ce qu'elle se sache hors de portée d'oreille des soldats. Puis elle s'affala, pressant son visage sur la manche de Jackson. Il sentait si bon.

— Etes-vous vraiment sûr que nous ne pouvons pas voyager la nuit? Je ne sais pas combien de fois je pourrai endurer ça.

Jackson jeta un coup d'œil à l'arrière du chariot.

— Tout va bien, jeunes filles. Vous pouvez laisser tomber les cordes, gardez-les juste à proximité. C'était une idée de génie, de faire comme si elles étaient attachées, ajouta-t-il à l'adresse de Cameron. C'était bien plus crédible.

— Qu'alliez-vous faire s'ils avaient insisté pour voir ces prétendus actes de propriété? demanda-t-elle.

— Je ne sais pas.

Il pencha la tête de côté avec un sourire espiègle.

— Tirer sur eux? Vous offrir en échange?

Elle eut envie de le gifler. A la place, elle glissa son bras sous le sien et pressa sa joue sur sa manche.

— Il va falloir me trouver un meilleur nom, Amos. Je ne pense pas pouvoir m'appeler Fanny cent soixante milles de plus.

Le rire joyeux de Jackson résonna jusqu'à la cime des arbres.

*
**

Grant errait dans la maison sombre et vide en se demandant, morose, ce qu'il allait faire quand il n'aurait plus de whisky. Si seulement il en avait apporté plus de Baton Rouge ! Il effleura de la main le trou brûlant et suintant qui couvrait maintenant presque toute sa joue. Bonté divine, qu'est-ce que c'était ? Aucun médecin, à Baton Rouge, n'avait pu le lui dire. C'était devenu tellement vilain qu'il avait préféré rentrer à Elmwood. Il ne supportait plus la façon dont les gens le fixaient. Même les catins nègres ne voulaient plus coucher avec lui, de peur que ce ne soit la vérole.

Il pressa le verre frais sur son visage et poussa un grognement sourd. Ça le démangeait si cruellement qu'il ne pouvait plus ni manger ni dormir. Il ne pouvait être soulagé à moins de perdre conscience.

Ses bottes résonnèrent sur le parquet de bois dur poussiéreux tandis qu'il traversait le vestibule et montait le grand escalier. La maison n'était vide que depuis deux ou trois semaines, mais elle paraissait abandonnée de plus longue date, pas entretenue. En regardant par-dessus la rampe, il vit que la plupart du mobilier avait disparu et que ce qui restait était recouvert de draps. Dans l'obscurité qu'il s'imposait pour ne pas attirer l'attention, les formes blanches ressemblaient à des fantômes. Il frissonna. Plus rien n'avait l'air d'aller dans cette maison. L'odeur lui paraissait bizarre, aussi. Ce n'était pas l'odeur familière d'Elmwood. Cela sentait comme… comme une tombe.

Il était dans de mauvais draps, de très mauvais draps. Il devait beaucoup d'argent pour tout ce qu'il avait acheté à Baton Rouge — sa nouvelle voiture, des habits, des bagues en or. Et Toussant voulait récupérer l'argent qu'il lui avait donné pour Taye. Seulement Grant n'avait pas cet argent ; il n'avait pas Taye non plus. Il avait eu vent, la veille, du fait que le bateau de Logan avait brièvement accosté à Biloxi, mais la jeune fille n'était apparemment pas à bord. Nul ne savait où elle était passée.

L'or de la vente des esclaves avait été tout dépensé, et il ne pouvait pas obtenir de crédit à sa banque. Il y avait une querelle ridicule pour savoir s'il était ou non l'héritier d'Elmwood. Thomas Burl, cette espèce de furet larmoyant, avait apparemment demandé au tribunal de l'Etat de comparer un autre exemplaire du testament du sénateur à celui qui avait été lu et appliqué des mois plus tôt. S'il pouvait mettre les mains sur le cou de ce crétin, il l'étranglerait ! Il n'y avait pas d'autre testament. Mais la requête de Burl était suffisante pour geler ses comptes à la banque, des comptes que son père avait ouverts pour lui.

Il gravit lentement les marches, l'une après l'autre, traînant sa mauvaise jambe. Elle lui faisait mal la nuit, presque autant que ce maudit cratère dans sa joue. Il planta ses ongles sales dedans dans un mouvement d'exaspération. La douleur lui vrilla la joue et du pus en sortit, collant et nauséabond, mais quelque part dans la douleur, il y avait un certain soulagement.

Il obligerait Naomi à lui masser la jambe. Parfois, cela lui faisait du bien.

Les chasseurs d'esclaves avaient attrapé cette garce tout près de la maison. Ce serait difficile de fonctionner avec une seule esclave, mais c'était mieux que rien. Il était bien dommage qu'ils aient dû tuer le grand Noir costaud qui se cachait avec elle. Grant aurait pu lui trouver un usage. Faute d'autre chose, il aurait pu le vendre, un si beau spécimen !

En haut de l'escalier, Grant s'engagea dans le couloir

sombre. Il ne lui restait pas beaucoup d'huile pour les lampes, alors il n'éclairait plus les pièces. Il n'en avait pas besoin. Il aimait l'obscurité, sauf quand il avait ses cauchemars. Il rêvait d'araignées, maintenant. Des grosses, des petites. Des noires brillantes, des brunes velues. Il n'avait jamais eu peur des araignées avant, mais à présent elles le terrifiaient et il ignorait pourquoi.

Il termina son whisky. Il avait la tête légère et ses lèvres commençaient à s'engourdir. Un verre ou deux de plus et il pourrait peut-être dormir un peu. Il aurait aimé manger quelque chose, mais il ne restait rien. Les hommes qu'il avait engagés pour fermer la maison s'étaient servis dans les celliers. Tout ce qu'il avait pu trouver était un peu de nourriture dans le quartier abandonné des esclaves. Peut-être que le lendemain, si Naomi promettait d'être sage, il la laisserait descendre aux cases et voir ce qu'elle pourrait trouver à manger dans les petits jardins pleins de mauvaises herbes.

Il tira sur sa chemise tout en s'approchant de la porte fermée de sa chambre. Il avait chaud et sentait horriblement mauvais, mais il n'avait pas l'énergie de se préparer un bain. C'était trop pénible de monter l'eau.

Il tira une clé de sa poche et chercha à tâtons. Il était difficile de trouver la serrure dans le noir, mais au bout d'un moment il glissa la clé dedans et le mécanisme joua. Il poussa la porte et la regarda s'ouvrir.

— Naomi ? appela-t-il d'une voix presque éperdue.

Puis il entendit tinter ses chaînes. A partir du moment où il gardait la jeune femme enchaînée au lit, il ne serait pas seul.

*
* *

Cameron s'accroupit près du petit feu que Jackson avait allumé et y ajouta des brindilles. Les filles étaient allongées sur des couvertures et dormaient déjà. Ils n'avaient pas dormi la nuit précédente et ils étaient tous plus qu'épuisés.

Jackson revint après avoir vérifié les chevaux. Il avait réussi à trouver un bon endroit, à l'écart de la route, pour passer la nuit. C'était un ancien moulin, alors il y avait de l'eau fraîche. Et comme trois murs restaient debout, personne ne pourrait voir leur feu de la route.

Il tenait un seau à la main.

— Je descends chercher de l'eau. Vous voulez venir ?

Elle jeta la dernière brindille dans les flammes et se leva. Elle était raide et fatiguée, mais étonnamment contente. Taye était en sûreté et elle allait à Elmwood. Etait-ce la pensée de revoir la maison qui lui donnait de la force, ou était-ce la présence de Jackson ?

Il lui prit la main et la garda tandis qu'ils marchaient dans les bois. Elle se sentait en sécurité avec lui. Elle s'était toujours considérée comme une femme indépendante, une femme qui pouvait faire tout ce qu'elle voulait. Et les dernières semaines l'avaient prouvé. Mais il y avait quelque chose de si bon à savoir qu'il était là ! Avec lui à ses côtés, elle savait qu'elle pourrait ramener Taye saine et sauve à Elmwood. Après… Eh bien, elle s'en inquiéterait plus tard…

— Je prévois qu'il nous faudra encore deux bonnes journées pour arriver à Jackson, Cam. Et si la route devient trop fréquentée, il se peut que nous devions nous cacher la journée et attendre la nuit pour voyager. Nous ne pouvons risquer de rencontrer l'un des voisins de votre père.

— D'accord.

Il lui jeta un coup d'œil étonné. Le clair de lune filtrait à travers les arbres, fournissant assez de lumière pour voir où ils marchaient, mais guère plus.

— Vous êtes bien silencieuse, ce soir.

— Fatiguée surtout…

— Ecoutez, Cam, je veux que vous sachiez que je suis parti parce que je ne voulais plus me disputer avec vous.

— Vous n'avez pas à vous justifier. Vous n'avez jamais fait de promesses. Je n'ai aucun droit d'attendre quoi que ce soit de vous.

— Sapristi, vous rendez toujours les choses si difficiles ! J'essaie de dire que je suis parti parce que j'étais inquiet pour votre sécurité. Je serais revenu. J'aurais rejoint le bateau ailleurs. Je vous aurais retrouvée.

Elle aurait bien voulu le croire, mais il l'avait déjà laissée par le passé. *Dupez-moi une fois, ça passe*, pensa-t-elle, *dupez-moi deux fois…* Quel était le dicton, déjà ? Aucune importance. Elle n'était plus la toute jeune fille amoureuse d'autrefois. Il lui était difficile de croire qu'elle ait été aussi confiante alors. Mais c'était avant, quand le monde avait encore un sens…

Ils descendirent lentement le long de la berge, mais au lieu de lâcher la main de Cameron et d'aller au ruisseau, Jackson s'assit et l'entraîna avec lui. De la mousse veloutée leur faisait un coussin. Des grenouilles coassaient et des criquets chantaient. Il passa un bras autour de sa taille et elle le laissa faire.

— Cameron, je ne sais vraiment pas que faire de vous…

Elle eut un petit rire amusé.

— Vous n'avez pas à faire quoi que ce soit de moi. Aidez-moi juste à atteindre Elmwood. Je pourrai continuer toute seule de là-bas quand je serai prête. Je n'ai pas besoin de votre aide.

Il tourna la tête pour la regarder dans les yeux.

— Non, vous n'avez pas besoin de mon aide. Vous êtes aussi capable qu'aucun homme que j'aie jamais connu. Le problème, cependant, c'est que j'ai le sentiment que je dois vous aider.

— C'est ridicule. Vous avez vos…

Elle fit un geste vague dans l'air.

— Vos *affaires*… Et moi, je ne peux pas quitter le Sud sans revoir une dernière fois ma maison.

— Je n'aime pas l'idée de vous laisser seule là-bas. Et si votre maudit frère se présente ?

Il secoua la tête, semblant se débattre avec un tourment intérieur.

— Mais je suis pris par le temps, et il y a trop en jeu. Je ne *peux pas* aller avec vous.

Elle ne prit pas la peine de lui demander où il se rendait et pourquoi, car elle savait que c'était inutile. Tout cela lui semblait très mystérieux, mais elle était incapable de rassembler les pièces du puzzle. Pourquoi un briseur de blocus aurait-il brusquement besoin de quitter son bateau et d'aller quelque part par voie terrestre ? Quelles nouvelles lui avait apportées Thomas ? Que mijotaient-ils ensemble ?

— Cam, ce dont je veux réellement vous parler, c'est de l'avenir. Et de nous.

Elle eut soudain peur. Peur de perdre Jackson, peur d'obtenir de lui des promesses qu'il ne pourrait jamais tenir.

— Chut, murmura-t-elle en effleurant ses lèvres des

siennes. Il nous reste si peu de temps à passer ensemble, Jackson… Ne dites rien. Aimez-moi, simplement.

Elle passa les bras autour de son cou et il l'attira doucement à lui.

— Pouvez-vous faire ça ? Pouvez-vous m'aimer juste un petit moment ?

Il croisa son regard et ses yeux gris étaient emplis d'une émotion sur laquelle elle n'osa pas mettre de nom. Puis il la poussa en arrière sur la mousse douce et elle ferma les yeux. Elle ouvrit les lèvres, accueillant sa langue avec joie, et pendant un moment elle s'autorisa à oublier qui elle était, comment elle était arrivée là et dans combien de temps elle serait de nouveau seule.

Deux soirs plus tard, Cameron se tenait sur la route à côté de l'allée bordée d'ormes qui allait la conduire à Elmwood. Jackson leur avait donné le chariot, un des chevaux et la plupart des provisions.

— Maintenant, vous comprenez que vous ne pouvez pas rester ici longtemps, Cam…

De l'herbe avait commencé à pousser dans les ornières et l'allée paraissait abandonnée comme un vieux chemin des bois.

— Quelques jours seulement, dit-elle, harassée.

— Bon sang, je déteste vous laisser ici !

Il la regarda, puis regarda le sol. Il avait une barbe de plusieurs jours, et curieusement cela le rendait encore plus séduisant aux yeux de Cameron.

— Nous resterons un jour ou deux, puis nous nous dirigerons vers la première étape du Chemin de Fer souterrain, sur la frontière du Mississippi, dit Taye. Je vous le promets, capitaine Logan. Je la ferai partir même si je dois l'attacher moi-même et la traîner derrière ce canasson !

Elle sourit et Cameron comprit qu'elle espérait la faire sourire aussi.

— Allez, filez, dit Cameron à Jackson. Retournez à vos affaires, quelles qu'elles soient, et à votre bateau. Tout se passera bien pour nous.

Il passa une main sur sa tête, paraissant encore batailler contre lui-même et son choix de continuer sans elles.

— Je veux que vous preniez ceci, Cam.

Il tira un pistolet du dos de ses culottes.

— Et n'hésitez pas à l'utiliser s'il le faut.

Cameron regarda d'un air dubitatif l'arme qu'il lui mit dans la main. Elle semblait assez lourde pour sa taille et étrangement fraîche au toucher.

— Merci, capitaine Logan, dit Taye conduisant le cheval et le chariot dans l'allée.

Les deux sœurs installées à l'arrière agitèrent la main.

Cameron resta simplement immobile un moment, sans regarder Jackson ni le chariot qui s'éloignait.

— Partez, murmura-t-elle, craignant que sa voix ne se brise.

Craignant dc le supplier de rester, ou alors de l'emmener avec lui. A la place, elle se haussa courageusement sur la pointe des pieds et l'embrassa sur la joue.

Jackson lâcha la bride de son cheval et la saisit par les deux bras. Puis il couvrit rudement sa bouche de la sienne, prenant possession d'elle comme personne d'autre ne le pourrait jamais.

Quand ils ne purent plus respirer ni l'un ni l'autre, il s'écarta, croisant son regard de ses farouches yeux gris.

— Je vous retrouverai, Cam. Quand tout ceci sera

fini, je jure sur la réputation de votre père que je vous retrouverai.

Elle hocha la tête, n'osant se fier à sa voix, puis elle se détourna. Ignorant le bruit des sabots derrière elle, refusant de regarder en arrière, elle se hâta pour rejoindre Taye, le lourd pistolet à la main.

— Ça va? lui demanda cette dernière, guidant le cheval et le chariot dans le crépuscule qui tombait.

Cameron lui fit signe que oui, puis elle attrapa le sac de son amie et laissa tomber l'arme dedans.

— Tiens. Prends-le, toi. Je n'en veux pas. Je ne veux pas avoir à m'en servir.

Taye glissa sa petite main chaude dans celle de Cameron et la regarda de côté avec un doux sourire.

— Venez. Rentrons à la maison…

Chapitre 28

Cameron s'approcha lentement de la grande maison blanche, fixant les fenêtres du rez-de-chaussée qui avaient été condamnées. Dans la lumière faiblissante, elles ressemblaient à des yeux fermés et la demeure paraissait endormie. Le terrain était envahi par les mauvaises herbes et l'on aurait dit qu'un vandale avait attaqué la porte d'entrée à la hache pour essayer de pénétrer à l'intérieur. Soit il avait renoncé avant d'y parvenir, soit quelqu'un l'avait surpris et chassé. Pourtant, même avec l'atmosphère de tristesse et d'abandon qui semblait envelopper la maison, une bouffée de bonheur s'épanouit dans le cœur de Cameron. Elle était enfin de retour chez elle, ne fût-ce que pour quelques heures.

— J'ai faim, dit Dorcas depuis l'arrière du chariot. Je suis désolée de demander ça, après tout ce que vous avez fait pour moi, miss Cameron, mais vous pensez qu'il y a quelque chose à manger ici ?

Cameron continuait à contempler la maison qui se dressait devant elles. Il faisait presque nuit et il était difficile de distinguer quoi que ce soit, mais elle aurait juré apercevoir une ombre qui passait devant l'une des fenêtres d'en haut.

« La chambre de Grant. »

Son cœur fit un bond. Grant était censé être à Baton Rouge, menant la grande vie. Il ne lui était jamais venu à l'idée qu'il pourrait revenir à Elmwood. Pourquoi l'aurait-il fait ? Il détestait Elmwood. Il ne restait rien pour lui à la plantation. Aucune raison qu'il revienne dans cette maison vide et abandonnée… à moins qu'il ne les attende.

Elle jeta un coup d'œil à Taye et prit la parole, espérant que sa voix ne tremble pas.

— Conduis le cheval et le chariot à l'écurie. Fais monter les filles dans le grenier pour qu'elles lancent du foin en bas. La vieille jument a besoin d'eau, aussi.

— J'espère qu'il en reste, dit Taye. Vous avez entendu ces garçons que nous avons rencontrés sur la route hier ? Ils ont dit que des vandales avaient volé dans toutes les maisons qui n'étaient pas barricadées.

— Ou défendues, murmura Cameron d'un air pensif, en ramenant son regard sur la fenêtre du haut.

— Où allez-vous ?

— Juste à l'intérieur.

Elle essaya de garder un ton égal, bien que son cœur tambourine à lui déchirer la poitrine. Taye était presque redevenue elle-même, enfin, et elle ne voulait pas l'alarmer inutilement ou prématurément.

— Je peux peut-être entrer par l'arrière…

— Vous avez une clé ? demanda Efia. Si vous aviez une clé, miss Cameron, vous pourriez entrer.

Cameron examina la maison avec plus d'attention, cherchant d'autres signes qu'elle n'était peut-être pas aussi déserte qu'elle le paraissait.

— Il semble que j'aie oublié ma clé, répondit-elle sur le ton de la plaisanterie. Sotte que je suis!

Lorsque Taye se fut éloignée en direction de l'écurie, elle coupa à travers la pelouse. L'herbe haute commençait à sécher et à jaunir avec la chaleur, et elle craquait sous les bottes que Jackson lui avait données.

Elle contourna la maison pour passer par l'arrière. La belle demeure, qui bourdonnait encore d'activité si peu de temps auparavant, était complètement silencieuse dans le soir brûlant et dépourvu de brise. Traversant le jardin de sa mère, elle sentit un léger parfum de roses, mais en passant devant ses rosiers roses préférés, elle vit que les fleurs étaient petites, sèches et ratatinées. Etait-ce là ce qui était aussi arrivé à la famille Campbell? S'était-elle flétrie et allait-elle mourir?

Son regard se porta sur le premier étage. Dans le crépuscule, elle distingua le balcon du cabinet de travail de son père. Elle put presque se représenter le sénateur assis dans son fauteuil, un cigare à la bouche, faisant des gestes pour appuyer un argument politique ou un autre.

Elle ne put réprimer un sourire triste. Mais l'heure n'était pas à la nostalgie…

Où était-il? *Où était Grant?* Dans la maison, elle en était certaine. Elle sentait sa présence, aussi sombre et infectieuse que cette plaie sur son visage.

— Où es-tu, Grant? murmura-t-elle, attendant.

Elle entendit la voix de son frère avant de le voir.

— Tu es revenue, fit-il d'un ton plein d'une douleur qu'elle n'avait jamais perçue en lui.

Elle l'observa avec méfiance tandis qu'il sortait de l'ombre, par la porte qui donnait dans la chambre de leur père.

— Il fallait que je revienne, dit-elle doucement.

— Non, tu n'étais pas obligée. Tu aurais pu fuir. Tu aurais pu me laisser te poursuivre.

Son ton était étrange, presque rêveur maintenant.

— Je l'aurais fait, tu sais. Je t'aurais poursuivie. Je t'aurais fait payer.

Il haussa ses épaules minces. Ses habits étaient sales et tachés, ce qui ne lui ressemblait pas.

— Mais tu es venue à moi…

— Je devais revenir parce que c'est ma maison, Grant. Et toi, tu es toujours mon frère.

Il secoua la tête.

— Non, je n'ai pas de sœur. Je n'en ai jamais voulu !

— Tu ne devrais pas dire des choses pareilles. Toi et moi, nous sommes tout ce qui reste du nom des Campbell.

— Le nom des Campbell ? s'esclaffa Grant. Je me fiche du nom des Campbell !

Cameron sentit monter sa colère. Elle leva les yeux vers son frère, toujours partiellement caché dans l'ombre du toit.

— Je ne te laisserai pas déshonorer notre père de cette façon, dit-elle, les dents serrées.

— Notre père ! *Notre* père ?

Il traversa la véranda, et c'est alors qu'elle aperçut dans sa main le pistolet du sénateur, brillant dans les dernières lueurs du jour.

— *Ton* père, tu veux dire ! Il n'a jamais été le mien. Je n'ai jamais été son fils.

— Ce n'est pas vrai, Grant. Papa t'aimait.

Il renversa la tête en arrière et rit, d'un rire tragique et effrayant.

— M'aimait ? Il ne m'a jamais aimé. Comment l'aurait-il pu ?

Elle pouvait voir son visage infecté, et cela lui fit mal au cœur. C'était bien pire que lorsqu'elle l'avait vu la dernière fois. La plaie s'était étendue à toute sa joue, et elle était devenue d'un vilain rouge sombre, suintant le pus. Cela paraissait douloureux.

— Ce que tu dis n'a pas de sens, Grant ! Pose ce pistolet. Je vais monter et nous pourrons parler.

— Non ! Restes où tu es !

Il tint le pistolet à bout de bras ; sa main tremblait.

— Tu sais que ce que je dis est vrai. Il t'a toujours aimée. Il t'aimait tant qu'il n'y avait pas de place pour moi dans son cœur.

Cameron ne savait que dire. Cela ne servait à rien de discuter avec Grant quand il était dans cet état. Il devait avoir de la fièvre. L'infection de son visage l'empêchait de penser clairement. Rationnellement.

— Grant…, reprit-elle d'une voix douce. Papa t'aimait. C'était… c'était juste que tu nous rendais si difficile de t'aimer, parfois. Tu paraissais toujours si mécontent de nous. C'était ce que je ressentais, en tout cas.

Elle secoua la tête, l'observant et observant le pistolet avec attention.

— Mais nous n'avons jamais eu l'intention de te laisser penser que nous ne t'aimions pas.

— Comment le pouvait-il ? demanda-t-il, semblant se parler à lui-même à présent.

Sa voix était étrange. Obsédante.

— Comment pouvait-il m'aimer ? Il me tenait pour un lâche.

— Grant…

Cameron essaya de garder une voix ferme et tendit une main vers lui.

— Tu sais que ce n'est pas vrai. Papa…

— Tais-toi !

Il agita le pistolet et elle se figea.

— Tais-toi avant que je te fasse taire ! Je parle.

Il tapa du pied par terre.

— Pour une fois, je parle et tu vas m'écouter !

— Je t'écoute, dit-elle doucement.

Il continuait à brandir le pistolet, mais sous son poids, sa main s'abaissait insensiblement.

— Je ne comprends pas pourquoi il fallait qu'il en soit ainsi.

— Quoi donc ?

Elle le méprisait, mais une partie d'elle avait malgré tout pitié de lui.

— Que veux-tu dire ? Je ne comprends pas de quoi tu parles. Qu'est-ce qui devait être ainsi ?

— La vie.

Il baissa les yeux, son regard soudain empli d'une haine qui la choqua.

— Tu sais qu'il l'a toujours aimée.

— Qui ?

Cameron faisait des efforts pour comprendre de quoi il parlait tout en surveillant la direction du pistolet. Il ne lui tirerait pas vraiment dessus, se dit-elle pour se rassurer. Il voulait juste qu'elle l'écoute ; il avait toujours été autoritaire.

— Sukey !

Il cracha ce nom avec une telle haine !

— Papa a épousé notre mère, mais cette sale négresse

était déjà dans la maison quand elle est arrivée. Tu le savais ?

Cameron baissa les yeux sur l'herbe. Elle aurait aimé avoir l'occasion de parler de Sukey avec son père. Elle aurait aimé comprendre…

— Je pense que papa aimait beaucoup Sukey, dit-elle prudemment.

— Il l'aimait plus qu'il n'aimait notre mère !

Sa voix se fêla.

— Plus qu'il ne m'aimait, *moi*. Il vous aimait toutes plus que moi. Même Taye.

Grant essuya son nez qui coulait avec sa manche. Ce faisant, son doigt se resserra sur la détente du pistolet.

Pas de doute, Grant était proche de la folie… et elle, elle s'était montrée stupide de s'être ainsi approchée de lui. Elle fit glisser lentement un pied en arrière, espérant qu'il ne verrait pas le mouvement dans le crépuscule.

— Tu sais, je comprends, reprit-il. J'aimais Taye, moi aussi.

— Nous l'aimons tous les deux, dit Cameron, espérant pouvoir réorienter la conversation.

— Non ! Je veux dire que je l'aimais *d'amour*. Je lui aurais donné n'importe quoi. J'aurais fait n'importe quoi pour elle. Mais elle n'a payé mon amour que de mépris !

L'idée traversa l'esprit de Cameron que son frère avait une bien curieuse façon de montrer son amour, mais elle n'osa pas exprimer son opinion. Pas quand il avait une arme et qu'elle était sans défense.

— Elle pensait que j'étais un lâche, elle aussi.

Cameron ne désirait pas blesser son frère, mais elle regrettait de ne pas avoir conservé avec elle le pistolet de Jackson.

— Personne n'a jamais dit…

— Moi, je t'ai dit de te taire !

Il agita violemment le pistolet dans sa direction, et elle se figea tandis qu'il s'approchait du bord de la véranda. Elle essaya de calculer sur quelle distance elle devrait courir pour s'abriter, s'il lui tirait dessus.

— Elle me prenait pour un lâche, comme *lui* ! cria-t-il d'une voix aiguë.

Puis son timbre redevint d'un calme effrayant.

— Mais je n'étais pas un lâche. J'ai fait ce que personne ne pensait que je pourrais faire. J'ai accompli ce que personne ne croyait que j'accomplirais.

Il tenait le pistolet pointé sur elle, la visant.

— Tu sais, je l'ai fait.

Cameron eut alors une drôle de sensation, que Sukey aurait décrite comme « un fantôme marchant sur sa tombe ». Ses poils se hérissèrent et des frissons la parcoururent. Elle avait peur de parler, cette fois. Elle ne voulait pas entendre ce que Grant avait encore à dire. Elle avait juste envie de s'enfuir. Mais elle ne put s'en empêcher ; il *fallait* qu'elle demande.

— Qu'as-tu fait, Grant ?

Tenant toujours le pistolet d'une main, il passa l'autre avec affection sur le bois plus clair de la balustrade. Le bois qui avait été remplacé après la chute de leur père.

Cameron fit un demi-pas en arrière, toute trace de calme disparue.

— Non, Grant…

— Tu penses qu'il est tombé ? persifla-t-il. Non. J'ai expédié le sénateur là où il devait aller.

Il s'approcha plus près de la balustrade, levant de nouveau le pistolet.

— En enfer, j'espère !

Cameron eut l'impression de tomber, basculant dans une obscurité si profonde, si noire, qu'elle ne reverrait plus jamais la lumière.

— Non ! s'écria-t-elle. Grant, non !

— Alors maintenant, papa est mort. Sukey est morte…

Sa voix prit de la force, comme s'il en retirait de leurs corps sans vie.

— Taye a été exposée devant tous ces hommes et dégradée. Et toi, ma chère petite sœur, tu connais la honteuse vérité sur la famille Campbell. Le parricide.

Il sourit d'un sourire de dément.

— Le plus grand de tous les péchés, tu ne penses pas, ma sœur chérie ?

Son frère était fou, plus de doute, et il fallait qu'elle s'éloigne de lui. S'il avait été capable de tuer leur père, il n'hésiterait pas à la tuer elle aussi.

Elle calcula que le plus intelligent serait de se mettre à l'abri sous la véranda du rez-de-chaussée au lieu de courir à découvert. Si elle y parvenait, il ne pourrait pas lui tirer dessus d'en haut.

— Tous ceux qui m'ont fait du mal sont morts, disparus ou détruits. Tous sauf toi, Cam.

— Grant, écoute-moi…

Elle parvint à parler d'un ton égal, malgré son cœur qui s'emballait.

— Si nous pouvions nous asseoir et parler tous les deux. Laisse-moi regarder cette vilaine… marque sur ton visage…

Sans prévenir, Grant tira. Cameron hurla quand le coup de feu explosa. La balle laboura le sol à ses pieds et la terre fusa devant elle, frappant ses bras et ses jambes.

— Non, Grant !

Elle essaya de reculer tandis qu'il se penchait par-dessus la balustrade pour mieux viser, et la remettait en joue.

Le temps parut alors s'arrêter et Cameron eut tout le loisir de voir la haine maléfique qui brillait dans les yeux de son frère. Elle vit son doigt se replier pour appuyer de nouveau sur la détente.

Le coup de feu explosa à son oreille. Elle entendit siffler la balle et attendit que la douleur surgisse. Mais à sa stupeur, ce fut Grant qui bascula en avant, passa par-dessus la balustrade, et tomba lourdement par terre.

Cameron tournoya sur elle-même, dans l'odeur de la poudre, son goût âpre sur sa langue. Et son regard rencontra les yeux bleu pâle de Taye.

— Je suis désolée, Cameron…

Le visage de Taye arborait un calme absolu, aussi choquant que le fait qu'elle avait pressé sur la détente.

— Il a tué le sénateur et il vous aurait tuée.

Elles s'enlacèrent sans rien dire. La douleur était trop vive. Des larmes roulaient sur les joues de Cameron, mais les yeux de Taye restaient secs.

Cameron sut que son frère était mort avant même de s'accroupir et de le faire rouler doucement sur le dos.

— Il est mort ? demanda Taye, le pistolet pendant au bout de son bras.

Elle ne pleurait toujours pas, plus forte que Cameron ne le pensait. Elle hocha la tête. Oui, Grant était mort et Taye lui avait sauvé la vie.

— Missy Cameron ? Taye ?

Reconnaissant la voix familière, Cameron leva les yeux et vit Naomi qui courait vers elles à travers la véranda du rez-de-chaussée, une lampe à la main. Tandis qu'elle courait, quelque chose tintait à chacun de ses pas, comme une chaîne. Quand Naomi arriva plus près, Cameron vit que son visage était couvert d'ecchymoses. Elle avait un œil enflé, presque fermé, et une vilaine coupure au coin de la bouche. Elle semblait avoir été durement battue et Cameron ne se demanda pas par qui.

— Naomi…, dit-elle dans un souffle.

Le regard de la jeune Noire tomba sur le corps qui gisait dans l'herbe et elle leva la lanterne afin de mieux voir.

— Je savais qu'on en arriverait là, murmura-t-elle. Je l'ai vu dans les os.

A la lumière, la plaie de Grant était horrible et Cameron pouvait maintenant sentir l'odeur de la chair en putréfaction.

— Dieu du ciel, qu'est-ce que c'est ? demanda-t-elle à mi-voix, tendant la main pour fermer les yeux de son frère. Je n'ai jamais vu une telle lésion. Qu'est-ce qui a pu la causer ?

Naomi retroussa les lèvres et haussa un sourcil hautain.

— Y'en a qui pourraient dire que c'est une morsure d'araignée, missy, dit-elle d'un ton traînant.

Puis elle plissa ses yeux sombres et sa voix flotta dans l'air lourd et brûlant de la nuit. Cameron aurait pu jurer qu'elle entendait l'écho des tambours des esclaves, silencieux depuis des semaines.

— Les vieux racontent qu'il y a de vilaines petites araignées grises là-bas, dans la vieille Afrique, des minuscules araignées qui sortent la nuit et chassent pour trouver le bon endroit où pondre leurs œufs. Un endroit chaud et sûr pour que les petits grandissent et éclosent, là où y'a du sang à boire. Et les vieux, ils disent que les petits sucent et mordent, creusent et grattent jusqu'à ce qu'ils soient libres. J'ai entendu cette histoire plein de fois.

Elle hocha la tête, et un demi-sourire étira ses lèvres meurtries.

— Y'en a qui diraient qu'une araignée grise a mordu Maît'Grant… mais d'autres diraient que c'était autre chose…

Cameron ne croyait pas aux malédictions ni à la magie vaudou à laquelle croyait la jeune Noire, mais il y avait quelque chose dans son expression, comme une satisfaction sauvage…

Elle se redressa et pressa une main au creux de ses reins. Elle se sentait soudain si fatiguée qu'elle pouvait à peine garder les yeux ouverts.

— Je vais le tirer à l'intérieur cette nuit pour que les animaux ne s'en prennent pas à lui, dit-elle, stupéfaite par son manque d'émotion. Il faudra l'enterrer demain, puis nous repartirons.

— Vous avez raison, missy Cameron. On devrait pas traîner trop longtemps par ici. Y'a des troupes confédérées qui passent dans l'coin. On dit qu'ils brûlent tout ce qui est pas occupé. Les Yankees descendent vite dans le Sud, et ils veulent pas laisser des choses que les Yankees pourraient utiliser.

Cameron étudia le visage meurtri de la jeune femme à la lumière de la lampe. Elle ne voulait pas demander ce qui lui était arrivé, comment Grant lui avait remis la main dessus. Elle avait été enchaînée, de toute évidence, et s'était libérée.

— Ton homme, Naomi. L'as-tu trouvé ?

Les yeux de Naomi s'emplirent de larmes.

— Le bêta ! Il est pas allé où il aurait dû aller. Il m'a attendue dans notre endroit spécial.

Elle se frotta les yeux du plat de ses mains.

— Il est mort, missy Cameron. Les chasseurs d'esclaves l'ont eu.

A la surprise de Cameron, ses propres yeux se mouillèrent et une boule lui serra la gorge. Elle ne pouvait pas pleurer la mort de son frère, mais elle pleurait pour celle d'un esclave qu'elle n'avait jamais rencontré.

Elle renifla et s'essuya le nez d'un revers de main.

— Je suis désolée, murmura-t-elle.

Naomi hocha la tête et posa la lampe.

— Ce qui est fait est fait. Au moins, je l'ai eu quelque temps.

Elle inspira et releva les yeux.

— Moi et Taye, on va voir ce qu'on peut trouver à manger. J'ai une autre lampe dedans. Vous voulez de l'aide pour le traîner ?

Cameron secoua la tête. Elle savait que le corps de son frère serait lourd à bouger, mais il ne semblait pas juste que Taye ou Naomi l'aident, pas après ce que Grant leur avait fait. En outre, elle avait besoin de rester seule un moment.

— Trouvez Dorcas et Efia. Elles sont probablement terrifiées par les coups de feu.

— Vous les avez amenées ? entendit-elle Naomi demander doucement tandis qu'elles rentraient dans la maison obscure.

Sans penser à ce qu'elle faisait, Cameron prit le pistolet de son père et l'enfila dans le dos de ses culottes comme le faisait Jackson. Puis elle empoigna Grant par les aisselles et le tira lentement à travers la véranda, ignorant les traces de sang qu'elle laissait derrière. Elle dut s'arrêter plusieurs fois tant il était lourd, mais elle atteignit finalement la porte du cabinet de travail de son père. Elle pouvait y laisser son corps pour la nuit.

Trouvant la porte fermée à clé, elle entra dans la maison par la porte de derrière et ressortit sous la véranda par la porte-fenêtre du cabinet de travail. Puis elle tira Grant à l'intérieur et alla chercher la lampe.

Elle s'enferma seule avec lui dans la pièce que leur père aimait tant. Il ne restait pas de cognac et le grand fauteuil en cuir avait disparu, mais elle s'assit sur le bord du bureau de bois d'orme et ferma les yeux. Elle pouvait presque sentir la présence du sénateur et elle avait du mal à concevoir que son frère ait pu nourrir une haine si grande, une haine maladive qui l'avait conduit à le tuer.

Elle repensa à son père et à Sukey, morts et enterrés. En l'espace de quelques mois, elle avait tout perdu. Tous ses espoirs étaient ternis, brisés, abandonnés.

Elle rouvrit les yeux et fixa l'obscurité, essuyant des larmes qui paraissaient si inutiles, maintenant. Taye avait raison. Il ne restait plus rien pour elle dans cette maison. Il ne restait plus rien d'Elmwood. Tout ce qu'il y subsistait, c'étaient des mauvaises herbes, des champs en friche et des écuries vides.

Elle se sentait si seule…

Elle se revit dans les bras de Jackson si peu de temps auparavant et un sanglot lui monta à la gorge. Avait-elle eu tort d'insister pour revenir à Elmwood ? Aurait-elle dû partir avec lui, où qu'il aille ? L'aurait-il prise avec lui, si elle l'avait demandé ?

Elle se sentait si perdue. Si désespérée.

Elle fixa le corps inerte de son frère, près de la porte,

puis son regard se déplaça lentement tout autour de la pièce. Elle regarda les murs, les rayonnages, vides de livres maintenant. Tant de bons souvenirs... Son attention se fixa sur le petit secrétaire qui avait appartenu autrefois à sa grand-mère Campbell. Il n'avait même pas été recouvert d'un drap. Probablement parce qu'il était vieux et ne paraissait pas valoir grand-chose.

Elle alla jusqu'à lui et l'ouvrit, rabattant le panneau de devant. Elle passa pensivement sa paume sur la surface usée, sentant le grain du bois sous ses doigts. Grant l'avait vidé des papiers de leur père et du bric-à-brac qui s'y était accumulé au fil des années. Elle se demanda cependant s'il connaissait l'existence du compartiment secret. Curieuse, elle sortit le tiroir et le mit de côté, puis tendit la main à l'intérieur et fit glisser le panneau que l'on pouvait sentir, mais pas voir. Tandis qu'elle se tournait pour mieux accéder au compartiment secret, son regard tomba de nouveau sur son frère. Comment en étaient-ils arrivés là ?

Le bout de ses doigts toucha une feuille de papier et un petit sac en tissu avec quelque chose de dur à l'intérieur, qui ressemblait à des pierres. Elle n'avait aucune idée de ce que c'était, mais en sortant les deux choses elle se demanda si elle pouvait espérer que la feuille de papier soit le certificat d'affranchissement de Taye. C'était stupide, sans doute, car Grant l'avait probablement brûlé.

On frappa doucement à la porte et elle releva vivement la tête.

— Cam, puis-je entrer ?

C'était Taye.

— Il est là, la prévint Cameron, ne voulant pas

prononcer le nom de Grant devant elle. Mais si ça ne te fait rien, tu peux entrer, chaton.

— Je n'ai pas peur des hommes morts, seulement des vivants.

Taye se glissa dans la pièce et referma derrière elle.

— Que faites-vous ici, toute seule ? Vous devriez nous rejoindre dans la cuisine. Nous avons trouvé des pommes de terre, des oignons et des navets qui feront un délicieux repas, d'après Naomi. Qu'est-ce que c'est ? demanda-t-elle en désignant ce que Cameron tenait à la main.

— Je ne sais pas. Je viens de trouver ça dans le compartiment secret du secrétaire.

Elle approcha de la lampe le feuillet et le petit sac de velours.

— Regarde, ton nom est sur la lettre... De l'écriture de papa.

Elle se tourna vers Taye et lui offrit le papier comme s'il était un trésor.

— Tiens.

Taye fixa la feuille pliée.

— Pourquoi le sénateur me laisserait-il une lettre ?

Cameron sentit son cœur battre la chamade. Elle osait à peine espérer deviner ce que la lettre pouvait contenir.

— Je ne sais pas, répondit-elle doucement, en tendant de nouveau le document. Il faut que tu la lises, pour le savoir.

Taye secoua la tête, nouant ses mains dans son dos. Il était difficile de croire que cette belle jeune fille si menue avait tué une heure plus tôt un homme qu'elle avait connu toute sa vie.

— Je ne peux pas. Lisez-la pour moi.

Cameron se rapprocha de la lampe posée sur le bureau et déplia lentement le papier.

« Chère Taye… »

Cameron lut lentement à haute voix.

« Je te demande pardon de ne pas avoir le courage de te dire ceci en personne, ma chère fille. »

Taye réprima une exclamation.

Cameron eut un grand sourire et continua :

« Mais je veux que tu saches combien je suis fier de toi. Je veux que tu saches combien ta mère et moi sommes fiers de toi. Dans le sac, tu trouveras le cadeau que je te fais, chère Taye. Je t'en prie, prends ces bijoux et fais-en ce qui te plaira. Peut-être qu'avec cette petite fortune, tu pourras vivre dans un endroit où tu seras appréciée pour qui tu es, et non lésée à cause de la couleur de ta peau.

Ton père aimant, David Campbell. »

Cameron leva les yeux. Taye qui paraissait abasourdie.

— Mon… *père*?

Son regard bleu rencontra celui de Cameron, qui jeta les bras autour de ses minces épaules et l'étreignit.

— Alors nous sommes vraiment sœurs!

— Attendez une minute… Voulez-vous dire que vous étiez au courant?

Cameron secoua la tête.

— Je le soupçonnais seulement depuis la nuit où ta mère est morte. Mais il n'y avait pas de preuve. Papa et ta mère étaient morts tous les deux.

— Alors vous ne vouliez pas que je me fasse des illusions, acheva Taye pour elle.

Souriant toujours, Cameron lui prit la main, l'ouvrit et mit le sachet en velours dans sa paume.

— Quelque chose me dit que tu viens de devenir une dame riche.

— *Nous* sommes devenues des dames riches, corrigea Taye, toujours sous le choc.

Tandis qu'elle dénouait le cordon du sac, elle continuait à secouer lentement la tête.

— Je ne peux pas le croire ! C'est comme un rêve devenu réalité ! Quand j'étais petite, je faisais semblant d'être votre sœur, dans mes jeux secrets. Je m'exerçais à appeler le sénateur *papa*.

Elle retourna le sac et, à leur grande stupeur, une multitude de brillantes pierres vertes roulèrent sur sa paume.

— Des émeraudes, dit Cameron dans un souffle. Elles sont magnifiques !

— Il y en a tant, murmura Taye. Elles doivent valoir une fortune.

La main tremblante, elle les remit dans le sac et le referma. Elle ressemblait à une petite fille perdue.

— Je ne sais que dire…

Cameron se mit à rire.

— Moi si. Bienvenue dans la famille, Taye Campbell ! Et à partir de maintenant, tu vas me faire le plaisir de me tutoyer, comme une vraie sœur !

Chapitre 29

Taye, Naomi, Dorcas et Efia dormirent toutes en haut de la grande maison vide qui avait jadis été si animée. Mais Cameron ne put trouver le sommeil. Elle passa la nuit dans le cabinet de travail avec le corps de Grant et le souvenir de son père.

La mort de son frère ne l'attristait pas vraiment. Pas maintenant qu'elle avait appris qu'il avait tué leur père. Elle ne s'en réjouissait pas non plus. Même s'il avait commis toutes ces horreurs, Grant restait son frère. Le sénateur lui-même n'aurait pas voulu qu'elle se réjouisse de la mort de son fils. Mais tant de choses étaient arrivées qu'elle en était complètement dépassée ! Et bien qu'elle soit transportée de joie à l'idée que Taye soit sa demi-sœur, elle n'était pas sûre de ce que cela signifierait pour elles dans l'avenir. D'une certaine manière, la nouvelle faisait peser plus lourd encore sur ses épaules la tâche d'emmener la jeune fille en sûreté dans le Nord.

Durant le trajet de Biloxi à Elmwood, elles avaient parlé à beaucoup de gens sur la route et il était évident qu'on essayait dans tout le Mississippi d'empêcher les esclaves de s'échapper vers la liberté. Il y avait des bandes de chasseurs partout, et même des soldats étaient appelés à l'occasion pour rassembler des Noirs et les engager de force dans l'armée. Elles devraient passer au nord de la ligne Mason-Dixon, et le faire vite ; il deviendrait encore plus difficile de voyager quand la guerre s'envenimerait.

Cameron passa toute la nuit à réfléchir, à prier, somnolant de temps à autre, rêvant de jours passés depuis longtemps. Elle repensait à la citronnade glacée, qu'elle partageait sous la véranda avec le rire de son père et ses discours. Elle se rappelait cette impression de légèreté, d'apesanteur, quand elle s'envolait par-dessus une barrière sur le dos de sa chère Roxy. Le son de la voix mélodieuse de Sukey lorsqu'elle chantait doucement pour elle-même en travaillant. Tant de bons souvenirs lui revenaient qu'elle avait du mal à être triste. Elle songea à toutes les bonnes choses qui étaient sorties d'Elmwood et sut qu'elle conserverait précieusement ces souvenirs le reste de ses jours.

Mais quand l'aube arriva, ses pensées dérivèrent naturellement vers l'avenir.

Toute la nuit, mêlées aux souvenirs de fêtes, de parties de barque sur la rivière et de pique-niques sur la pelouse, des images de Jackson lui étaient passées par la tête. Et maintenant, tandis que l'aurore teintait l'horizon de rose, elle se demanda s'il jouerait un rôle dans son avenir. Elle était tellement troublée par ses sentiments pour lui. Qu'en était-il de ses sentiments pour elle ? A certains moments, il s'était montré tendre. L'aimait-il ?

Elle décida finalement qu'elle devait s'occuper d'une chose à la fois. Elle ne pouvait continuer à s'appesantir sur Jackson et leur relation. Elle devait mettre toute son énergie dans la nécessité de conduire en sûreté les femmes qui dépendaient d'elle. Ensuite seulement elle aviserait à propos de Jackson. Après tout, serait-il si dur de le retrouver, si elle le voulait vraiment ?

Elle sortit de la maison et se mit à la recherche d'une pelle pour commencer à creuser la tombe de son frère, dans le cimetière familial. Même en partageant la tâche avec les autres, il faudrait des heures avant qu'elle puisse enterrer Grant. Puis elles devraient s'organiser pour la suite, prendre tout ce qu'elles pourraient trouver d'utile à Elmwood et définir leur trajet vers le Nord. Elle n'avait que peu d'informations sur le Chemin de Fer souterrain, mais elle pensait savoir où prendre son premier contact sur la frontière entre le Mississippi et le Tennessee. Là, elle espérait pouvoir trouver de l'aide, et peut-être même des renseignements sur ce qui était arrivé à certains esclaves d'Elmwood.

Elle sortit sous la véranda et traversa le jardin dépérissant de sa mère. Le soleil implacable du Mississippi lui tapait sur la tête et elle se demanda s'il restait une malle quelque part dans la maison avec des bonnets de domestiques. Elle avait des dizaines de chapeaux à la mode, enrubannés et charmants, mais en porter un la rendrait trop voyante et reconnaissable. Non, de jolis bonnets devaient prendre la poussière ici, à Elmwood, or elles auraient toutes besoin de coiffures pratiques pour marcher par cette chaleur, ou même pour se reposer le jour si elles devaient voyager la nuit.

Cameron contourna la maison, essuyant son front en sueur. Elle avait faim ; elle n'avait pas pu avaler le repas de Naomi la veille. Sans compter qu'elle aurait tout donné pour un bain frais, en cet instant. Tandis qu'elle se dirigeait vers le devant de la maison, elle envisagea de se tremper rapidement dans la rivière. Elle pourrait nager un peu, puis réveiller les filles.

Elle piétina les herbes cassantes encore humides de rosée, indifférente aux croassements de corbeaux au-dessus de sa tête. Tout en marchant, elle essayait de ne pas regarder la maison fermée, si mélancolique et fantomatique à la lumière du petit matin. Alors qu'elle traversait la pelouse près du porche, son regard alla à l'allée bordée d'ormes et l'image de voitures élégantes passa dans sa tête. Celles des invités du dernier bal de son père, et la musique que…

Elle s'arrêta net. Quelqu'un arrivait dans l'allée. Du moins lui sembla-t-il. Elle abrita ses yeux d'une main et regarda mieux, se demandant si sa tête et son estomac vide lui jouaient un tour. L'image miroitait comme un mirage dans la chaleur de juillet. Un homme approchait bien. Un étranger, et les étrangers n'étaient pas les bienvenus ces temps-ci. Sa pensée fut pour la sécurité des filles. Elle avait laissé le pistolet dans le cabinet de travail. Devait-elle aller le chercher en courant ?

Puis elle reconnut l'allure de l'homme qui marchait vers elle aussi nonchalamment que s'il faisait une promenade du dimanche. Etait-ce possible ?

Elle eut envie de courir vers lui. A la place, elle se força à marcher. Pas à pas, elle s'approcha de lui jusqu'à ce qu'elle puisse voir son sourire. Puis, n'y tenant plus, elle courut sur les derniers mètres et il la souleva dans ses bras.

— Jackson ! Vous êtes revenu !

Il couvrit son visage de baisers.

— Je suis revenu. Je ne sais pas pourquoi. J'ai marché la moitié de la nuit en me disant que j'étais un idiot.

Il prit son visage entre ses mains et la regarda dans les yeux.

— Mais je ne pouvais pas vous laisser, Cam. Je ne pouvais pas…

Elle sourit, le cœur empli d'un bonheur qu'elle n'était pas sûre d'avoir déjà connu. Jackson était revenu pour elle ! Quoi qu'il dise, ou quelle que soit la façon dont il se comportait parfois, le fait demeurait qu'il était revenu pour elle.

— J'ai tant de choses à vous dire.

— Juste ciel ! Que vous est-il arrivé ?

Elle remarquait seulement une vilaine plaie au-dessus de son sourcil, et une meurtrissure sur sa joue. Il s'était battu, c'était sûr.

Il haussa une épaule d'un air indifférent.

— Je me suis retrouvé mêlé à une petite rixe. Pas de quoi s'inquiéter. Les choses sont réglées et j'en ai même rajouté un peu.

Elle rit, craignant de pleurer, se haussa sur la pointe des pieds et embrassa sa lèvre enflée. Puis sa joue.

— Je suis si contente que vous soyez revenu !

— Moi aussi, Cam, mais nous ne pouvons pas rester.

Il passa un bras autour de sa taille, et ils suivirent l'allée menant vers la maison.

— Vous devez emballer tout ce que vous pouvez emporter. Les filles aussi.

Il lui jeta un coup d'œil de ces yeux gris qui hantaient ses rêves.

— Si elles viennent.

— Elles viennent.

— Nous partons pour le Nord. Je dois me rendre à Washington dès que possible.

Elle haussa un sourcil interrogateur, mais ne demanda pas pourquoi. Elle aurait le temps plus tard.

— Je peux dire aux filles de préparer les bagages, mais j'ai besoin de votre aide. J'ai quelque chose à faire avant de partir.

— Cam, je suis très sérieux. Il est trop dangereux pour nous de rester ici, et je dois aller à Washington avec ou sans vous. Alors si vous pensez que je vais me laisser embobiner dans l'un de vos…

— J'ai besoin d'aide pour enterrer mon frère.

Elle sentit soudain ses genoux flageoler.

Jackson s'arrêta, la prenant par les bras pour la stabiliser.

— Grant est mort ?

Cameron essuya ses yeux qui la piquaient.

— Il a essayé de me tuer. Et Taye…

Elle étouffa un sanglot.

— Taye lui a tiré dessus.

Elle leva la tête ; des larmes brillaient dans ses yeux.

— Il m'a avoué qu'il avait tué notre père.

Jackson l'attira à lui et elle inspira profondément, laissant son odeur et sa chaleur la calmer.

— Je suis désolé, Cam.

Il la serra fort.

— Tellement désolé.

— Désolé que Grant soit mort ? demanda-t-elle, un peu perdue.

— Non. Juste désolé que cela ait dû finir ainsi.

Il s'écarta d'elle.

— Et désolé que vous ayez dû découvrir qu'il avait tué votre père. Mais vous ne devez pas vous blâmer.

Elle secoua la tête.

— Je ne me blâme pas.

— Bien. Nous pourrons reparler de cela plus tard. Est-ce que Taye va bien ?

Cameron ne put réprimer un sourire triste tandis qu'elle secouait la tête avec étonnement.

— Elle est plus résistante que je ne le pensais. Nous avons trouvé Naomi, aussi. Grant l'avait enchaînée à son lit.

— Le scélérat ! Taye l'a juste abattu ? Il ne méritait pas une aussi bonne mort. Il a de la chance que je ne lui aie pas mis la main dessus le premier. Venez. Voyons ce que nous pouvons trouver en guise de pelle. Je peux creuser pour vous, si vous voulez, pendant que vous organisez le départ des filles.

— Non, dit-elle. Il faut que j'aide… ou au moins que je sois là.

Elle marcha à côté de lui, s'accordant avec détermination à son pas. Elle était là de nouveau, cette étincelle d'espoir dans son cœur.

— C'est une dernière chose que je peux faire pour mon père.

Il n'y avait pas d'indication sur la tombe de Grant, dans le cimetière familial. Pas le temps, pour Cameron et Jackson, de fabriquer une croix même grossière, mais la jeune femme se promit qu'une fois que Taye serait en sécurité, elle reviendrait à Elmwood et s'assurerait que des pierres tombales soient placées sur la tombe de son frère et sur celle de Sukey. Elle le ferait pour son père… et à la mémoire d'un frère qu'elle avait jadis aimé.

Pendant qu'ils creusaient la tombe, Taye et Naomi avaient fait faire des préparatifs aux jumelles en prévision de leur long et périlleux voyage. Le plan était de conduire le cheval et le chariot en ville où Jackson les vendrait, afin d'avoir de l'argent pour la nourriture. Pour l'instant, les émeraudes restaient le secret de Taye et de Cameron. Outre le fait qu'elles ne pouvaient être vendues dans le Sud, elles étaient sans valeur dans un pays qui avait besoin avant tout de nourriture et de munitions.

Elles avaient trouvé des sacs dans la maison et y avaient cousu des brides pour pouvoir les porter sur le dos. Elles avaient glissé à l'intérieur des couvertures roulées et emballé toutes les provisions disponibles. Au coucher du soleil, ils partiraient tous pour la frontière du Tennessee. Cameron et Jackson en avaient discuté pendant qu'ils accomplissaient la terrible tâche d'enterrer Grant. Ils voyageraient par le Chemin de Fer souterrain, le plus sûr moyen d'atteindre le Nord, et peut-être que Jackson et Cameron pourraient en chemin aider d'autres esclaves en fuite.

Laissant Grant reposer sous la terre, ils rejoignirent tous deux les jeunes femmes pour une collation de pain que Naomi avait cuit dans le four de la cuisine avec le peu de farine qu'elle avait trouvé. Ce n'était pas un gros repas, mais parce que Cameron le partageait avec ceux qu'elle aimait, il lui sembla être un festin.

— Alors vous allez dans le Nord, vous aussi. Vous ne retournez pas à votre bateau ? demanda Taye à Jackson.

Jackson était adossé à un tronc d'arbre, son chapeau cabossé ramené sur son visage pour le protéger du soleil.

— On a besoin de moi à Washington. Thomas finira notre travail dans le golfe et rejoindra ensuite Baltimore. Si tout va bien, je pense qu'il est possible que nous le voyions là-bas, si c'est ce que vous demandez.

Il lui fit un clin d'œil.

La jeune fille rougit vivement et lui lança le peu d'eau

qui restait dans la louche. L'eau l'atteignit au visage et Efia et Dorcas en ouvrirent des yeux ronds, choquées.

Naomi se mit à rire, tapotant son genou maigre, et Cameron eut un grand sourire.

— Ah! Pourriez-vous me jeter encore un peu de cette eau froide, Taye? Je me disais…

— Chut! le coupa Cameron.

Elle se leva, et fit quelques pas pour scruter l'allée.

— Entendez-vous quelque chose?

Jackson fut debout en un clin d'œil, ajustant son chapeau pour mieux y voir.

— Chargez les sacs maintenant, Naomi, ordonna-t-il à mi-voix.

Puis il jeta un coup d'œil aux jumelles.

— Et pas un mot, vous deux, ou je vous bâillonnerai, c'est compris? Nous ne répéterons pas ce qui s'est passé à Biloxi.

Cameron fixait la double rangée d'ormes qui bordait l'allée en direction de la route.

— Qu'est-ce que c'est?

— Je l'ignore. Des soldats, je pense.

Naomi et Taye coururent à travers la pelouse, pour prendre les sacs qu'elles avaient laissés sous le porche.

— Le cheval et le chariot…, dit Cameron en se tournant vers l'écurie. Je vais les atteler.

Jackson lui prit le bras pour la retenir.

— J'entends des chevaux… Pas le temps d'atteler le chariot. Je ne sais pas qui arrive, mais nous devons partir d'ici au plus vite.

Il y avait six sacs dans lesquels les provisions avaient été distribuées également. Taye mit le pistolet avec lequel elle avait tué Grant dans la main de Cameron.

— Prends-le, chuchota-t-elle.

Ses yeux bleus croisèrent le regard ambré de sa sœur.

— Je ne peux pas le garder.

Cameron hocha la tête.

— Tu as *le reste* ?

Taye effleura sa joue de ses lèvres.

— Cousu dans l'ourlet de ma robe.

Elles avaient décidé la veille au soir que personne ne devait savoir pour les émeraudes. Ce n'était pas qu'elles ne se fiaient pas à leurs compagnes, mais elles ne voulaient pas offrir de tentation inutile. Cameron n'en avait même rien dit à Jackson, bien qu'elle lui ait appris que Taye était sa sœur.

Naomi distribua leurs sacs à Dorcas et Efia et en prit un pour elle. Taye ramassa un autre sac et le mit sur ses épaules. Jackson attrapa les deux qui restaient.

— Je peux porter le mien, objecta Cameron.

Il leva les mains en signe de reddition.

— Bien, madame. Peu m'importe qui porte quoi, à partir du moment où nous aurons disparu avant que ces hommes n'arrivent.

Ils partirent tous en courant à travers le champ de maïs, s'éloignant de la maison et de l'allée pour se diriger vers la rivière. Ils entendaient à présent les sabots qui martelaient le sol. Et des voix d'hommes qui criaient.

— Vous connaissez cette rivière mieux que moi, mesdames. Comment allons-nous la traverser ? demanda Jackson alors qu'ils coupaient à travers les bois près du quartier des esclaves.

Cameron évita soigneusement de regarder en passant vers le cimetière, et elle remarqua que Taye en faisait autant.

— Je ne sais pas, répondit-elle. Il a fallu une barque pour faire traverser les esclaves.

— La vieille Pearl, elle est plus sèche à cette époque de l'année, dit Naomi. Y a pas beaucoup plu. J'connais un endroit où on peut traverser en s'mouillant à peine les pieds.

Jackson recula pour la laisser passer devant.

— Vous nous montrerez le chemin, alors. Je resterai à l'arrière, pour surveiller.

De la sueur coulait entre les omoplates de Cameron tandis qu'elle courait à travers bois. Des feuilles sèches craquaient sous ses pieds et elle avait l'impression qu'ils faisaient autant de bruit qu'une horde de chevaux sauvages. Les cavaliers avaient dû atteindre la maison, à présent. Ce fut au moment où Cameron aperçut l'eau qui brillait entre les lianes pendant des chênes et des noyers qu'elle crut sentir une odeur de fumée.

Arrivés au bord de la rivière, ils se mirent à longer la berge, sautant par-dessus des branches tombées, en évitant d'autres. Les relents de vase et de végétation pourrissante étaient forts, mais ne couvraient pas l'odeur de fumée qui s'amplifiait au contraire.

— Que brûlent-ils ? demanda Cameron en regardant par-dessus son épaule, tandis qu'elle courait derrière ses compagnes.

Jackson lui prit le bras et l'entraîna.

— Continuez à avancer, Cam. N'y pensez pas maintenant. Nous devons sortir ces filles d'ici. Si nous sommes pris, elles seront toutes emmenées comme esclaves fugitives.

Il baissa la voix afin qu'elle seule l'entende.

— Vous savez qu'ils prendront Taye, aussi. Personne

ne croira qu'elle est affranchie. Encore moins qu'elle est votre sœur.

— Et ils poseront des questions à propos de Grant, réfléchit Cameron à haute voix.

Il lui avait fallu un peu de temps pour mesurer toute l'ampleur de ce que Taye avait fait la veille. Bien sûr, elle lui avait sauvé la vie, mais nombre de personnes ne le verraient peut-être pas ainsi. Ils pourraient dire qu'elle avait assassiné Grant.

Jackson lâcha son bras et courut à côté d'elle.

— Contentez-vous d'avancer, Cam, répéta-t-il.

Ils arrivèrent à un endroit où Cameron se souvint avoir joué sur des troncs tombés avec Taye et Grant, quand ils étaient enfants. Ils attrapaient des têtards de leurs mains nues et les relâchaient dans l'eau boueuse.

— Par ici, annonça Naomi. Vous voyez, la vieille Pearl devient étroite. Et peu profonde.

Sans hésiter, elle leva son sac et s'avança dans l'eau.

Son estimation qu'ils se mouilleraient à peine les pieds n'était pas tout à fait juste. Au milieu de la rivière, Dorcas et Efia durent nager. Taye perdit pied, mais Jackson la rattrapa par le bras et la souleva, l'empêchant de tomber et de mouiller son sac. Elle protesta vivement, mais il était évident qu'elle était encore affaiblie par la période où elle avait été enfermée à Baton Rouge, refusant de manger.

Cameron eut bientôt de l'eau à hauteur de poitrine et se demanda si elle devrait nager aussi, mais juste à ce moment-là la rivière redevint moins profonde.

— Ça va ? lui lança Jackson, tenant toujours Taye.

Elle hocha la tête. L'eau lui aurait paru bonne s'ils avaient pris un bain dans d'autres circonstances.

Arrivés de l'autre côté, ils grimpèrent un par un sur

la berge. Des oiseaux gazouillaient dans les arbres et les feuilles se balançaient légèrement dans la brise chaude de l'après-midi. Par cette chaleur, leurs vêtements ne mettraient pas longtemps à sécher.

— Dieu tout-puissant, il faut que je me repose! gémit Efia en se laissant tomber dans l'herbe.

Jackson passa devant elle.

— Reposez-vous autant que vous voudrez, mon chou, mais nous, nous continuons...

Cameron fut la dernière à sortir de l'eau, et ce faisant elle se retourna. Des volutes de fumée noire et épaisse montaient au-dessus de la cime des arbres, à l'emplacement de sa maison. Ce fut comme si on lui enfonçait un poignard dans le ventre.

— Ils brûlent Elmwood, murmura-t-elle.

Jackson lui prit la main.

— Je vous avais dit de ne pas regarder en arrière, Cam...

Son expression s'adoucit.

— Je vous en construirai une nouvelle quand tout ceci sera fini. Maintenant, venez, nous devons continuer.

Cameron se força à sc détourner des nuages de fumée, de l'odeur âcre du bois qui brûlait.

Ils reprirent leur marche, suivant la rivière vers l'amont.

— Vous êtes certain que c'est sûr? demanda-t-elle.

— Sapristi, non. Je ne suis certain de rien. Je sais juste que nous devons aller vers le nord, en direction de Memphis. C'est ce que Naomi a dit ce matin.

Le petit groupe avançait, Naomi en tête. Efia pleurait doucement et Dorcas la poussait en avant. Ils dépassèrent l'endroit où Cameron avait fait traverser la rivière aux esclaves, et elle ne put s'empêcher de regarder l'endroit où Sukey était tombée.

Elle vit que Taye regardait aussi et elle passa affectueusement un bras sous celui de sa meilleure amie… de sa sœur.

— N'y pense pas maintenant, lui chuchota-t-elle. Contente-toi de courir.

Taye se tourna pour la regarder, les yeux pleins de larmes, puis elles se mirent à courir côte à côte.

— Elle est avec papa, maintenant. C'est ce que je ne cesse de me dire, ajouta Cameron.

Soudain, elle entendit des chiens. Elle entendit les aboiements des molosses lancés sur la piste de la chair humaine, et elle se tourna vers Jackson, affolée. Oh! Dieu du ciel! Qu'est-ce qui arrivait encore?

Efia laissa échapper des petits gémissements de terreur.

— Là! J'en vois une! cria quelqu'un tandis que des hommes surgissaient des arbres de l'autre côté de la rivière. Bon sang, toute une troupe de négresses!

— Arrêtez-vous ou nous tirons! cria un autre homme.

Des coups de feu d'avertissement résonnèrent et Cameron entendit siffler les balles qui passaient à côté d'eux.

Jackson passa devant elle et poussa Efia.

— Courez! cria-t-il. Courez!

Chapitre 30

Cameron se remit à courir de front avec Jackson.

— S'ils traversent la rivière, nous n'aurons aucune chance, dit-elle, hors d'haleine, des points à chaque côté.

— Alors espérez qu'ils ne trouveront pas le gué, et nous ne serons pas pris.

Elle jeta un rapide coup d'œil par-dessus son épaule. Elle entendit des bruits d'éclaboussures et des jurons. L'un des chasseurs d'esclaves essaya de traverser à pied, puis mesura la profondeur de la rivière et fit demi-tour.

— Il faut trouver un endroit où nous cacher, murmura Jackson. Ces filles ne pourront pas courir beaucoup plus longtemps. Je ne connais pas cette région aussi bien que vous. Est-ce qu'il y a un endroit où nous pourrions nous mettre à l'abri ?

Cameron secoua la tête, affolée, triturant ses souvenirs.

— Je ne vois pas. Il n'y a rien ici à part des champs, le marais et la rivière.

— Réfléchissez, Cam, insista Jackson. Il doit exister un endroit où nous pouvons être hors de vue. Une vieille cabane dans les bois, une grange…

— Le moulin ! s'exclama-t-elle. Il est un peu plus loin sur un bras de la rivière.

Elle prit de grandes goulées d'air. Les autres filles devant elle commençaient à ralentir.

— C'est risqué, il est sur la route, mais il est abandonné depuis des années. Certains murs se sont effondrés lors d'une tempête.

— Mais il y a un endroit pour se cacher?

Cameron hocha la tête, presque trop essoufflée pour parler.

— Une cave, je crois. On ne peut plus l'atteindre… depuis le moulin… mais nous pouvons y arriver… par le bord de la rivière.

— Excellent!

Jackson lui sourit et lui frotta l'épaule.

— Près de l'eau, ce sera parfait. Comme ça, les chiens ne flaireront pas facilement notre odeur.

Cameron se força à faire quelques pas de plus, courant toujours pour rattraper Taye.

— Le moulin, dit-elle aux quatre filles. Suivez le bras de la rivière et dirigez-vous vers le vieux moulin, sur la route de la ville.

Taye lui jeta un regard inquiet.

— Jackson dit que ça marchera.

— Tu lui fais confiance? murmura Taye.

Cameron eut un sourire sombre.

— Je lui confierais nos vies sans problème…

Elle conduisit le petit groupe fatigué dans la direction indiquée. Sur le conseil de Jackson, elles traversèrent plusieurs fois le bras d'eau pour troubler les chiens, si toutefois ils les pistaient jusque-là.

Ils traversèrent ensuite la route et le pont — à l'endroit même où Taye était tombée dans le bief quand elle était petite. A l'époque, l'eau était endiguée et bien plus profonde.

A mi-chemin du pont, ils entendirent de nouveau un bruit de sabots.

— Je suppose que leur sale boulot est terminé, marmonna Taye en regardant la route qui menait vers Elmwood.

— Je déteste le dire, mais brûler est une tactique normale pour une armée, déclara sombrement Jackson. Stratégiquement, il est bon de ne rien laisser derrière soi qui pourrait aider les ennemis.

— Par ici, murmura Cameron, refusant de penser à sa maison rasée par le feu.

Elle adorait Elmwood, la demeure que son grand-père avait construite, mais elle aimait plus encore celle qui s'était révélé être sa sœur. Elle se laissa tomber sur les fesses, épuisée, et glisser le long de la berge en pente.

Le moulin en pierre paraissait presque entièrement démoli. D'abord, il y avait eu un incendie, quand Cameron avait environ douze ans. Elmwood avait alors acheté sa farine ailleurs. Puis, quelques années plus tard, un ouragan avait détruit les murs déjà affaiblis.

Mais la cave était sans doute toujours intacte, comme elle s'en souvenait de l'année précédente, quand elle avait entraîné Taye dans une de ses aventures et qu'elles avaient exploré les ruines. Si elle se rappelait bien, il y avait une pièce souterraine dont les murs étaient encore solides.

— Allons-y, allons-y, les pressa Jackson en descendant en courant vers l'eau. Les soldats arrivent.

Elles pataugèrent dans le bras d'eau peu profond, derrière Cameron qui leur ouvrit la marche jusqu'à l'entrée de la cave. Là, elle se mit de côté pour laisser passer ses compagnes. Jackson fermait la marche, pistolet au poing. Un moment plus tard, ils entendirent le grondement des sabots sur le pont de bois, qui semblait vibrer juste au-dessus de leurs têtes. Le martèlement se réverbéra contre les murs de pierre et Efia poussa un petit cri de frayeur.

Jackson pivota vivement vers elle, ses yeux gris glacés et pleins d'un muet avertissement. Efia pâlit et mit sa main sur sa bouche.

Cameron fit signe à tout le monde de descendre, et bientôt les filles, hors d'haleine, purent s'asseoir sur le sol de terre battue et humide.

Jackson se tenait près de la porte qu'il avait franchie courbé en deux. Cameron posa son sac, le cœur tambourinant encore, la respiration hachée.

— Vous pensez… que les chasseurs d'esclaves… étaient avec les soldats ? lui demanda-t-elle.

Il secoua la tête. Ils avaient dû courir sur plus de deux milles, mais il était à peine essoufflé.

— Non, c'était sûrement une coïncidence. A mon avis, ce ne devaient pas être des chasseurs d'esclaves professionnels. Plutôt quelques garçons du Mississippi cherchant à se faire un peu d'argent. J'imagine qu'ils patrouillent régulièrement le long de la rivière, puisque les esclaves fugitifs suivent les cours d'eau vers le nord.

— Ils se guident aux rivières et aux étoiles, dit Taye.

— La plupart suivent la Gourde, ajouta Naomi.

Elle désigna le ciel.

— Ils disent que les étoiles du Pichet indiquent le chemin de la liberté.

Les jumelles acquiescèrent dans un murmure.

— La Gourde…, dit Dorcas. C'est ce que le vieux Dan nous disait.

Cameron se tint à côté de Jackson et regarda vers la rive. Elle ne pouvait voir les hommes qui traversaient le pont, mais elle entendait le bruit des sabots et un éclat de voix de temps en temps. Même sous la terre, elle sentait encore la fumée.

Jackson passa un bras autour d'elle tandis que le vacarme des chevaux commençait à diminuer.

— Ça va ? murmura-t-il.

Elle se tourna vers lui et hocha la tête. Il lui sourit.

— Tant mieux, parce que j'aurais détesté faire tout ce chemin pour vous retrouver, et vous perdre presque aussitôt au profit de quelques chiens !

Elle eut envie de lui donner un coup de poing. A la place, elle ferma les yeux et haussa le menton pour le laisser effleurer ses lèvres des siennes.

Quand elle rouvrit les yeux, il la regardait toujours.

— Il faut que nous parlions un peu, tous les deux…, dit-il doucement. Je me demande bien ce que je fais ici ! Je devrais être à cheval, en route pour Washington.

Le cœur de Cameron se gonfla d'espoir à ces mots. Jackson ne l'avait pas dit ouvertement, mais elle savait qu'il était revenu pour elle et elle y voyait le signe qu'il l'aimait.

— Eh bien, je suis contente que vous soyez revenu, et je suis contente de vous avoir avec nous. Je ne sais pas si j'aurais pu faire tout ça toute seule.

— Bien sûr que si.

Il s'humecta le pouce et lui frotta un endroit du visage.

— De la poussière, dit-il.

Elle sourit, sachant qu'il se souciait véritablement d'elle. Et même qu'il l'aimait peut-être. Mais ce n'était pas le moment ni le lieu d'en parler. Elle n'était d'ailleurs pas plus prête que lui à en discuter. Pour l'instant, elle était simplement contente de l'avoir avec elle. Elle se sentait en sécurité en sa présence… protégée.

— Combien de temps devrons-nous rester ici ? demanda-t-elle.

— Jusqu'au crépuscule. Puis il nous faudra repartir. Nous voyagerons toute la nuit.

— A quelle distance sommes-nous de Memphis, d'après vous ? C'est la première étape sur le Chemin de Fer. Naomi pourrait peut-être avoir des nouvelles de sa mère, là-bas.

— Un peu plus de deux cents milles.

Il la tenait toujours dans ses bras, son corps humide chaud contre le sien.

— A pied…, murmura-t-elle, sachant combien le voyage serait difficile.

Il acquiesça.

— C'est plus sûr ainsi.

— Au fait, vous étiez parti avec un cheval. Que lui est-il arrivé ?

Il se mit à rire : la jument qu'il avait volée à Biloxi avait bien trente ans et tenait à peine debout.

— Oh ! J'ai échangé cette belle monture…

Il faisait sombre et frais dans la cave, et même si les autres étaient avec eux, elle se sentait seule avec Jackson.

— … contre un autre cheval.

— Et qu'est-il advenu de ce cheval ?

— C'est une longue histoire, mais cette jument sera livrée plus tard à son destinataire. Ne vous tracassez pas la tête à ce sujet, ma douce.

Il lui embrassa le front comme si elle était une enfant

ou une fille trop gâtée, et cette fois elle le lui donna, ce coup de poing.

Il leur fallut plus d'une semaine pour atteindre la frontière entre le Mississippi et le Tennessee. Ils marchaient la nuit, Jackson les ogligeant à avancer à marche forcée. Le jour, ils dormaient et mangeaient ce que Jackson leur ramenait des bois, en général des écureuils ou des lapins. Pendant qu'elles se reposaient, Cameron savait qu'il se rendait dans les villes proches, peut-être pour acheter des munitions ou avoir les dernières nouvelles de la guerre, mais il ne disait rien à ce sujet et elle ne le questionnait pas. Elle s'efforçait de lui donner du temps pour réfléchir à ses sentiments pour elle et décider de lui confier enfin son secret.

Le matin du neuvième jour, Cameron et Jackson laissèrent les quatre filles dans les bois et s'approchèrent d'une petite clairière aux abords sud de Memphis. Une petite église de bois, peinte en blanc, y était nichée.

— Et maintenant ? demanda Jackson en contemplant le pittoresque édifice avec ses vitraux.

— Je ne sais pas, murmura Cameron.

Elle brossa la poussière de ses culottes sales et tenta de lisser ses cheveux.

— Je suis affreuse, n'est-ce pas ?

Il lui décocha un sourire espiègle ; elle lui répondit par un haussement les épaules.

— Tout ce que je sais, reprit-elle, c'est que je suis censée dire à quelqu'un ici que James, de Jackson, m'a envoyée.

Elle gravit les marches du petit porche et ouvrit la porte avec plus d'assurance qu'elle n'en éprouvait.

Ensemble, ils entrèrent dans l'église qui était fraîche

et sombre et sentait la cire au citron. Un craquement les fit sursauter ; ils saisirent leur pistolet en même temps.

Une femme noire d'un certain âge apparut entre deux bancs qu'elle était en train d'épousseter.

— Je peux vous aider ? demanda-t-elle, son chiffon à la main.

Cameron renfila le pistolet dans sa ceinture.

— Oui. Enfin, je l'espère… C'est James qui m'envoie, James de Jackson, dans le Mississippi.

La femme s'avança dans l'allée et s'approcha d'eux, les étudiant avec attention. C'était une femme de petite taille mais robuste, vêtue d'une robe verte à fleurs et de mules rouges de soie. Cameron ne put s'empêcher de sourire. Elle n'avait jamais vu de femme noire en pantoufles de soie auparavant.

La femme eut un grand sourire.

— Vous aimez les chaussures d'Elsie, pas vrai ? dit-elle. Mais elles sont pas pour vous, missy. Vous devrez vous procurer les vôtres.

Cameron rit de bon cœur, mise tout de suite à l'aise, même si elle ne la connaissait que depuis une minute.

Mais la femme les regarda de nouveau d'un œil critique.

— Alors, qu'est-ce que vous voulez exactement d'Elsie, vous autres Blancs ?

Cameron jeta un coup d'œil embarrassé à Jackson, puis porta les yeux sur la femme.

— Un passage sûr. James a dit que vous pourriez nous aider si nous arrivions à Memphis.

Elsie se frappa la cuisse en riant fort.

— Vous vous trompez bien, missy ! Pour autant que je sache, les Blancs n'ont pas besoin de se servir de *mon* moyen de transport.

Cameron s'approcha d'elle.

— Ce n'est pas pour moi, murmura-t-elle. C'est pour mes amies. Quatre femmes…

— Où sont-elles ? chuchota alors la femme, redevenue sérieuse.

— Dans les bois.

— En plein jour ? Dieu tout-puissant, faites-les passer par la porte de derrière avant que la moitié de Memphis vienne à l'office du dimanche !

Cameron et Jackson firent ce qu'elle disait, et Naomi, Taye et les jumelles entrèrent subrepticement dans l'église par-derrière. Là, Elsie et une femme blanche âgée attendaient dans une petite pièce voisine de la sacristie.

— Bonjour, dit la femme aux cheveux blancs en tendant la main. Je suis Mme Matthews.

Cameron eut des scrupules à l'accepter, vu qu'elle était sale du voyage et ne sentait probablement pas très bon, mais l'accueil de la femme était chaleureux et amical.

— Mon nom est Cameron, dit-elle. Et voici Jackson. Et ma sœur Taye…, ajouta-t-elle en prenant la main de la jeune fille.

Mme Matthews fronça les sourcils, mais ne dit rien.

— Et voici Naomi, Dorcas et Efia…

Chacune fit une rapide courbette.

— A ce que je comprends, vous auriez tous besoin de nos services ? demanda Mme Matthews.

— J'ai promis aux filles que nous resterions ensemble, répondit Cameron. Taye et moi irons à New York, et Dorcas et Efia ont de la famille dans le Delaware.

Elle jeta un coup d'œil à Naomi.

— La mère de Naomi est passée par ici il y a quelques

semaines et nous espérons que vous pourrez nous aider à la retrouver.

Mme Matthews hocha la tête.

— Je garde d'excellents registres. Si elle a franchi les portes de l'église de la Foi baptiste, je pourrai vous le dire.

Elle sourit en nouant ses mains.

— A partir du moment où vous comprenez le danger, je suis disposée à vous emmener jusqu'à la prochaine étape.

Elle lança un coup d'œil à Jackson.

— Mais pas lui.

Il fit un pas vers elle.

— Je viens aussi !

— S'il vous plaît, intercéda Cameron. Nous avons fait tout le chemin avec lui depuis Biloxi. Nous voulons voir la fin de tout ceci ensemble.

Mme Matthews leva la main pour l'arrêter.

— Moins j'en sais sur vous, mieux c'est.

— Votre présence à tous les deux va rendre les choses plus difficiles, mais j'ai une idée…

Elle se tourna vers Elsie qui avait fait apparaître du pain, du fromage et de l'eau et les distribuait à chacune d'entre elles.

— Chantons-nous samedi soir, chère Elsie ?

— Vous chantez presque tous les samedis soir, m'ame Matthews, répondit fièrement Elsie. Vous avez les plus jolies voix du Tennessee, y'en a qui disent !

Mme Matthews ramena les yeux sur Cameron.

— Si ce gentleman et vous-même acceptez de faire ce que l'on vous demandera — quoi que ce soit — vous serez transportés aussi.

Jackson toucha le bord de son chapeau.

— Quoi qu'il faille, madame, pour m'assurer que ces dames continuent leur route en sûreté.

— Je ne ferai pas ça! grommela Jackson.

Cameron gloussa en enfilant la robe qu'on lui avait donnée par-dessus ses culottes et sa chemise propres. Elsie ne cirait pas seulement des bancs ou procurait des repas, elle faisait aussi la lessive pour ceux qui passaient par l'église de la Foi baptiste.

Elle lissa la tunique en satin d'un blanc de lis sur ses hanches. Ils se tenaient dans l'église avec une douzaine d'hommes et de femmes qui composaient le chœur. Ils enfilaient tous leur aube par-dessus leurs habits du dimanche.

— Vous devez la porter, Jackson. C'est notre couverture.

— Je ne sais pas chanter, bougonna-t-il en tenant la tunique à bout de bras.

Elle se couvrit la bouche pour étouffer un autre gloussement.

— Vous n'êtes pas obligé de chanter, il suffira de faire semblant.

— Ce n'est pas drôle. Je n'ai pas été entraîné à…

Il posa sur elle son regard gris, dur et pénétrant.

— Je ne mettrai pas cette maudite robe d'enfant de chœur! Je vais me cacher dans le faux plancher du chariot avec les filles.

— Il n'y a pas de place pour vous. Mme Matthews vous l'a déjà dit, chuchota Cameron.

Elle lui arracha la robe des mains.

— Et arrêtez de faire le bébé!

Il grogna et secoua la tête, la laissant lui enfiler la tunique de satin.

— Sapristi ! Ce qu'un homme ne fait pas par amour !

Elle tira brusquement sur l'aube pour pouvoir voir son visage.

— Qu'avez-vous dit ?

Il avait bien dit « par amour » ?

— Rien. Finissons-en avec ça.

Il arrangea la tunique sur ses vêtements d'un geste irrité. Elle le regarda partir d'un pas raide, sa brillante robe blanche flottant derrière lui.

— Cameron ?

On lui tapait sur l'épaule. Elle pivota pour voir les gentils yeux bruns de Mme Matthews.

— Cameron, je dois m'assurer que vous comprenez vos instructions. Il ne peut pas y avoir d'erreur, ma chère. Pas la moindre.

Cameron hocha solennellement la tête.

— Je comprends. Nous allons avec le chœur à l'arrière du chariot jusqu'à cette église de Memphis. Après le concert, Jackson et moi monterons dans un chariot qui ressemble exactement à celui avec lequel nous serons arrivés.

— Il y aura d'autres personnes habillées des mêmes robes, expliqua Mme Matthews.

— Et le cocher nous emmènera en sécurité jusqu'à la prochaine étape. Taye, Naomi, Efia et Dorcas resteront cachées dans le double fond jusqu'à ce que nous arrivions à destination.

— Ce n'est pas un voyage confortable, reconnut Mme Matthews. Mais cela a bien marché jusqu'ici. Nous n'avons perdu qu'une famille ces deux derniers mois et c'était uniquement parce qu'ils ont refusé de suivre à la lettre les instructions.

Les paroles de la vieille dame rappelèrent à Cameron combien il était dangereux de voyager par le Chemin de Fer souterrain, et les risques que prenaient ceux qui aidaient les fugitifs. Elle l'enlaça dans un subit élan de gratitude, les larmes aux yeux.

— Ma sœur et moi n'avons rien à vous donner maintenant, mais nous vous enverrons de l'argent plus tard. Je ne peux assez vous remercier de nous aider, et d'avoir trouvé les renseignements sur la mère de Naomi.

— Avec un peu de chance, elle est déjà à Philadelphie, attendant sa fille.

Mme Matthews l'embrassa sur la joue.

— Maintenant allez… Allez avec Dieu. Je crois que notre chœur est presque prêt à monter dans le chariot. Et vous, ma chère ?

Elle serra les mains de Cameron dans les siennes.

Cameron s'éclaircit la gorge et chanta une longue note suave. Puis, avec un sourire, elle franchit la porte en quête de Jackson.

Tard ce soir-là, Cameron et Jackson se retrouvèrent allongés côte à côte sur le plancher d'un grenier à foin, quelque part au nord-est de Memphis. L'endroit sentait le trèfle, le tabac qui séchait et les déjections d'oiseaux, mais ils étaient tous en sécurité et bien cachés.

Le transfert dans le chariot qui transportait le chœur de l'église de la Foi baptiste s'était passé sans anicroche. Jackson s'était tenu parmi les hommes dans sa tunique blanche et avait fait semblant de chanter. Cameron, qui connaissait beaucoup de cantiques, avait chanté avec le chœur.

Après une réception où des rafraîchissements avaient

été servis par l'église qui recevait, ils étaient sortis par la porte de derrière, avaient rejoint un groupe d'hommes et de femmes en tunique et avaient parcouru les rues de Memphis en chariot. Bien après la tombée de la nuit, ils avaient été conduits à cet endroit. Ils y resteraient jusqu'à la nuit suivante puis ils se remettraient en route — comment ? Cameron l'ignorait.

— Encore éveillée ? chuchota Jackson.

— Je ne peux pas dormir.

Il roula sur le flanc et s'appuya sur un coude pour la regarder.

— Quelqu'un a dit où nous nous rendons demain ?

— Vers Knoxville, je crois.

Il passa tendrement les doigts dans ses cheveux roux.

— Cam… Je suis venu jusqu'ici pour m'assurer que vous prendriez bien contact avec le Chemin de Fer souterrain. Mais… j'ai besoin d'avancer. D'aller dans le Nord en avant de vous.

Elle ne répondit pas, tant l'émotion lui serrait la gorge.

— Je vous retrouverai. Quand mes affaires seront réglées.

Cameron avait l'impression de tomber dans un trou. Tout recommençait ! Il était revenu pour elle, mais maintenant il parlait de la quitter. De nouveau ! Elle lutta pour trouver sa voix. Elle ne pleurerait pas. Elle ne le supplierait pas de rester avec elle.

— Nous allons trop lentement ? demanda-t-elle.

Il se pencha plus près et fit glisser une main sur son ventre. Ils étaient couchés au bout d'une rangée d'hommes, de femmes et d'enfants endormis. Il y avait plus d'une douzaine de fugitifs cachés dans la grange avec eux.

— Vous allez trop lentement et… Bon sang, Cam !

Il passa sa main sur son front, repoussant d'un geste nerveux ses cheveux bruns en arrière.

— Il y a d'autres personnes avec vous, maintenant. D'autres personnes dont la vie pourrait être mise en danger à cause de ma présence.

Il relâcha son souffle.

— Je n'ai pas envie de vous laisser, mais il y a des gens qui ont besoin de savoir où je suis. Je dois prendre contact avec eux et je peux le faire ici, à Memphis.

— Mais pas avec nous sur vos talons…, murmura-t-elle. Et bien sûr, vous ne pouvez pas me dire pourquoi.

Il sourit.

— Vous saisissez parfaitement la situation.

Elle combattit ses larmes. Elle avait envie de lui demander si c'étaient vraiment des affaires qui le faisaient partir ou si c'était elle. Est-ce que sa remarque à l'église, à propos de ce qu'un homme pouvait faire par amour, le perturbait au point qu'il devait s'éloigner d'elle ? Avait-il si peur d'aimer qu'il ne pouvait rester ?

Elle leva la main pour lui caresser la joue. Il s'était rasé de frais. Ils avaient tous pris un bain ce soir-là, et quelqu'un avait été assez aimable pour prêter un rasoir à Jackson. C'était la première fois que ses joues étaient lisses depuis des semaines.

— Je dois partir, dit-il doucement. Mais je pourrai vous retrouver… disons… à Baltimore ?

Il effleura ses lèvres des siennes.

La crispation de sa gorge, de son ventre, se dissipait. Une étrange sensation de chaleur, du fatalisme peut-être, commençait à la remplacer. Elle n'avait jamais dit à Jackson qu'elle l'aimait. Ces mots n'avaient jamais été prononcés entre eux. Il n'y avait pas eu de promesses.

— Vous n'avez pas besoin de dire que vous me retrouverez, murmura-t-elle, se surprenant elle-même.

— Je ne le dirais pas si je ne le pensais pas, Cam.

Elle passa une main derrière son cou et attira sa bouche sur la sienne.

— Ne parlons plus, chuchota-t-elle, roulant pour lui faire face, bien consciente de ceux qui dormaient si près d'eux. Aimez-moi simplement, Jackson. Aimez-moi encore une fois.

Avec un grognement d'abandon, il prit sa bouche. Il coula les doigts dans son abondante chevelure rousse, toute propre, et tint sa tête en arrière de façon à pouvoir l'embrasser plus profondément. Son autre main se promena sur son épaule et effleura les pointes dressées de ses seins.

Cameron ferma les yeux, serrant les lèvres pour se taire tandis que les premières vagues de plaisir la submergeaient. Juste ciel, il connaissait son corps mieux qu'elle!

Il remonta la fine étoffe de sa chemise d'homme et posa sa chaude et grande main sur un sein. Il en fit rouler la pointe entre son pouce et son index, et Cameron enfouit son visage dans son épaule pour s'empêcher de crier.

Il se pencha ensuite pour en saisir la pointe rose dans sa bouche. Elle enfonça ses ongles courts dans son dos, espérant ne pas le griffer trop fort. Tandis qu'il passait la langue sur son mamelon, elle se mit sur le dos, s'efforçant désespérément de garder le silence. Tout ce qu'elle pouvait entendre était le roucoulement de colombes, les ronflements d'une femme âgée et son propre cœur qui tambourinait.

Jackson roula sur elle, plaçant son long corps musclé sur le sien. Elle souleva instinctivement les hanches, serrant sa chemise de toile dans ses poings. Elle le sentait déjà à travers le tissu de leurs culottes, rigide et brûlant pour elle.

Tandis qu'il embrassait la ligne de son cou, elle le lâcha juste assez longtemps pour faire glisser ses culottes sur ses jambes. Elle bougea aussi lentement, aussi silencieusement qu'elle put. Elle savait qu'elle ne devrait pas. Que n'importe qui pouvait se réveiller à tout moment. Et cependant son désir pour lui était si éperdu en cet instant, il la dominait tellement, que peu lui importait qui dormait à côté d'elle.

— Je vous retrouverai, Cam, murmura-t-il. Vous devez me croire. S'il doit y avoir une suite, il faut que vous appreniez à me faire confiance.

Lui faire confiance ? Comment le pouvait-elle ? Elle écarta ses paroles et les sentiments troublants qui allaient avec. Elle ne voulait pas penser. Elle voulait seulement ressentir. Le sentir profondément en elle, la possédant une dernière fois.

Jackson ôta sans bruit ses culottes et elle lui ouvrit ses cuisses. Il effleura du bout des doigts les boucles rousses et serrées de son sexe et elle dut enfoncer sa main dans sa bouche pour s'empêcher de crier.

Il pénétra en elle d'un long assaut puissant, et elle souleva ses hanches pour le recevoir. Il couvrit sa bouche de la sienne et se mit à bouger en elle. Leur étreinte fut rapide et tendue par les émotions tumultueuses des derniers jours. Il la prit rudement et elle accueillit sa puissance avec bonheur, se portant vers lui. Soudain ses muscles se crispèrent et elle éprouva cette chaleur familière et indescriptible qui explosa en mille échardes de lumière. Un battement de cœur plus tard, Jackson grogna dans ses cheveux emmêlés, son corps se raidit puis se détendit dans l'extase de l'assouvissement.

Cameron passa les bras autour de ses épaules, le tenant contre elle aussi fort qu'elle pouvait, cessant presque de respirer. Elle ignorait si Jackson la rejoindrait réellement à Baltimore, mais elle devait le laisser partir pour le découvrir.

Chapitre 31

— Où est le capitaine Logan ? demanda doucement Taye le lendemain matin.

Cameron se détourna de la porte ouverte qui servait à monter du foin dans le grenier. Leur hôte ou leur hôtesse, un visage aimable et sans nom, avait dû l'ouvrir dans la nuit pour que ses « invités » profitent de la brise nocturne. Lorsqu'il ferait grand jour, la porte serait refermée par mesure de sécurité, alors elle voulait savourer la lumière et l'air frais pendant qu'elle le pouvait.

Elle ne regarda pas la jeune fille, mais replia les bras sur sa poitrine.

— Parti.

— Parti…

Taye ne paraissait pas surprise outre mesure.

— Il craignait que nous n'avancions trop lentement, et s'inquiétait de ne pas arriver à Washington à temps, commenta-t-elle.

Cameron lui jeta un coup d'œil, essayant de ne pas se montrer irritée.

— A temps ? Qu'est-ce que c'est censé signifier ? A temps pour quoi ? Tu connais son grand secret ?

Taye secoua la tête.

— Thomas a dit que moins nous en saurions, mieux ce serait.

— Mais ils ne sont *pas* les maudits briseurs de blocus qu'ils semblent être…

— Je ne crois pas, en effet.

Taye sembla amusée.

— Je pense que si le capitaine Logan était ce pour quoi tu le prends, il n'aurait jamais été accueilli aussi chaudement dans la maison de notre père.

En y réfléchissant, Cameron se dit que Taye avait probablement raison. Elle aurait dû le deviner dès le début. Oh ! Jackson n'en restait pas moins un vaurien, mais sous ce cœur de scélérat il y avait quelque chose de bon. Elle le savait, à présent. Elle avait simplement été trop aveuglée par ce qu'il lui avait fait des années auparavant pour ne pas voir la vérité qui se trouvait devant elle. Etait-il trop tard, maintenant ?

Elle regarda de nouveau Taye.

— Il m'a laissée. Tu ne vois pas ? Il m'a laissée de nouveau. Il ne m'aime pas. Il ne m'aimera jamais.

— L'a-t-il dit ?

— Non. Mais j'ai été assez stupide pour penser…

— Qu'a-t-il *dit* quand il t'a annoncé qu'il devait prendre les devants sans nous ?

Cameron releva les yeux, surprise de voir combien sa douce Taye était devenue insistante.

— Eh bien, il a dit qu'il devait partir parce qu'il fallait qu'il soit à Washington… et que nous nous retrouverions plus tard, sur les quais de Baltimore.

Elle laissa échapper un rire proche des larmes.

— C'est ridicule ! Le retrouver sur les quais ? Quand ?

Nous n'avons aucune idée du temps qu'il nous faudra pour arriver à Baltimore!

— Je pense que tu dois juste lui faire confiance, dit doucement Taye.

Cameron porta les yeux vers les épaisses frondaisons de la forêt du Tennessee. Il avait plu dans la nuit et les feuilles brillaient de gouttes de pluie qui commençaient déjà à s'évaporer. Quelque part, un coq chanta.

— C'est ce qu'il a dit, marmonna-t-elle.

— Et je pense que tu dois te fier à toi-même et à ton instinct.

Taye marqua une pause avant de demander d'un ton prudent :

— Penses-tu qu'il t'aime?

Cameron relâcha son souffle. La journée allait encore être étouffante. La sueur coulait déjà dans son dos.

— Je ne sais que penser, pour te dire la vérité… Il a risqué sa vie pour te sauver parce qu'il savait que je t'aime. Il nous a toutes sauvées.

— Il s'est mis en danger pour le faire, fit remarquer Taye. Et il a mis sa mission en danger, quelle qu'elle soit.

— Je sais, je sais.

Cameron se frotta le front. Elle était incapable de réfléchir clairement à la situation. Elle avait été si heureuse quand Jackson était revenu à Elmwood pour elle. Il ne lui était pas venu à l'idée que c'était pour la laisser de nouveau et si tôt après ces retrouvailles.

— Je pense qu'il m'aime, dit-elle lentement. Mais si je me trompe? Si je me trompe, et si je me retrouve sous la véranda de papa comme il y a six ans, le cœur brisé.

Taye lui frotta l'épaule pour la réconforter.

— Mais s'il t'aime bel et bien? Si c'est juste qu'il

lui faut un peu de temps pour s'en rendre compte? murmura-t-elle d'un ton complice. Est-ce que cela n'en vaudrait pas la peine?

Cameron se tourna pour rencontrer son regard bleu.

— Comment es-tu devenue si perspicace?

Taye l'enlaça.

— Je suppose que j'ai eu une grande sœur pour m'apprendre.

Des semaines plus tard, elles étaient dans le Maryland, après un voyage très long, qui avait été rallongé par un temps pluvieux et une mauvaise toux qui avait atteint le groupe et les avait obligés à se terrer dans une vieille maison brûlée pendant près d'une semaine.

Ils étaient près de leur but maintenant, soulagés de sentir enfin la liberté à portée de main, mais restaient cependant en alerte, sachant qu'ils n'étaient pas encore sauvés. Le Maryland n'avait pas rejoint la Confédération, mais il restait néanmoins un Etat esclavagiste et Taye et les autres étaient aussi à même d'y rencontrer des ennemis que des amis. Ils ne pouvaient prendre le moindre risque.

C'était une nuit noire et sans lune. Les étoiles commençaient juste à briller dans le ciel et à leur donner un peu de lumière. Du brouillard recouvrait le champ qu'ils étaient en train de traverser et changeait les arbres solitaires en apparitions fantomatiques qui se dressaient dans l'obscurité.

Ils marchaient depuis l'aube et il devait être près de minuit. Ils n'avaient pas mangé de la journée, bu juste un peu d'eau, et Cameron était morte de fatigue. Deux jours plus tôt, ses bottes lui avaient donné des ampoules aux talons qui la brûlaient à chaque pas. Elle avait le plus grand mal à mettre un pied devant l'autre.

Ils avaient parlé de s'arrêter pour la nuit plus d'une heure auparavant. Tout le monde était harassé, mais leur guide, une petite femme noire à qui Cameron donnait environ quarante ans, avait insisté pour qu'ils continuent.

— Nous approchons, avait-elle simplement dit d'une voix douce.

C'était la seule fois où Cameron l'avait entendue parler depuis qu'elle avait rejoint leur groupe près d'un pâturage, au crépuscule.

Cameron jeta un regard las à Taye qui marchait la tête basse, et se demanda comment elle tenait. Taye leva les yeux et malgré l'obscurité Cameron la vit sourire. Alors, elle se rendit compte qu'elle ne devait pas se lamenter sur son estomac qui gargouillait ou les ampoules de ses talons. Les enjeux n'étaient pas les mêmes pour elle que pour les autres. Ils approchaient du territoire où Taye, Naomi et leurs compagnons seraient enfin libres.

En arrivant à l'orée d'un bois de chênes et de pins, leur guide s'arrêta.

— Nous y sommes.

Cameron leva les yeux, mesurant une fois encore combien elle était lasse et avait sommeil. Elle passa une main languide sur son visage sale. Au moins, il faisait plus frais.

— Nous sommes où ?

La femme croisa les mains sur son tablier bien repassé et leva vers elle un regard triomphant.

— En liberté !

Elle fit glisser le talon de sa botte dans l'humus moelleux.

— A partir d'ici, vous êtes en sécurité… et libres…

Naomi poussa un hurlement de joie et courut de l'autre côté du trait que leur guide avait tracé sur le sol. Elle recula et le franchit de nouveau, tapant sur sa robe et tournant sur elle-même.

Il y eut d'autres cris tandis que les esclaves, un par un, franchissaient la ligne et pénétraient dans la forêt sombre. L'une des femmes qui voyageait avec eux depuis le Tennessee, et qui avait perdu un enfant dans le fleuve Mississippi, se mit à pleurer doucement.

Taye et Cameron furent les dernières à franchir la ligne. Ensemble.

— C'est ici que nous nous séparons, mes amis, leur dit alors la guide. Ceux qui vont dans le Delaware de l'autre côté de la baie peuvent suivre cet homme…

Elle indiqua une silhouette qui apparaissait entre les arbres.

— Les autres, continuez à marcher sur un quart de mille environ. Vous atteindrez une route que vous pourrez suivre jusqu'à Baltimore.

Elle se détourna pour retourner d'où elle était venue, seule dans l'obscurité.

— Que Dieu vous accompagne !

Les jumelles la regardèrent fixement s'éloigner.

— Allez avec l'homme comme elle a dit, les pressa Taye. Dépêchez-vous !

Elles se séparèrent alors avec des étreintes, des baisers et des larmes. Cameron fut étonnée de l'émotion qu'elle ressentait à la joie de ces hommes, femmes et enfants à la peau noire qui étaient des étrangers pour elle quelques semaines plus tôt. Même pour les jumelles, qui avaient été pénibles quelquefois.

— Allons, vite, dit l'homme. Nous devons traverser l'eau avant le lever du jour.

Tout le monde lança alors un dernier adieu.

Cameron suivit un moment des yeux leur guide qui disparaissait peu à peu dans l'ombre des champs, et elle fut submergée par un sentiment de soulagement et d'accomplissement.

— Oh ! Non ! s'écria-t-elle quand la guide fut tout à fait hors de vue. Elle ne nous a même pas dit son nom. Comment lui enverrons-nous de l'argent ?

Taye passa un bras sous le sien et la conduisit dans les bois.

— Tu ne sais pas qui elle est ? chuchota-t-elle comme si elles étaient de nouveau des petites filles partageant des secrets.

Cameron secoua la tête.

— Comment le saurais-je ?

— Je suppose que tu as raison. En tant que femme blanche dans un monde sudiste, tu ne peux pas le savoir. Cette femme est une très célèbre fugitive qui a conduit déjà des centaines d'esclaves à la liberté.

Elle sourit, paraissant contente de savoir quelque chose que Cameron ignorait.

— C'est Harriet Tubman.

Cameron regarda de nouveau par-dessus son épaule, mais la femme avait disparu. Elle se retourna, frottant sa joue sur l'épaule de Taye tandis qu'elles se frayaient un chemin dans les bois.

— Lorsque nous serons à Baltimore, je veux un bain chaud, un énorme repas, un vrai lit pour dormir, et ensuite je veux que tu me dises comment tu sais qui elle est. Et je veux tout savoir d'elle !

— Entendu, répondit Taye. Viens, maintenant. Ce bain et ce lit semblent sortis d'un conte de fées.

Cameron, Taye et Naomi eurent la chance d'être transportées dans le chariot d'un fermier quaker qui se rendait sur les quais de Baltimore. Elles se retrouvèrent ainsi le lendemain matin de bonne heure, sales mais souriantes, dans la rue qui donnait sur le port.

Cameron et Taye descendirent, tandis que Naomi passait de l'arrière du chariot sur le banc.

— Je suppose que c'est un adieu, au moins pour le moment, dit-elle. M. Jasper, il dit qu'il peut m'emmener à Philadelphie, alors j'y vais.

Puis elle secoua la tête.

— Ma maman, elle doutera plus de ma magie quand elle verra que j'ai réussi !

La gorge de Cameron se serra.

— Bonne chance, Naomi. Et merci pour tout.

Naomi essuya ses yeux humides du revers de son bras.

— Prenez soin de vous, toutes les deux. Vu que vous êtes sœurs et tout ça. Des sœurs, elles doivent s'occuper l'une de l'autre.

— Nous le ferons, lui assura Taye.

Se tenant par la main, elles firent de grands signes quand le chariot du fermier quaker s'en alla. Puis, une fois qu'elles furent seules, elles observèrent la rue où le bruit des mouettes, l'odeur de poisson, d'eau salée et de bois mouillé étaient très forts.

— Eh bien, dit alors Taye en balançant la main de Cameron. Si on allait retrouver Jackson à présent ?

Cameron lui retira sa main et croisa les bras sur sa poitrine.

— C'est ridicule. Comment suis-je censée le trouver? En plus, l'*Inverness* n'est même visiblement pas à quai.

— Allons demander…

Cameron secoua la tête d'un air obstiné. Elle était fatiguée et voulait décider de ce qu'elles allaient faire quand la nuit tomberait, où elles iraient dormir. Elles avaient les émeraudes de Taye, mais devaient en vendre une pour obtenir les liquidités qui leur assureraient convenablement le gîte et le couvert. Elles n'avaient pas le temps de chercher Jackson, qui était probablement parti depuis longtemps à son avis.

Elle s'assit sur un petit tonneau.

— C'est absurde…

— Non. Mais si tu es fatiguée, je vais me renseigner.

Taye s'éloigna en souriant, balançant les hanches dans une robe propre mais usée qu'elle avait échangée contre ses vêtements de garçon en Virginie de l'Ouest. Alors que cela ne faisait rien à Cameron d'être habillée en homme, Taye s'était débarrassée de ses culottes et de sa chemise dès qu'elle l'avait pu.

Elle resta absente un long moment. Durant ce temps, Cameron observa les bateaux qui arrivaient et partaient. Elle regarda des matelots qui débarquaient des caisses d'un navire. Une voiture ouverte passa et elle suivit des yeux son occupante avec nostalgie, une jeune femme vêtue d'une jolie robe verte, qui tenait une ombrelle. Ses robes avaient toutes disparu, et elle mesura combien ses jolies affaires lui manquaient. Ses jupons de dentelle et ses bonnets de paille qu'elle possédait autrefois.

Juste comme elle commençait à s'inquiéter au sujet de Taye, elle la vit qui arrivait dans la rue.

— Jackson est ici ! lança cette dernière d'une voix tout excitée.

Cameron dut réprimer l'impulsion de regarder frénétiquement autour d'elle. Elle savait ce qu'ils avaient dit à propos du fait de prendre des risques. Elle prenait un risque pour son cœur rien qu'en venant dans cette ville, et elle avait si peur d'être déçue de nouveau. En outre, comment Jackson pouvait-il savoir qu'elle était là ? Il avait dû arriver à Baltimore des jours auparavant, et maintenant il était censé être à Washington, non ?

— Tu m'as entendue ?

Taye parcourut les derniers mètres en courant, les joues roses.

— J'ai parlé à un homme extrêmement aimable. Le capitaine d'un bateau… Il a dit que le capitaine Logan est ici, à Baltimore.

Cameron sentit la gangue qui enserrait son cœur se relâcher un peu.

— Et devine ce qu'il a dit d'autre ?

Cameron secoua la tête, abasourdie. Taye lui saisit la main avec fièvre.

— L'*Inverness !* On l'attend dans le port demain ou après-demain !

— Comment cela se peut-il ? Il allait dans les Bahamas.

— Je ne sais pas. Je ne comprends pas, mais c'est ce que le capitaine a dit.

— Oh ! Taye, dit Cameron en souriant, heureuse pour elle. Thomas sera à bord…

Les joues de Taye se colorèrent plus encore.

— Je l'espère.

Elle baissa la tête.

— Il y a d'autres nouvelles, aussi. Au sujet de la guerre.

Le Congrès a autorisé l'appel de cinq cent mille hommes de plus. Il y a eu des combats. Surtout en Virginie et en Virginie de l'Ouest, quelques-uns dans le Missouri. Une grande bataille a eu lieu en Virginie, à Bull Run, il y a deux jours.

Ses yeux brillaient de larmes.

— Cam, l'Union a perdu la bataille… D'après l'homme à qui j'ai parlé, tout le monde cherche des coupables. Il paraît que le commandant, un certain général McDowell, a attaqué trop tôt, avant que ses troupes ne soient suffisamment entraînées. Nous avons été battus.

— Allons, allons… Les choses s'arrangeront, tu verras.

Alors qu'elle se levait du tonneau sur lequel elle était assise pour enlacer Taye, elle aperçut un homme qui remontait la rue à cheval, en direction des quais. Il menait un autre cheval derrière lui. Une jument arabe. Cameron en aurait reconnu le physique nerveux et l'allure n'importe où. De *cette* jument arabe-là plus que de n'importe quelle autre.

C'était Roxy… pas de doute !

Ce fut seulement quand elle reconnut l'animal qu'elle regarda de nouveau l'homme. Sa gorge se noua.

Le cavalier s'approcha, vêtu d'une redingote bleu foncé, de culottes et d'une chemise immaculées. Il toucha le bord de son chapeau pour les saluer.

— Bonjour, mesdames…

Taye poussa un cri ravi.

Cameron était toujours figée, incapable de bouger un seul muscle tandis qu'elle regardait Jackson démonter et donner les brides à Taye. Son regard gris était soudé au sien et elle ne pouvait en détourner les yeux.

Taye conduisit les chevaux un peu plus loin dans la rue, afin de leur laisser de l'intimité.

— Je savais que vous réussiriez, Cam, mais je craignais que vous ne veniez pas à notre rendez-vous, dit-il doucement.

Pour la première fois, il avait l'air anxieux.

— Moi, je craignais que vous ne soyez pas là, parvint-elle à répondre, la voix tremblante.

Elle avait la gorge sèche et l'impression de ne pas pouvoir respirer.

— J'avais un garçon posté sur la route qui vous guettait depuis des jours.

Il la souleva brusquement dans ses bras avec un petit rire et la fit tournoyer.

— Par Dieu, c'est si bon de vous tenir dans mes bras !

Cameron passa les bras autour de son cou. Elle ne voulait pas le lâcher, et elle enfouit son visage dans son écharpe blanche.

— Vous avez même amené ma jument ! Comment l'avez-vous trouvée ? demanda-t-elle avec émotion.

— Vous vous rappelez cette rixe à Jackson juste avant que je revienne vous chercher à Elmwood ?

Elle hocha la tête.

— Eh bien, mon adversaire et moi nous mettions simplement d'accord sur son prix. Ce brave homme me l'a même fait expédier ici, pour finir.

Cameron ne savait pas que dire. Tout ce qu'elle pouvait faire était garder son visage enfoui dans sa veste et essayer de retenir ses larmes.

Jackson lissa ses cheveux et fit glisser sa bouche sur sa joue.

— Oh ! Cam, je regrette tant d'avoir dû vous quitter, mais je devais m'occuper d'une affaire urgente. J'avais promis de la régler.

Il lui releva doucement la tête et écarta ses cheveux de son front.

— Et maintenant, je veux vous faire une promesse, Cam.

Elle secoua la tête, dépassée, et se sentant soudain les genoux faibles.

— Pas maintenant, chuchota-t-elle. Aidez-moi juste à monter sur Roxy et emmenez-moi quelque part où je pourrai prendre un bain.

— Excellente idée, car Taye, vous et moi avons un rendez-vous ce soir. J'ai déjà acheté des robes et tout le falbala qui vous sera nécessaire — espérant que vous arriveriez à temps.

Il passa un bras autour de sa taille et l'entraîna vers Taye et les chevaux.

— Je craignais que vous ne soyez pas là assez tôt, et d'être obligé d'y aller seul.

Ce qu'il disait n'avait aucun sens pour Cameron.

— Un rendez-vous ? Où ?

Il la prit par la taille et la hissa sans peine sur la selle.

— Où ? répéta-t-il comme si elle avait posé la plus stupide des questions. Mais à la Maison Blanche, évidemment ! répondit-il en empoignant Taye et en l'installant derrière elle.

Chapitre 32

Cameron n'imaginait pas qu'elle aurait trouvé suffisamment de courage pour prendre un bain, s'habiller et faire le trajet en train de Baltimore à Washington. Elle aurait plutôt juré qu'après avoir mangé, elle n'aurait rien souhaité d'autre que se blottir dans un lit avec Jackson et dormir pendant deux jours au moins.

Mais l'enthousiasme de ce dernier était contagieux. Il l'emmena avec Taye dans le splendide manoir géorgien en briques où il avait grandi, aux abords de Baltimore. Il demanda à ses domestiques d'emplir des baignoires en cuivre d'eau parfumée et les deux femmes prirent leur bain côte à côte, tout en mangeant et buvant du vin dans la chambre que Taye occuperait comme invitée. Lorsque leurs ablutions furent terminées, deux soubrettes intimidées leur apportèrent une pile de boîtes. Vêtues de vaporeuses robes de chambre, Cameron et Taye les ouvrirent, poussant des cris ravis à la vue de pantalons de dentelle, de bas de soie et de superbes jupons gonflants. Jackson avait fait preuve d'un goût aussi sûr qu'exquis en ce qui concernait le choix des toilettes.

Pour Taye, il avait opté pour une robe de soie brochée bleu pâle gansée de blanc. Avec son décolleté arrondi et ses courtes manches ballon, elle était séduisante mais modeste. Quand les soubrettes la firent passer par-dessus la tête de la jeune fille et firent gonfler les six jupons blancs, elle déclara qu'elle se sentait comme une princesse de conte de fées.

— A toi, maintenant, dit-elle ensuite en se déplaçant lentement, comme si elle craignait de froisser sa robe rien qu'en marchant.

Cameron était déjà vêtue d'une crinoline, de jupons couleur de miel et de chaussures à talons. Elle leva les bras avec soin pour ne pas décoiffer ses cheveux. Taye s'était donné tant de mal pour les brosser jusqu'à les faire reluire et les relever sur sa tête en boucles cuivrées. La soubrette fit alors glisser la robe moirée verte avec sa jupe de dessous en satin mordoré par-dessus sa tête, puis se mit à ajuster le corsage en demi-cœur bordé de rubans froncés.

Taye en oublia un instant de respirer, saisie, en lui tendant les longs gants en satin doré assortis.

— Cameron, je crois que c'est la plus belle robe que j'ai jamais vue !

On frappa à la porte qui était restée entrebâillée et Jackson entra, élégamment vêtu d'une jaquette à queue-de-pie et de culottes noires, un chapeau haut de forme sous le bras.

— Et je dois admettre que celle qui la porte est probablement la plus belle femme que j'ai jamais vue, ajouta-t-il.

Il prit Cameron par la main et la fit tourner afin de mieux la voir.

— On m'a affirmé chez la modiste que cette nouvelle couleur fait fureur — vert Azoff.

Il porta sa main à ses lèvres.

— La tenue est ravissante, certes, mais je dois avouer que vous me plaisez aussi en culottes et chemise d'homme.

Cameron et Taye se regardèrent et éclatèrent de rire. Jackson offrit son autre bras à Taye.

— Y allons-nous, mesdames ?

Le trajet en train de Baltimore à Washington fut trop rapide, et totalement magique. Avant que Cameron n'ait eu le temps de réaliser ce qui lui arrivait, ils descendaient tous trois d'une voiture et gravissaient les marches de la Maison Blanche.

Il y avait d'autres personnes, aussi, de beaux hommes et des femmes en belles robes, tous invités par le président Lincoln et la Première Dame, Mary Todd Lincoln. Parmi tous ces gens, Cameron se sentait comme une petite fille flottant dans un rêve.

— Je pense que l'*Inverness* accostera demain, dit Jackson à Taye tandis qu'ils montaient l'escalier. Et il y a à son bord un jeune homme très impatient de vous revoir.

Taye agita son éventail bleu clair peint de libellules.

— Capitaine Logan, je vous en prie. Vous allez me faire pleurer.

Cameron jeta un coup d'œil de côté à Jackson, tout en gravissant la longue volée de marches en marbre.

— Je croyais que le bateau allait aux Bahamas avec cette térébenthine que vous deviez vendre illégalement.

Taye élargit les yeux en regardant autour d'eux, craignant visiblement que quelqu'un ne les entende.

Jackson gloussa, ne se souciant apparemment pas qu'elle parle fort.

— Si vous tenez à le savoir, mon bateau a eu des

ennuis dans le golfe du Mexique. L'équipage a été assez fortuné pour en réchapper vivant, mais une partie de la térébenthine a été confisquée.

Une fois à l'intérieur de la Maison Blanche, ils furent escortés le long d'un couloir orné d'un tapis, vers le Salon Rouge où ils seraient reçus.

— Et maintenant votre bateau revient à Baltimore où il se trouve justement que vous êtes ? Comme c'est pratique ! ironisa Cameron.

— Pratique, en effet.

Il lui fit un grand sourire, puis leva la tête pour saluer le premier gentleman dans la file de réception.

— Bonsoir, monsieur, dit-il avec une attitude presque princière.

— Jackson, c'est bon de vous voir entier !

L'homme lui secoua la main avec enthousiasme.

— J'ai entendu dire que nous avons failli vous perdre dans le Tennessee.

Cameron regarda Jackson, se demandant de quoi cet homme pouvait bien parler.

— Les récits sont toujours plus excitants que la réalité… Sénateur, j'aimerais vous présenter une bonne amie à moi. Voici miss Cameron Campbell, fille de feu le sénateur David Campbell.

— Miss Campbell.

Le sénateur prit sa main dans les siennes, ses yeux verts brillant d'un vif éclat.

— C'est vraiment un honneur de vous rencontrer, ma chère. J'ai bien connu votre père…

Durant l'heure qui suivit, Cameron fut très impressionnée par tout ce qu'elle voyait autour d'elle. Elle n'était venue qu'une fois à la Maison Blanche, avec son père, alors qu'elle était encore une toute jeune fille. Maintenant, elle était adulte et une invitée à part entière, rien moins. Tout le monde semblait avoir connu le sénateur Campbell, et des dizaines d'hommes et de femmes voulaient lui exprimer leurs condoléances et lui dire quel homme de qualité était son père.

Non seulement la conversation était stimulante, mais la chère était délicieuse. Le champagne français qu'on leur servit était bien meilleur que tout ce qu'elle avait pu boire dans le Mississippi, et il y avait de la musique et des danses. Elle n'avait pas mesuré combien danser lui avait manqué avant que les premières notes d'une valse ne retentissent.

Il était bien après minuit quand Cameron se rendit finalement compte que si elle ne s'asseyait pas bientôt, elle allait tomber. Jackson s'était montré étonnamment attentif toute la soirée et il s'aperçut tout de suite qu'elle était trop fatiguée pour continuer.

— Prête à partir ? lui demanda-t-il, effleurant discrètement sa joue de ses lèvres.

— Je déteste l'idée de m'en aller. Cette soirée est vraiment merveilleuse, mais je pense que nous sommes toutes les deux épuisées, capitaine. La marche a été longue, depuis le Mississippi, plaisanta Taye.

— Eh bien, nous allons nous retirer. Mais il y a encore une personne qui a demandé à vous rencontrer avant que vous ne vous éclipsiez, déclara mystérieusement Jackson. Par ici, mesdames…

Il les conduisit dans un petit salon de réception.

— Voilà, il arrive.

Cameron se retourna et vit alors un homme très grand,

mince, aux cheveux sombres, qui lui rappela tant son père que sa gorge se serra.

— Le Président…, murmura-t-elle, incrédule. Le Président veut me rencontrer ?

— Monsieur le Président, dit Jackson tandis que le grand homme venait vers eux.

— Capitaine Logan.

Le président Lincoln tendit la main.

— J'espérais bien vous voir ce soir. J'ai parlé avec M. Seward.

Il baissa la voix de sorte que leur conversation reste privée.

— Les informations que vous nous avez apportées vont nous être indispensables. Je ne puis vous dire combien de vies de l'Union vous avez sauvées.

Il n'était pas bel homme, mais quand il souriait, il y avait dans ses yeux sombres une chaleur que Cameron trouva fascinante.

— Et… cette jeune dame doit être miss Cameron Campbell, la fille du sénateur, n'est-ce pas ?

Cameron resta figée un instant, trop troublée par ce qu'elle venait d'entendre pour répondre comme il convenait en la circonstance. De quoi parlaient-ils ? Jackson avait sauvé des vies de soldats de l'Union ? Revenant brusquement à la réalité — elle venait tout de même d'être présentée au Président des Etats-Unis ! —, elle fit une profonde révérence, baissant la tête, impressionnée.

— C'est un honneur de vous connaître, monsieur le Président.

— Et voici Taye Campbell, reprit Jackson, la plus jeune fille du sénateur.

Taye fit la révérence.

— Monsieur le Président.

— Heureux de vous rencontrer aussi.

Le Président fit un signe de tête, étudiant le visage de la jeune fille.

— Oui, je crois voir la ressemblance…

Les joues de Taye rosirent de plaisir et elle agita frénétiquement son éventail.

— Monsieur le Président, appela un homme derrière eux. Nous devons parler du général McDowell, monsieur.

Le président Lincoln soupira.

— Si vous voulez bien m'excuser. Je préférerais de beaucoup rester ici et parler avec vous, belles dames, mais le devoir m'appelle. Merci d'être venues.

Il regarda Jackson.

— Je crois savoir que nous nous parlerons bientôt. Merci encore, Jackson.

Jackson s'inclina solennellement et les deux jeunes femmes firent la révérence tandis que le Président s'en allait.

— J'ai rencontré le Président ! dit Cameron qui n'en revenait encore pas.

— Je crois que j'ai eu assez de divertissement pour la soirée, déclara Jackson.

Il jeta un coup d'œil à Cameron.

— Et je pense que vous et moi devons avoir une conversation depuis longtemps retardée.

— Je suis d'avis que vous avez raison, capitaine. Parce que je pense aussi que vous et moi devons parler de certains sujets.

Il sourit d'un air innocent et offrit ses deux bras.

— Dans ce cas… Voulez-vous me suivre, mesdames ?

***

Jackson avait réservé deux chambres dans l'hôtel le plus élégant de Washington. Il avait de splendides lustres en cristal dans le vestibule, des chambres lambrissées de chêne et des lits d'une largeur inouïe.

Cameron dit bonsoir à Taye sur le seuil de sa chambre. Une des soubrettes de la maison de Baltimore attendait déjà dans la pièce.

— Est-ce que je devrai venir aider miss Campbell pour sa robe quand j'aurai fini avec miss Taye, capitaine ? demanda la jeune Noire vêtue d'une robe rose vif.

— Ce ne sera pas nécessaire, Liza. Bonne nuit, Taye.

— Bonne nuit, répondit Taye. Et merci, capitaine.

— Je crois qu'il est temps que vous commenciez à m'appeler Jackson. Après tout, nous allons être parents.

Les yeux de Taye s'arrondirent de stupeur et elle fixa Cameron.

Celle-ci regarda Jackson en retour, comme s'il avait perdu l'esprit.

— Allons-y, dit-elle. Je suis fatiguée de ces jeux. Et il est temps que nous ayons cette *petite conversation*.

Jackson l'escorta dans une pièce qui faisait deux fois la taille de sa chambre à Elmwood. Plusieurs fauteuils ornés et un petit canapé étaient groupés près d'une cheminée de marbre. Les six hautes fenêtres qui occupaient la longueur de la chambre étaient drapées de velours rose, et deux énormes bouquets de roses de la même couleur décoraient une table ancienne en noyer. Des tapis persans sans prix couvraient le parquet étincelant, et des dizaines de bougies brillaient dans deux magnifiques lustres en cristal. Cameron en eut le souffle coupé, mesurant à ce moment-là seulement combien Jackson était riche. Plus riche que son père ne l'avait jamais été, c'était certain.

Elle jeta ses gants sur le lit à baldaquin massif recouvert d'une élégante courtepointe de soie verte et de coussins assortis.

— Je vous écoute, Jackson… Qu'insinuait cet homme en disant « *nous* avons failli vous perdre » ? Et de quoi parlait le Président — ces vies que vous avez sauvées ?

Jackson referma la porte à clé et jeta son chapeau noir sur le lit. Il atterrit sur les gants de Cameron. Il quitta sa jaquette, la posa dans un fauteuil et alla d'un pas nonchalant à une table qui supportait plusieurs verres et bouteilles d'alcool.

— Un peu de champagne ? offrit-il en se servant du cognac.

— Un cognac. Et mon explication, s'il vous plaît.

— Du cognac. Excellent choix.

Il en versa une bonne dose dans un verre.

— Alors, ma chère, par où commencer ? demanda-t-il d'un ton d'une nonchalance agaçante.

— Commençons par qui vous êtes *réellement* et par ce que disait le Président.

— Oh ! Ça…

Il agita une main.

— Ce n'est rien. Rien du tout.

Cameron marcha vers lui.

— *Jackson !*

— Très bien. Je savais que la ruse serait éventée tôt ou tard, de toute façon.

Il lui mit son verre dans la main.

— Mais laissez-moi vous dire d'abord que je n'ai jamais voulu vous mentir. Je voulais seulement vous protéger. Il fallait qu'il en soit ainsi dès le début. Très peu de gens sont au courant de mes activités, et il est impératif que cela ne change pas.

— Mais mon père savait, n'est-ce pas ? dit-elle doucement en le regardant par-dessus le rebord de son verre. C'est pourquoi vous étiez si bien accueilli chez nous, même si vous prétendiez ne pas vous intéresser à la politique.

Il acquiesça d'un air grave.

Elle but un peu du liquide ambré, qui lui brûla délicieusement la gorge.

— Qu'est-ce qu'il savait exactement, Jackson ?

L'alcool lui altérait la voix.

— Il savait que je transportais des marchandises du Nord vers le Sud…

— Je crois que ça s'appelle « briser des blocus ».

Il fit tinter son verre contre le sien.

— Pendant que je *brisais des blocus*, du moins que je le laissais croire, j'agissais en réalité en tant qu'agent de notre ministère de la Guerre. J'aurais fini par travailler pour votre père, s'il n'était pas mort.

Cameron écoutait, et ses émotions lui donnaient le tournis. Elle pensa immédiatement au danger auquel il devait faire face, et tout en s'inquiétant, fut transportée de joie. Le capitaine Jackson Logan était peut-être un vaurien, mais il était aussi un homme honorable.

— Etant dans les transports maritimes, c'était dirons-nous une progression naturelle.

— Mais que faites-vous exactement ?

— Je me lie d'amitié avec les gens pour qui je fais des expéditions dans le Sud, des gens avec qui je travaille depuis des années, et ils me confient des choses qu'ils devraient garder pour eux. Je transmets les informations à Washington et ils en font ce qu'ils peuvent.

— Vous êtes un *espion*, en somme ?

— Je pense que c'est un terme trop théâtral.

Cameron ferma les yeux, essayant de réfléchir, d'absorber tout ce qu'il lui révélait.

— Mais comment allez-vous maintenir une telle façade sans qu'on ne découvre finalement ce que vous faites ? Vous avez dit que votre térébenthine a été confisquée. Je suppose qu'elle l'a été par notre gouvernement, pour que les sudistes ne puissent pas prospérer. Mais vous ne pouvez pas laisser confisquer tout ce que vous transportez.

Elle eut un petit rire.

— Sinon, vous ne seriez pas un briseur de blocus très efficace !

Il rit avec elle et lui prit le bras, la conduisant au lit. Il s'assit au bord et l'attira à côté de lui.

— Ça risque d'être un peu délicat à la longue, mais c'est faisable. Actuellement, j'ai une cargaison de bandages, de remèdes et de pots de chambre que l'*Inverness* transportera avec succès dans le port de Charleston, en brisant le blocus des Carolines.

— Des pots de chambre ?

Elle rit et but une autre gorgée de cognac.

— Ils sont très beaux, croyez-moi… Peints à la main, à la feuille d'or.

Il termina son verre et le posa sur le parquet ciré.

— Fabriqués en Angleterre et pas du tout nocifs pour nos troupes. Les dames vont m'adorer de leur apporter les commodités de la vie.

— Vous n'en êtes pas arrivé là juste depuis le mois d'avril ?

Il fit signe que non.

— Cela a été préparé depuis longtemps.

Il regarda ses bottes.

— Nous espérions ne pas être obligés d'entrer en guerre, mais…

— Mais si la guerre arrivait, votre personnage était déjà en place.

Elle posa la main sur la sienne.

— Je ne sais pas que dire, Jackson.

Il haussa les épaules.

— Il n'y a rien à dire. Au fond, je suis toujours l'homme que je suis.

Il la regarda dans les yeux.

— Avec du bon et du mauvais.

— Nous ne sommes donc pas dans des camps opposés ?

Il lui prit son verre et le posa à côté du sien.

— Non.

Il marqua une pause avant de continuer. Son visage était grave.

— Je regrette de ne pas avoir pu vous le dire avant, Cam, même si j'étais prêt à le faire sur le bateau. Mais les informations qu'on m'avait envoyé chercher dans le Mississippi étaient capitales. Si quelque chose m'était arrivé et que vous ayez su quoi que ce soit, vous auriez été éliminée. Taye aussi aurait été tuée.

La tête de Cameron lui tournait. Elle ignorait si c'était le cognac, la fatigue ou parce qu'elle ne parvenait pas à absorber l'énormité de ce que Jackson lui révélait et de tout ce que cela signifiait. Elle savait qu'elle l'aimait. Elle le savait depuis quelque temps, mais elle avait laissé la guerre et ce qu'elle croyait être les convictions de Jackson s'interposer entre eux. La protéger de lui, en réalité. Et maintenant ces barrières s'étaient écroulées.

— Ecoutez, Cam…

Il lui prit la main.

— Maintenant que j'ai atteint Washington en sécurité et que j'ai eu le temps de réfléchir, je suis prêt.

Elle ne pouvait détacher son regard du sien.

— Prêt à quoi ?

Il glissa du lit pour se mettre sur un genou, tenant toujours sa main.

— Cameron, j'y ai réfléchi longuement et à fond. Je n'ai pensé à rien d'autre ces derniers temps. Vous me rendez fou, mais je ne pense pas pouvoir vivre sans vous.

Elle le regarda fixement.

— Est-ce une déclaration ?

Il prit un air penaud.

— Je crois que oui.

Il pinça ses lèvres sensuelles, baissa les yeux, puis la regarda de nouveau de son pénétrant regard.

— Cameron Elise Campbell, voulez-vous être l'épouse d'un vaurien briseur de blocus qui espère en même temps pouvoir faire quelque chose pour son pays ?

Pendant un moment, Cameron ne put bouger. Ses paroles avaient du mal à la pénétrer.

— Vous m'avez laissée à mon sort dans une grange du Tennessee, et maintenant… maintenant vous voulez m'épouser ?

— Je vous ai laissée parce que je le devais.

— Mais vous ne pouvez toujours pas me dire pourquoi, précisément.

— Eh bien, je le pourrais, dit-il avec le plus grand sérieux, mais ensuite je serais obligé de vous supprimer.

Malgré elle, elle sourit.

— Sachez que cette offre n'est valable que cette nuit, ajouta-t-il, toujours aussi sérieux. Et je peux y ajouter très peu de promesses. Je vais continuer à servir mon pays. Je vais continuer à faire naviguer mon bateau. Je ne resterai jamais longtemps quelque part, et je ne peux assurer ce que l'avenir réservera. Vous devrez être une épouse très indépendante. Vous devrez avoir vos propres centres d'intérêt, votre propre vie en dehors de moi.

— Comme mes chevaux, parvint-elle à dire, la voix altérée par l'émotion.

Il hocha la tête et poursuivit :

— Comme je vous l'ai dit, je ne peux pas faire beaucoup de promesses, mais ce que je peux vous promettre, c'est ma fidélité, ma protection et mon amour. Mon amour à jamais.

— Votre amour ? répéta-t-elle dans un souffle. Vous m'aimez donc ?

— Bien sûr.

Il semblait surpris qu'elle doive le demander.

— Dites-le alors.

— Je vous aime, Cameron.

Elle se leva et il la prit dans ses bras, car elle chancelait.

— Et j'espère que vous m'aimez aussi.

— Oh ! chuchota-t-elle, craignant que le rêve ne se termine avant qu'elle ne puisse lui dire oui. Je vous aime, Jackson, et je serai votre femme avec bonheur. Je vous ai aimé depuis le premier jour où nous nous sommes rencontrés, quand j'avais dix-sept ans.

— Moi, je pense que je vous aime depuis que je suis né.

Il lui décocha un sourire espiègle.

— Il m'a juste fallu un peu plus de temps pour m'en rendre compte.

Il se pencha sur elle, l'attira à lui et couvrit sa bouche

de la sienne. Il enfila les doigts dans ses cheveux cuivrés et l'embrassa jusqu'à ce qu'elle soit à bout de souffle et que la pièce tourne autour d'elle.

Puis il l'embrassa encore.

Retrouvez en janvier 2020,
dans votre collection

Victoria

Julia London
Le mystère de Dungotty
Série : Les mariés écossais

Écosse, 1755

Farouche. Impétueuse. Audacieuse. Catriona n'est pas de celles qu'on peut discipliner. Pourtant, face à l'hostilité de sa famille, elle s'est résolue à déserter Kishorn Abbaye, cet îlot des Highlands qu'elle a dédié à l'accueil de femmes réprouvées, pour rejoindre la demeure de son oncle. Mais, en découvrant que Hamlin Graham, duc de Montrose, fait partie des convives qu'elle devra côtoyer à Dungotty, Catriona s'indigne. Cet homme, aussi fascinant que dangereux, n'est-il pas accusé de la disparition de son épouse ?

Maya Rodale
Du pacte au scandale
Série : Les ambitieuses de l'Âge d'Or

New York, 1895

J'y consens. Adeline regrette déjà son imprudence. Elle vient d'accepter de revoir le séduisant duc de Kingston pour l'aider à trouver la sublime héritière qu'il recherche. En retour, leur accord lui permettra d'accompagner le duc à des réceptions mondaines pour promouvoir ses créations de mode. Un tremplin inespéré pour lancer sa propre affaire à New York et devenir une femme d'affaires accomplie. Une femme moderne à l'extrême opposé du monde traditionnel auquel appartient le duc…

La romance historique n'a jamais été aussi moderne.

Retrouvez en janvier 2020,
dans votre collection

Victoria

Gayle Callen
Frissons et dissimulations
Série : Les Chevaliers au Cygne

XVe siècle, Angleterre

Bien mal lui en a pris. Pour éprouver la sincérité de John Russell, son promis, Elizabeth a troqué son habit contre celui de sa gouvernante. Un stratagème qui devait lui permettre de se déplacer en toute discrétion sans subir les assauts des visiteurs opportuns, avides de s'emparer de son domaine d'Alderley. Mais qui a aussi révélé le caractère déloyal de Russell qui, depuis son arrivée au château, la poursuit de ses assiduités sans le moindre scrupule…

Rosemary Rogers
Retour dans le Mississippi

Washington, juin 1865

Tandis qu'une paix fragile s'installe dans le pays à la suite de la guerre de Sécession, Cameron Campbell a le cœur empli d'amertume. Bien sûr, sans cette guerre, elle n'aurait pas épousé le capitaine Jackson Logan, l'homme dont elle est amoureuse depuis toujours. Mais elle serait encore à Elmwood, le domaine auquel elle est passionnément attachée. Aussi n'a-t-elle plus qu'un désir depuis que les combats ont cessé : retourner dans le Mississippi et donner naissance chez elle, sur la terre de ses ancêtres, à l'enfant qu'elle porte. Un projet que Jackson condamne violemment : selon lui, Elmwood est en ruines et le Sud rongé par la misère et les rancœurs…

La romance historique n'a jamais été aussi moderne.

HARLEQUIN
www.harlequin.fr

Composé et édité par HarperCollins France.

Achevé d'imprimer en octobre 2019.

CPi
BLACK PRINT

Barcelone

Dépôt légal : novembre 2019.

MIXTE
Papier issu de sources responsables
FSC® C108412

Pour limiter l'empreinte environnementale de ses livres, HarperCollins France s'engage à n'utiliser que du papier fabriqué à partir de bois provenant de forêts gérées durablement et de manière responsable.

Imprimé en Espagne.